Julia Alvarez

En el nombre de
Salomé

Julia Alvarez es la autora de *De cómo las chicas García perdieron el acento, En el tiempo de las mariposas* (un finalista del National Book Critics Circle Award) y *¡Yo!*. También ha publicado dos colecciones de poesía y una colección de ensayos. Julia Alvarez vive en Vermont y la República Dominicana, donde dirige una cooperativa de café orgánico y un centro de alfabetización y arte con su esposo.

En el nombre de
Salomé

En el nombre de
Salomé

Julia Alvarez

Traducción de Dolores Prida

VINTAGE ESPAÑOL

Vintage Books

Una división de Random House, Inc.

Nueva York

Primera edición en español de Vintage, marzo 2002

Translation copyright © 2002 by Random House, Inc.

Traducción de Dolores Prida.
Traducción estaba revisada por Chiqui Vicioso.

Esta obra de ficción está basada en hechos históricos a los cuales la autora hace referencia en Reconocimientos, páginas 366–368.

Biblioteca del Congreso Catalogado en la bajo:
Alvarez, Julia.
    [In the name of Salomé. Spanish]
    En el nombre de Salomé / Julia Alvarez.— 1. ed. en español de Vintage.
    p. cm.
    ISBN 0-375-72690-X
    1. Ureäa de Henrâquez, Salomâ, 1850–1897—Fiction.   2. Ureäa-Henrâquez, Camila Salomâ, 1894–1973—Fiction.   3. Mothers and daughters—Fiction.
4. Dominican Americans—Fiction.   5. Dominican Republic—Fiction.
6. Women poets—Fiction. 7. Cuba—Fiction.   I. Title

PS3551.L845 I4518 2001
813'.54—dc21   2001046570

www.vintagebooks.com

Impreso en los Estados Unidos de América

Quisqueyanas valientes

Este libro es para ustedes

¿Qué es Patria? ¿Sabes acaso
lo que preguntas, mi amor?

—*Salomé Ureña*

ÍNDICE

En el nombre de
Salomé

La salida de Poughkeepsie

Junio de 1960

SE PARA JUNTO a la puerta, una mujer alta, elegante, de piel ligeramente morena (¿una italiana sureña? ¿una judía mediterránea? ¿una mulata a quien han permitido pasar por blanca gracias a sus títulos?), y pasa revista a las habitaciones vacías que le han servido de hogar durante los últimos dieciocho años.

Ahora, en pleno junio, hace calor en el ático. Años atrás, cuando la confirmaron como maestra permanente, la decana le ofreció un apartamento más moderno, más cercano a la universidad. Pero ella lo rechazó. Siempre le gustaron los áticos, sus secretos, sus rincones y recovecos, donde aquellos que nunca se sienten cómodos en casa pueden esconderse. Y este tiene una luz maravillosa. En las columnas de sol que entran por las ventanas flota un enjambre de partículas de polvo que tal pareciera que el aire estuviera vivo.

Ya es hora de que haya sangre nueva en esta casa vieja. En el segundo piso, justo debajo del suyo, envejece Vivian Lefleur del Departamento de Música quien, además, se está quedando sorda. Cada año el piano se hace más fortísimo, su pie cada vez pesa más sobre el pedal. Su hermana mayor, Dot, se retiró de Ingresos y se mudó con su "hermanita". "Corre, Viv", le grita a veces desde su dormitorio. La música se detiene. ¿Será el final de Dot? En la planta baja está Florence, de Historia, a quien hicieron regresar de su jubilación después de que la joven profesora medievalista de Yale se cayera en una alcantarilla y se fracturara un tobillo. "Me alegro tanto", le confesó Florence un día junto a los buzones de correo. "Me estaba volviendo loca en mi cabaña en Maine".

A la mujer le preocupa el vacío que se vislumbra en su futuro. Sin hijos y sin madre, es una cuenta desensartada de un collar de generaciones. Todo lo que deja detrás son unas colegas cercanas, también a punto de jubilarse, y sus estudiantes, esos jóvenes immortales que, ella espera, hayan archivado correctamente en sus memorias el subjuntivo en español.

No puede permitirse caer en la morbosidad. Es el año de 1960. En Cuba, Castro y sus barbudos hablan de cosas alarmantes y maravillosas sobre la nueva patria que están forjando. El Dalai Lama, que el año pasado se escapó del Tíbet en un yak con los chinos pisándole los talones, hizo una declaración: Debemos amar a nuestros enemigos, de lo contrario todo estará perdido. (Pero tú lo has perdido todo, piensa ella.) Este invierno leyó algo sobre una expedición a la Antártica liderada por Vivian Fuchs. Sir Vivian ha pedido al mundo que no tire desperdicios nucleares allí. (¿Por qué tirarlos en lugar alguno? se pregunta Camila.) Pero hay señales positivas, se dice a sí misma, señales positivas. No es un nuevo hábito suyo ese de darse ánimos cuando le dan los ataques de depresión que heredó de su madre. Pero lo cierto es que, a veces, el panorama da grima. ¿Entonces? Utiliza el subjuntivo (se recuerda a sí misma). Pide un deseo. *A pesar de las posibilidades, a pesar de los hechos.*

HA ENVIADO POR delante la mayoría de sus pertenencias, varios baúles y cajas, años de acumulación, clasificadas con la ayuda de su amiga Marion, reducidas a lo esencial. Se lleva solamente su maleta y el baúl con los papeles y poemas de su madre que ahora bajan los conserjes de la universidad al carro que la espera. ¡Pensar que hace sólo unos pocos meses escudriñaba esos poemas en busca de una señal! Sonríe al pensar en la simple artimaña que creyó que resolvería la gran incógnita de su vida. Ahora, como una traviesa, se imagina sus tantas vidas vividas encapsuladas en el título de uno u otro de los poemas de su madre. ¿Cómo se titulará esta nueva vida? ¿"Fe en el porvenir"? ¿"La llegada del invierno"? o (¿por qué no?) ¿"Amor y ansia"?.

La bocina suena de nuevo. ¡Posiblemente se titulará "Ruinas" si no baja inmediatamente! Marion está impaciente por salir. Tiene la cara enrojecida, echa maldiciones y gira el timón para virar el carro. "Mujeres chóferes", masculla uno de los conserjes.

Marion y Les, su nuevo marido, han viajado en avión para ayudarla con la mudanza. (El compañero de Marion por diez años finalmente le propuso matrimonio.) Ahora las dos amigas se dirigirán en dirección sur hacia la Florida en un carro alquilado. Marion depositó a Les en casa de su hija en Nueva Hampshire, así ella y Camila podrán disfrutar este último viaje juntas. Por todo el camino, desde Baltimore y Jacksonville hasta Cayo Hueso donde tomará el ferry hacia La Habana, Marion trata de disuadirla de sus planes.

"Todo el mundo está tratando de salir de allí".

"Pues entonces, no tendré ningún problema. 'No soy Nadie —¿Y tú quién eres?'". Le encanta citar a Miss Dickinson, cuya casa visitó una vez y cuyo talento le recuerda el de su propia madre. Emily Dickinson es para Estados Unidos lo que Salomé Ureña es para la República Dominicana —o algo así. A una de sus sobrinas —¿Lupe?— le encantan esas analogías de los libros de juego que les lleva cuando las visita. Pero Camila se pone nerviosa cuando le piden que ponga las cosas exactamente donde pertenecen. Observa mi vida, piensa, de aquí para allá, de allá para acá.

Pero ahora —"¿Haremos que redoblen los tambores, que suenen las trompetas, y que toquen una cantinela en la flauta?", dice Marion en son de broma— va camino a tu casa, o lo más cerca de tu casa que puede llegar. Trujillo ha convertido el país en una opción imposible. Quizás todo salga bien, quizás, quizás.

"Tú eres alguien, Camila", su amiga la regaña. "¡No seas

modesta!". A Marion le encanta dárselas. Ella proviene del área medio oeste del país y se impresiona fácilmente con cualquiera, especialmente si es de una de las costas o de algún país extranjero. ("La madre de Camila fue una poetisa famosa". "Su padre fue presidente". "Su hermano fue el Conferenciante Norton en Harvard".) Quizás Marion se imagina que ese resaltar la importancia de Camila pueda detener la ola de prejuicios que a menudo ahoga a los extranjeros y a la gente de color en este país. Pero debería saber que no es así. ¿Cómo puede Marion olvidar las cruces de madera ardiendo en el césped frente a su casa aquel verano no tan lejano cuando Camila visitó a la familia Reed en Dakota del Norte?

"¿Necesita ayuda con alguna otra cosa, Miss Henry?", dice uno de los fornidos conserjes. Su apellido es Henríquez ("con acento en la *i*"), les ha dicho más de una vez, y ellos lo han repetido lentamente, pero para la próxima vez que ella necesite ayuda, lo habrán olvidado. Miss Henry, Miss Henriette.

Más atrás, en la Calle College, con sus vestidos pastel, un grupo de estudiantes graduadas pasa apresuradamente hacia alguna reunión de última hora. Parecen capullos liberados de sus tallos.

Una de ellas se voltea súbitamente, se lleva la mano a la frente para protegerse los ojos del sol, su pelo rojo como una bandera. "Hasta luego, Profesora", le grita en español a la ventana del ático.

Posiblemente no me ve, piensa la profesora. Ya me he ausentado de este lugar.

ANTES DE IRSE, se persigna —un viejo hábito del que no ha logrado deshacerse desde que murió su madre hace sesenta y tres años.

En el nombre del padre, del hijo y de mi madre Salomé.

Su tía Ramona, la única hermana de su madre, fue quien le enseñó la frase. La querida Mon, redonda y morena con un moño de pelo negro en la coronita de la cabeza, una Buda dominicana pero sin un ápice de calma *bodhisattva*. Mon era más supersticiosa que religiosa y más cascarrabias que nada. En aquel entonces, existía la costumbre de besarle le mano a los padres y a pedirles la bendición antes de salir de la casa. La bendición, Mamá. La bendición, Papá.

(Sus estudiantes norteamericanas hicieron muecas de disgusto cuando ella les habló de esta tradición. "Qué fastidio", dijo la gordita y pecosa estudiante de Cooperstown, alzando la comisura de los labios como si esta costumbre del viejo mundo oliera mal.)

Cuando Salomé murió, Mon inventó esta oración para Camila como una manera de pedirle la bendición a su madre, para que sacara fuerzas de un borroso recuerdo que cada año se ha ido alejando más y más de la realidad hasta que lo único que ha quedado de su madre es la historia de su madre.

A veces la frase es mitad oración, mitad maldición —como ahora cuando escucha el estridente y brusco bocinazo de la calle y mascula entre dientes. Marion va a matar a Dot. Las dos hermanas siempre han sido muy amables con la tranquila vecina de los altos, esa amabilidad condescendiente de los nativos hacia los extranjeros que no les atemorizan. Todos los inviernos, Dot le teje sus horrorosos conjuntos de guantes y gorro, los cuales Camila debe ponerse por lo menos una vez para demostrar su aprecio.

Otro bocinazo seguido por un grito, "¡Oye, Cam! ¿Te dio un infarto o qué?". Ella mira hacia abajo desde la ventana de atrás y le indica con la mano a su amiga que bajará inmediatamente. Marion está de pie junto al carro alquilado, un Oldsmobile color turquesa Caribe. Han discutido sobre el color. (Ella es del Caribe, y nunca ha visto ese tono de azul, dice. Pero el manual que Marion saca de la guantera dice *turquesa Caribe*.) Con las manos en la cintura, sus pantalones anchos y su bufanda de paisley alrededor del cuello (¿quién puede creer que es de Dakota del Norte?), Marion pudiera ser la profesora de teatro de la universidad, gritándole órdenes a las muchachas en el escenario. Los tantos años de enseñar educación física han mantenido a Marion en muy buena forma, y sus genes del medio oeste norteamericano han hecho el resto. Ella es cálida y aparatosa y arma un revuelo dondequiera que va. "¿Eres española también?", la gente le pregunta a menudo, y con su pelo negro y ojos brillantes, Marion pudiera pasar por hispana, a pesar de que su piel es tan blanca que al padre de Camila le preocupaba si tendría anemia o tuberculosis.

Ellas dos habían pasado por muchas cosas, algunas de las cuales es mejor dejar enterradas en el pasado, especialmente ahora que Marion es una respetable mujer casada. ("No sé lo de respetable", decía riéndose.) En política, Marion es tan conservadora como su flamante esposo, Lesley Richards III, que tiene la piel tan tostada que parece barnizada, como si estuviera preservado para la posteridad. Es rico y alcohólico y está acribillado de malestares.

No debe ser tan despiadada.

Al lado de la puerta cuelga el árbol genealógico que dibujó la estudiante que la ayudó a clasificar el contenido de los baúles de la familia. Camila encontró el papel, sin duda abandonado sin querer, cuando estaba limpiando. Le divirtió tanto la visión que de su vida tenía la joven, que colgó el papel en su pizarrita. Considera quitarlo, pero luego decide dejar este curioso recuerdo para que los próximos inquilinos tengan algo con que entretenerse.

De nuevo la bocina y más gritos que la reclaman.

El viaje a la Florida será largo. Ha medido la ruta en el atlas grande de la biblioteca usando sus dedos para calcular la distancia. Cada dedo es un día de carretera. Cinco dedos, un puñado, con Marion cantando viejas canciones de camping y manejando demasiado rápido, considerando que el baúl de Salomé va amarrado al techo del carro. En el asiento de pasajeros, Camila se agarra al descanso del brazo de la puerta y ruega que no se topen con un aguacero, y espera y ruega que Marion no trate de disuadirla de su decisión ni que vuelva a recordarle que tiene sesenta y cinco años, que está sola y que debía pensar en su pensión, debía pensar en su futuro, debía pensar en mudarse a una cómoda casita cerca de Marion, por lo menos hasta que las cosas se tranquilicen en esas islitas acaloradas.

"En el nombre de mi madre Salomé", musita para sí misma de nuevo. Necesita mucha ayuda en estos momentos en que su vida en Estados Unidos llega a su final.

AL PASAR TRENTON, Nueva Jersey, para que su impaciente amiga no la distraiga más ("Enciéndeme un cigarrillo", "¿Quedan papitas?", "Me tomaría un refresco"), le hace un ofrecimiento. "¿Quieres saber por qué he decidido regresar?". Desde que Marion llegó a ayudarla con la mudada ha estado molestando a Camila. "Pero, ¿por qué?. Eso es lo que quiero saber. ¿Qué esperas lograr con esos gorilas groseros, esos sucios barbudos que gobiernan ese país?".

Camila está segura de que Marion pronuncia la palabra mal a propósito. "Guerrillas", Camila la corrige, arrastrando las erres.

Ha tenido miedo de explicar, por no sonar como una tonta, que ella desea, aunque sea una sola vez en su vida, entregarse a algo completamente —sí, como su madre. Sus amistades se preocuparían y pensarían que ha perdido el sentido, que tiene demasiado azúcar en la sangre, que las cataratas le nublan la vista. Y la desaprobación de Marion es lo peor de todo, pues no solo está en desacuerdo con la decisión de Camila, sino que hará todo lo posible por salvarla.

Marion ha volteado el rostro para mirarla. Brevemente el carro se desvía hacia el carril izquierdo. El bocinazo de un carro que viene en dirección contraria la sorprende, y recobra el control justo a tiempo.

Camila respira hondo. Quizás el porvenir llegue a su fin antes de lo que tenía pensado.

"SOY TODA OÍDOS", dice Marion cuando se ha recuperado.

El corazón de Camila aletea desbocadamente —como uno de esos murciélagos que a veces se quedan atrapados en su ático y tiene que llamar a los conserjes para que vengan a sacarlo.

"Tengo que retroceder bastante", explica. "Tengo que empezar con Salomé".

"¿Puedo confesarte algo?", Marion cuestiona, aunque no es una pregunta en verdad ya que no espera respuesta de Camila. "Por favor, no te ofendas, pero, francamente, yo creo que nunca hubiera sabido quién era tu madre si no te hubiera conocido".

No le sorprende. Los norteamericanos no se interesan por los héroes y heroínas de países menores hasta que hagan una película sobre ellos.

Más adelante, en una valla de anuncios, un hombre fuma un cigarrillo; detrás, una manada de vacas espera pacientemente a que él termine.

"Bueno, ¿cuál es la historia?", Marion quiere saber.

"Como dije, tengo que comenzar con mi madre, es decir, con el nacer de la patria, ya que ambas nacieron al mismo tiempo". Su voz le suena como la suya y al mismo tiempo como una voz ajena. Tantos años en el salón de clases. Su medio hermano Rodolfo llama al modo en que ella se disuelve dentro de lo que esté enseñando su "impedimento pedagógico". Lo ha hecho toda su vida. Mucho antes de poner un pie en el aula, ella tenía esa costumbre de borrarse a sí misma, de convertirse en tercera persona, en personaje secundario, en la mejor amiga (¡o hija!) de la moribunda primera persona, del héroe o heroína. Su misión en la vida, al caer el telón, es relatar la historia de los grandes que han muerto.

Pero Marion no se lo va a permitir. Camila no ha pasado de los primeros años de la vida de Salomé y las guerras de independencia cuando su amiga la interrumpe. "Pensé que por fin ibas a hablar de ti, Camila".

"*Estoy* hablando de mí", le dice, y espera hasta que dejan atrás un enorme camión con un barco flotando en sus costados de aluminio, para retomar el hilo.

LA FAMILIA DE LA PROFESORA CAMILA HENRÍQUEZ UREÑA N. 1894

Su padre: **Francisco Henríquez**	*Su madre:* **Salomé Ureña**
1859–1935	1850–1897
"Pancho" o "Papancho"	la Poetisa Nacional
Presidente de la República Dominicana	¿Se supone que sepa quién es?
por cuatro meses	
Poco tiempo, ¿verdad?	

Sus hermanos

Francisco	**Pedro**	**Maximiliano**	**Profesora Camila**
n. 1882	n.1884	n. 1885	n. 1894
"Fran"	"Pibín"	"Max"	nunca se casó—
mató a un hombre	el más famoso	Embajador	*toneladas de cartas de amor*
y desapareció	de toda la familia,	¿durante	*que no me deja*
de la familia	Conferenciante Norton	la dictadura?	*leer*
	en Harvard (¡vaya!)		

Los entenados

Natividad Lauranzón	*Sus medio hermanos:*	*La familia de París:*
"Tivisita"	**Salomé** (murió de bebé)	1890 más o menos
Madrastra de la Prof.	**Cotubanamá** (nombre extraño,	—preguntar a la Prof. C
—no habla mucho	¿verdad?)	para esclarecer
de ella	**Eduardo**	
	Rodolfo (obviamente uno	
	de sus favoritos)	
	Marta (murió a los dos años)	

Otros:

Federico	**Ramona**	**Gregoria y Papá Nicolás**
El hermano mayor	"Mon"	"Manina" & "Nísidas"
de Pancho	La única hermana de Salomé	Los abuelos de la Prof.
	"la guardiana de su memoria"	a quienes nunca conoció
	—¿es correcto?	

Amistades:

Hostos	**Marion**	Mascotas:
filósofo/	La mejor amiga de	**Colón,** un oso
educador/	la Prof.—revolucionaria	varios monos
	teléfono RIngling 5-4233	**Paco,** el loro

Trasfondo Histórico

¡Montones de revoluciones y guerras, demasiadas para enumerar!

I

UNO

El ave y el nido

Santo Domingo, 1856–1861

LA HISTORIA DE mi vida comienza con la historia de mi país, ya que nací seis años después de la independencia, una niña enfermiza que nadie penso que sobreviviera. Pero al cumplir los seis, mi salud estaba mejor que la del país, pues la patria ya había sufrido once cambios de gobierno. Yo, por otro lado, sólo había aguantado un gran cambio: mi madre había abandonado a mi padre.

Casi no podía recordar la separación de mis padres, y en cuanto a mi país, crecí entre tantas guerras que no tenía un verdadero entendimiento del peligro que me rodeaba. Lo que daba miedo no eran las revoluciones, sino el hueco oscuro debajo de la casa donde teníamos que escondernos cada vez que estallaba una guerra.

Nosotros, los niños, no teníamos la menor idea de por qué peleaban. Un lado era rojo y el otro lado era azul —los colores eran la única manera que teníamos de distinguir un bando del otro, aunque ambos bandos decían que lo hacían por la patria. Habíamos rechazado una invasión de Haití, y pronto estaríamos luchando contra España. Ahora peleábamos entre nosotros. Todavía recuerdo la canción que mi hermana Ramona y yo solíamos cantar:

> *Nací española*
> *Al atardecer fui francesa*

Por la noche, africana
¿Qué será de mí?

Mi madre, mi hermana Ramona, mi tía Ana —la segunda madre de nuestro hogar— y yo vivíamos en una pequeña casa de madera con un reluciente techo de zinc, lo suficientemente alejada de la plaza central como para escapar las bombas y el saqueo. "¡Dónde se ha visto dos mujeres propietarias!", dicen que exclamó mi padre cuando le contaron que su esposa y la hermana de ella habían comprado una casa.

Nos sentíamos orgullosas de nuestra casa, especialmente de nuestro techo de zinc. Si tenías una buena casa antigua de los tiempos en que los españoles se asentaron en la isla, sin duda tendría un techo de tejas españolas, lo cual la hacía una propiedad muy elegante y de buena casta, excepto que si tenías ese tipo de vivienda, vivirías en el sector español de la ciudad, junto a las oficinas de gobierno y la cárcel y la catedral y, en tiempos de guerra, ese era el sector hacia el cual el bando de oposición apuntaba los cañones y harían añicos el antiguo techo familiar.

Por lo tanto, un techo de zinc de Estados Unidos de América, un país mucho más cercano que España, era el techo más conveniente en 1856, cuando yo tenía seis años de edad y las bombas estallaban por las calles de la capital mientras los Colorados batallaban por arrancar la patria del control de los Azules.

UNA TARDE EN octubre de 1856 estalla una bomba en la fábrica de velas, unas cuadras más abajo.

"Niñas", dice mi madre, "prepárense".

Ya conocemos el procedimiento: envolver un plátano y un pedazo de bacalao en un retazo de tela del cesto de Mamá, ponernos los vestidos más viejos y bajar apresuradamente por los escalones traseros y escondernos en un hoyo debajo de la casa, excavado exclusivamente para este propósito.

"¿Puedo llevar a Alejandra?", pregunta Ramona. Mi hermana

mayor no va a ninguna parte sin su muñeca de porcelana de pelo color yema de huevo que Papá le envió de Santo Tomás.

Creo que Ramona quiere a la muñeca más que a mí porque esta no llora. Hay días en que me despierto llorando y no puedo explicar por qué, lo cual preocupa mucho a Mamá, puesto que la melancolía es un mal equivalente a la lepra o a la demencia y por la que te pueden internar para siempre. A veces cuando lloro mucho, el pecho se me encoge y no puedo respirar, lo cual preocupa a Mamá aún más, ya que la melancolía es una bobería comparada con la tuberculosis. Pero el Doctor Valverde dice que todo lo que tengo es un poco de asma, y Mamá debe dejar de preocuparse o de lo contrario será ella quien sucumba a la histeria. En general, sonamos bastante mal de salud.

Pero hoy no es un día de llanto. Me entretengo escribiendo en la última página de uno de los libros de catecismo que mi tía Ana, la maestra, le da a sus estudiantes. Levanto la vista de la cartilla y le pregunto a mi madre por qué están peleando hoy.

"Por la patria", dice Mamá con un suspiro.

Hoy la palabra capta mi atención, de esa manera en que una palabra súbitamente te devuelve la mirada y rehúsa revelarte su significado. "Mamá", digo, "¿qué es la patria?". Ella no me responde. Parece que está a punto de llorar.

Una bomba estalla en la calle al otro lado de la puerta cerrada. Las paredes tiemblan y se cae el crucifijo, Cristo primero, seguido por su cruz.

Mamá nos hace señas desesperadamente. Tía Ana ya ha bajado los escalones y nos llama.

Recojo mis cosas rápidamente, incluyendo el *Catecismo*. No es que me interese estudiar mi catecismo, pero en la última página he comenzado a escribir un pequeño verso ilegalmente.

Varias horas más tarde, luego que los tres cañonazos anuncian el cambio de gobierno, salimos del hoyo y subimos los escalones, y entonces, ya que soy la más pequeña, Mamá y tía Ana me suben al techo de zinc. Hay una nueva bandera ondeando sobre el palacio de gobierno.

"Colorada", les digo.

"Tu padre regresará pronto", dice Mamá.

AL CABO DE una semana alguien toca a la puerta. La puerta del frente siempre está cerrada debido al ruido y polvo de la calle. Se mantiene cerrada, además, porque en cualquier tarde soleada de octubre puede estallar una guerra civil y un bando de hombres puede galopar a lo largo de la calle, disparando sus escopetas.

Pero hoy solamente se trata de un golpe a la puerta y no de una guerra. Tía Ana le enseña el alfabeto a quince niñitas que han cargado sus sillitas de mimbre en la cabeza desde sus casas. Cuando estas niñas sean mayores, las inscribirán, en su mayoría, en la escuela de las hermanas Bobadilla, a una cuadra de distancia, donde mi hermana Ramona y yo estudiamos. En la escuelita de tía Ana, las niñas aprenden a sentarse correctamente, cómo colocar las manos cuando están sentadas y cómo colocarlas cuando están de pie. Aprenden a recitar el alfabeto y a servir un vaso de agua y a rezar el rosario y a decir el vía crucis. Después, pasan a las manos de las hermanas Bobadilla.

En la escuela de las hermanas Bobadilla, las más grandes aprenden manualidades, que significa aprender a coser, a tejer y a hacer ganchillo; aprenden a leer —el *Catón cristiano* y *Amigos de los niños* y *Fundamentos de todas las ciencias* ("La Tierra es un planeta que gira alrededor del Sol"), y a memorizar lecciones de moral y cívica del manual *Moralidad, virtud y urbanidad*. Pero no aprenden a escribir, pues así si reciben una carta de amor no podrán contestarla.

A mí, por supuesto, me están criando mi tía Ana y mi madre, Gregoria, quien ha abandonado a su esposo, y ellas no son mujeres que le nieguen la ortografía a una muchachita que al ver por primera vez un crucifijo, en vez de preguntar "¿Quién es ese hombre?", dijo "¿Qué son esas letras sobre su cabeza, *I, N, R, I*?". Así es que, mucho antes de que Ramona y yo camináramos una cuadra a la escuela de las hermanas Bobadilla, mi madre y mi tía ya nos habían enseñado a leer y a escribir.

Esa tarde, cuando tocaron a la puerta, corrí a abrirla porque ese día no fui a la escuela. Tenía catarro por pasar tanto tiempo en el húmedo hueco de la revolución este último mes. Arrastro la pequeña banqueta y abro el postigo, como me han enseñado a hacer cuando tocan a la puerta.

Es un hombre muy buenmozo, de pelo largo y rizado (¡como el de un pirata!), y un bigote muy fino y la piel color de leche fresca. Me estudia por un momento y luego se le ilumina el rostro con una sonrisa.

"Buenos días, señor. ¿Qué desea?".

"¡Sólo deseo ver las estrellas más preciosas! ¡Sólo deseo escuchar el arrullo de mi paloma!"

Nunca había escuchado a nadie hablar de esa forma, lo cual me intrigó.

"¿Quién es?", pregunta mi madre desde el fondo de la casa.

"¿Quién es usted, señor?", hago eco a la pregunta de mi madre.

"Soy el heraldo que trae este encargo". De la manera en que lo dice, las palabras riman como en una canción. Me enseña un pergamino doblado y sellado con cera roja como los que he visto entre los papeles de mi madre.

Tomo la carta, le doy la vuelta y leo: *Señoritas Salomé y Ramona Ureña*. "¿Para mí?".

"¡Así que sabes leer!" dice con una sonrisa. No me agrada que se ría cada vez que abro la boca.

"También sé escribir", añado a pesar de que Mamá advirtió que no debía dármelas, especialmente delante de las hermanas Bobadilla. Pero este es un desconocido —a quien jamás he visto cerca de las viejas hermanas, que son españolas de pura cepa, con casa de mampostería y techo de tejas.

"¿Quizás contestes mi carta? ¡Ojalá que no dejes de escribir porque si no me voy a morir!".

Asiento con la cabeza. Haría cualquier cosa que me pida este hombre que habla en rimas.

Se le suavizan las facciones con una mirada que he visto antes en la cara de mi madre. "Escríbeme, palomita. Entrega tu carta a cualquier mulero que la lleve a la casa de la Calle Merced, la de la mata de gardenias en el portal y el laurel en el patio". Me entrega un mexicano, una pesada moneda de plata que pocas veces he tenido en mis manos.

El hombre ve algo sobre mi hombro. La expresión de broma desaparece de su cara. "Recuerda, es nuestro secreto", me susurra. "Guárdala". Y antes de que pueda recordar que nunca he tenido secretos para nadie en mi familia, deslizo la carta y la moneda en el bolsillo de mi delantal.

En un segundo tía Ana está a mis espaldas. Se siente una antipatía que jamás he percibido dentro de casa. Es como si hubieran taponado el odio que causa la guerra en las calles dentro de una botellita —tanto es así que por varios días ha habido desfiles y sol y felicidad— y ahora alguien ha destapado la botellita aquí mismo, entre mi tía y el desconocido.

Pero mi tía Ana es maestra. Tiene que dar un buen ejemplo. En ese mismo momento, las quince alumnas, sentadas a sus espaldas, observan al desconocido y se preguntan qué va a suceder. Ella extiende la mano por encima de la media puerta y da un medio abrazo. "¿Qué hay, Nicolás?", dice, y por encima del hombro llama. "Gregoria, te buscan".

Cuando tía Ana regresa, las quince niñas inclinan las cabezas hacia sus cuadernos. Mamá entra apresurada del patio. Noto una excitación desconocida en su rostro, y al mismo tiempo lo contrario, un freno a la excitación como si Mamá tratara de obligar a su cara a no demostrar sus sentimientos.

"¿Qué pasa?", Mamá pregunta a tía Ana, quien mira hacia la puerta sorprendida. "Pero...Era Nicolás. Estaba parado ahí ahora mismo".

Miro en la dirección que señala mi tía y, así es, el hombre ha desaparecido.

"¿Qué le dijiste?", pregunta mi madre con una calma en la voz igual a un líquido hirviendo a fuego lento.

Antes de que mi tía pueda responder, levanto la aldaba y corro hasta la esquina. El desconocido ya va calle abajo. Grito una palabra que sé que lo hará detenerse. "¡Papá!".

Y así es, mi padre se vuelve y me saluda con la mano.

CREO QUE NUNCA nos dijeron por qué nuestros padres se habían separado en 1852, dos años después de mi nacimiento. Es más, hasta el día en que Ramona y yo enterramos a Papá y conocimos a su otra familia junto a la tumba, no supimos por qué Mamá lo había dejado. Por supuesto, una vez que la gente supo que lo sabíamos, nos dieron todos los detalles.

Supuestamente, durante varios años, mi madre no sospechó que su esposo buscaba el placer fuera de la cama matrimonial. Ella estaba muy enamorada de su alegre Nicolás, quien escribía poemas y estudiaba leyes y provenía de una buena y antigua familia de la capital.

El matrimonio de mi madre y mi padre había contado con la suficiente aceptación de su familia, particularmente porque, si contabas desde el nacimiento de Ramona, mi hermana mayor, no cabía duda de por qué fue necesario. Pero si hubiese habido tiempo para discutir el asunto, los Ureña hubiesen sostenido una larga conversación con su hijo Nicolás en la que le hubieran indicado que a pesar de que Gregoria era lo suficientemente blanca, y a pesar de que ella hablaba de su abuelo de Islas Canarias, no había más que mirar a su abuela y sacar tus propias conclusiones.

Finalmente, mi madre se había enterado de las transgresiones de su marido gracias al ojo de águila y la lengua sin pelos de Ana, su hermana mayor. Cada vez que Nicolás sacaba el pie fuera del ruedo, de algún modo Ana se enteraba. En aquel entonces, la capital era una ciudad pequeña de unos cinco mil habitantes, donde podías mantener tus asuntos secretos si bajabas la voz y te subías los pantalones en público. Pero Nicolás era un hombre extravagante, poeta y abogado, y en una ocasión se vio obligado a abandonar rápidamente la casa de una mujer, llevando como única vestimenta lo primero que agarró al saltar por una ventana. Ocurrió al amanecer, cuando la gente respetable se está levantando, y no sólo fue visto en la calle por varias personas, sino que mi mismo padre hablaba con frecuencia, y con gran encanto, del evento en cuestión.

En esos días el Partido Colorado había llegado al poder y mi padre tenía un puesto en el gobierno. Temprano al atardecer, llegaba del palacio y encontraba una esposa lagrimosa que lo trataba de "usted" y no lo dejaba deslizar su mano por el escote cuando la suegra viraba la espalda para revoluer el sancocho. Él pasaría esa noche de rodillas al pie de su cama, tratando de convencerla con su pico de oro, el mismo con que cantaba para convencer a sus colegas ministros de que Fulano debía ser multado por echarle agua a la leche o de que a Mengano se le debía permitir que pastara su ganado en terrenos públicos, de que lo que su hermana Ana había escuchado no era cierto y que se trataba de una intriga política para desacreditar al nuevo gobierno.

Y aquello tenía efecto —¿cómo no lo iba a tener? Si amas a tu encantador esposo, ¿por qué has de creer a tu hermana, tres años mayor que tú y todavía soltera y famosa por su temperamento difícil y su mal genio? Pero un día esta hermana te contará algo peor que si vieron a tu marido por la calle San Francisco al amanecer con una mantilla cubriéndole el trasero; ella te dirá que él tiene otra familia y que ha instalado a otra mujer en su casa, mientras que tú tienes que vivir con tus suegros y pelear en susurros en la noche cuando todos se han ido a dormir.

Y al día siguiente, después que él se ha marchado al trabajo, vistes a tus dos niñas con sus trajecitos de percal, les dices que se sienten calladitas en la cama mientras tú echas sobre una sábana sus otros vestidos y segundo par de zapatos, y tus ropas y segundo par de zapatos y amarras el bulto con un nudo y lo envías a casa de la Señorita Ana, la que tiene la escuelita en la Calle Comercio, con un hombre en una mula que alquilaste. Después, sin una palabra de despedida a las hermanas ni a la madre ni al padre de tu marido, te llevas a tus dos hijas, bajas por la Calle Merced y subes por la Calle Comercio, y durante los próximos cuatro años no le diriges la palabra al hombre con quien estabas casada y no le permites ver a sus hijas, aun cuando te enteras de que el ahora victorioso Partido Azul lo ha metido en la cárcel, o ni siquiera cuando te enteras de que se ha exiliado en Santo Tomás. Solavaya, dices, aunque tienes el corazón destrozado en tantos pedacitos que quien los viera no podría determinar qué componían cuando estaban juntos.

EN EL DORMITORIO, a la luz de una lámpara de aceite, Ramona y yo escribimos nuestra primera carta a Papá en una página que arrancamos del *Catón cristiano* de nuestra tía.

> Querido Papá,
> ¿será verdad
> que has regresado
> para estar cerquita
> de tus dos palomitas
> que sufrían al pensar
> que te habías alejado
> porque no eran buenitas?
>
> Él les responde:
> Adoradas damiselas,
> No se atrevan
> A oscurecer sueños
> Con necios empeños
> El amor de Papá
> Será por siempre tenaz.

Las cartitas comienzan a ir y venir de la Calle Merced a la de la Cruz. Todos firmamos con seudónimos. "En caso de que caigan en manos enemigas", escribe Papá, infundiendo la corre-spondencia de intriga y peligro. Él firma las suyas Nísidas, que es el nombre que usa cuando publica artículos alarmantes en los periódicos. A mí me bautiza con el nombre de Herminia porque soy más paciente y persistente que mi hermana Ramona, a quien le da el nombre de Marfisa, el cual no nos explica, di-ciendo, "¡Lean a los italianos!".

A menudo las cartas son en verso. A veces incluyen pequeñas peticiones o recordatorios:

> Herminia y Marfisa
> díganle a su mamá
> que la bata que le cosió
> Nísidas con besos agradecerá.

Poco a poco, Papá va estableciendo una cabeza de playa en el afecto de Mamá. Ella comienza a recibir sus ropas para el lavado, le confecciona una bata negra y una gorrita china (él es juez de la corte suprema), le toma las medidas con un cordel, del hom-bro a la muñeca, de la cintura al talón, y con lentitud calculada le mide del cuello a debajo de la cintura, donde sus nalgas llenan el fundillo de los pantalones. Le corta su larga cabellera para que no luzca como un loco y guarda los rizos en un joyero, junto a sus aretes de boda y los dientes de leche de Ramona y los míos. Nunca volverán a convivir como marido y mujer, pero su devo-ción por Ramona y por mí, y el hecho de que ha dejado de salir con otras mujeres, información que le llega a Mamá porque la gente te dice lo que sabe que tú quieres saber, justifican su des-encanto y le permite cumplir algunas, ya que no todas, de sus obligaciones de casada para con su esposo.

Ahora Mamá nos permite visitar a Papá todas las tardes des-pués que él regresa del palacio de gobierno o del Colegio Cen-tral, donde enseña, o de la redacción del pequeño periódico *La República,* donde publica sus artículos y poemas, a veces bajo su nombre de pluma, Nísidas. Entramos a la casa de dos pisos en la

Calle Merced con sus laureles en el patio interior, cuyas copas se ven desde la calle. Nos saludan las tías nerviosas y los vigilantes abuelos, y comentan sobre lo altas que somos, y sobre lo mucho que nos parecemos a la otra abuela y nos mandan a pasar con un gesto de la cabeza. "Ya saben dónde está".

Arriba, en su habitación llena de libros, periódicos viejos, una caja de plumas de ganso, una botella de tinta destapada, un baúl a medio empacar, está sentado Papá, en el balcón que da a la calle. Se mece al ritmo de lo que escribe, a su lado, una botella de la cual toma tragos de vez en cuando, para celebrar la rima ingeniosa o la frase oportuna que se le acaba de ocurrir, y a veces, aunque trata de ocultarlo, a veces sólo bebe y llora.

Seleccionamos un libro. "¡El libro que quieran!", dice Papá, y los tres bajamos al hermoso jardín que él ha cultivado y nos sentamos bajo el laurel a leer a Taso y a Simón de Nantua y el *Numa Pompilius* de Florián que tanto amo y me digo que un día, cuando tenga una hija, la nombraré Camila. ("Ella corre por los campos de trigo sin doblar ni un solo tallo, camina sobre el mar sin mojarse los pies..."). Papá también nos lee poemas que memorizamos: "Las ruinas de Itálica", "Sobre la invención de la imprenta", así como algunos de los suyos, "A mi patria", "Noche de los fieles difuntos en el exilio", "El patán amoroso" y "En el cumpleaños de Gregoria".

A VECES, CUANDO PIENSO en este período de mi vida, lo recuerdo con la misma intensidad que una aventura amorosa. Es más, comienzo a dividir mi vida entre. A. de N. y D. de N.: Antes de Nísidas y Después de Nísidas. Y si Antes de Nísidas es un sentimiento oscuro y lóbrego como el de estar confinada en un pozo con una tía cascarrabias y una madre suspirando y una hermana cuyo concepto de diversión es peinarle el pelo amarillo a una muñeca de porcelana, entonces Después de Nísidas es un sentimiento soleado, lleno de flores, sentada en el regazo de un hombre encantador, que me mece al compás de la música de sus palabras, que a veces suena como arrullo de palomas y a veces como el alarido estridente de los pitos daneses que Papá nos envió de San Tomás una vez.

EN 1859, LOS AZULES suben al poder de nuevo y mi padre vuelve al exilio. Esta vez, se ausenta por más de dos años. De vez en cuando, regresa a escondidas por la noche para resolver rápidamente asuntos revolucionarios. Me despierto al sentir que hay más luz en la habitación de la que debe haber, y lucho por alcanzar la superficie del sueño, abro los ojos y allí está mi padre, arrodillado a mi lado, con una lámpara en la mano, acallando mis gritos de alegría. Él me promete que regresará tan pronto nuestro país sea libre de nuevo.

"¿Cuándo será eso?", pregunto. Y justo cuando se me empieza a apretar el pecho y estoy a punto de romper en lágrimas, Papá me recuerda, "Acuérdate, no las desperdicies. Las lágrimas son la tinta del poeta".

Y hago un gran esfuerzo por recordar que las lágrimas son la tinta del poeta. Especialmente de noche, cuando me siento al lado de mi madre que borda punto de cruz en una bata de bautizo, o mueve el sancocho para que los víveres no se peguen al fondo (si es que tenemos víveres, la comida ha escaseado tanto durante este último sitio de la capital, que ya va para un año, que a veces la cena no es más que un té de yerbas endulzado con melao de caña). De pronto, no me puedo contener. Pienso en mi padre, tan lejos en una isla solitaria, o cuando escucho a una víctima del más reciente tiroteo por la patria gritar de dolor en su cama de enfermo, mientras el Doctor Valverde le amputa una pierna infectada, y me echo a llorar.

Nada ni nadie puede lograr que deje de llorar, ni mi tía Ana con su té de hojas de guanábana para calmar los nervios; ni mi madre que me mece y me canta canciones de cuna; ni mi hermana Ramona que me ofrece su muñeca Alejandra si paro de llorar. Hay sólo una manera de detener mi llanto, una manera que Papá ha tratado de enseñarme, y esa es sentarme y pensar en las palabras apropiadas a la situación y escribirlas en versos que luego mi madre copia nítidamente en las cartas que ella le envía a mi padre.

LA PRÓXIMA VEZ que veo a mi padre, está de pie en la plaza central la mañana del 18 de marzo de 1861.

No es difícil recordar la fecha exacta. Cada vez que me acuerdo, que es a menudo, me pongo la mano en el corazón como si la fecha estuviera grabada allí y pudiera sentir los números y las letras con la yema de los dedos. Pienso en Cuba y en Puerto Rico al borde de sus guerras de independencia, y en Estados Unidos a punto de comenzar su lucha por la liberación de su población negra, y pienso en mi patria que renuncia a su propia independencia para convertirse en colonia de nuevo, y me pregunto: "¿Qué es la patria?". ¿Qué es esta idea de nación que empuja a tantos a dar la vida por su liberación para que luego otros la vuelvan a encadenar?

Claro que en ese entonces, mientras estoy viviendo los acontecimientos, no tengo idea de lo que sucede. Sólo sé que habrá un cambio de gobierno y eso significa que mi padre regresará, pues la derrota de los Azules siempre quiere decir que mi padre estará de vuelta con el Partido Colorado.

La víspera del 18 de marzo se leyó una proclama en las calles principales de la capital. Tenemos que congregarnos en la plaza principal mañana al amanecer, ya que el presidente tiene noticias importantes. "No iremos", dice tía Ana a Mamá esa noche. "Son capaces de hacernos vestir nuestras mejores ropas para después asesinarnos".

"Por orden *presidencial*", le recuerda mi madre. "Esa fue la proclama".

"¿Qué sabe de orden este ni ninguno de los presidentes que hemos tenido desde 1844?".

Escucho la discusión y sé que voy a echarme a llorar, a no ser que encuentre algo con qué distraerme. No puedo escribirle un poema a mi padre, excepto en mi cabeza, porque tenemos que ahorrar el aceite para las lámparas en preparación de otra invasión haitiana que nunca llega. Nos sentamos en el patio bajo las estrellas, a discutir los planes del día siguiente.

Más tarde esa noche, acostada junto a Ramona, suelto las lágrimas que he contenido toda la tarde. Mi hermana se mueve, se despierta. "¿Y ahora qué pasa?", susurra con voz impaciente.

"Ramona", le pregunto entre sollozos, "¿también te duele?".

Ramona se apoya en un codo. Sé lo que está pensando. Hace poco comenzó a menstruar, que quiere decir que sangra entre las piernas, lo cual es bueno. Ella se vanagloria porque eso significa que ahora hay espacio en sus órganos para un bebé en el futuro. "¿Y yo qué?", pregunto. "¿Cuándo me toca sangrar a mí?". Ramona debe pensar que he comenzado a menstruar. "¿Qué duele?", me pregunta.

"Duele vivir", le digo.

"¿Qué clase de dolor es ese, Salomé? En verdad. Es tarde. Tenemos que levantarnos temprano para ir a la plaza a escuchar la proclama".

Mamá ha sacado nuestros vestidos, los zapatos buenos, las medias, las cintas para el cabello y las banderitas para saludar al presidente. Tía Ana me ha contado la historia de nuestra bandera: Durante la guerra de independencia contra Haití uno de nuestros patriotas rasgó la bandera haitiana y le pidió a su tía que cosiera los pedazos en una configuración totalmente distinta, ya que no tenía dinero para comprar más tela. La costurera, también una valiente patriota, fue asesinada un tiempo después por no estar de acuerdo con el nuevo presidente sobre lo que significa la patria y, justo antes de ser ejecutada, le pidió al pelotón de fusilamiento que, por favor, le amarraran la falda a los tobillos, ya que no quería que le vieran sus pantaletas cuando cayera muerta ante ellos.

Pienso en la historia de esta mujer valerosa y me pregunto de nuevo, ¿Qué es la patria en cuyo nombre se hacen cosas así, asesinar a la mujer que confeccionó nuestra insignia nacional, hacer desaparecer a tu padre, amputar una pierna a un hombre y un brazo a otro? Y ahí lloro a más no poder y enseguida me falta la respiración. Mi hermana me toma en sus brazos del mismo modo en que acuna a su muñeca Alejandra, y me canta una canción sobre un niñito que se convierte en ángel, que me da más ganas de llorar porque es la canción más triste del universo.

A la mañana siguiente, Mamá nos despierta. ¿Cómo es posible que sea de día y haya tanta oscuridad? Nos vestimos rápidamente, y Mamá nos deja beber un sorbo de su café azucarado mientras nos hace las trenzas. Escuchamos a la tía Ana rezongando al fondo de la casa, quejándose de tener que levantarse a hacer café para una hermana que está decidida a que la maten a ella y a sus dos hijas. Ramona, que no es una llorona, rompe en lágrimas.

"¿Qué pasa, mi'ja?", suspira nuestra madre.

"No quiero ir", berrea Ramona.

"Por amor de Dios, eres una señorita", la regaña Mamá. "¡No entiendes, se trata de una orden *presidencial*!".

No es que nuestra madre sea excesivamente obediente, pero ha oído rumores de que Nicolás ha regresado. Si Papá está en el país, acudirá a la plaza, y aunque Mamá no vuelva a vivir con él, ni le deje deslizar su mano por el escote cuando tía Ana vire la espalda, Mamá tomaría cualquier riesgo con tal de ver al hombre que ama.

Así es que al amanecer Mamá y yo salimos, dejando atrás a Ramona dando gritos con la tía rezongona, quien se queja de que su hermana no sólo va camino a la muerte, sino de que además arrastra consigo un corderito al sacrificio y la deja a ella, Ana, con una señorita que actúa como una bebita en lugar de comportarse como una adulta y tener consideración con los nervios de su tía.

Las calles se desbordan de gente de todas las edades camino al centro de la ciudad. Muchos niños llevan banderas, algunos mordisquean un tostón o un pedazo de pan de agua. Nos reunimos en la plaza central. Me parece que todos y cada uno de los cinco mil habitantes están presentes, claro, sin contar a tía Ana y Ramona. Han levantado un enorme estrado a un costado del edificio de gobierno, justo al lado del asta donde ondea al viento una versión enorme de la banderita que llevo en las manos.

Una ráfaga de trompetas nos hace saltar a Mamá y a mí. Dos filas de soldados en uniformes azules entran marchando a la plaza, con sus fundas vacías, desarmados. Se detienen cara a cara y forman un túnel por el que desfila el presidente, un hombre bajito con cara de perro feroz, y una trenza dorada que le cuelga del uniforme. Este no es el mismo presidente que era presidente cuando mi padre era un juez de la corte suprema, cuya mano estreché y quien me preguntó si era cierto que yo podía recitar de memoria los veinticinco versos de "Sobre la invención de la imprenta" y quien me detuvo al llegar al décimo verso, así que sólo agito mi banderita muy levemente, por obligación.

El presidente sube a la tribuna y comienza a hablar con una voz repleta de trémolos y pizzicatos. Habla de la amenaza haitiana y de la protección que tendremos al volver a ser parte de España. Y le da las llaves de la ciudad a un hombre con una pluma en el sombrero y una espada en el cinturón, y de la multitud se escuchan algunas voces que gritan, "¡Qué viva la Reina Isabel! ¡Qué viva España!". Y se oyen cien cañonazos que yo cuento uno a uno.

Un gran silencio sigue al último cañonazo. Bajan la bandera —la versión de la banderita que llevo en la mano— y en su lugar izan una bandera amarilla con franjas rojas.

"¿Qué bandera es esa, Mamá?", pregunto y apunto con el dedo. Sé que la bandera roja quiere decir que Papá volverá, y la azul que tendrá que exiliarse, pero no sé qué significa la insignia amarilla y roja.

"Es la bandera española", contesta Mamá sin expresión.

"Entonces, ¿Papá regresará?".

Mamá asiente con la cabeza. Yo ondeo mi banderita para celebrar, pero ella me la arranca de la mano. "¡Se acabó!", dice con furia, y parte la pequeña asta en dos y la tira al suelo.

Me quedo tan sorprendida ante la ira de mi madre que ni siquiera puedo llorar. Recojo los pedazos de la bandera del suelo, pestañeando para contener las lágrimas, y los guardo en el bolsillo de mi delantal. ¡Nunca volveré a mostrar a mi madre los poemas que le escribo a Papá! ¡Nunca volveré a ensartarle la aguja! ¡Nunca volveré a tomar Emulsión Scott para el asma! Pero son demasiados los *nuncas* que me presionan los ojos por dentro hasta que finalmente estallo en lágrimas.

A causa de mi llanto, el resto de la ceremonia es un borrón. Los acuosos dignatarios bajan de la borrosa tribuna, y con paso solemne proceden hacia la catedral para un Te Deum en honor a España y la Reina Isabel. La multitud se dispersa. Miro hacia la tribuna desierta y veo a mi padre nadando en mi mar de lágrimas.

"¡Papá!", le grito. Y ahí está mi padre, recostado contra la tribuna, hablando con un soldado. Él se vuelve y abre sus brazos y yo corro hacia él empujada por la furia de querer alejarme de mi madre y por el deseo de estar al lado de mi padre de nuevo.

Camino a casa, la mano de mi madre en la mía, apretándomela suavemente, pidiendo perdón, la mano grande de mi padre cubriéndome la otra mano, siento que me invade una ola de felicidad. Que yo recuerde, es la primera vez que caminamos juntos, como una familia. Quizás amarillo y rojo quieran decir que ahora todos los dominicanos seremos amigos de nuevo, y que las esposas y los esposos vivirán juntos, y que los niños tendrán sus padres a su lado todo el tiempo, y que a las niñas se les permitirá escribir cartas y ser propietarias de casas sin tener que dar explicaciones.

Quiero preguntarle a mi padre si será así, puesto que él lo sabe todo, pero me doy cuenta por el tono de sus voces que no es el momento oportuno para interrumpirlos. Mi padre le explica algo a mi madre, pero no la convence, pues todo lo que ella dice cuando él termina es, "Pero, ¿por qué regresas en el momento más oprobioso?".

"Prefiero que seamos una colonia en lugar de un cementerio", responde Papá. "Prefiero ser español antes que haitiano. Aún no estamos listos para ser una patria".

"Papá", le pregunto cuando me parece apropiado interrumpir, "¿qué es la patria?".

El baja la vista hacia mí, pero las respuestas brillan por su ausencia de su rostro. ¡No sabe qué decir!

Y te digo que este es el principio de una nueva era: no Antes de Nísidas y Después de Nísidas, sino una era adulta, como Ramona, que le corre sangre entre las piernas. De ahora en adelante tendré que hallar mis propias respuestas para que un día, cuando yo tenga una hija, sepa contestarle cualquier pregunta que me haga.

Light

Poughkeepsie, Nueva York, 1960

LE GUSTARÍA PREGUNTARLE a su madre, "¿Qué debo hacer ahora?". Pero nunca ha tenido ese lujo: una madre a quien acudir en los momentos difíciles de su vida, una mano en su sien, una voz confortante en su oído.

Marion dice que esos son clisés maternales en los que Camila cree porque nunca ha tenido la oportunidad de ponerlos a prueba. "Créeme", le ha dicho su amiga. "Yo tuve una madre a quien acudir, y a que no adivinas el consejo que siempre me daba: Pregúntale a Jesús. ¿Qué clase de ayuda es esa?".

Durante estos días se ha sentido tan ansiosa que ha empezado a consultar los poemas de su madre. Pero el juego se le está yendo de las manos.

CUANDO LE CUENTA al médico de la universidad lo que está haciendo, el bondadoso viejo se quita las gafas y se frota los ojos. "Estás enfrascada en el pensar mágico", le explica, aunque Camila no está segura si lo ha escuchado correctamente. A pesar de tantos años, ella tiene que esforzarse para comprender y hacerse comprender en inglés. La semana pasada tuvo que caminar varias cuadras hasta su casa porque el taxista la llevó a la dirección incorrecta. A ella le dio vergüenza decírselo. "¿Pensar mágico?", repite la frase. No es posible que sea algo malo. Ella ha venido a examinarse los ojos porque se le está nublando la vista. A veces siente como si estuviera cayendo una nevada ligera entre ella y el mundo a su alrededor.

"Cataratas", especula. "Has llegado a esa edad mágica". Le guiña un ojo. Qué amable de su parte usar esa palabra de nuevo, *mágica,* una palabra que a ella le encanta. Él es un hombre bondadoso, jubilado de la marina, según le ha dicho. Su abrecartas tiene la forma de una espada. Su tintero, un submarino. Grabados de barcos navegan por sus paredes. Todo el mundo tiene sus mañas.

Él la interroga. ¿Qué planes tiene usted? ¿Tiene familia? ¿Está molesta por lo absurdo de la jubilación mandatoria? ¿Le preocupa el futuro?

"No estoy exactamente preocupada", le dice con voz calmada. Después de todo, ella no quiere que la encierren en un asilo. Quién sabe qué reglas tengan en este país para las extranjeras que se vuelven locas. "Pero esta es mi última oportunidad y no quiero estropearla".

"¿Su última oportunidad de qué, Miss Henry?", él le pregunta bajito. Ella le ha dicho que la llame Miss Henry. El pobre, pasaba tanto trabajo con su apellido, tener que arrastrar la *r,* superar la *i* española.

"De comenzar de nuevo", dice simplemente.

La espera unos minutos para que continúe, pero cuando ella no dice nada, le ofrece su mano para ayudarla a bajar de la mesa de examen.

"¡Upa!", le dice al bajar pesadamente.

TOCA LA CUBIERTA desteñida, cierra los ojos, abre las páginas y luego baja la vista. Las letras se emborronan. No importa. Ella se los sabe todos de memoria. El poema de su madre sobre el invierno:

En mi adorada gentil Quisqueya...
Los ríos cantan, el cielo brilla
Y los campos, visten hermosas flores.

No hay respuestas allí. Pero siente que la invade un orgullo absurdo, chauvinista sobre la pretensión de que los inviernos tropicales son mejores.

Ya han pasado las seis. Va a la cocina y se sirve una copa de vino. Todas las tardes a esta hora, destapa una botella que ha comprado en el pueblo vecino. Un vino de borgoña de un bouquet intenso. Una copa nada más. Le dio vergüenza decírselo al doctor cuando le preguntó si ella bebía porque le iba a recetar un sedativo ligero. Lo menos que ella necesita es un sedativo ligero. Debió haberle preguntado: ¿Qué tal un trompetazo? Uno de esos ángeles de la resurrección que despiertan a los muertos con sus toques de trompeta. ¿Qué tal uno de esos?

Lleva la copa hasta la ventana. Debajo de cada farol se revuelca una nube blanca. La nevada, anunciada desde hace varios días, ha llegado. Qué curioso que abrió el libro de su madre en el poema al invierno.

Quizás el juego esté funcionando. Por fin llegan las respuestas.

Alza su copa, pero no se le ocurre nada por qué brindar.

EN LA TELEVISIÓN, donde encuentra compañía, están dando un informe especial sobre Cuba al cumplirse el primer aniversario de la revolución. Castro continúa la nacionalización de las tierras. A la finca King la han convertido en una cooperativa escolar. ¿Qué clase de revolución es esta?, el Presidente Eisenhower quiere saber.

Nuestra, piensa ella. El tipo de revolución que tenemos en nuestros países pobres.

Acaba de colgar el teléfono después de hablar con Marion en la soleada Sarasota. ("¡Ja! ¡Ja! ¡Aquí no hay ni gota de nieve!"). Ha sido una llamada urgente: la casita al final de su cuadra está a la venta. "Sería perfecta para ti. Pero tienes que decidir inmediatamente, Cam, casas como esa se venden el mismo día".

¿Será una señal?, se pregunta, ¿esta llamada telefónica justo cuando estaba a punto de enloquecer? Su vida se ha detenido.

Este año no ha enviado tarjetas de Navidad. Todos quieren saber sus planes para el futuro, pero le da pavor la idea de aumentar su incertidumbre al tener que compartirla.

Abajo, Vivian Lafleur regresa de un té con los profesores de la facultad. El viento comienza a arremolinar los copos de nieve. Observa a su vecina avanzar con dificultad de farol en farol: Vivian camina encorvada, agarrando su sombrero verde con un guante verde. El último conjunto que le regaló a Camila es de un color que Dot escogió porque "suena español": *verde green*. En un momento jocoso de este último invierno, Camila escribió bajo la columna PROS DE IRME DE VASSAR COLLEGE: *No más conjuntos de guantes y sombreros tejidos por Dot.*

La próxima vez que se encuentren, Vivian le dejará saber que los demás profesores la extrañaron durante el té, sin duda con la intención de que su vecina de los altos le explique su reciente aislamiento. "Extrañamos a nuestra eminente hispanista". Durante años Camila pensó que Vivian se burlaba de ella. Pero no, así es como realmente habla Vivian.

La Calle College está desierta a esa hora. Dentro de unos días las estudiantes estarán de regreso de sus vacaciones navideñas. Han sido unas vacaciones largas, esperando que comience su último semestre. Nunca ha sido buena con finales.

Abajo, Vivian levanta la vista y alcanza a verla en la ventana. Camila deja caer la cortina y se sienta en su escritorio como si la hubieran sorprendido haciendo algo indecoroso.

ABRE LA CARPETA que ha titulado EL FUTURO. Las listas, si alguien llegara a leerlas, son tan embarazosas como un diario. Las razones a favor y en contra de una decisión parecen insignificantes. Recuerda cuando Rodolfo decidió mudarse a otro barrio de La Habana porque quedaba más cerca de la tienda que vendía helados de pistacho. Ella había aceptado el trabajo en Vassar años atrás porque cuando fue a la entrevista, Pilar, su futura colega, le regaló una caja de jabones perfumados en forma de mariposas.

Saca una hoja de papel limpio y escribe, COMPRA DE LA CASITA CERCA DE MARION EN SARASOTA, y luego pasa una raya a lo largo de la página. PRO y CONTRA. *¿Es cerca de Marion* pro o contra? se pregunta.

Pero antes de comenzar a enumerar sus razones, pone el papel a un lado. Ya ninguna de sus razones la convence. Vuelve a los poemas de su madre—cierra los ojos, respira profundamente. En esta ocasión lo abre en uno de sus favoritos, "Luz", el cual comienza, "¿Hacia dónde alzará su vuelo el corazón indeciso? Rumores de otra vida lo despiertan".

Ella escucha con atención, pero todo lo que oye son los pasos de Vivian en la puerta del frente y a Dot que la llama desde su habitación, "Corre, Viv, ven". De trasfondo, el televisor zumba interrumpido a intervalos por gritos y aplausos desmedidos. Ha comenzado un programa de juegos.

QUERIDA MARION, ESCRIBE, *tienes que entender...esto no es fácil para mí. Cuando escribo mis razones no me suenan verdaderas. Separamos nuestras vidas hace mucho tiempo, y sé que es imposible para mí retirarme a vivir cerca de ti y tu esposo.*

Siempre faltó algo entre ellas. Camila se culpaba a sí misma: no se sentía lo suficientemente comprometida con Marion. Ahora se da cuenta de que no estaba lo suficientemente comprometida con vivir en este país.

Pero a pesar de todo, se quedó, casi veinte años, mucho tiempo después de que Marion se fuera a la Florida, mucho después de que sus hermanos dejaron de tratar de convencerla de que regresara a la isla.

Es un misterio cómo se libera el corazón.

Y quizás haya una valentía callada en la espera por la liberación. Pero ella no quiere darle mucha importancia a esto.

Nunca ha confiado en trompetas y tambores. Prefiere el piano de fondo, llevando el peso, punteando con su útil tañido.

Creo que es hora de regresar y ser parte de lo que mi madre comenzó. Ella sabe exactamente lo que Marion le contestará.

"¡Eso es una locura, Camila! Mira cómo terminó tu madre".

PARA LAS NAVIDADES, como de costumbre, tenía planificado ir a Cuba. Pero dado el caos que reinaba en la isla, los bombardeos y el inminente embargo, las aerolíneas habían cancelado los vuelos. Sus sobrinas en La Habana se sintieron muy defraudadas cuando las llamó para darles la noticia. Durante mucho tiempo, llamaban a su tía Camila la Santa Claus de Poughkeepsie, lo que las hacía reír mucho cuando lo pronunciaban mal.

"Será mejor que te quedes tranquila allí", le aconsejó Rodolfo cuando se puso al teléfono. El bebé de la familia había crecido y convertido en un sabelotodo a los cincuenta y cinco. Ahora que los hermanos mayores de Camila habían desaparecido —Max estaba vivo todavía pero muy enfermo— Rodolfo tomó el papel de capataz. Tal parece que las familias, como la naturaleza, detestan el vacío.

"Están pasando cosas, están pasando muchas cosas. Han retirado a tu embajador", Rodolfo agregó.

Sintió un latigazo de incomodidad que casi la obliga a colgar el teléfono. "Bonsal no es *mi* embajador, Rodolfo. Soy tan cubana como tú". Dominicana de nacimiento en realidad. La familia había huído a Cuba hacía muchos años, sólo para encontrar allí otra dictadura. Pero se quedaron. El dictador de otros no es tan difícil como el tuyo propio.

"Han proscrito a Santa Claus", comentó Rodolfo casualmente, del mismo modo que pudiese haber mencionado que se dejaría crecer el bigote o que pintaría la casa de amarillo. Quizás temía que estuvieran grabando sus conversaciones telefónicas. ¿Se habían puesto tan mal las cosas?

"Dale tiempo, Rodolfo". Camila tuvo que alzar la voz para

que él la oyera. La conexión entre Poughkeepsie y La Habana nunca fue buena. En la planta de abajo se escuchaba el silencio de las vecinas con el oído parado.

"¿Vendrás en junio?" le pregunta.

Estoy en espera de una señal, pensó en decirle, pero seguramente él pensaría que no la oyó bien y empezaría a gritar en el auricular. "Te escribiré, Rodolfo", le prometió. "Esta conexión es terrible".

Como si al decirlo se empeorara, aumentó el chisporroteo de la estática y finalmente se cortó la comunicación. Y su hermano y la luz brillante del trópico y los cientos de Santa Clauses confiscados, sus falsas barbas blancas teñidas de negro y usadas en las carrozas de Fidel durante los desfiles de celebración, y el aroma de los cafecitos y sus tres lindas sobrinas diciéndoles a sus amigas que este año la tía solterona no vendrá de Estados Unidos con su maleta llena de esmalte de uñas y juegos de mesa —todo desaparecido— y se queda sola de nuevo en el ático donde ha vivido y trabajado en el anonimato cerca de veinte años. Sola con su indecisión y su miedo.

LLEGAN DOS BAÚLES DE MAX. El remitente no le pareció tan divertido como su intención. *De tu hermano Max, que tiene un pie en la tumba.* Las etiquetas llevan el sello oficial de la Cancillería de la República Dominicana. Cada vez que se ven, Max trata de convencerla de que salga de Poughkeepsie y regrese a trabajar con él en la Secretaría de Relaciones Exteriores. "Puedes viajar. Y utilizar todos tus idiomas". No llega a decir, aunque ella sabe que lo piensa: puedes conocer a alguien.

"Nunca regresaré mientras Trujillo esté con vida", le ha dicho.

"No tienes que abandonar el país por un mango podrido", le responde Max, apartando la vista como si evitara su mirada. Él mismo ha aceptado numerosos cargos de Trujillo. "Fíjate en Mamá".

¡Qué ocurrencia de Max compararse con Mamá! Diez años

atrás, durante el centenario del nacimiento de su madre, Camila dejó de usar su primer nombre, Salomé, ya que lo consideraba un honor que no se merecía. "Soy Camila a secas", corregía a los que leían su nombre completo en algún documento oficial.

"Sé que por años hemos estado en desacuerdo sobre muchas cosas", le escribe Max en una carta que acompaña los baúles, "pero a pesar de eso, no confío en nadie más que tú para hacerse cargo de los documentos de la familia". Él quiere que ella separe lo que se le entregará a los archivos de lo que se destruirá. Ella no deja de captar la ironía de su pedido —ella, la Doña Nadie, será quien redacte la historia de su famosa familia.

Mientras tanto, los noticieros siguen reportando sobre el presente, y ofrecen resúmenes de los pequeños y grandes eventos del año que llega a su fin. Alaska y Hawai se convierten en estados. Inventan la muñeca Barbie, una imitación de las muñequitas que le regalan a los clientes de un burdel de Berlin Occidental. Las medias *panty* liberan a las mujeres de las fajas. En Cuba los campesinos cantan, "Con Fidel, con Fidel, siempre con Fidel", al compás de "Jingle Bells".

Camila canta al unísono.

SE ALEGRA DE QUE AL FIN comienza el nuevo semestre. Ha echado de menos a sus estudiantes. El primer día de clases, las saluda con una voz demasiado vivaz, "¡Buenos días, señoritas!" como si el español fuera la lengua de un estado emocional exaltado. Las muchachas se arrellanan en sus pupitres, recelosas de su entusiasmo.

Tiene quince estudiantes en cada clase, todas con nombres como Joan o Susan o Nancy, lo que dificulta distinguirlas una de la otra. Su sistema siempre ha sido repasar la gramática el primer mes y luego pasar a la literatura. Siempre ha evitado enseñar la poesía de su madre, pero, quizás porque este es su último semestre, le asigna a la clase más avanzada cinco de los poemas más famosos de Salomé.

No confía en sí misma para leerlos en voz alta como acostumbra. En su lugar, escoge a una voluntaria. "Despierta, patria mía, desgarra tu mortaja...", recita una de las tres Susans de la clase. Después de una pésima interpretación de "A la Patria", Camila le pregunta a la joven pálida y rubia qué le parece el poema.

"Es demasiado... demasiado..." dice Susan arrugando la nariz, como si tratara de encontrar la palabra que busca por el mal olor. Camila espera pacientemente y deja que la joven dé sus tropezones. Por regla, ella trata de ayudar a las estudiantes con el surtido de palabras que siempre tiene a mano. Pero, ¿por qué ayudarla a encontrar una palabra negativa para describir la obra de su madre?

Otra estudiante interviene. "Son demasiado llorones, ay pobre de mí y mi sufrido país. ¡Y el martirio debajo de las fecundas palmeras'! ¿Se supone que esta es una buena poetisa? Nunca he oído hablar de ella".

"Es tan buena como tu Emily Dickinson, tan buena como tu Walt Whitman". Le sorprende su explosión. Las estudiantes la miran, con los ojos abiertos en estado de alerta. Ella es una mujer callada con primorosos y anticuados trajes de los años cuarenta, con chistosos y coloridos conjuntos de invierno que supuestamente dan un toque de color a su sobretodo negro. Ella es una de las profesoras favoritas, de voz suave y apacible. Ella lo nota en los ojos de los estudiantes y, como acostumbra cuando adopta el punto de vista del otro, su ira se desvanece.

Aun así, camino a casa, no puede olvidar la indiferencia en sus voces, lo casual de su rechazo. Todo lo nuestro —desde nuestras vidas hasta nuestra literatura— siempre ha sido desechable, piensa. Es como si hubieran arrancado el tapón que había mantenido años de amargura embotellado dentro de sí. Huele su ira —tiene un olor de metal mezclado con tierra, como un arado herrumbroso enterrado en el suelo.

Esa tarde, lleva su copa de vino al cuarto trasero y abre los baúles.

DURANTE LA ÚLTIMA MEDIA HORA ha estado escuchando con atención pero de pronto se le olvida escuchar, y así es que la sorprende el crujido de la nieve en el sendero. Una breve pausa en la que la visitante lee los nombres en los buzones, el chirrido de la manija de la puerta, el soplo de aire frío al abrirse, los diecisiete escalones hasta su ático.

"Lo siento", dice la muchacha en la puerta. "Me dijeron 204 Calle College, pero los números saltan del 202 al 210".

Tiene un rostro receptivo y ávido. (¿Cómo dice el poema que su mamá dedicó a los escolares? *Sus caras llenas de la frescura de lo que desconocen...*). Sobre la cara pálida se levanta una llamarada de pelo rojo.

"Llegas a tiempo", le miente. "Están en el cuarto de atrás".

"Doctora Henríquez", le dice la joven. "Soy Nancy, Nancy Palmer".

Conduce a la joven Nancy hacia el fondo del apartamento. "Supongo que Pilar, digo, la Profesora Madariaga, te explicó la ayuda que necesito".

"Sólo estudio el español como materia secundaria, ¿sabe?", dice la joven apresuradamente. Quizás ha visto algunas páginas sueltas encima de uno de los baúles.

"¿Pero lees el español lo suficientemente bien para que me leas en voz alta?".

"Saqué una A en la clase Español 220 de Miss Madariaga".

"Muy bien, muy, muy bien. ¿Empezamos?".

Camila le explica su tarea. Había pensado que podría llevarla a cabo por sí sola, pero este último año la vista se le ha empeorado. El oculista le dijo que tenía cataratas y que tenía que operarse.

"Creo que será mejor que te los presente a todos primero", le explica a la joven. De ese modo ella sabrá en qué caja poner las diferentes cartas y documentos. "Tengo que comenzar con Salomé Ureña, mi madre —puede ser que haya algunas cartas dirigidas a 'la poetisa nacional'. Ella se casó con Francisco Henríquez, a quien llaman Pancho o Papancho, y así se convirtió en Salomé Ureña de Henríquez. Siempre conservamos el apellido".

Nancy la mira como presintiendo una crítica.

"Es la costumbre en nuestros pobres países". La intención de la frase es irónica, pero la joven asiente con gravedad, con esa compasión abstracta hacia los desposeídos del mundo.

"Pancho llegó a ser Presidente Pancho en 1916—".

Nancy se queda boquiabierta.

"Bueno, la verdad es que fue una presidencia muy corta", añade Camila, "algo así como esos pueblos pequeñitos. ¿Cómo es que dicen ustedes? No pestañees al pasar porque no lo verás".

"¿Por cuánto tiempo fue presidente?".

Ella cuenta los meses con los dedos para asegurarse. "Me parece que fueron cuatro meses. Vivíamos en Cuba cuando nos enteramos. En lo que llegamos a Santo Domingo, casi no nos dio tiempo a desempacar, ya que tuvimos que exiliarnos en Cuba de nuevo". Ella no le aclara que fue la ocupación norteamericana la que sacó a Pancho del poder.

"Caramba", dice Nancy, meneando la cabeza. "Usted debe escribir sus memorias. Como Alice Roosevelt. Oí decir que uno de los hijos de Eisenhower va a escribir un libro sobre su papá".

Camila rechaza la sugerencia con un gesto de la mano. Periodistas e historiadores del sur de la frontera se le han acercado antes. Quieren saber detalles de su vida como Primera Hija. ¿Qué detalles?, pregunta. No hubo tiempo para detalles, ni para un baile de inauguración, ni para imprimir tarjetas de visita.

"Bueno, pues me parece muy bien tener un papá que fue presidente, aunque haya sido por cuatro meses".

"Desearía que hubiese sido por sólo cuatro meses". Camila da un suspiro, y cuando nota la confusión retratada en el rostro de Nancy, añade "Lo que quiero decir es que los efectos continuaron por mucho tiempo". Nueve años dedicados a reclamar su patria. Un presidente sin país. Alguien (¡pero no ella!) debiera escribir sobre esto.

"¿Cómo te va?", Camila pregunta a la joven, quien comienza a dibujar en un papel un árbol genealógico para que le sirva de guía.

"Muy bien, hasta el momento", dice Nancy.

"Pues bien, Pancho y Salomé tuvieron tres hijos, Fran, el mayor —no creo que haya mucha correspondencia o papeles de él. Pudiéramos decir que desapareció del mapa algo temprano".

"¿Eh?", pregunta Nancy, ladeando la cabeza, curiosa.

"Un carácter violento, un incidente..." Ahuyenta el pasado con un gesto de la mano. "Luego le sigue Pedro —a veces firma 'Pibín'". La sonrisa que se le dibuja en el rostro sin duda revela que es su favorito. "Y Maximiliano, que siempre firma Max, todavía está vivo, todavía causando problemas". Se ríe. Nancy también se ríe con afabilidad. Creo que será fácil trabajar con ella, piensa Camila. No había querido emplear a una de sus estudiantes, alguien con cuya opinión tendría que vivir.

"Y luego, claro, estoy yo. Pero tampoco habrá muchas cosas mías en ese baúl". Sonríe al sol que entra por la ventana. Esa es la razón principal por la que nunca ha querido abandonar el pequeño apartamento. En días soleados, se inunda de luz.

"Es bastante sencillo", dice Nancy, terminando su árbol con un floreteo. "Pensé que sería una de esas complicadas familias latinoamericanas con montones de hijos".

"No te adelantes", dice Camila riéndose. "Mi madre murió y mi padre se volvió a casar". Le menciona a su madrastra, sus dos hermanastras, quienes ya murieron, sus tres medio hermanos. Rodolfo, el bebé, que ya tiene tres hijas. Le deletrea cada uno de los nombres. "También está la familia de París—".

"Ya veo que abrí la boca antes de tiempo", suspira Nancy. El papel está cubierto de nombres y flechas y rayas.

"Y que no se nos olvide Colón, el oso; y los ocho monos y Paco, el loro". Decide no mencionar a Teddy Roosevelt, el cerdo. La joven pudiera sentirse insultada.

"Paco y Colón...". ¡Está anotando los nombres de las mascotas! Ay Dios mío. El humor es difícil de traducir.

"Por qué no paramos ahí", sugiere Camila. "Te describiré a los otros según vayan apareciendo".

Con solo presentar a estos fantasmas por sus nombres los ha conjurado tan vívidamente que los siente alzarse frente a ella, resplandecer y luego desaparecer en el rayo de luz donde se encuentra sentada. Quizás sea bueno que finalmente confronte a cada uno cara a cara. Quizás esa sea la única manera de exorcizar a los fantasmas. Convertirse en ellos.

EN EL PRIMER BAÚL, las cartas están atadas con cintas rojas.

"Quien las empaquetó hizo un trabajo muy nítido", dice Nancy.

"Creo que fue mi tía Mon —ay sí, tienes que ponerla en tu lista, es el apodo de Ramona, la única hermana de Salomé. Ella se convirtió en algo así como la guardiana de la memoria de Mamá".

"¿Guardiana de una memoria?" A la joven le sorprende la frase.

Quizás guardián no tenga el mismo significado en inglés que en español. "Quiero decir que mi tía se ocupó de mantener vivo el recuerdo de mi madre. Mi madre murió cuando yo era muy chiquita. Casi ni la recuerdo".

Se levanta y va hacia la ventana. Cuántas veces se ha despertado en medio de la noche, vagando por todas las casas donde ha vivido, buscando algo, cualquier cosa, que llene el vacío dentro de su ser. Y aquí está, con sesenta y cinco años de edad, la necesidad todavía en carne viva, las estrategias desmoronadas. Quizás deba tomar ese sedante ligero. Es demasiado temprano para una copa de vino.

El teléfono suena. Lo ignoraría si la joven no estuviera presente. "¿Nancy, puedes contestarlo, por favor? Estoy en el trabajo", añade.

"Es una tal Marion", Nancy le indica moviendo los labios, tapando el auricular con una mano. "Dice que quiere hablar con usted".

Camila niega con la cabeza. En ese momento no puede soportar que le pregunten sobre el futuro. Tiene el pasado demasiado presente.

NANCY HA DESATADO EL primer paquete. "En esta hay una fotografía. ¡Qué mujer tan bonita!" Sostiene la foto en alto. "¿Es su
madre?".

A Camila le dan ganas de decir que sí, como lo hubiera hecho
en el pasado cuando le preguntaban lo mismo. Es más, cuando
era joven, ella acostumbraba a regalar esa foto de su madre a sus
amigas. Pero es la foto de un óleo, pintado después de la muerte
de su madre a petición de su padre. "En realidad esa mujer tan
bonita es una creación de mi padre. Tengo la fotografía de verdad en alguna parte".

La joven la mira, esperando más explicaciones, ya que no entiende.

"Él quería que mi madre luciera como la leyenda que *él* estaba
creando", añade Camila. "Él quería que ella fuese más bonita,
más blanca...".

Algo se desplaza en los ojos de la joven. Observa a Camila con
detenimiento. "¿Quiere decir que su madre era... negra?

"Era lo que llamamos mulata. Una mezcla", le explica
Camila.

"Es increíble", dice la joven al fin, como si fuera lo menos
peligroso que pudiese decir.

Camila no sabe si la joven está sorprendida por el color de su
madre o por el retoque de su padre. Pero no fue Pancho solamente. Todos en la familia, incluyendo a Mon —retocaron la
leyenda de mi madre.

Nancy ha desdoblado varias cartas. "No tengo muy buen acento", se excusa antes de comenzar a leer.

"No te preocupes", Camila la tranquiliza. "Sólo necesita
tener una idea del contenido de cada una. Vamos a usar esas dos
cajas para organizarlas".

"¿Quiere decir que no las va a enviar todas al archivo?".

"Debería enviarlas todas a los archivos, ¿no crees?". A pesar de Max, a pesar de los demás, ¡dejen que salga la verdadera historia! Pero por el momento, quiere a su madre para sí.

"¿Qué etiquetas les pongo?".

"¿Qué dices, Nancy?".

"¿Les pongo etiquetas a las dos cajas para no confundirnos?".

"Ponle a una 'Archivos'". Piensa por un momento qué ponerle a la otra caja. "A la otra, ponle mi nombre".

COMIENZA A REGALAR sus pertenencias como si dentro de sí ya supiera a dónde va, lo que necesitará. Le regala a Flo, la del primer piso, un ejemplar de *Corrientes literarias* de Pedro, el cual incluye los textos de sus conferencias en Harvard. A Vivian le regala sus discos de óperas italianas y de zarzuelas españolas.

"¿Ya has decidido a dónde vas?", le pregunta Vivian.

"Todavía no", le contesta. Y le repite lo mismo a Marion, quien llama para decir que recibió la última carta de Camila.

"Bueno, quiero que sepas que no importa lo que decidas, iré allá en junio para ayudarte a empacar". Marion da un hondo suspiro de resignación, con la intención de que Camila lo escuche. "A propósito, ¿quién es esa muchachita que contesta el teléfono?".

"¿Quieres decir Nancy?". Camila disfruta la pausa que sigue. "Es mi ayudante, una estudiante".

"Dile que se espabile. Dejo mi número pero tu nunca me llamas".

¡Gracias a Dios por los ayudantes a quienes se puede culpar de todo! "Hemos estado muy atareadas, clasificando años y años de papeles".

"Cuidado con tu asma", Marion le recuerda. Le envía un beso maternal a través de los alambres telefónicos y, un minuto más tarde, vuelve a llamar porque se le olvidó enviar uno para la otra mejilla.

Nancy viene dos veces durante la semana, más los sábados y domingos. Pronto terminan con uno de los baúles y comienzan con el otro. Todas las noches ella escudriña el contenido de la caja de su madre: notas a los hijos; una almohadilla de olor con flores púrpuras disecadas, un catecismo, el *Catón cristiano,* con una escritura de niña en la contratapa; unos poemitas tontos de un tal Nísidas; un mechón de pelo; un diente de leche envuelto en un pañuelo; una banderita dominicana, que su madre debe de haber confeccionado ella misma, con el asta partida en dos, sin duda por los paquetes que tenía encima. Sólo los muertos podrían descifrar el verdadero significado de estas cosas. Pero son los detalles de la historia de Salomé los que cada vez más conectan su vida con la de su madre.

En cuanto al futuro, quién sabe cómo será. Todo lo que ella sabe es que quiere convertirse en Salomé Camila y vivirlo a plenitud.

DAVID BRINKLEY ESTÁ entrevistando al Embajador Bonsal. ¿Qué está pasando en Cubar?, Mr. Brinkley quiere saber. Cubar. Camila ha notado que el Presidente Eisenhower también pronuncia mal el nombre, añadiendo una *r* al final, como un gruñidito de advertencia. Mister Fidel Castro no sabe lo que le espera si piensa que puede hacer lo que le dé la gana tan cerca de Estados Unidos, gruñe el Embajador Bonsal mirando directamente a la cámara. Después pasan un clip de Fidel de pie en la plaza, con cientos de palomas volando y posándose a su alrededor mientras habla. Le parece familiar con su cara grande y pálida y una barba que parece un babero debajo de su boca.

¿A quién se parece?, se pregunta Camila. Cada vez hay más y más fantasmas. ¡Personas desaparecidas por años reaparecen en breves resurrecciones! Hace unos días, cuando Pilar la invitó a celebrar su último semestre con una de sus paellas, Camila no podía quitarle los ojos a Kalúa, el collie de Pilar. La cara triste, la mirada conmovedora, la inmovilidad de su pose haciendo guardia al lado de las sillas —todo eso le recordaba a alguien. Y entonces vio, después de catorce años de desaparecido, a su hermano Pedro, salir a flote poco a poco en la cara de un perro viejo.

Fidel ladea la cabeza, las palomas salen volando. ¡Se parece a Pancho! La misma boca enfurruñada, el mismo rostro intenso, los mismos ojos feroces. La narración en inglés dificulta entender lo que dice. Pero parece que ha habido un éxodo de profesionales. Hace un llamado a los maestros y a los médicos, a los dentistas y a las enfermeras. "Vengan y únanse", dice Fidel, mirando directamente a Camila.

"ME ENTERÉ DE QUE se va a jubilar".

Se encuentra con Nancy camino a casa después de su clase. Es un luminoso día invernal, el sol lanza destellos contra los carámbanos de hielo que cuelgan de los techos. Unas semanas atrás terminaron de catalogar el contenido de los baúles. Los materiales para los archivos se enviaron a Harvard, Minnesota, la República Dominicana, Cuba. Su único baúl se yergue como un peñón en medio de la habitación desmantelada. Algún día se unirá a los otros. Por el momento, ella quiere tenerlo consigo, parte cofre de recuerdos, parte talismán.

"No a jubilarme exactamente", explica.

"¿Eh?". La joven ladea la cabeza. "¿Adónde va?". Las semanas de laborar juntas la han hecho más atrevida de lo que normalmente sería con una profesora.

En lugar de la ambivalencia que ha sentido en el pasado cuando tenía que confrontar esta pregunta, Camila siente una sensación de liberación —*el cielo brilla, los campos visten hermosas flores*. Ella sabe exactamente dónde quiere ir. Quiere tratar de decirlo en voz alta, ver el aliento fantasmal que las palabras dejan en el aire. "Voy a unirme a una revolución".

"¿Se siente bien, Doctora Henríquez?". La joven la mira con detenimiento. Su pelo rojo es delicioso —como si hubiesen encendido una llama encima de su cabeza.

Se siente más esperanzada que en los últimos tiempos. Justo cuando pensaba que su vida había terminado —cuando el resto de sus días sería una sucesión de cortos viajes de un lugar seguro a otro, píldoras en envases con compartimientos para cada día de la semana, sellos de ahorro pegados a libritos e intercambiados por enseres eléctricos que se rompen fácilmente, y partes de su cuerpo desvencijadas, empezando por la vista —justo cuando, en resumen, se ha encontrado una carabela con las velas henchidas (no es el arca de Noé, por favor, no se trata de mi salvación a costa de otros), ha tropezado con un camino de regreso al hogar, una canción de su niñez resonando en su cabeza, *Me voy al Cabo a conocer a mamá... La bahía está muy baja para flotar...* Justo cuando pensaba...

Todo lo que el corazón desea es que lo llamen de nuevo.

"¿Por qué lo preguntas?".

La joven luce desconcertada como si no supiera explicar lo que ha sentido en el tono de la mujer mayor. "Es que se ve...". Hace un gesto de poner algo sobre una superficie. "Feliz", dice finalmente, aunque esa no es la palabra que va con el gesto.

Camila echa la cabeza hacia atrás y ríe. La joven le devuelve una sonrisa incierta, como si no estuviera segura de por qué su comentario le da risa. Calmándola, Camila añade, "Regreso a casa, o lo más cerca a casa que puedo llegar. He sufrido de nostalgia por mucho tiempo".

"Me imagino", dice la joven asintiendo con la cabeza. Tiene talento para hacerse agradable. Camila debía enviar esta Nancy al sur a trabajar con Max en el cuerpo diplomático. "Disfrutará del clima templado", Nancy añade, dando un revirón de ojos, como si los montículos de nieve que las rodean conspiraran para arruinarles la vida. "¿Pero es seguro?".

"Allí vive toda mi gente", dice Camila mordazmente, una aseveración que no es totalmente cierta, ya que la mayoría de su gente vive en la otra isla vecina.

"Vaya con Dios", dice Nancy obviamente orgullosa de su correcto dominio de la expresión.

Camila siente que la invade una ola de ternura hacia esta joven con el pelo indomable y alborotado rodeándole el rostro. Esto siempre ha sido un obstáculo en su trabajo. Cada semestre se enamora de sus bebitas, como ella las llama, y las mima, como dice Pilar. "¡Es un milagro que hayan aprendido algo sobre el subjuntivo!".

Camila se despide y sigue camino hacia su apartamento. En el Portón Joss, se voltea —la joven sigue mirándola— y levanta un guante púrpura y le dice: "Hasta luego".

Arriba, las soleadas habitaciones le hacen sentir una certeza atolondrada de lo que está haciendo. Busca la carpeta que contiene sus listas, los pros y los contras de este o aquel plan, y enrolla las páginas en un cilindro que luce como un documento oficial —un pergamino o un diploma. Enciende una hornilla de la cocina, prende fuego a uno de los extremos y luego deja caer las páginas candentes en el fregadero. El futuro arde en llamas. Aunque es temprano en la tarde, se sirve una copa de vino y la alza para brindar.

"Por nosotros", brinda al aire radiante y humoso.

DOS

Contestación

Santo Domingo, 1865–1874

SEGÚN MAMÁ, ME convertí en mujer cuando cumplí los quince. Aunque no teníamos dinero para una fiesta de quinceañera, me permitieron escoger una muselina violeta pálido con un bordado negro para un vestido nuevo. Recuerdo que estábamos dándole las últimas puntadas al ruedo cuando entró Papá exclamando casi sin aliento: "¡Han asesinado a Lincoln!".

Nos gustaba el barbudo presidente de nuestro vecino del norte porque había luchado por la liberación de las gentes de nuestro color. "Con tantos otros que sí que se lo merecen", fue todo lo que dijo Mamá, haciendo rápidamente la señal de la cruz. Mamá podía ser cruel pero inmediatamente se arrepentía, como si Dios no se diera cuenta.

El día de mi cumpleaños, Ramona y yo caminamos hasta el centro del pueblo, cada una colgada de un brazo de Papá. Me puse mi traje nuevo y una mantilla con una peineta de plata, regalo de Papá. Pensábamos darle la vuelta a la plaza central, pero cuando llegamos allí y miramos hacia la fortaleza con la bandera española ondeando orgullosamente, nos regresamos. Bajo el laurel del patio, Papá hizo un brindis y dijo que yo ya era toda una mujercita.

Era el país el que había vuelto a la niñez al tener que obedecer a una madre patria.

ESE DÍA, EL 18 de marzo de 1861, en la plaza principal, el país había sido devuelto a España y nos convertimos de nuevo en colonia.

Yo soñaba con liberar la patria. Mi escudo era mi papel y mi espada las palabras que mi padre me estaba enseñando a empuñar.

Yo practicaba en papel y practicaba en mi cabeza: rimas, refranes, himnos y alabanzas. Por la noche, tirada en la cama, pensaba en qué diría si, como a María Trinidad, me vendaran los ojos antes de fusilarme. Pensaba en lo que susurraría al oído del gobernador español si tuviera la oportunidad. Si me asustaba, entonaría mi valiente nombre una y otra vez, *¡Herminia! ¡Herminia! ¡Herminia!*

Yo libraría a la patria con mi afilada pluma y una botella de tinta.

Pero tendría que tener mucho cuidado de no meter en líos a mi padre.

LA CONDICIÓN BAJO la cual habían permitido a mi padre regresar al país era la de no meterse en política. Esto debe haber sido difícil para él cuando la guerra de restauración comenzó al norte del país. Por entonces, creo que Papá estaba convencido que era mejor ser una patria libre en lugar de una colonia. Pero él había dado su palabra. No dijo nada, ni escribió nada. A cambio, bebía y mantenía una estricta vigilancia sobre Ramona y yo.

Habíamos dejado de ir a la escuelita de las hermanas Bobadilla después de que Papá nos interrogara sobre varios temas y se diera cuenta de que no sabíamos quién era Lope de Vega ni Dante ni cuál era el pistilo y el estambre de una flor que arrancó para nosotras, pero sí sabíamos todo acerca del arte de abanicarse (cerrarlo de un golpe: no te acerques; abrirlo lentamente y mirar por encima del borde: acércate y habla), de qué variedad de flores compone un bouquet Reina Isabel y qué ponerse para una cena formal si ha habido una muerte reciente en la familia. Ahora que los españoles habían regresado, las hermanas Bobadilla estaban en su apogeo.

Mamá finalmente concordó con Papá en que estábamos perdiendo el tiempo y nos sacaron de la escuela con la excusa de que ella necesitaba nuestra ayuda con la costura en casa, lo cual era una gran verdad. Mamá contrató a un tutor que venía al mediodía y luego, por la tarde, cuando refrescaba, íbamos a casa de Papá donde lo encontrábamos murmurando sobre los desengaños de su vida y, por supuesto, bebiendo.

"¿Estaba bebiendo tu padre?", Mamá nos preguntaba al regreso.

Ramona y yo nos mirábamos y mi madre decía, "Está bien, no tienen que traicionarlo".

"Le ayuda a conservar sus órganos vitales", dijo Ramona.

"Le abre el apetito y contribuye a la irrigación sanguínea del sistema nervioso del cerebro", tía Ana recitaba.

Mamá le echó a su hermana una de sus miradas que congelan la sangre en las venas. Papá siempre decía que los rebeldes deberían olvidarse de elaborados complots y soltar a Mamá en el palacio del gobernador. Ella podría derretir al Imperio Español con una mirada y reducir a cenizas a todos los cambiacasacas que ahora hablaban con deje castizo para demostrar que eran de pura sangre. Papá hasta empezó un poema llamado "A los ojos de Gregoria", pero nunca lo terminó.

EL QUE ERA todo ojos era Papá. Parecía que había transferido todo el celo y preocupación de la patria hacia Ramona y yo.

Nos dimos cuenta, al menos yo me di cuenta, de que era crucial para él tener una nación para mantenerlo ocupado, de lo contrario, nunca tendríamos un momento de paz. Cuando le mencioné esto a Mamá, le pareció una de las cosas más cómicas que había dicho yo, pues ella lo repetía a menudo. Hasta Papá me regañó: "Así que quieren liberarse de mí, ¿eh?".

La bebida había hecho eso. Una hacía un comentario inocente y Papá se ofendía, entonces lo único que podía hacer era escribirle un verso para calmar lo que le roía por dentro.

Fue así cómo le hice escribir de nuevo. Un día, después de leerle uno de mis poemas, él empezó a decir cosas muy ingeniosas, muy bonitas, pues mi padre tenía un pico de oro, como solía decir mi madre. Yo escribía lo que él decía y esa noche lo escribí en versos rimados. Al día siguiente le leí su poema en voz alta sin decirle que eran sus palabras. Cuando terminé, él me miró y me dijo: "No está nada mal, Herminia," y yo dije: "No está nada mal, Nísidas, y él dijo: "¿Herminia, de verdad que yo escribí eso?", y yo le dije: "Nísidas, tú no escribiste eso pero tú lo declamaste", y de pronto, tal como hacía cuando había estado bebiendo, mi padre empezó a sollozar y yo tuve que recordarle lo que él me decía a menudo, que las lágrimas son la tinta de un poeta y que no hay que desperdiciarlas llorando.

"Lo sé, Herminia, lo sé", decía Papá. "Y ahora ya no las desperdiciaré más". Volteó la botella de bebida como si regase el jardín, pero debe de haber estado vacía, pues sólo salieron unas pocas gotas oscuras. "Yo nací poeta. Lo demás fueron casualidades. Pero si no haces las cosas para las que naciste, te destruyes a ti mismo. Ven aquí, déjame enseñarte algo".

Me tomó de la mano y me condujo a través de la casa, pasamos a sus dos hermanas, sombrías en sus oscuros vestidos, meciéndose con tristeza en sus sillones, las oscuras fotos enmarcadas en encajes sobre la pared, una veladora alumbrando el retrato de sus padres y su hermano Lucas. Tanta gente querida de Papá había muerto, que yo comprendía porque se sentía mal de estar vivo.

En la sala de en frente, Papá abrió las persianas y empujó uno de los sillones a un lado. Unas arañas salieron corriendo y vi la larga y grasienta cola de una rata que salió disparada en una nube de humo y se escondió debajo del baúl de los recuerdos. Por el luto, las hermanas habían descuidado la casa. Allí en la pared de la sala había algo escrito con creyón negro con la letra de un niño. Apenas se distinguía lo que decía. "¿Qué es eso Papá?", pregunté.

"El primer poema de tu padre, escrito cuando tenía solamente cinco años de edad".

La familia de Papá había vivido en esta casa desde la primera vez que fuimos colonia de España. Hasta el cordón umbilical de mi abuelo estaba enterrado en el patio. Y del primer poema de mi padre, él me contó la historia. Su abuela, quien se encontraba en buen estado de salud, había enfermado de repente una noche después de haber comido un pastelito de guayaba. La familia mandó a buscar al famoso Doctor Martínez, cuya fama estribaba en haber estudiado en París, lo cual aparecía anunciado en su puerta: Doctor Alfonso Martínez, licenciado en París, y en sus numerosas referencias a la famosa Academia Bernard o a lo que el renombrado Craveilhier había dicho acerca de *le corps humaine.*

El Doctor Martínez examinó a la paciente y le recetó un vomitivo, el cual la familia preparó, y dijo que volvería al otro día por la mañana después de la segunda campanada de las diez. Esa noche la abuela de Papá murió. A la mañana siguiente, cuando el Doctor Martínez llegó a la puerta, la familia estaba en el cuarto preparando el cuerpo de la difunta. Mandaron al Doctor Martínez a pasar a la sala de en frente, donde se encontró cara a cara con el joven nieto, quien, carboncillo en mano, acababa de dar los últimos toques a su primer poema:

> El Doctor Martínez
> usó su diploma parisino
> para matar a mi abuela
> con su gran tino.

"¿Te buscaste un lío por haber escrito en la pared?", pregunté. Yo me lo hubiera buscado. La tía Ana me hubiera dado un reglazo en las manos como hacía con sus estudiantes cuando las sorprendía en alguna travesura.

Papá dijo que no lo habían castigado en absoluto. Él simplemente había puesto en palabras lo que todo el mundo en la capital estaba pensando. "Lo cual es lo que se supone que deba hacer un poeta", dijo Papá con esa mirada tipo Diez Mandamientos que echaba siempre que me daba consejos que, supuestamente, yo debía archivar en la categoría de cosas-que-mi-padre-me-dijo-una-vez-y-que-nunca-olvidaré. "Un poeta plasma en palabras lo que los demás piensan y no tienen el talento o el valor de decir". Y luego añadió, innecesariamente: "Acuérdate".

Yo me acordé, pero fue Papá quien lo olvidó. Pues mientras yo aprendía a usar mis palabras cada vez mejor, me volví más temeraria y Papá se acobardaba más por mí. Por supuesto nadie lo sabía. Eso era parte de la diversión: todo el mundo hablaba de Herminia y nadie, excepto Papá y Ramona, sabía que era yo.

NO ES QUE TODAS mi creaciones fueran tan excelsas.

Un día recibí un encargo de nuestro campesino para que le escribiera un poema. Le llamo "nuestro" campesino porque él pasaba todos lo días por casa, dejando víveres de su finca. Don Eloy me había escuchado recitar, declamar como él decía, y se preguntó si yo podría escribirle unos versos a una muchacha que él estaba tratando de enamorar.

"Pero si usted ya tiene mujer", le recordé. ¿Sería que Don Eloy estaba tan viejo que había olvidado que tenía una esposa?

"¿Habla de Caridad? Ay Dios, pero si Caridad es una vieja".

"Caridad no es una vieja, Don Eloy. Caridad tiene la misma edad que usted. Usted mismo lo ha dicho, que nacieron con unos días de diferencia".

"¿Es que usté no está enterá?", dijo Don Eloy acercándose. El aliento le olía igual al de Papá cuando bebía. "Las mujeres envejecen de abajo p'arriba y los hombres de arriba pa'bajo".

Esa era una verdad que no aprendí de las hermanas Bobadilla.

"¿Cómo es eso?" pregunté poniéndome la mano en la cadera, igual que hacía Mamá cuando decíamos mentiritas.

"Usté ha oío decir que los hombres son lerdos. Eso es porque el cerebro envejece más rápido. Pero el resto del cuerpo sigue igualito hasta que somos bien viejitos. Mientras que las mujeres... bueno, na'má tiene que mirar a su tía Ana, tiene la mente como un reló, pero lo demá...". Hace un gesto con la mano del cuello hacia abajo, "más muerto que una tranca".

Qué raro que la naturaleza haga tal cosa, pensé. La naturaleza podía ser muy rara. Miren eso de que las flores contienen los dos sexos, estambre y pistilo, como si no tuvieran fe en encontrar un compañero entre los millones de flores que existen. (Hay más flores que seres humanos: Papá me lo había demostrado.) Finalmente, accedí a escribirle a Don Eloy el poema de conquista a cambio de un canasto de guayabas. Unas semanas más tarde, Don Eloy me contó que la mujer estaba cayendo en sus redes. "Tiene que escribirme otro poema, ese estremeció el árbol pero ahora quiero que los mangos caigan".

Pero durante esas pocas semanas, yo había tenido la oportunidad de hacer algunas averiguaciones y Papá desacreditó por completo la teoría de envejecimiento de Don Eloy. Además, las guayabas que me trajo estaban llenas de gusanos y, recordando la experiencia de la abuela de Papá, las tiré a la basura.

DURANTE LA ÉPOCA de vuelta a la colonia, los periódicos estaban repletos de poesía. El censor español permitía cualquier cosa rimada, y así fue que todos los patriotas se convirtieron en poetas. Todos los días nuestro amigo Eliseo Grullón o Papá se aparecían después de la comida con algún periódico para que leyéramos. Había docenas de poemas acerca de la libertad.

Era el momento para la poesía, aunque no fuese el tiempo para la libertad. A veces me preguntaba si, después de todo, eso tenía sentido. Cuando el cuerpo está en cadenas, el espíritu necesita volar. Hasta llegué a escribir una oda acerca de eso, que no le mostré a nadie, pero la añadí a la pila que crecía debajo del colchón.

No era sólo yo quien escribía. Ramona también escribía, montones de pequeños y dulces poemas que iban al grano. Yo tenía la tendencia a exagerar.

"Eso está bien" decía Papá. "Tu quieres ir más lejos. Tu quieres volar hasta el Parnaso".

"¿Dónde es eso?", yo preguntaba. Pero Papá estaba en medio de su propio poema. "Ven acá", me dijo. Me leyó uno de sus versos. "Algo no suena bien". Lo leyó unas cuantas veces, yo le hice algunas sugerencias para que las palabras fluyeran mejor. "Herminia, Herminia", me hizo un guiño, "pronto te daré mi corneta y yo tocaré solamente la flauta".

Algunas veces, Ramona y yo veíamos a Josefa Perdomo por la calle y susurrábamos admiradas, "¡Ella escribe versos!". Cuando el tercer gobernador español llegó, Josefa le dio la bienvenida con unos versos publicados en *El Eco de Ozama*.

Todos comentaban lo maravillosos que eran sus versos, pero yo no estaba muy segura. Quiero decir, los versos eran maravillosos pero hacían algo terrible. Nos ataban a una nación que nos convertía en colonia. Eran como los versos que yo había escrito para Don Eloy, cómicos y sabios, pero tumbando los mangos del árbol equivocado. Don Eloy debería cortejar a su esposa y hacerla sentir como la joven con quien sueña. Eso es lo que debí haberle dicho. Escribiré versos a Caridad que harán despertar cada centímetro de su cuerpo medio muerto.

"Salomé, por favor. Son sólo versos". Ramona podía ser feroz en su defensa de los versos de la bella y regordeta poetisa. Josefa era una especie de versión humana de Alexandra, la muñeca antigua cuya belleza de porcelana Ramona tanto admiraba. "No es su culpa que seamos una colonia de nuevo. Ella sólo quiere ser amable".

Pero yo no estaba convencida. Una cosa es ser amable y otra darle la bienvenida a los intrusos y decir: "Por favor, siéntanse como en su propia casa". Y eso era lo que precisamente hacían algunos. Las hermanas Bobadilla habían tirado la casa por la ventana con su hospitalidad, amenizaban tés para los soldados y dignatarios españoles, ondeaban la bandera española en el techo — su buen techo de tejas españolas. Tenían el acento castizo tan pronunciado que evitábamos encontrarnos con ellas en la calle, porque antes de ni siquiera comentar sobre el estado del tiempo, te bañaban en saliva con tantas zetas.

En ese preciso momento, me prometí a mí misma que nunca escribiría versos por amabilidad. Antes de escribir versos bonitos e inútiles, preferiría no escribir en absoluto.

Eran unas metas muy altas las que me impuse cuando recién estaba empezando. Pero supongo que esto era algo típico en mí, tal como Mamá lo habría señalado, entregar toda el alma o nada.

Esa actitud no me ayudaría mucho en cuestiones de amor.

UN DÍA NUESTRO tutor, Alejandro Román, trajo a Miguel, su hermano menor, a clase. Para entonces yo tenía dieciocho años y ya había aprendido todo lo que Alejandro podía enseñarme, y me alegraba ver un rostro nuevo. Miguel quería ser poeta y se enteró por su hermano que las hermanas Ureña eran nada menos que las hijas de Nicolás Ureña y que eran muy talentosas e inteligentes. Miguel esperaba no sólo que nos presentaran, sino también llegar a conocer al poeta en persona en la casa de Mamá.

"¿Qué clase de poesía escribes, Miguel?" le preguntó Ramona el primer día que él vino a nuestra casa. Cómo odiaba esa pregunta —me parecía que era como encasillar a una mariposa.

"Son tipo arca de Noé, un poco de todo", él le respondió con una sonrisa en los ojos al dirigir su mirada hacia mí.

Traté de no sonreír. Hacía poco que Mamá había empezado a leernos el *Manual de instrucción para señoritas de Doña Bernardita,* y entre las cosas que Doña Bernardita advertía no hacer estaba sonreírle a un hombre.

"La sonrisa es un regalo íntimo," explicó Mamá. Las señoritas decentes entregan esas tiernas reacciones solamente a sus esposos junto con —Mamá titubeó— junto con todo lo demás. No fue muy específica acerca de todo lo demás. Es más, Doña Bernardita aconsejaba que demasiado de tales conocimientos podía conducir a una jovencita a entregarse al placer solitario.

Ramona y yo nos miramos alzando levemente las cejas. Luego Ramona, quien como la mayor usualmente se aventuraba a entrar en territorio desconocido, preguntó, "¿Qué es eso, Mamá?".

Mamá se sonrojó, y el rosa en sus mejillas la hacía lucir más joven. "Es un término que se usa para describir... trasgresión individual".

"*Eso* lo explica muy bien, Mamá", dijo Ramona.

Mamá cerró el manual de Doña Bernardita y miró directamente a mi hermana. "¿Está siendo fresca conmigo, señorita?".

"*Non, non, Maman, pardonnez-moi!*", dijo Ramona cariñosamente y rodeó a Mamá con sus brazos. De vez en cuando pasábamos del francés al español para mostrarle cuánto habíamos aprendido con nuestro tutor, Alejandro.

Ese primer día, Miguel vino, como dije, acompañado de su hermano mayor. Pronto se volvió un visitante asiduo y Mamá le permitió acompañarnos en clase. Yo pienso que se compadeció de nosotras, ya que casi nunca salíamos ni recibíamos visitas. Pronto los cuatro hicimos una gran amistad, que perduró por años. Mamá después comentó que nuestras lecciones habían sido las más largas que jamás conoció, pero que nunca se le ocurrió nada malo con tan inocente erudición.

Lo que ocurrió empezó muy inocentemente. Un día Miguel y yo sostuvimos una apasionada discusión sobre un poema de Lamartine. En nuestro siguiente encuentro discutimos a Lamartine otra vez, casi como si el poema fuera ahora una puerta que teníamos que cruzar si queríamos llegar a otro lugar. En la próxima visita, Miguel dijo, "Ya que estamos hablando de Lamartine, aquí hay un poema de Espronceda que creo que te va a gustar," y esa fue otra puerta que abrimos y Espronceda nos condujo a Quintana y Quintana a nuestro Nicolás Ureña ("¡Tengo entendido que es tu padre!") y Ureña nos condujo a la poetisa Josefa Perdomo ("Qué pena que vende su poesía por una sonrisa"), lo que nos condujo a unos poemas de una poetisa desconocida llamada Herminia, poemas que le mostré a Miguel ("¡Excelente! ¿Pudiera copiarlos?") y luego un día en que habíamos abierto todas las puertas y recorrido todos los corredores, nos encontramos sentados uno al lado del otro, como los amantes de Dante, solos en una habitación.

Ese día Mamá había ido con Ramona al muelle, puesto que había llegado un barco de San Tomás y podría estar vendiendo mercería que necesitábamos. Miguel se había quedado para discutir la última creación de Herminia, un poema sobre la gloria del progreso. Mi tía recién terminaba sus clases, cuando una de las niñas se cayó por las escaleras y comenzó a llorar. En la conmoción de las lágrimas y la rodilla ensangrentada, mi tía debió de haber olvidado que había dejado a dos jóvenes solos (un rotundo JAMÁS DEBE HACERSE del manual de Doña Bernardita), ya que decidió acompañar a la sollozante niña calle abajo hasta la casa de su abuela.

Fue sólo cuestión de minutos. Pero esos minutos fueron suficientes para que un joven recite un verso o dos; para que una joven palidezca; suficientes para que ella murmure, "Yo también"; suficientes para que él diga que no la ha escuchado bien, que si puede repetirlo en voz alta; suficientes para que ella balbucee de nuevo; y luego el momento eterno en que él extiende la mano sobre Lamartine, sobre Espronceda y Quintana, para estrechar fervorosamente la mano de ella antes de que se acabe el tiempo y tía Ana aparezca resollando en la puerta, con su sombra larga como si el mismísimo Padre Tiempo llegara a ponerle fin a las lecciones para siempre.

"Nunca debí haber consentido", Mamá se culpaba a sí misma cuando su hermana le contó lo sucedido. Mi tía se había precipitado sobre el estupefacto Miguel y literalmente lo levantó por el cuello de la camisa (que se había desabotonado) y lo tiró a la calle, seguido de su corbata.

Ramona no me dirigió la palabra durante varios días. Sospecho que no sólo estaba molesta porque arruiné sus lecciones, sino también celosa de que yo, su hermana menor, se le hubiera adelantado en experiencia. Un hombre me había *tocado*.

Papá estaba furioso. Cualquiera pensaría que yo había cometido algo verdaderamente terrible, tal como afiliarme al antiguo Partido Azul, o apoyar al nuevo Partido Colorado, el cual Papá ya no apoyaba, porque su líder, Báez, se había convertido en un dictador. "Todos te defraudan", dijo él echándome una mirada tipo Moisés al descender de la montaña después de los Diez Mandamientos, y ver a los israelitas bailando medio desnudos alrededor de un ternero fabricado de candelabros y joyas derretidas.

El peor castigo por supuesto fue que ya no podría volver a comunicarme con los hermanos Román. Pero muy pronto nuestro dictador Báez retiró la tentación de mis alrededores. Los hermanos se exiliaron en Haití por escribir poemas en contra del nuevo régimen. Habíamos dejado der ser una colonia para convertirnos en una dictadura cuya censura entendía el poder de la poesía.

Fue como si regresara a la niñez, porque había entregado mi corazón a un hombre encantador que vestía de levita, que hablaba en rimas y ahora se lo había entregado a un joven encantador en chaqueta corta y gorro, quien me había declarado sus sentimientos. Me volvió el asma. Lloré por días y días.

Antes de que Miguel dejara el país, yo tenía que darle un regalo. Noche tras noche había estado copiando los poemas de Herminia que Miguel me había solicitado. Este era mi pequeño acto de rebelión contra los absurdos dictados de mis mayores. Pero no tenía idea de cómo entregárselos.

Fue Ramona quien encontró la solución: Ramona, quien nunca pudo soportar mi llanto y haría cualquier cosa por detener mis lágrimas. En la misa del domingo, cuando Miguel pasó a nuestro lado camino a la fila de la comunión, Ramona se escurrió detrás de él. Se arrodillaron uno al lado del otro en el altar. Mientras esperaban que el Padre Billini se acercara cáliz en mano, Ramona le deslizó a Miguel un atado de poemas. Acompañándolos iba una carta en la que le revelaba que yo era Herminia. Esto me pareció ser algo mucho más intimo que una sonrisa, quitarme el disfraz y dejarle ver mi alma secreta tal como la reflejaba sobre el papel.

UNAS SEMANAS MÁS tarde, Papá se apareció en la puerta con una copia de *El Nacional* bajo el brazo y con una expresión de susto en el rostro. Cuando desenrolló el periódico y lo agitó frente a mí me quedé boquiabierta. Ahí en la primera página estaba mi poema "Recuerdos a un proscrito", que había incluido entre los que le había dado a Miguel. El poema estaba firmado "Herminia".

"¿Qué pasa?", preguntó Mamá, escudriñando el diario de arriba abajo. Desde el norte el Presidente Grant envía una comisión de senadores que estudiará la posibilidad de transportar alguno de sus negros a vivir aquí. Un grupo que se autodenomina Ku Klux Klan quema cruces frente a las casas de los negros, por lo tanto quizás a ellos no les importaría venir para acá. El vapor *Clyde* está en ruta desde La Habana. Coronan Reina de Mayo a la señorita Trinidad Villeta en el Teatro Republicano.

Papá la miró impacientemente, y luego mirando sobre sus hombros y viendo que el postigo estaba todavía abierto, me hizo señas de que lo cerrara. Después de leer el poema en voz alta, mi padre dijo: "¡Esto es sedición!".

El rostro de mi madre brilló con fiero orgullo. "¡Que viva Herminia! Dice lo que todos sentimos y no tenemos el coraje de decir".

Papá la miró por largo rato y podía verse que justo en ese momento es que se percataba de que yo nunca le había revelado mi seudónimo a Mamá. Ese era un secreto especial entre mi padre y yo.

Más tarde, ya en la cama, Ramona y yo nos dimos cuenta de lo que había pasado. Miguel le había entregado mi poema a sus amigos de *El Nacional* para que lo publicaran. Sólo nos quedaba la esperanza de que Miguel no hubiese revelado mi verdadera identidad.

La tarde siguiente en su casa, Papá me hizo una de sus advertencias. "Debes tener mucho cuidado, Herminia. Báez no es el Báez de antes. No protegerá a su viejo amigo si descubre que mi hija siembra semillas de sedición. ¡No publiques nada más sin mi consentimiento!".

Por supuesto, le prometí que no volvería a hacer lo que en primer lugar nunca hice. A la semana siguiente, otro poema de Herminia apareció en el periódico. "Una lágrima" no era abiertamente sedicioso, pero ningún dictador podría leer esos versos dirigidos a un exiliado sin sentirse desafiado. *Tu patria sigue en cadenas... Las lágrimas que por ella derramas jamás se han de secar...* En la capital se rumoraba que *El Nacional* podría ser clausurado en una semana. Pero el periódico continuaba saliendo. Tal pareciera que Báez quería impresionar a los senadores norteamericanos con su liberalismo.

Por varias semanas, aparecieron poemas de Herminia en el periódico. "Contestación", "A un poeta", "Una esperanza", "Ruego", "Un gemido" y finalmente, "La gloria del progreso", poema que causó gran revuelo. Nuestro viejo amigo Don Eliseo Grullón, también un estadista, declaró que fuera quien fuera la tal Herminia, iba a derrocar al régimen con pluma y papel.

Papá estaba fuera de sí. ¿Por qué continuaba desafiándolo? El exilio podría ser la menor consecuencia. Yo sería la causante de que nos mataran a todos. Finalmente tuve que confesar que no era mi culpa. Yo le había dado copias a algunos conocidos. "Lo siento, Papá".

Pero secretamente me alegraba. La poesía, *mi* poesía, estaba despertando la conciencia política del país. En vez de permitir que los temores de mi padre me reprimieran, continué escribiendo poemas más audaces.

Algunas veces me temblaba la mano cuando escribía. *Herminia,*

Herminia, Herminia, susurraba para mí. Ella era la valerosa. Ella no era esclava del miedo. Ella no se acobardaba con una palabra dura. Ni lloraba por pequeñeces desperdiciando sus lágrimas.

En secreto, bajo la oscura protección de la noche, Herminia laboraba en pro de la liberación de la patria.

Y con cada eslabón que rompía por la patria, también me liberaba a mí misma.

CADA VEZ QUE SALÍA un nuevo poema de Herminia en el periódico, Mamá cerraba las persianas del frente de la casa y nos leía el poema en voz baja. Ella estaba encantada con la valiente Herminia. Me sentía culpable de no revelarle mi secreto, pero yo sabía que si se lo decía, todo su gozo podría convertirse en preocupación. Su teoría era que Herminia era en realidad Josefa Perdomo, pero mi tía Ana no estaba de acuerdo. Josefa tenía un estilo más sentimental, más obsequioso. "Esta Herminia es una guerrera", decía mi tía con orgullo. "De hecho, mi teoría es que Herminia es realmente un hombre, que se esconde bajo las faldas de una mujer".

"Qué interesante, tía", dijo Ramona, mirándome fijamente. "Herminia, un hombre. No me parece". Mi hermana se estaba divirtiendo horrores. Decía que gracias a ella Herminia se había dado a conocer. Yo sabía que en el momento en que Mamá descubriera nuestra farsa, Ramona sería la cómplice inocente, involucrada en el asunto por su desvergonzada hermana menor, que una vez dejó que un hombre la tocara.

En verdad, ambas habíamos prendido un fuego que ardía descontroladamente. "La patria ha descubierto su musa", decía una carta anónima en *El Nacional.* Las rebeliones comenzaron a irrumpir en todos lados. Los senadores norteamericanos abandonaron el país. El Gobernador González de la provincia norteña de Puerto Plata anunció que establecería su propio partido, el Partido Verde, e hizo un llamado a todos los dominicanos a que asistieran a una asamblea pública para protestar contra la tiranía de

Báez. Su proclamación inspiró un nuevo poema que empecé a escribir esa misma noche: *Despierta, patria mía, desgarra tu mortaja...*

Fue por este poema que Mamá hizo un descubrimiento. Teníamos por costumbre airear los colchones en el patio trasero los días de limpieza. En los días de aireado yo siempre era muy cuidadosa en transferir el paquete de poemas que mantenía bajo el colchón al fondo del baúl de la ropa.

Ese día ya había hecho la transferencia, pero es posible que la tinta de mi última revisión de "A la patria" estuviera todavía húmeda cuando puse el poema encima del paquete la noche anterior. La hoja se quedó pegada a la parte inferior del colchón y cuando lo levantamos, mi madre quedó directamente frente a mi poema, o más bien el poema de Herminia.

"Y esto, ¿qué es?". Mi madre despegó el poema y leyó lo suficiente para reconocer el estilo. Me miró directamente. "¿Cómo es posible, Salomé?".

"Dijiste que te sentías orgullosa de Herminia", le recordé. "Dijiste que ella tenía el valor de decir lo que todos pensamos pero no decimos". Me temblaban las rodillas. Sentí la opresión en el pecho que anunciaba un ataque de asma.

Mi madre no pronunció palabra. Pensé que me regañaría como a veces lo hacía con Ramona por ser imprudente. Pero ella podía ver cuán perturbada estaba. Hizo la señal de la cruz y continuó sacudiendo la cabeza. "Dios Santo, aparta de mí este cáliz".

"¿De qué hablan? ¿De qué hablan?". Tía Ana había captado la histeria en el ambiente, pero no podía adivinar la razón.

Mi madre le pasó el papel a su hermana, quien lo leyó rápidamente. Cuando llegó a la firma al pie de la página, una sonrisa se extendió en sus labios. "Vaya", dijo con fingida ingenuidad, "¿quién diablos será la tal Herminia? ¿Y qué hacen sus poemas debajo del colchón de mi querida sobrina?".

Con esto, ella sentó la pauta que íbamos a seguir. Nosotros no sabíamos quién era Herminia. No sabíamos cómo fue que su poema apareció en nuestra casa. Y mientras tanto, la revolución estallaba en el norte, y la capital se bañaba en sangre. Mamá cosió los poemas de Herminia dentro del ruedo de una vieja capa.

"¿Qué piensas?", preguntaban las hermanas Bobadilla a mi tía o a mi madre cuando venían de visita. "¿Quién crees que pueda ser Herminia?".

"¿Quién sabe?", Mamá respondía. "Ana dice que probablemente Herminia es un hombre". Y me di cuenta de que su mano hacía una pequeña señal de la cruz sobre su corazón, como penitencia por la mentira que acababa de decir.

YO HUBIERA GUARDADO el secreto. No firmaba mis poemas con mi nombre, no durante nuestra gloriosa revolución ni el sangriento sitio de la capital y los días inciertos de gobiernos que se derrocaban unos a otros. Pero entonces, un día al principio de febrero cuando tenía veintitrés años, abrimos *El Centinela,* uno de los periódicos que habían permitido continuar publicándose debido a su inocuo contenido, y vimos un pequeño escrito en floreteada prosa acerca del invierno y los copos de nieve, firmado *Herminia.*

"Herminia ha bajado de categoría", dijo nuestro viejo amigo Don Eliseo Grullón cuando vino esa tarde cargando el mismo periódico que Papá había traído. "¿Por qué nuestros escritores tienen que escribir sobre el invierno como si fuéramos norteamericanos?". Se había puesto de moda imitar todas las cosas del norte hasta el extremo de imaginar que teníamos nieve en diciembre y debíamos calentarnos las manos en la chimenea. Don Eliseo sacudió la cabeza. "Nuestra Herminia, como nuestra Josefa, nos ha defraudado. Quizás estas notas gloriosas sean demasiado para que una mujer las sostenga". Me sentí mal por no poder defenderme.

"Al contrario, yo creo que nuestra Herminia marcha hacia nuevos horizontes", dijeron las hermanas Bobadilla en defensa del poema. Ellas ahora nos visitaban a menudo debido a que el respetado Eliseo Grullón era un visitante asiduo. Según Don Eliseo, la nuestra era la única casa en la capital donde él podía hablar con las mujeres de política y poesía en lugar de cintas para el cabello y tejidos. "Yo creo que el trabajo de Herminia es adorable", añadieron las Bobadilla. Parecía que hablaran en coro, aunque estoy segura de que era sólo porque siempre estaban de acuerdo en todo, así es que sus opiniones eran intercambiables. "'Los blancos copos de nieve danzan en el frígido aire, y Don Invierno espolvorea la nívea plaza de la aldea'", citaron. Me sentí con náuseas. Si alguna vez escribiera un poema sobre el invierno, lo haría más exacto. "Verdaderamente, Herminia se ha vuelto más femenina. ¿Pero qué cree usted Don Nicolás?". Mi padre también estaba de visita.

"Creo que no es la misma Herminia", sentenció Papá.

"Lo dices con tal certitud", Don Eliseo observó. "Pero recuerda que hasta Shakespeare tuvo sus lapsos. Calderón escribió varios petardos. Espronceda tuvo sus momentos insípidos. Y Sor Juana puede ser insufrible". Hizo una pequeña reverencia de disculpa por criticar a una favorita de las damas. "Pero Ramona y Salomé no han dicho una palabra", dijo. Ramona gagueó algo acerca de que quizás hubiese muchas Herminias tal como había muchas Anas, Estelas, Filomenas y Salomés.

"Jmm", Don Eliseo consideró. Hizo una larga pausa para no parecer que descartaba los comentarios de Ramona con demasiada rapidez. Entonces se volvió hacia mí y dijo: "¿Y tú, Salomé?".

Sentí esa falta de aire que sufría siempre que me forzaban a hablar. Mamá se quejó de que cada día mi asma y mi timidez se empeoraban. Y que a menudo ella tenía que responder por mí.

"Herminia no se ha sentido muy bien últimamente...". Mi madre se detuvo con la cara roja como un tomate. Rápidamente se corrigió. "¿Qué digo?", preguntó a los presentes con una débil sonrisa. "Quiero decir *Salomé*. Perdónenme. Toda esta charla acerca de Herminia". Y continuó ofreciendo detalles de mi último ataque de asma. Daba vergüenza que mi madre hablara de mis malestares como si yo todavía fuera una bebita de brazos cuyas funciones físicas podían ser anunciadas al mundo.

Las hermanas Bobadilla siguieron charlando, pero Don Eliseo

me observaba de cerca. "Los poetas deben ser valientes", fue todo lo que dijo al despedirse de mí esa noche.

YO NO SÉ si fue el presentimiento de que Miguel regresaría pronto y quería hacer algo que lo hiciera sentirse orgulloso de mí. O si era simplemente porque había terminado mi nuevo poema "A la patria", el que Mamá había encontrado pegado al colchón, y quería redimir el nombre de Herminia. El caso es que una mañana no mucho tiempo después, desperté temprano, me puse mi traje de muselina violeta y los botines de botones, me encajé el gorro y lo até fuertemente. Luego, cuando Mamá y tía Ana estaban en la cocina discutiendo sobre el agua del café y el mangú, y mi hermana Ramona aún dormía, salí de la casa, halé la puerta silenciosamente y bajé por la calle 19 de Marzo hasta la Calle de los Mártires. Doblé a la derecha y después a la izquierda por la Calle de la Separación hasta el centro y deslicé mi último poema bajo la puerta de *El Centinela*.

Don Eliseo llegó temprano con un ejemplar de la nueva edición y un ramo de gardenias, mis preferidas. "Conseguí una de las primeras copias", dijo mostrando el diario. Me entregó las flores ceremoniosamente. "Déjeme ser el primero en decirle que este es el mejor de todos, Herminia", guiñó un ojo y añadió: "Viene un grupo para acá".

"Ay, Dios mío, ay, Dios mío," Mamá sollozaba. Aun cuando Don Eliseo había explicado que se trataba de un grupo de admiradores, ella no estaba convencida de que estábamos a salvo. Mi tía Ana tomó el periódico de manos de mi madre y cuando hubo terminado, solemnemente se lo pasó a Ramona, quien lo leyó y luego me lo pasó a mí.

Pero yo no tenía necesidad de leer lo que había escrito. Había estado trabajando en ese poema durante varios meses. Finalmente, después de agonizar sobre cada palabra, línea por línea, lo terminé con las dos palabras más difíciles de todas.

"Salomé Ureña," firmé.

The Arrival of Winter

Middlebury, Vermont, 1950

"¡ES INCREÍBLE QUE vengas a Middlebury a ver más nieve!", bromeó Marion.

Es el tipo de comentario que Camila escucha media docena de veces durante un invierno en Poughkeepsie. Pero, de cierta manera, le defrauda que venga de los labios de su querida amiga. Ella espera más de Marion. Una frase melodiosa, un comentario brillante, el poema invernal de su madre.

> En otros climas, ante tus rigores
> Se desnudan los campos de sus gloriosas galas
> Acallan los ríos sus rumorosas aguas...

Va cabizbaja, avanzando con dificultad calle abajo junto a su amiga. La nieve las envuelve en furiosos remolinos, nieve malhumorada, harta de ser motivo de tantos lindos paisajes de postales y poemas, nieve que quiere demostrar su ferocidad. De haber sido inteligente en lugar de presumida, se hubiese puesto el gorro rojo que su vecina de los bajos le había tejido como regalo de San Valentín. En su lugar se puso una bufanda de seda holgadamente sobre la cabeza y los guantes de piel sin forro. Tenía los dedos entumecidos. Pero siempre le parecía tonto vestirse con todo los aparejos de invierno. Todos los años decía que ese sería el último que pasaría en Estados Unidos.

"Es uno de los febreros más nevados en récord", decía Marion, exhalando humo blanco como una protesta. "Pobre Camila, siete horas en un autobús". No es costumbre de Marion ser solícita. Se pregunta si pasa algo.

SALIÓ TEMPRANO ESTA mañana de Poughkeepsie, un viaje de seis horas, pero al avanzar hacia el norte, la tormenta comenzó y el chofer tuvo que bajar la velocidad; la ventana parecía un dibujo puntillista en blanco. A cada rato consultaba el reloj. Había tiempo de sobra. Su visita a la clase estaba programada para las cuatro. La presentación en sí no sería hasta la noche.

La charla que ha preparado la dará un sinnúmero de veces este año, centenario del nacimiento de su madre. Es una charla académica, sin inspiración y ella lo sabe. Otros eruditos pueden hablar de la poesía de Salomé y su pedagogía, pero ella, Camila, su única hija, está supuesta a iluminar un aspecto diferente de la poetisa.

Ella quiere que su discurso provoque entusiasmo, que sirva de inspiración a nobles sentimientos. (¿Se puede hablar así en medio del siglo veinte? Rusia acaba de detonar una bomba atómica. En Washington el Senador McCarthy lleva a cabo una purga no muy diferente a las de la policía secreta de Batista. En su propia República Dominicana los secuaces de Trujillo han masacrado a una pequeña fuerza de invasores rebeldes, su primo Gugú entre ellos.) Este será su primer discurso público como miembro de su famosa familia. Está sorprendida de recibir tantas invitaciones para hablar sobre su madre este año. Después de todo, ella es la anónima, la que no ha hecho nada importante. Pero lo que le molesta es estar en demanda por razones sentimentales, la hija que perdió a su madre, la huérfana que sacan con su almidonado traje de fiestas a recitar el poema de su madre, "El ave y el nido", amenizado por los sollozos de las tías viejas y amigos de la familia.

Quizás eso es precisamente lo que deba hacer, tirar a la basura esta hora desabrida que ha escrito en veinte páginas, una reseña de la historia de la Hispaniola, Gallego y Quintana como influencias prosódicas en los poemas patrióticos de su madre, el seudónimo de su madre (la práctica de seudónimos, propósito y resultado en un estado caudillista), una corta anécdota de una celosa rival que se robó el seudónimo de su madre, añadido a última hora, como un sonajero para distraer al bebé antes de que estalle en alaridos frente a la visita a quien se quiere impresionar. Y en su lugar, ponerse el vestido negro de su madre, colgarse al cuello la medalla nacional enlazada en cinta y salir al escenario como una mariposa clavada a un colorido retazo de tela y recitar los poemas favoritos ("Ruinas", "Sombras", "Amor y anhelo" y, por supuesto, "Mi Pedro") para su público de universitarios.

Al menos este discurso es sólo su debut. ¿Puede ser que la charla mejore con la práctica? La próxima semana la dictará en Columbia y para fin de mes en Harvard, donde todavía recuerdan a Pedro con reverencia. Luego, ha aceptado ir a Wellesley para las celebraciones del Cinco de Mayo, aunque, por supuesto, no hay conexión alguna entre Salomé y la celebración Mexicana. "No importa", le asegura su amigo Jorge Guillén, que enseña allí. "Es 'un día de fiesta latinoamericano', así es que si vienes y hablas de Carmen Miranda, los decanos pensarán que somos internacionales".

"Jorge puede ser cruel", Camila le confiesa a Marion.

"Jorge está enamorado de ti", Marion insinúa. El poeta español enviudó hace dos años, y si te guiaras por los comentarios de Marion, pensarías que existe un tórrido romance entre Camila y su compañero de escuela de verano. Pero todo lo que ha ocurrido es que Guillén le ha estado enviando a Camila sus nuevos poemas, todos los cuales, como Camila explicó a Marion, "son acerca de haber perdido a Germaine".

Para el verdadero día de cumpleaños de Salomé, el 21 de octubre, Camila ha sido invitada a hablar en el instituto que su madre fundó en la República Dominicana. Es el primero de los muchos eventos en un festival de una semana para honrar a su madre. Camila será la juez del Concurso de Poesía Salomé

Ureña y lanzará la primera edición completa de los poemas de su madre. El festival concluirá con un servicio de aniversario en su tumba, al cual, Max le ha escrito, asistirá el Jefe para develar una nueva moneda de cincuenta centavos con el "lindo retrato de Mamá".

Camila siente deseos de abofetearle, aunque él sea su distinguido hermano mayor. Si Pedro estuviese vivo no permitiría que el dictador utilizara el nombre de su madre de esa manera. Ni la elocuencia de Max, que siempre se sale con la suya con Papá, hubiese conmovido a Pancho. Y Camila, que nunca había podido hacer a Max, ni a ninguno de los hombres de la familia, entrar en razón una vez se habían decidido por una causa, lo mejor que podía hacer era mantenerse alejada. Pero ella no quería desilusionar a esas seiscientas muchachas del instituto, cuyas representantes de las clases habían preparado pancartas rogando, "Estimada Señorita Salomé Camila, le imploramos que nos honre con su grata presencia". No cabe duda de que la afición de los dominicanos por la retórica rimbombante ha aumentado astronómicamente con el advenimiento de la dictadura.

"¡AQUÍ ESTAMOS!", Marion anuncia. Quizás su amiga piensa que por el mal tiempo, Camila haya perdido el sentido de dirección. Pero ella siempre ha tenido muy buena orientación y es ducha en estrategias de supervivencia. De niña, cuando le contaron la historia de Hansel y Gretel, ella comentó que eso de los pedazos de pan era una mala idea. "¿Y si un animal los hubiese comido, entonces qué?".

"¿Has leído esta historia antes?", le preguntó su madrastra cerrando el libro de cuentos. En sus ojos había aquella mirada de respuestas múltiples en la que la contestación correcta *no* era: a) sospecha, b) preocupación, c) deseo de complacer, d) deseo de desaparecer, si no el ecuménico, e) todos los arriba mencionados —tan difícil de vivir con ellos.

Marion sube las escaleras en las que cada descanso está decorado con una variedad de coronas florales, libretitas y lápices prendidos con tachuelas y el gallardete azul y blanco de la universidad (el otro maestro de educación física) y un afiche de la cátedra de idiomas. Esta es una residencia de facultad mucho más grande de que la suya en Poughkeepsie. "Nuestro manicomio", Marion bromea en voz alta sacudiéndose el resto de la nieve de las botas. Camila se pregunta si los vecinos de Marion se quejan de ella. Piensa en sus vecinas, Vivian y Dot. "A veces ni nos damos cuenta de que estás allí arriba", ellas le han comentado. Supone que lo dicen como un cumplido.

La puerta de Marion está desprovista de adornos, aunque Camila recuerda muchos adornos en el pasado: una foto de Martha Graham recortada de la revista *Life,* donde aparece reclinada con una pierna en el aire como un abanico desplegado; la bandera del estado de Dakota del Norte, realmente bonita, azul turquesa con flecos dorados, una bandera más apropiada para una dictadura exhibicionista del Caribe que para un descolorido estado del oeste medio habitado por descendientes de alemanes y suecos; una foto de las dos amigas en una montaña rusa, Camila con los ojos cerrados, sujetándose el sombrero, y Marion con los ojos y la boca abiertos en un grito, el pelo corto de punta como si estuviese asustada. Ahora ni siquiera el nombre de Marion cuelga de la puerta. Dentro, la sala está llena de cajas. El apartamento está desmantelado, las paredes desnudas, con excepción del inmenso óleo de un próspero hombre canoso que domina por entero la sala, obviamente un retrato para una sala de juntas, con una placa de bronce que lee: *John Reed, Gerente Regional, North American Life Insurance Company.* Es "Daddy", el papá de Marion, fallecido hace cuatro años. Por supuesto, eso será lo último que Marion empacará.

"¿Qué es esto?".

"Me voy", anuncia Marion, y entonces, como si la expresión de sorpresa en el rostro de Camila tuviera algo que ver con su visita, Marion añade, "No te preocupes, asistiré a tu charla primero".

EN LA CAMINATA hacia Munroe Hall, Marion le explica
—como si la confesión entrecortada por la risa pudiese ser una
confesión. Cada año, según Camila fue tornándose más respetable— profesora y presidente de su departamento en Vassar,
presidente de la Asociación de Lenguas Modernas de la División
del Noroeste— su amiga Marion se había vuelto más excéntrica.
Su vestuario parecía sacado de una tienda de disfraces. Lleva su
corto cabello desflecado envuelto en brillantes bufandas que
flotan tras ella con gran dramatismo. Tal parece que Marion
quiere llamar la atención y en vez de hacerlo de forma responsable, se pavonea como una adolescente.

"Me mudo a la Florida".

"¿Por qué diablos?".

"Lesley", dice Marion, observándola con detenimiento.

Camila siente una punzada de celos. Vira la cara para que
Marion no pueda adivinar sus sentimientos. Durante los últimos
veinticinco años ha mantenido a Marion alejada de ella de una
manera u otra. ¿Por qué debe dolerle que Marion finalmente
haya encontrado lo que siempre había querido, una mujer a
quien amar y con quien vivir?

"¿Quién es ella?", pregunta Camila quedamente.

"Lesley es un él", dice Marion con una sonrisa afectada.

Camila no puede evitar pensar que Marion tendió esta pequeña trampa, un amante con un nombre femenino, para hacerla saltar. No debe molestarse. Su visita a la clase empieza
dentro de unos minutos. Tendrá que darle la cara a un grupo de
estudiantes y hablarles de la poesía de su madre. Más tarde ha ac-
cedido a conocer a un estudiante dominicano que está pasando
por un difícil período de adaptación.

"Es un antiguo nombre escocés", le dice Marion. "Tú sabes,
como Leslie Howard". ¿Quién es Leslie Howard?, se pregunta
Camila. "Su nombre completo es Lesley Frederick Richard, el
tercero. En realidad le dicen Fred, pero yo prefiero Lesley". (¡Por

supuesto!) "Tiene una casa de verano en el Lago Champlain, y este año se quedó allá. Pero no resiste el invierno, así es que regresa a la Florida y quiere que yo vaya con él".

"Entonces, ¿se van a casar?".

"¡¿Casarnos?!", exclama Marion horrorizada. "¿Quién ha hablado de matrimonio?".

Camila se exaspera, como si estuviese hablando con uno de sus estudiantes reticentes a quienes aconseja tomar francés o alemán. "¡Por favor, habla con sentido, Marion!". La nieve sigue cayendo sobre ellas. De pronto se siente muy nupcial, tal como si la estuviesen apedreando con puñados de arroz en una boda. "¿Y tu trabajo?".

"Vamos, Cam. Aquí no toman la danza en serio. ¡Me tienen exhibiendo a las niñas en cuadros como si fueran repollos en una verdulería!". La amargura de Marion borra momentáneamente su anterior jovialidad. Pero se sobrepone, Marion siempre se sobrepone. "De todas maneras, aquí están felices de deshacerse de mí, créeme. Especialmente después del recital de otoño". Camila ya había oído hablar de esto —bailarinas representando las diferentes etapas en la vida de una mujer, incluyendo las contorsiones de parto.

Las dos estamos demasiado viejas para estas cosas, piensa Camila. Demasiado viejas para andar dando trastazos por el mundo como almas huérfanas y sin hijos. "Ay, Marion, Marion".

"No tienes que sentir lástima por mí. Lesley tiene muy buena posición". ¡Marion se la está dando!

Sacude la cabeza y se adelanta. No hay nada que decir cuando Marion está en uno de esos estados de ánimo.

"Bueno, no te enojes", dice Marion alcanzándola. "Tu también te traes lo tuyo con Guillén".

"No empieces con eso, Marion, por favor". Camila nota ese tono de sabelotodo en su propia voz. Baja el volumen. "Estoy tratando de simplificar y no de complicar el resto de mi vida".

"¡Eso es lo que has tratado de hacer desde que naciste!", dice

Marion con perspicacia. Ay caramba, piensa Camila, ¿para qué aceptaría esta invitación? Cuando Graziano, el presidente del Departamento de Español, la invitó a dar una charla sobre su madre, aceptó en parte porque representaba una oportunidad de ver a Marion.

"Vamos, Cam", dice Marion triunfante, enganchándose del brazo de Camila. "Piensa en lo orgulloso que se sentiría *Daddy*. ¿Te acuerdas como le preocupaba que no me atraían los hombres?". Camila recuerda que Marion hace una imitación perfecta de Mister Reed. "De todas maneras, ¿por qué no felicitar a tu vieja amiga en su nueva aventura? Recuerda que tú y yo estamos en nuestro punto. ¿No leíste el artículo en *Life* que dice que las mujeres estamos en nuestro mejor momento a los cincuenta? ¡Suéltate el moño, m'hija, que la fiesta va a empezar!".

Un grupo de estudiantes se acerca por uno de los paseos del recinto universitario al mismo tiempo que Marion da uno de sus pasos de baile y cae riendo sobre los hombros de su amiga. Los estudiantes sonríen, complacidos de sorprender a una maestra comportándose alocadamente, y entran a Monroe Hall. No cabe duda de que estos estudiantes se dirigen a la clase que Camila visitará. Uno de ellos, un joven tenso que tiene su mismo color de piel café, la mira melancólicamente, como tratando de formarse una opinión sobre ella.

DEBIERA ESTAR ACOSTUMBRADA a esto. Periódicamente, desde que se conocen, Marion se desprende de sus raíces y hace algo inesperado. Hace algunos años abandonó la universidad y la siguió a Cuba. Camila recuerda como, al abrir la puerta, se encontró a su amiga pelinegra maleta en mano. "¡Qué hubo!" dijo Marion con una voz que Camila notó que luchaba por sonar animada. La palidez de Marion iba más allá de su color natural, era de puro terror. "¿Te acuerdas que me dijiste 'mi casa es tu casa'?", dijo con voz quebrada.

Camila sintió una oleada de emoción que le dio ganas de llorar de gratitud. Había extrañado a Marion horriblemente, más de lo que quisiera admitir. Había asumido cuando se fue para el sur que jamás volvería a ver a su querida amiga. ¡Y aquí estaba Marion de nuevo! Como la fiel y devota amante de un libro de cuentos.

Marion le anuncia que ha venido a enseñar danza moderna en Cuba. "¡Excelente! Necesitamos una escuela de danza moderna en Cuba", dijo Pancho sin un rastro de ironía en su voz. Probablemente si Marion hubiera dicho que venía a establecer una escuela de batuteras, Pancho hubiera dicho, "¡Qué bueno! En Cuba necesitamos aprender a menear la batuta". Pobre Pancho, siempre atrapado en sus propias preocupaciones para prestar demasiado mucha atención a las locuras de los demás.

Pero muy pronto Marion se cansó de la familia de Camila y de la sociedad cubana en general. ¡Alguien tendrá que decirles a estas mujeres que estamos en el siglo veinte! Y ese alguien tenía que ser Marion. Le subía los ruedos a sus faldas por encima de la pantorrilla y, si le daba la gana, se recortaba el pelo cortísimo. Salía sin chaperona, fumaba y decía malas palabras como un marinero. (¡Carajo! ¡Coño! ¡Métetelo donde no brilla el sol!) Nadie pestañeaba. Nadie se sorprendía. Después de todo, Miss Marion era norteamericana y nadie esperaba que se comportara correctamente.

Pero en cuanto a la Señorita Camila...

Para Camila era un constante tira y jala, atrapada como estaba entre su excéntrica amiga y su familia, tratando de mantener la paz en una casa donde, aparentemente, ella parecía ser el único ser neutral. Había dos medias tías, Mon la cascarrabias, tres hermanastros que explotaban como cohetes, Regina (que sólo hablaba español) y la cocinera de Martinique (que sólo hablaba francés), y un zoológico de animales que, a insistencia de Pancho, solo recibían órdenes en inglés —y luego, como si sólo ella pudiera mantenerlos a todos en balance con su aparatosa e incomparable presencia, Marion, o la Miss Marion. Camila estaría enamorada, pero lo que recuerda es que sentía un perenne agotamiento. No es de extrañar que perdiera la voz y que su maestra, Doña Gertrudis, le dijera que tenía que olvidarse de su sueño de cantar ópera.

Cuando Camila y su padre se marcharon a Washington por un mes, Marion decidió acompañarlos hasta Nueva York y de ahí ir a visitar a su familia en Dakota del Norte. Camila tenía la esperanza de que una vez allí, Marion decidiera no regresar. Ella tenía sus propios planes. Casi llegaba a los treinta. Todavía tenía la oportunidad de ser feliz si, finalmente, tomaba las decisiones correctas.

Pero al final del verano, Marion se apareció de nuevo en la puerta de Camila. "¡Nunca te dejaré ir!", Marion le había jurado, hasta aquella última vez, cuando subió al tren que la llevaría a La Habana, y de allí, por barco, hasta Cayo Hueso y a un trabajo de maestra de danza en el norte. A través de los años, a intervalos, las dos amigas se mantuvieron en contacto, reencontrándose una y otra vez, especialmente cada vez que sus vidas estaban a punto de desmoronarse.

Recientemente, cuando las dos estaban a punto de cruzar la frontera del medio siglo, Marion había dejado caer que las dos podrían "terminar juntas después de todo". Especialmente ahora que sus padres habían muerto y no tenían que preocuparse de dar explicaciones embarazosas. Pero para mí no han muerto, piensa Camila. Sin duda su ambivalencia estaba alejando a Marion de nuevo. Pero en realidad, los recientes lapsos de Marion de no escribirle ni llamarla habían deprimido a Camila mucho más de lo que ella pensaba.

Especialmente debido a todo este asunto del centenario, que ha traído de nuevo, como ella sabía que pasaría, ese sentimiento de vacío de la pérdida original. Y luego, ¡las nuevas pérdidas! Pedro, su querido Pedro, había fallecido. Y pisándole los talones a este dolor, otro: su primo Gugú asesinado a balazos en una playa el verano anterior.

Invierno sobre invierno. *Despojando la tierra de su gloriosa juventud…*

Camila no tiene remilgos en improvisar sobre los poemas de su madre.

"BUENAS TARDES", LE sonríe al aula llena de jóvenes caras extrañas. (*Sus caras llenas de la frescura de lo que desconocen...*) En honor a la estación, conduce a la clase a través de una minuciosa lectura textual del poema de su madre, "La llegada del invierno".

"¡Excelente!", la felicita el presidente Graziano después de la clase. Alto y efusivo, con los anchos hombros de un futbolista, él se ve fuera de lugar en los confines académicos de un aula. A su lado está un joven de piel canela, pesaroso y delgado. Sin duda este es el estudiante dominicano que tiene ciertos problemas —no recuerda qué tipo de problemas. Él acuna un paquete en sus brazos posesivamente. Los poemas de su madre, ella piensa. Seguramente querrá que le firme una copia.

El presidente le presenta a Manuelito Calderón, nombre que le suena vagamente familiar. "¿Por qué no conversan aquí mismo?". El presidente coloca dos pupitres frente a frente y hace un gesto a Marion. "Regresaremos en unos veinte minutos". Levanta una ceja levemente, como preguntando, ¿o antes? Camila comprende, hay que proteger a la conferenciante invitada de los ávidos estudiantes y colegas. "Veinte minutos está bien", consiente, sonriendo al estudiante. "¿Te parece, Manuelito?".

"Como usted diga", dice quedamente en español. Se ve incómodo dentro del enorme abrigo de invierno que no se ha quitado. Camila se pregunta si esta es la forma en que la ven sus colegas y estudiantes en Vassar. Quizás sea por eso que sus vecinas constantemente tratan de que se abrigue mejor y se aclimate a un lugar que saben que a ella no le atrae mucho.

"¿NO RECONOCE MI apellido?". El joven la confronta en cuanto el presidente y Marion salen del salón. Le escudriña el rostro en busca de alguna señal de reconocimiento que él piensa que se merece. *Dificultades de ajuste,* Camila recuerda la frase del presidente. Claro, con una actitud tan grosera.

Sucede que el joven es el hijo de Manuel Calderón, quien murió el verano pasado en la invasión de Luperón. Conoce a Gugú. Antes de que ella pueda darle el pésame, Manuelito continúa, como midiéndola. "Tengo entendido que su hermano trabaja para el gobierno".

"Max está en relaciones exteriores", dice, tratando de minimizar la participación de su hermano. Trujillo le ofreció puestos a toda la familia —los apellidos Henríquez Ureña darían prestigio a su régimen. Hasta Pedro había ejercido brevemente como secretario de educación, sólo para renunciar antes de concluir un año. Pero Max se había quedado.

"Entonces, ¿puede regresar cuando quiera?", pregunta Manuelito. Tiene una mirada feroz, pero ella nota que sus ojos son los de un niño, llenos de lágrimas.

Ella suspira y baja la vista hasta sus manos envejecidas, manchadas y ásperas. Últimamente su cuerpo está lleno de estas sorpresas. Se mira en el espejo y una mujer envejecida le devuelve el guiño. Mientras tanto, una niña espera entre los bastidores de su corazón por todas las cosas importantes que le ofrecieron y que aún no han ocurrido: un gran amor, un hogar estable, un país libre. "No he regresado desde la masacre", explica ella. La matanza de haitianos la había perturbado profundamente. ¿Cuánto pagó Trujillo finalmente por los veinte mil muertos, veinte pesos por cabeza?".

"Pero en clase usted mencionó que regresaría en octubre para el centenario de su madre".

Ella titubea. Es cierto que lo dijo. ("Habrá una procesión de seiscientas estudiantes con bandas negras en los brazos. Haremos un desfile para que cada una deposite una gardenia, la flor favorita de mi madre, frente a la casa donde nació. La fragancia se sentirá por millas a la redonda".) Era como si ella estuviera creando ese día venidero, un toque de esto, un toque de aquello, llenando los vacíos que su madre dejó atrás.

El joven coloca su paquete sobre el brazo del pupitre. La madera está llena de talladuras, juegos de iniciales conectados por signos de adición, declaraciones de amor y acusaciones a profesores: *Peguero es un pedante,* luego una cita atribuida a Martí pero que parece más bien bíblica, *Quien se entrega a otros vive entre palomas.*

"¿Qué es eso?", le pregunta, señalando el paquete.

"Mi entrega para el concurso", responde. Él la observa con mirada de leer termómetros, la misma que le dirigía su madrastra, ojos indagadores, midiendo su reacción. "Soy dominicano. ¿Puedo participar?".

"Por supuesto que puedes. Pero debes enviarlo directamente al instituto. ¿Por qué no la envías por correo?".

"Los censores no la dejarían pasar".

Ella esconde las manos en su regazo huyendo del escrutinio del joven. "Manuelito, es posible que yo no vaya. No estoy decidida todavía. Pero recuerda, si voy, también revisarán mi equipaje".

"Ya veo", dice con leves movimientos de cabeza como si confirmara lo que ya sospechaba de ella. "Usted viene para acá, sale adelante, se olvida de su país". Él le habla a alguien que ha creado en su cabeza.

Ella podría defenderse. Ella podría decir que llegó aquí igual que él, porque no había otro sitio donde ir. *La patria aún en cadenas... Las lágrimas por ella derramadas jamás habrán de secarse...* O podría tratar de tranquilizarlo accediendo a lo que él pida. Pancho solía decir que la mejor fórmula para tratar con locos era no contradecirlos. Pero este muchacho no está loco. Él es la voz de su propio corazón si ella estuviera preparada para obedecerlo.

Por el contrario, hastiada, se pone de pie. La espera una tarde larga, la conferencia para la cual no se siente segura, una recepción con colegas que no ha visto desde el verano, una conversación con Marion. Recoge su bufanda, sus guantes de cuero, su portafolio con sus iniciales estampadas en oro (S.C.H.U.), y súbitamente se siente avergonzada de poseer objetos tan finos.

"Si puedo ayudarte de alguna otra forma, déjamelo saber". Las palabras suenan huecas. ¿Qué puede ella ofrecerle? ¿Una recomendación para la escuela graduada? ¿Una carta de presentación a un colega? Él quiere más de ella. *Quien se entrega a otros vive entre palomas.* Siempre es la misma historia dondequiera que vaya.

Él no dice nada, sólo la observa con los ojos entrecerrados. Al cruzar ella la puerta, él dice, "¡Que viva Salomé Ureña!".

MARION ESTÁ FUERA de sí. Están sentadas en la cocina, bebiendo chocolate caliente antes de vestirse. "¡Qué audacia! Debías decírselo a Graziano. ¿Quién se cree que es?". Es un gran consuelo sentir tal incuestionable lealtad. Una debía dejarle su propia defensa a los amigos y en su lugar tratar de entender el punto de vista del enemigo.

"Recuerda, tiene el corazón destrozado de pena. Ha perdido a su padre. Ha perdido su país".

"Y tú perdiste a tu madre; perdiste tu país. Pero, ¿te desquitas con otros?", Marion le dice desafiante.

Conmigo misma, ella piensa.

"De todas formas, si lo veo esta noche, le voy a dar una pela de lengua", declara Marion. Y después de dar rienda suelta a su justa ira, deja que su curiosidad se imponga. "¿Y qué tal son sus poemas?".

"Muy parecidos a los de Mamá", admite Camila. De repente se siente ansiosa. A Marion no le gustará la sequedad de su discurso. "Mi precaución ganó".

"Bueno, los poemas de tu madre eran subversivos", Marion le recuerda. Querida Marion, todavía encaprichada en defenderla.

Debería prepararse para el evento. Pero ninguna quiere que termine este momento de intimidad. Muy pronto sus vidas las llevarán a mundos diferentes. Sentadas en la acogedora cocina, sorben sus bebidas calientes e intercambian las pequeñas noticias de los últimos meses. A cada rato, una de ellas va a la ventana e inspecciona el progreso de la nieve que continúa cayendo copiosamente.

"¿Crees que de veras la nieve tiene cien nombres?", pregunta Marion. Luego, en su manera incoherente, toma ambas manos de Camila entre las suyas. "Sé que te he dado la noticia de sopetón. Lo siento...".

"Sólo quiero saber que eres feliz", Camila la interrumpe. Ella sabe que si le muestra a su amiga algún indicio de la tristeza que siente, Marion se sentirá ambivalente. Es mejor dejar que una de ellas finalmente esté en paz con el futuro que ha escogido.

"Lo único que quiero es no envejecer sola. No tengo los recursos que tú tienes, Camila".

¿Recursos?, se pregunta. "Pero, Marion, creí que estábamos en la flor de nuestra edad. No fuiste tú quien esta tarde me aconsejó que me soltara el moño y me divirtiera?".

Súbitamente su amiga se ve vieja, el brillo demasiado negra de su cabello teñido luce deprimente, la piel alrededor de los ojos está inflamada por la falta de sueño. "Quizás la estés pasando bien", dice como una acusación. Parece que se va a echar a llorar.

"Quizás", dice Camila con vaguedad. En su última carta, Guillén le confesó su soledad. "¿Tal vez podemos cenar juntos cuando regreses en mayo?". Ella había sentido una sensación nauseabunda al leer esas palabras, una repulsión repentina, la misma que sentía cada vez que Domingo la tocaba. El pobre Domingo. Ella le escribió pidiéndole perdón, pero él nunca le contestó.

"¿Pero lo amas, Marion?".

Una expresión de tristeza invade el rostro de su amiga. "Se trata de una alianza, Camila, de una alianza, no de un romance. Tú acostumbras a decir que las cosas no son siempre negras o blancas".

Julia Alvarez

¿Es verdad que dice eso? Sus pronunciamientos en boca ajena siempre suenan simplones. "Yo sólo pregunto porque tú siempre has..."

"¿Preferido a las mujeres?", Marion termina la delicada frase que Camila tiene dificultad en expresar. No son escrúpulos como Marion piensa. Ella odia los calificativos que te restringen a un solo grupo de alternativas.

"¿Y quién dice que eso ha cambiado?", dice Marion como un reto. Extiende el brazo sobre la mesa y toma las manos de Camila. "Sabes que todo lo que tienes que hacer..."

"Marion, por favor", le dice rápidamente antes de que la idea se torne en esperanza.

"Pero podríamos tratar". Marion se echa a llorar.

"No, no puede ser". Le habla quedamente. ¿Qué puede decirle? Que ella sabe que la vida que la espera entre bastidores no la puede compartir con Marion. Que Marion ya desempeñó su mejor papel, el primer amor glorioso que vivirá por siempre en su memoria. Pero Marion ha sobrepasado su papel y se ha convertido en una querida, mandona y ligeramente tediosa amiga. Una mujer que ya no estimula la imaginación de Camila, pero que controla todo lo demás. "Vas a estar bien, Marion", la consuela. "Él parece que puede ser un buen compañero".

"Cami, Cami", solloza Marion, "¿por qué siento como si te estuviera abandonando? ¿Dónde acabarás?".

Querida Marion, ¡quiere saber el final antes de que la historia termine! "Yo tengo un buen trabajo, una buena pensión acumulada. Tengo decenas de sobrinos". Piensa en Gugú. *Que en paz descanse, E.P.D.* Allá en la isla hay que hacer un pedido especial al labrador de piedras si no quieres que graben estas iniciales en la lápida que compres. Del mismo modo que hay que pedirle a la comadrona que no le haga agujeros en las orejas al bebé si es hembra. (Hasta su misma madre, tan modesta, aparece en una fotografía con dos grandes e inquietantes aros tipo Chiquita Banana colgándole de las orejas.)

En la sala contigua, Camila observa el retrato de Mister Reed.

Finalmente Marion lo ha descolgado de la pared y ahora está apoyado contra el sofá, mirando a Camila desde el fondo del pasillo. De vez en cuando, *Daddy* llama a Camila a un lado para hablar de *su* Marion, como si fuera una de sus espinosas tablas de actuario cuyas predicciones no resultaban buenas para la compañía. Él había alimentado la amistad entre ellas, pensando que una damita tan elegante, la hija de un presidente, seguramente sería una buena influencia sobre su recalcitrante hija. Ella había pasado todos sus veranos universitarios con la familia Reed. Recuerda el primer verano cuando quemaron una cruz sobre el césped. Mister Reed salió con una escopeta y disparó al aire para dispersar los carros reunidos en su calzada. Desde entonces, nadie volvió a molestar a Camila durante sus visitas veraniegas a LaMoure, Dakota del Norte.

Nuestra Marion, ella piensa, mirando el retrato cariñosamente.

"Prométeme algo", dice Marion. "Prométeme que nada va a cambiar entre nosotras".

Para evitar tener que mentir de nuevo, se inclina sobre la mesa y le da un beso inocente en los labios, un beso de madre. Aunque en lo que dice "Te lo prometo" ya no está muy segura de qué es lo que ha prometido.

¿QUÉ *SERÁ* DE ella?

Mientras se viste para salir, la pregunta de Marion reaparece como un cuclillo de reloj suizo que rehúsa quedarse en su casita aunque detengan el péndulo del reloj en que habita. ¿Dónde fue que escuchó una extraña anécdota acerca de alguien que cortó el péndulo de un reloj, pensando que se trataba de algo innecesario?

¿Qué será de ella?

Ha vivido lo suficiente como para darse cuenta de que, a diferencia de su querida amiga, los grandes escapes nunca le han funcionado. Mañana regresará a Poughkeepsie. La nieve habrá disminuido, los arbustos frente a la residencia universitaria estarán cubiertos de blanquísimos gorros, como si Dot hubiera estado atareada durante la ausencia de Camila. Dictará sus clases, explicará el pluscuamperfecto por milésima vez, asignará sus poemas favoritos (*Juventud divino tesoro, te vas para no volver*), y quizás logrará cambiar el punto de vista de una que otra estudiante y al mismo tiempo cambiar ella misma: su salto conseguido pasito a pasito. ¿Qué hay de malo en ello?

EN EL NOMBRE *del Padre, y del Hijo y de mi madre.* Ella repite el antiguo conjuro, respirando profundamente para calmarse mientras espera, sentada entre bastidores en el Auditorio McCullough en Middlebury, y escucha al presidente hacer una presentación rococó. Él está describiendo un personaje que ella no conoce, una eminencia hispanista, una mujer con dos doctorados, catedrática asociada de Vassar. Ella escucha los aplausos corteses que le indican que debe salir al escenario. Sentada en la primera fila está Marion, en su túnica color tierra que no le favorece en absoluto. Le recuerda a Mon, su tía anciana, envuelta en yardas de tela sin forma. Pero la elección de una túnica no es totalmente desacertada. Le confiere a Marion la autoridad de una pitonisa en una tragedia griega. Si ella se pusiera de pie para darle una ovación, todos los que están detrás de ella harían lo mismo.

A su lado está el joven dominicano. Se ve sumiso, como si Marion le hubiera dado la pela de lengua. Pero seguramente debe haber reconsiderado su arranque por sí mismo. ¿Por qué otra razón estaría aquí?

Bajan las luces de la sala.

El presidente enciende la lamparita del podio para que ella pueda leer y sale del escenario. Ella baja la vista hasta el discurso que ha escrito. Es una tediosa combinación de deber y realidad que no inspirará a nadie. No puede hacerle esto a su madre. No puede hacerle esto a Marion ni al joven. No puede hacerse esto a sí misma. Cierra la carpeta.

"He cometido un error al aceptar esta invitación", comienza con voz entrecortada por la tensión. "No puedo celebrar el trabajo de mi madre cuando mi país está en ruinas". Habla de las recientes desapariciones, de los asesinatos, de la masacre de haitianos que nunca antes había mencionado en público. Toda su vida ella ha tenido que pensar primero en el efecto que sus palabras pudieran tener sobre los papeles importantes que su padre y sus hermanos y sus tíos y sobrinos jugaban en el mundo. Sus propias opiniones se reservaban para los textos, las mesas redondas sobre las contribuciones de las mujeres a las colonias, para los comités de implementación de teorías de aprendizaje de idiomas.

"Pero si permanezco callada, entonces sí que pierdo a mi madre por completo, porque la única forma en que realmente la conozco es a través de lo que ella defendió".

> Mantener vivos sus sueños
> Fue el único monumento que ella soñó.

Concluye con una cita improvisada de su madre, luego mira a su alrededor en busca de la salida. En los bastidores, la joven que maneja las luces da una señal y la sala irrumpe en luz y aplausos sonoros. Oye al joven dominicano que desde la primera fila le grita "¡Salomé! ¡Salomé!". Junto a él, Marion se pone de pie de un salto y la aclama como siempre, "¡Camila!".

La fe en el porvenir

Santo Domingo, 1874–1877

DE REPENTE TODO el mundo me mira.

Observé mi cara en el espejo: los mismos ojos, la misma boca, las orejas grandes (¡cuánto las detestaba!), la nariz que deseaba fuese menos ancha, el pelo indómito. O sea, era la misma Salomé Ureña de siempre, excepto que ahora todos parecían señalarme, hacerme reverencia, o postrarse ante mí como niñas finas, y me decían, "Buenos días, poetisa".

ES COMO SI llevara un disfraz, una careta famosa, detrás de la cual observase cómo personas que hace pocos meses no me hubieran dado los buenos días por la calle, de repente me sonreían con deferencia y me preguntaban, "¿Qué opina usted del tiempo que estamos teniendo, Señorita Poetisa?".

"Caluroso", diría en mi modo terso. Pero entonces vería que esperaban algo más de mí, y añadiría, "Es de esperarse en el verano".

"Salomé dice que vamos a tener un verano más caluroso", me oía mal citada.

"¿Oíste su tono deliciosamente irónico cuando dijo, 'Es de esperarse en el verano'?".

Así se deben sentir las mujeres bellas, pensé.

HUBO NOCHES EN que, tendida sobre la cama, ansiaba el tipo de amor que había leído en la poesía de otros. Tenía veinticuatro años, y sólo una vez un hombre joven me apretó la mano y me susurró versos al oído.

"Una vez más que a mí", dijo Ramona tristemente, cuando le hablé de mi anhelo. "Y sin lugar a dudas impediste cualquier oportunidad de que me sucediera lo mismo". Más y más, mi hermana mayor se iba convirtiendo en una versión joven de nuestra malhumorada tía Ana.

Miguel y Alejandro, quienes habían sido nuestros tutores, estaban de regreso con sus lindas novias puertorriqueñas al rastre. "Se fueron de exiliados y regresaron de novios", se quejó Ramona. Tenía razón. Hombres toscos, patriotas que recordábamos en camisas rotas y manchadas de sangre, con armas al hombro, y el pelo acartonado por la sangre, que regresaron con levitas largas y corbatines de seda enlazados en complicados nudos franceses y recortes de pelo que destacaban sus orejas y hacían que sus caras pareciesen más dulces y llenas.

"Niñas, ya les llegará el día, si lo manda el destino", Mamá solía decirnos a menudo. "Hasta entonces, son afortunadas porque se tienen la una a la otra".

Pero si iba a tener que estar al lado de mi hermana de por vida, por lo menos quería una breve aventura amorosa. Lo suficientemente larga para sentir los brazos de un hombre alrededor de mi cintura, para ver esa mirada de adoración retratada en su rostro, y sentir mi fama desaparecer del mío, ese momento sagrado y callado al que aspira todo poema cuando la palabra se convierte en carne.

¿Era demasiado pedir?

PARECÍA QUE TODAS las noches la casa se llenaba de visitas. Como siempre, estaba nuestro Don Eliseo Grullón, y Papá con el corazón rebosante de orgullo y la cara encendida por el ron, y el poeta José Joaquín Pérez, de retorno del exilio, y el santo Padre Billini, quien había fundado un hogar para niños y un hospital psiquiátrico ("Algunas mañanas me encuentro en uno y creo que estoy en el otro", decía en tono jocoso), y el Arzobispo Meriño, también de vuelta del exilio, un hombre imponente, de hombros anchos, voz tronante y un mechón de pelo blanco. "Creía que eras mayor", dijo cuando me conoció.

Creo que los desilusionaba. De hecho, lo que el Arzobispo Meriño quizás quiso decir es que creía que yo era más *atrevida*. Pero cuanto más asombro veía en sus ojos, cuanta más expectación en sus voces, cuanto más obsequios en honor de mi honor, más reservada me sentía.

Así que permanecía ahí sentada mientras el Arzobispo Meriño discurseaba sobre su misa del domingo pasado, o los buenos vinos de Extremadura, o las bellas mujeres de San Tomás, o mientras José Joaquín improvisaba sobre las nuevas corrientes de literatura indígena, o cuando Papá respondía a preguntas sobre su propia poesía, diciendo que me había pasado la trompeta y ahora él tocaría la flauta, y si yo tenía algo que aportar y había suficiente silencio para decirlo, hablaba. Pero supongo que no lo suficiente para impresionar a nadie.

Y por ahí corrieron las voces, o al menos, eso fue lo que me dijo Ramona, de que Salomé Ureña era una mujer de pocas palabras.

Mientras tanto, la pobre Mamá se esmeraba en iniciar conversaciones superficiales y estar atenta a que todo el mundo tuviera su copa llena. Se preocupaba de que la casa fuera demasiado oscura, de que el techo de zinc estuviera herrumbroso, de que los sillones chirriasen demasiado, o de que el cuadro de su padre aceptando la derrota de los invasores haitianos estuviera colgado en el sitio incorrecto.

"¿Qué le puedo ofrecer?", Mamá preguntaba a cada visitante. Teníamos tan poco dinero como siempre, pero nuestros invitados eran personas importantes que teníamos que atender bien.

Claro está, lo apropiado de parte de nuestros invitados hubiera sido que se fijasen en nuestros sillones gastados, en la casa oscura y húmeda por falta de pintura fresca, en el cuadro de los libertadores a la entrada de la ciudad enmarcado en madera barata de palma, y que dijesen, "Estamos bien. Por favor, no se preocupe, Doña Gregoria, una buena conversación es refresco suficiente".

Pero en vez de eso, pedían una copa de jerez o un trago de ron, o lo que hubiera de beber en la casa, y yo miraba cómo mi pobre madre acababa aturdida, y corría a la parte trasera de la casa y acto seguido salía Ramona por la puerta lateral para comprar ron en el colmado, copa a copa, cuando no teníamos suficiente dinero para comprar una botella.

"¿No se dan cuenta estos ministros y embajadores ni ese marido tuyo que el ron cuesta dinero?", se quejaba tía Ana al la visitarse. Estaba a punto de dejar uno o dos mexicanos dentro de una pequeña canasta a la entrada de la casa con una tarjeta que dijese AGRADECIMIENTOS, pero mi madre dijo que se moriría si ella hiciese tal cosa, como si fuésemos una iglesia con una caja para limosnas. Creo que nuestro vecino del colmado oyó la tan repetida discusión entre las dos hermanas porque la próxima vez que Ramona fue a comprar una copa del jerez español que el Arzobispo Meriño tanto alababa desde sus días en Sevilla, nuestro vecino le entregó la botella entera, diciendo, "Con agradecimiento a la musa de nuestra patria".

UNA ENERGÍA FRESCA y llena de esperanza palpitaba en la patria. Todo el mundo escribía poemas y ensayos, ofrecían ayuda a González, nuestro joven y guapo presidente, con su gallardo bigote y su barba, su nariz aquilina y su chaqueta verde, *el color de su partido*. Se suponía que el Partido Verde que él había fundado uniría a todos los partidos bajo el color del crecimiento y la resurrección. Por fin nos habíamos convertido en una nación de ciudadanos, todos al servicio del prójimo.

Hasta había firmado un tratado de paz y amistad con Haití en lugar de utilizar la amenaza de invasión de nuestro vecino como el cuco para que nos portáramos bien. "Como dice Salomé", escuché decir a nuestro presidente, " 'Entrega tu ceguera al pasado. ¡Mira hacia delante!' ". En una o dos ocasiones, el presidente vino en persona a recoger inspiración de la musa de la patria. "No descanse en sus labores, Salomé", me apremiaba. "¡La lucha sigue!".

No descansé. Ese año, 1874, fue probablemente uno de los mejores. Escribí siete poemas que me enorgulleció publicar. Escribí muchos otros que usamos para prender el fogón o para poner debajo de la pata de una mesa para que no se tambaleara cuando el Arzobispo Meriño recostaba su gordura contra ella.

Todos tenían curiosidad de cómo escribía y de dónde sacaba las ideas para los poemas. Corrieron rumores de que yo oía voces o que el arcángel Gabriel me visitaba en sueños. Otros decían que en realidad era mi padre quien escribía los poemas.

"Vamos a decirles a todos que *sí* es el arcángel Gabriel quien viene a visitarte por las noches", sugirió Ramona. "Diré que yo también lo veo, pero que sólo aprieta tu mano". Era maravilloso cuando Ramona hacía comentarios para hacernos reír en vez de herirme.

Una vez Ramona se puso muy seria. "¿Cómo lo *haces,* Herminia?".

"Vamos, Marfí, tú escribes también. Lo hago igual que tú".

Pero, en realidad, ya Ramona no escribía. Un día, poco después del Día de las Madres, cuando ambas habíamos escrito poemas a Mamá y a tía Ana, la segunda madre de la casa —como nos hacía llamarla— Ramona se volteó hacía mí y dijo, "Este es mi último poema. Te paso la trompeta, como diría Papá. De ahora en adelante, tú eres la poetisa".

"Aun así", insistió Ramona, "quiero saber cómo lo haces".

Así que le expliqué cómo de repente, al azar, me venían frases a la cabeza, y las revisaba una y otra vez, hasta el punto de que, si en ese momento Mamá o tía Ana o la misma Ramona me llamaba, no las oía. Todo el día, día tras día, trabajaba esas frases en mi cabeza y entonces, una noche, después de haber barrido la sala y puesto las sillas en su sitio, y recogido las copas y las tazas y una vez que todos se habían dormido, me levantaba a escribir un poema entero, y cuando terminaba, soñaba que ahora vendría él, el gran amante que llenaría el espacio que esta creación de amor había dejado vacante.

Ramona comenzó a llorar.

"¿Qué pasa?", le pregunté, sintiéndome culpable por recrearme con esta descripción.

"Así mismo me siento yo, pero no logro hacer nada para que la gente me ame".

"No me aman *a mí,* Ramona. Aman a la poetisa, si es que a eso se le puede llamar amor".

Ramona me miró por un segundo y luego meneó la cabeza. "Algo es algo, Salomé. Por lo menos no eres la que ignoran para ir a sentarse al lado de tu hermana y preguntarle qué opina sobre el calor que está haciendo".

"Supongo que sí", concordé, apretando su mano, pues pude ver que ella no entendía cuán sola me sentía en medio de tanta atención. Cuánto anhelaba, igual que ella, tener un amor que fuera más allá de los poemas hasta el silencio feroz de mi corazón.

UNA TARDE PASÓ por casa José Castellanos. Estaba recopilando la primera antología de poetas dominicanos, y quería incluir algunos de mis poemas. Trajo a su amigo Federico Henríquez y Carvajal, hijo de una de las familias sefarditas que se habían asentado en la capital cuando los haitianos todavía ocupaban el país.

Federico quería pedirme un favor. ¿Podría yo leer su nuevo drama, *La niña hebrea,* y darle mi opinión?

"Me encantaría", le dije, y era verdad. Siempre estaba deseosa de leer algo. No éramos un país con riquezas literarias. Las pocas colecciones de uno que otro autor circulaban entre un grupo de lectores que se conocían los unos a los otros. Eliseo Grullón era dueño de Víctor Hugo; Meriño tenía la colección de Shake-speare y la *Historia de la literatura española*; Billini me había prestado a Quintana y Gallego; y varias personas tenían a Lamartine. Solamente José Joaquín Pérez tenía a Espronceda y a Sor Juana Inés de la Cruz.

Federico palpaba su abrigo, como si el manuscrito hubiera desaparecido dentro de éste. "¡Ay, Dios mío! Pancho se llevó el portafolio. Un momentico", dijo, camino a la puerta. En la calle, vi a un joven, no mayor de quince años, recién graduado al mundo de los pantalones largos, con un portafolio colgando de un hombro. Cuando escuchó el silbido de su hermano, dio la vuelta y saludó. Su cara era dulce, joven (una de esas frases que me entraba en la cabeza: *su cara joven, llena de la frescura de lo que desconoce*); sus ojos oscuros e intensos, su pelo grueso y negro como el de un cacique. Él no me vio; pues me escondí detrás de la puerta.

Federico regresó con el paquete en las manos. "Ese hermanito mío...". Federico sacudió la cabeza con indulgencia. "Va a ver a una novia nueva, siempre anda enamorado".

La verdad es que el muchacho parecía muy joven para tener novia. Pero los varones podían comenzar a buscar el amor a una edad temprana y continuar la búsqueda hasta la vejez —me acordé de Don Eloy y su teoría— y se les aplaudía su brío. Mientras tanto, nosotras las muchachas teníamos que comenzar, y concluir, nuestra frenética búsqueda en ese estrecho corredor entre casadera y solterona.

"Ese Pancho va a romper muchos corazones", dijo José.

"Así es", concordó Federico.

"¿Qué les puedo ofrecer, jóvenes?". Había entrado mi madre a la sala.

José se veía como si estuviese considerando qué podría saciar su hambre. Pero Federico dijo al fin, "Nada, Doña Gregoria. Esta conversación es alimento suficiente".

Esa tarde no tuve ningún impedimento para hablar.

HABÍA CAÍDO LA noche cuando los dos hombres se levantaron para irse. Ya tía Ana había entrado a la sala varias veces a ver si la visita se había marchado. La sala siempre ha sido su territorio particular, ya que ahí es donde tiene su escuelita. Ahora, cada noche, se convertía en el Salón de Salomé, como lo llamaba Ramona, y nunca estaba preparado para servir de aula al día siguiente.

Cuando al fin se estaba yendo, Federico dijo, "no sé de dónde salió ese rumor de que Salomé Ureña no habla. No recuerdo una noche más interesante". Se despidió haciendo una reverencia. Sentí el perfume en su pelo al bajar su cabeza ante mí.

Sentí que las mejillas me ardían y viré el rostro. ¿Había hablado demasiado?, me pregunté. ¿O acaso insinuaba que se sentía atraído por mi persona y mi conversación? Alcé la vista y nuestras miradas se cruzaron. Pero lo que vi fue la mirada vidriosa de un admirador. Él estaba viendo a la famosa poetisa quien había dicho que leería *La niña hebrea,* y de quien esperaba que escribiese un poema alabándolo. No me veía a mí, Salomé, la de la nariz graciosa y las orejas grandes y los ojos hambrientos y África en la piel y el cabello.

¿QUIZÁS ME HABÍA precipitado al juzgar la mirada de Federico? Unos días más tarde, deslizó un poema debajo de la puerta, "Guirnalda", dedicado a "mi distinguida amiga, la inspirada poetisa Señorita Salomé Ureña". Estaba firmado "Federico Henríquez y Carvajal".

Corrí a la ventana y la abrí un filo, esperando ver al alto y delgado Federico, pero no era él. Era su mandadero, el hermano menor, columpiando los brazos y silbando una zarzuela mientras se alejaba.

Ramona vino a la ventana. "Ahí va el joven galán", dijo en

tono jocoso, imitando su contoneo. Nos reímos, y el muchacho se viró justo cuando nos apresuramos a cerrar la ventana.

Ramona vio el sobre y me lo arrebató de la mano.

"Dámelo", le ordené, pero como seguía riéndome del engreído hermano menor, Ramona no me hizo el menor caso.

Leyó la primera estrofa con todo el adorno retórico que su voz podía prestarle. Federico enlazaba una guirnalda de flores de amistad desde su corazón al mío. O por lo menos eso es lo que decía. Me paré al lado de Ramona y continué leyendo donde se había quedado en silencio. Cuando terminé, miré a mi hermana para ver su reacción.

Tenía una expresión como si hubiese probado algo amargo. "Casi siempre dicen que se morirán si no los amas. Esta guirnalda de amistad eterna es confusa".

"Quizás su intención es ser original", dije quitándole la carta de mala manera. Sentía su misma confusión, pero no quise decirlo.

"¿Original? ¿No me dijiste anoche que su obra *La niña hebrea* era derivativa y tediosa?".

Lo dije, pero ahora me parecía que había hecho esa declaración a destiempo. De hecho, esa noche volví a leer su obra. Ahora, a pesar de que la niña hebrea sigue soltando suspiros de angustia amelcochada y desespero borrascoso, me parece que la prosa no es tan simple y que el concepto tiene inspiración, ya que quien lo escribió podría estar interesado en mí.

Le respondí a Federico en forma de poema. Como hacía con todas mis creaciones, se lo enseñé a Ramona, quien sencillamente me dijo, "Salomé, ese es el peor poema que has escrito en tu vida".

Mi hermana tenía fama de ser franca y directa, pero eso era extremadamente cruel. Quizás yo había perdido el hábito de aceptar críticas luego de haber escuchado tantos halagos en los últimos meses. "¿Qué quieres decir?", la reté.

"Salomé, nunca en tu vida has usado ese lenguaje ridículo, por el amor de Dios. 'Languidezco bajo la crueldad de mi implacable destino'. Suena tan mal como... como Josefa en uno de sus peores días". Mi hermana había sido una admiradora de la estimadísima poetisa Josefa Perdomo, pero en los últimos años su admiración se había enfriado. Ahora que era más mayor, Ramona dijo que prefería los poemas que tuvieran peso y sustancia, y no los que son bonitos y nada más.

Agarré el poema y me dieron ganas de llorar. ¿Estaba perdiendo mi talento? Últimamente había escrito tantos poemas en ocasión de graduaciones y cumpleaños y entierros que me pedía la gente que ya no tenía tiempo de consultar a mi corazón para saber qué debía escribir. Recordé la promesa que le había hecho hace muchos años a Don Eloy después de escribirle ese poema absurdo: Escribiré del corazón, o no escribiré.

"Pero, ¿qué sé yo?", añadió Ramona al verme tan angustiada. "Yo no soy la poetisa. Aquí viene el otro poeta de la familia. Pregúntale a él".

Papá llegó a la puerta antes de que yo pudiese esconder el poema. Aun así, no debí habérselo enseñado. Debí haberme dado cuenta de que Papá no encontraría nada bueno en un poema dirigido a un hombre. Pero necesitaba su aprobación y por eso le entregué el papel.

Ramona y yo nos sentamos, una a cada lado de Papá, quien comenzó a leer en voz alta, pero según leía la voz se le fue apagando hasta que quedó en silencio. Frunció el entrecejo. Al terminar de leer, estrujó el papel hasta que lo hizo una bola en su puño.

"Esto es el tipo de cosa que escribiría Herminia la de los copos de nieve", dijo en voz baja con desilusión. "Tú, Salomé Ureña, puedes escribir algo mejor".

Me puse de pie, con la respiración entrecortada como solía suceder cuando me enojaba, y salí corriendo por el pasillo, pasé por la esquina donde Mamá y tía Ana sacaban pastillas de jabón de lejía de un molde de madera, hasta la calle. No llevaba ni un bonete, ni un chal ni una capa. Tenía la cara empapada en lágrimas. Era un desastre, sí, pero no me importaba que las hermanas Bobadilla ni el mismísimo presidente me vieran con esa facha.

¿Adónde puede ir una mujer acongojada en una ciudad pequeña donde todo el mundo la conoce? Caminé hacia el norte por la Calle de los Estudios, sin idea de hacia dónde me dirigía. Había llegado casi hasta el portón de San Antonio, cuando vi las ruinas del antiguo monasterio de San Francisco ante mis ojos. Billini había añadido hace poco un ala al hospital para albergar un manicomio. Pese a todo, parecía que iba en la dirección correcta.

Entré por una puerta lateral del muro de piedra y me encontré en un patio interior lleno de ruinas y unos cuantos árboles. El lugar estaba desierto. Ya era tarde, y sin lugar a dudas las monjas estaban en la capilla, orando el ángelus de las seis. Bajo un árbol en la distancia, vi un montón de trapos que repentinamente se movió, como una serpiente encantada del libro *Los increíbles viajes de Marco Polo,* y se convirtió en una mujer. Su pelo era un enjambre de nudos, su vestido estaba sucio y lleno de agujeros por donde se veía su desnudez alarmante. Lentamente, comencé a retroceder hacia la puerta, aterrada de no asustarla con movimientos demasiado abruptos.

Quizás porque no llevaba enaguas ni corpiño con botones ni una larga falda amarrada en la cintura ni zapatos con hebillas y medias de algodón fino, en fin, porque no estaba vestida como yo a pesar de haber salido a la calle sin el ajuar completo, llegó a mi lado en un par de zancadas antes de yo estar a cinco pasos de la puerta. Me agarró por los hombros, y aunque traté de librarme, era fuerte, de mi estatura pero más gruesa, no pude soltarme de ella. Olía a orín y a sudor.

Pero me miraba como nadie me había mirado en mucho tiempo. Me traspasaba con la mirada, me estudiaba con un deseo feroz de saber quién era yo. Traté de cambiar la vista, pero sus ojos me aprisionaban.

Nos miramos fijamente y finalmente logré salir corriendo cuando abrió su boca podrida para gritar.

NO PODÍA PERMANECER enfadada con mi padre porque estaba enfermo. Se quejaba constantemente de un dolor punzante, como una flecha clavada en el corazón. Su cara ancha y con hoyuelos se tornó filosa y demacrada. Había perdido su excentricidad y su gallardía. A menudo lo encontrábamos en la cama, incapaz de levantarse. Finalmente, pudimos vencer su desconfianza y miedo a los médicos, y el Doctor Alfonseca vino a verle.

El joven doctor se sentó junto a la cama y le tomó el pulso. Con su levita negra parecía un pájaro negro posado al lado de la cama, algo en lo que no quería pensar, pues se dice que los pájaros negros son augurio de mala suerte.

"¿Cuál es el veredicto, doctor?", preguntó Papá cuando el médico acabó su examen. "¿Voy a morir?", dijo, intentando aparecer jovial aunque yo podía ver el miedo en sus ojos.

"¡Morir!", contestó el doctor como si estuviera libre de toda duda. "Tiene que vivir lo suficiente para ver a sus hijas casadas, Don Nicolás". El doctor esperó a que bajásemos a la sala antes de hablar sobre la condición de mi padre.

"Prepárense para lo peor", nos dijo en voz baja a Ramona y a mí y a la hermana de Papá, Altagracia, la única hermana que le quedaba. "Don Nicolás tiene cáncer. Ya le ha atacado los pulmones y los intestinos".

Sentí como si esa flecha que Papá solía decir que le atravesaba el corazón hubiese también atravesado el mío.

"Sé que eso es un golpe fuerte", dijo el doctor. "Pero debemos darle esperanzas. Don Nicolás se impresiona fácilmente, después de todo es un poeta". El doctor me miró y asintió con la cabeza. "Continúen con la dosis diaria de láudano. Lo hará sentirse mejor".

No sé cómo acabamos de pasar el día, pues después de llorar con Altagracia en la sala, subimos con caras alegres y mentimos a Papá, diciéndole que el Doctor Alfonseca había dicho que para el verano estaría bailando el vals, y fuimos a contárselo todo a Mamá.

Fue en aquella época que me di cuenta de que mi madre seguía enamorada del hombre que le había destrozado el corazón. Pero los años suavizaron el golpe de la desilusión, el amor de él hacia sus hijas había limado el filo de su rabia, y su recaída reciente había pegado los pedazos de su corazón destrozado. Ella pasó muchos días y muchas noches, turnándose con Ramona y conmigo, y ayudando a Altagracia con la preparación de las comidas para Papá. Se había convertido, nuevamente, en su amante esposa.

"Va a sospechar algo si lo visitas todos los días", señaló Ramona un día en que las tres íbamos juntas hacia la casa de Papá.

Mi madre alzó la barbilla —la cara tapada por su bonete negro, excepto cuando se volteó para decirnos: "Tengo maneras de convencer a tu padre. Además, Dios va a hacer uno de sus milagros, lo sé". No era solamente Papá quien necesitaba ánimos para no desplomarse.

Pero aquí no habría ningún milagro de Dios. Papá empeoró y para finales de marzo estaba demasiado débil para caminar por el jardín o pasar las páginas de un libro. Le leía durante horas y horas. A menudo, cuando lo miraba, ya tenía los ojos cerrados, su cabeza caída de lado sobre la almohada. Con el corazón en un hilo, ponía mi mano sobre su boca para asegurarme de que aún respiraba.

Un día le leí algo de la antología de José Çastellanos que se había publicado a finales del año anterior. Había incluido cuatro de los poemas de Papá, y seis de los míos.

"¿Qué pasó con aquel amigo tuyo, Federico?", me preguntó Papá. Temblé, pensando que es verdad lo que dicen de los que están a punto de morir, que son clarividentes, pues en ese preciso momento estaba mirando un poema de Federico incluido en el libro. Cuando recibí el libro me sorprendí al ver el poema que Federico me había dedicado. Parecía que él hubiera querido dar a conocer nuestra gran amistad, que, en todo caso, no había llegado a ese nivel. Federico tenía otros intereses.

"Se va a casar con Carmita García", le dije. Al enterarme unas semanas atrás, no me sorprendí. Justo al lado del poema que me dedicó estaba otro dedicado a Carmita, con todos los lánguidos suspiros y promesas de adoración que no había puesto en el mío. Era obvio que había interpretado bien su primera mirada.

"Ese poema que le escribiste, el que destrocé, perdóname, m'ija. Estaba tratando de protegerte". Tomó un momento para recuperar el aliento, cerrando los ojos como si al frenar un sentido pudiese aumentar la capacidad del otro.

"Me acuerdo de ese día, desapareciste", continuó. "Cuando regresaste, parecía que hubieses visto... al diablo en persona. Fue ahí que entendí lo que sentías por ese joven".

Bajé la cabeza. El dolor de la desilusión me había tocado de nuevo.

"Hace años te dejé mi trompeta... ahora te dejo mi flauta", añadió.

Sonaba demasiado a despedida para mi gusto. "Ay, Papá, vamos, eres joven. La Biblia dice que Matusalén vivió novecientos sesenta y nueve años. Tú bien puedes llegar a más de cincuenta y tres".

Estuvimos sin decir nada por un tiempo, entonces abrió los ojos y me miró. "Dime", me dijo, y adiviné lo que me iba a preguntar, ya que siempre he podido saber lo que estaba a punto de decir. "Nadie me dice nada... ¿me voy a morir?".

"Vamos, Papá", le dije, en mi mejor imitación del Doctor Alfonseca. Traté de no revelar la verdad en mi mirada, pero sé que él la vio. "El médico dice que tienes un caso severo de virus intestinal". Mentí y aparté la vista de sus ojos interrogantes. "Si te cuidas y haces caso a tus hijas, en el verano estarás bailando el vals".

Dejó caer la cabeza sobre la almohada, puso las manos sobre su pecho, como en burla de los muertos. En lo que me acerqué para ver si estaba respirando, dijo en un tono muy suave, como si viniese del más allá, "No estaré aquí para el verano".

"Por favor, Papá", le supliqué entre llantos, "no me dejes".

"Te dejo mi flauta igual que mi trompeta", me recordó.

PAPÁ MURIÓ EL tres de abril.

Si tratara de describir el dolor que sentí, tendría que decir que es comparable al momento después de un gran golpe o una caída fuerte. Estás en el piso, aturdida y angustiada, sin saber cuánto daño te has hecho.

Observé a Mamá y Altagracia preparar a Papá, vestirlo con su traje negro y el gorro chino de sus años en el Tribunal Supremo, a tía Ana ponerle pétalos de gardenia en los bolsillos y llenarle la boca con semillas de anís para endulzar los gases nocivos que se escapan. Me acuerdo del velorio en la casa antigua de la Calle Merced, los vestidos negros, los llantos ahogados en pañuelos y lo que hubiera sido un golpe si ya no estuviera tan golpeada: la otra, Felipa Muñoz, y sus dos hijas, quienes parecían tener la misma edad que Ramona y yo.

El verano vino y se fue con un único viaje al campo, cerca de Baní donde teníamos primos lejanos por parte de madre. Luego llegaron las lluvias, y el gobierno en que habíamos cifrado todas nuestras esperanzas se derrumbó, y tuvimos guerras de nuevo, los Verdes contra los Colorados y los Colorados contra los Azules, hasta que todo se había convertido en un embrollo político, y el único color que dominaba era el rojo de la sangre derramada. En el norte, Estados Unidos celebraba su primer centenario. El Presidente Grant organizó una gran fiesta, pero nuestro nuevo Presidente Espaillat tenía demasiadas revoluciones entre manos y no pudo asistir. Para finales de ese año, el reloj público fabricado por un relojero suizo que perdió la vista en el proceso, fue entregado a la catedral, pero los péndulos eran demasiado largos y el sacristán, en pleno ataque de impaciencia, los arrancó, pensando que eran meramente decorativos, así que el tiempo se detuvo y por muchos meses siempre eran las siete menos cuarto. Y de alguna manera esto se mezcló con los siete gobiernos que tuvimos en menos de un año, y coincidió con la llegada del Zoo Circus de Mister McCurtney y el domador de leones, Herr Langer, que fue devorado por su propio león ante cientos de personas aterrorizadas. Y durante todo ese tiempo, aun cuando observaba estos eventos, y de vez en cuando escribía algunos versos vagos, estaba distante, esperando que se me pasara el dolor.

Un período de calma acogió al país y, nuevamente llegaban visitas a nuestra casa. Pero Mamá los despedía. Eso sí, apuntaba los nombres en un cuaderno que, según dijo, guardaría para la posteridad. Ramona le señaló que la posteridad tendría que llegar por acto de magia a menos que Mamá nos dejara quitarnos los vestidos de luto y aceptar las muchas invitaciones que recibíamos para veladas de lecturas y conferencias o eventos musicales. Una media docena de sociedades literarias y artísticas habían surgido por toda la ciudad.

Pero en verdad, a mí no me interesaba ir a nada de aquello. No me interesaba quitarme el vestido de luto, ni ser famosa, ni mirar las caras de jóvenes para ver si éste o aquel sería el hombre que iría más allá de las loas y los laureles y la nariz ancha y el carácter sin adornos y ver la hija, todavía de duelo, que una vez deleitó el corazón amoroso de su padre.

Así estaba, acostada, aterida, como si mi cuerpo hubiese muerto, escuchándome respirar como solía escuchar la respiración de mi padre al pie de su cama. La verdad es que no sé que pasó durante aquellos dos años, no puedo ni decir cómo logré escribir los pocos poemas que salieron de mí, ni cómo me amarraba el bonete o los zapatos, ni cómo una mañana, cuando tenía veintisiete años, camino a misa con mi hermana Ramona, miré hacia las grandes puertas de madera de la iglesia donde dos jóvenes estaban parados.

Lo primero que pensé fue cuán elegantes estaban vestidos, con abrigos grises y vistosas corbatas de seda, para la misa de las seis. Uno de ellos era alto y delgado como una habichuela tierna, con ojos redondos y un bigote que le colgaba como un pececito de la boca de un gato, y el otro era muy llamativo, en términos de su belleza varonil y en la familiaridad de su rostro: la cara fresca, abierta; ojos oscuros, intensos; el pelo negro y grueso como el de un cacique. Sentí curiosidad por saber quién era este hombre mientras pasamos por delante de él para entrar a la iglesia. Concluí que no era nadie a quien yo conocía, pues le oí claramente preguntarle a su amigo, "Bueno, ¿y cuál es Salomé?".

Miré a Ramona, y gracias a Dios que ella no había escuchado la pregunta, de lo contrario me hubiera echado una de sus miradas de ves-lo-que-te-digo. Todo el tiempo que permanecimos arrodilladas y haciendo genuflexiones, seguía pensando de dónde conocía a ese hombre. Recientemente, en el período extraño de estos últimos dos años, había regresado Papá a mi vida, una vez mientras planchaba las arrugas de mi blusa de algodón; en otra ocasión con los gritos de nuestra vecina de la bodega cuando daba a luz por primera vez; más tarde cuando la sonrisa satisfecha de ese mismo bebé, que se había dormido mamando del seno de su madre; y ahora, en los ojos indagantes de ese joven que había visto antes y que ahora había sido enviado a mi vida como el fantasma de mi padre.

La misa terminó. Caminamos a casa, tal parecía que el sol, reflejado en los techos de zinc, enviara saludos de los muertos. Pero mi fantasma no estaba por todo eso. Pronto me olvidé de él, consumida en mis tareas cotidianas y en el dolor todavía presente en mi corazón y el silencio en mi cabeza en lugar de las frases y los versos rimados que antes siempre escuchaba.

"Tienes que tratar, Salomé", me decía Ramona de vez en cuando. Se había recuperado antes que yo y hacía lo imposible por sacudirme del estupor en que vivía. "Por el bien de todos, especialmente por Mamá".

"*Estoy* tratando", dije. Mi voz sonaba pequeña y distante, como si viniese del fondo de aquel antiguo hueco de la revolución debajo de la casa.

"Sé que sí, lo sé, Herminia", dijo Ramona, quien vino a sentarse a mi lado. Hice una mueca de dolor, porque ya no soportaba que me llamaran por el apodo que mi padre me había dado. Desató la cinta del paquete que tenía sobre su falda, lleno de las invitaciones que nos llovían. "Mira esto", dijo. "Toda gente está espera por tú. Te invitan para esto o lo otro. Ya Mamá ha dicho que las podemos aceptar".

En ese momento, alguien llamó a la puerta principal. Ramona y yo nos miramos. Era demasiado temprano para las visitas de salón. ¿Sería una estudiante que venía a buscar el *Catón cristiano* que olvidó en clase? Salimos apresuradamente de la habitación hacia el frente de la casa para ver de quién se trataba.

Los dos jóvenes parados ante nosotras eran los mismos que vimos en la puerta de la iglesia unos días atrás: el alto, de aspecto burlón, que siempre parecía estar a punto de estallar en carcajadas, y el más joven, el guapo, cuya cara me resultaba tan familiar y cuyos ojos se parecían a los de mi padre. Llevaba una corbata roja y una gardenia en la solapa. Fue el que habló.

"Señorita Salomé Ureña", empezó diciendo, mirándonos a ambas como si no estuviese seguro de cuál de nosotras era Salomé.

"Ella es mi hermana, Salomé, y yo soy Ramona", dijo mi hermana aguantando la risa, pues el joven se veía extremadamente solícito y nervioso.

El galán explicó la razón de su visita. Él y su socio, Pablo Pumarol, habían venido para invitarnos personalmente a una *soirée* en honor a la poesía, presidida por Los Amigos del País. Otras damas jóvenes estarían presentes al igual que muchas madres de los miembros. En otras palabras, una agrupación con garantías.

Apenas escuché lo que hablaban porque lentamente se me fue revelando quién era el joven: el hermano menor de Federico, quien se fue en busca de amor el día en que Federico había venido a casa. Me pregunté si era el mismo hermano Henríquez que había sido arrestado recientemente por escribir mi poema "A la patria" en la muralla de la fortaleza. Don Noel tuvo que pagar una multa, y todo el clan Henríquez había salido con cubos de cal y trapos para limpiar la muralla. Las Henríquez, las esposas y las hermanas, fueron con canastas de majarete y caramelos de melao para regalar a los niños. Las hermanas Bobadilla regresaron con un informe completo de cómo estos judíos se habían comportado como cristianos.

"Nos honraría profundamente si aceptase nuestra invitación". El joven ahora me miraba directamente a los ojos.

Traté de desviar mi mirada, pero sus ojos eran iguales a los de Papá, y como los de la loca, interrogantes. No pude resistirlo. Pensé, ¿acaso este joven no sabe que no se debe mirar a una mujer de esa manera?

Quise responder a su mirada diciéndole: Pase usted, joven, pase para que vea cuán extraña y tímida es Salomé Ureña en realidad; cómo la angustia le ha afilado el rostro; cómo sus orejas siguen tan grandes como siempre y sus rizos tan indómitos; cómo su pila de poemas acumula polvo y cómo a su corazón lo ronda el fantasma de su padre, para quien no acaba de darle la señal para que siga adelante sin él.

Pero había vivido en un silencio entumecido por dos años y no encontré las palabras. Lo único que pude decir fue, "Pueden contar conmigo".

Él esperó que dijera algo más, pero yo no tenía más que decir. Hizo una reverencia, Pablo hizo otra reverencia y el galán, quien se había presentado como Francisco Henríquez y Carvajal ("pero me dicen Pancho"), se quitó la gardenia del ojal de la chaqueta y me la ofreció. Y se fueron calle abajo. El dulce joven con las manos en los bolsillos, como los hombres inseguros cuando necesitan el consuelo del tintineo de las monedas. Ramona cerró la puerta y me abrazó. "¡Mi hermana divina, valiente, encantadora, talentosa!". Salió corriendo hacia el fondo de la casa para informarle a nuestra madre de cómo ella, Ramona, al fin había logrado sacarme de mi desconsuelo.

Tan pronto salió del cuarto, abrí la pequeña ventana lateral y contemplé a los dos hombres llegar al final de la calle y detenerse para ceder el paso a un burro cargado de tinajas de agua potable. El contoneo airoso del joven había vuelto y sus manos no se escondían en los bolsillos del pantalón. Ahora columpiaba los brazos como un niño que hubiese logrado terminar una tarea difícil y estuviese orgulloso de sí mismo.

Y sentí cómo me levantaba del lugar donde yací por tanto tiempo. Sentí la vida misma subirme por las piernas y despertar mi mente del letargo. Sentí el aroma del pan horneándose en la panadería cercana, del salitre en la brisa marina. Sonó la campana del toque de queda en la fortaleza. Me quedé con la cabeza fuera de la ventana, como el bebé de la vecina al nacer, que se asomó a mirar el mundo al que llegaba. Entonces, como si al fin hubiese llegado la bendición de mi padre, oí la banda del vecindario ensayar para la procesión del Corpus Christi al día siguiente: el redoble del tambor, el trino de la flauta, el llamando del clarín.

THREE

Ruins

Cambridge, Massachusetts, 1941

LE ENCANTA VIAJAR en tren. Se siente como una heroína, suspendida entre diferentes vidas, suspendida entre diferentes destinos. En su cabeza retumba un verso de su madre, una y otra vez, hasta que las palabras pierden sentido con el traqueteo del tren sobre los rieles.

¿Cuál de mis muchos sueños reclamará mi corazón?

¿O fue ella quien lo escribió?

Pero, irremediablemente, la heroína llega a la estación. Varias personas la han venido a buscar, gente importante que espera demasiado de ella. Quizás hasta el mismo Domingo esté allí, todavía furioso, exigiendo más explicaciones.

Sin darse cuenta, se pone de pie y recorre el oscilante pasillo del New York–Boston Yankee Clipper Express.

¡AHÍ ESTÁ! ¡Su querido hermano Pedro!

Luce tan elegante, en su gabardina color canela, con el cuello subido, sin sombrero a pesar de que es un frío día de marzo. En alguna parte, una banda comienza a tocar, trompetas y tambores, quizás algún dignatario llega en el tren. Imagina que la música es para ella, una banda que su hermano ha contratado para festejar su escape.

Ha escapado. Recuerda un antiguo grabado de un libro de mitos en la biblioteca de su padre: una muchacha huyendo de lo que parecía ser una oscura nube de mosquitos que la perseguía. Pero nadie va tras ella: Papancho murió, Mamá murió, Marion enseña ahora en Vermont, "feliz como una lombriz". Y Domingo se fue, enrabiado de ser —según sus palabras— "un experimento". Se ha liberado de ese pequeño cementerio del pasado que ha estado alimentando con sus muertos allegados, sus amores fallidos, al igual que las muertes provocadas por la dictadura de Batista en Cuba.

"¡Pibín!", grita, golpeando la ventana, pero Pedro no la ha visto. Se esfuerza para abrir la ventana del tren pero ésta no cede. Rápidamente guarda su libreta en el bolso y recoge sus pertenencias. Sale corriendo por el pasillo con su bolso, y titubea antes de asomarse en lo alto de la escalera.

PUEDE QUE NO la reconozca. Han pasado veinte años. Ella tiene cuarenta y seis. Él se ve mayor, más hombre de mundo que el fogoso joven que guarda en su memoria, quien la seguía como un espía por la Universidad de Minnesota. Este Pedro tiene un aire de triunfador, con su pelo medio canoso peinado hacia atrás. Ahora es famoso, se recuerda a sí misma, más famoso de lo que fue su madre.

Y *ella* también ha cambiado. Todo el mundo lo dice. Está más delgada, los huesos de su cara son ahora más pronunciados. También luce famosa.

¡A lo mejor su cara presiente lo que le espera! Durante los últimos meses ha estado escribiendo poemas febrilmente. Durante semanas se siente perturbada, los versos girando y girando en su cabeza. A veces considera que todo es una tontería —a su edad, convertirse en poeta. Su madre floreció temprano. A los treinta años ya había escrito sus poemas más significantes. Pero Camila podía acabar siendo la niña que heredó el don de su madre, floreciendo en su madurez.

Pedro la ve y se le ilumina el rostro de placer y emoción. Ella siente un gran alivio. A lo largo de los años, a él le ha preocupado mucho su "vida privada", tal como dice en sus cartas, como si ya supiese que en el futuro su correspondencia saldrá publicada (es así de famoso), y estas dos palabras son la forma más segura de referirse a la perversidad de su hermana. De hecho, cuando supo que Marion había seguido a Camila a Santiago, le escribió a su padre —Camila encontró la carta dentro de un libro de Lamartine de su padre— diciéndole que debía prohibirle la entrada a la casa a esa americana. "Es una influencia malísima. Camila es demasiado impresionable...".

Pero todo eso es agua pasada. Se han ido acercando a través de la correspondencia. De hecho, cuando ella le escribió para hablarle sobre Domingo —presentando a su nuevo admirador como si fuese un trofeo, sin importar que fuese pobre escultor de piel más morena que la de la familia, con ese exasperante tartamudeo, olvídate— Pedro le contestó felicitándola como si ella hubiese anunciado que al fin había salido de una larga enfermedad.

Él lleva dos banderitas, la dominicana y la cubana, país de adopción de Camila. Cuando ella baja por la escalera, él las agita como señal de bienvenida. Ella puede ver la dulce mirada de orgullo y amor en sus ojos. Pedro es el que más se parece a su madre, incluso tiene el mismo tono oscuro de piel, y cuando la mira de esa forma tan tierna, ella piensa, esa es la manera en que Mamá me hubiese mirado si estuviese viva.

Se abrazan. Al separarse, le sorprende ver lágrimas en los ojos de su hermano. Al tiempo que ella le seca las lágrimas de su cara, las manos de él imitan las suyas y secan las que le corren por la suya.

CAMINAN POR EL recinto universitario hacia la casa de huéspedes donde Pedro le ha reservado una habitación. Cambridge todavía está en pleno invierno. Los árboles están desnudos, los deprimentes edificios de ladrillo también lucen desolados. Al otro lado de una fila de árboles, un grupo de jóvenes uniformados marcha en formación.

"¿Qué está pasando?", le pregunta a Pedro en un susurro. Le viene a la memoria un recuerdo de Minnesota: cómo la respiración la traicionaba y se hacía visible en el aire frío.

"Los norteamericanos se entrenan para la guerra. Nosotros tenemos tantas que nunca perdemos la práctica", dice con amargura. "Treinta y una guerras durante la vida de Mamá. Las conté para mi última conferencia".

En el pasado, ella también las había contado, incrédula que realmente hubiese habido tantas. Hace poco, Max le escribió desde la recién nombrada Ciudad Trujillo. Había descubierto un profundo hueco debajo de la casa de infancia de Mamá —¡ella se acuerda!— donde solían esconderse las mujeres aterrorizadas. Debieron de pasar mucho tiempo bajo tierra.

Justo delante de los soldados, un grupo de hombres porta pancartas, PROTEJAMOS NUESTRA PAZ, y gritan lemas. "Pero estos no son muy pacíficos que se diga", Pedro masculla mientras pasan.

"¿Qué llevan ahí?". Uno de los manifestantes ha dejado el grupo y se planta justo frente a ellos. Tiene los ojos brillantes y vacíos de un gato. Baja su cabeza señalando las banderas que sobresalen de la cartera que Pedro lleva. Camila siente los hombros tensos y la respiración entrecortada. Se pregunta si debería presentar a su hermano. Él es el Profesor Norton en Estudios Latinoamericanos este año en Harvard. ¿Les dejarían así en paz?

Dos jóvenes se acercan y agarran al manifestante por los brazos, murmurando algo en su oído. Quizás le recuerden que son hombres de paz que intentan salvar al mundo.

Pedro permanece impávido como si esperase que alguien aparte un obstáculo de su camino. Él nunca ha sido guerrero. *Mi Pedro no es soldado, ni César ni Alejandro asedian su alma,* empieza el último poema de Salomé.

Camila apresura el paso y hala a su hermano por la manga. "¿Por qué protestan?", le pregunta cuando están a salvo de ser oídos. Su propia universidad en La Habana siempre ha sido cuna de revoluciones y Batista la clausura constantemente.

"No quieren ir a la guerra", Pedro explica. "El Presidente Roosevelt prometió que ningún joven norteamericano moriría en la guerra en Europa. Pero aquí presienten que el país entrará en guerra a finales de este año".

Le echa una ojeada nerviosa a las banderas de Pedro, que sobresalen del bolsillo lateral de su cartera. Dados los rumores de una guerra inminente, probablemente no es nada inteligente por parte de su hermano llevar banderas ajenas. Tampoco ayuda, naturalmente, que además tenga aspecto extranjero.

"El mundo entero empieza a sentirse como nuestros pequeños países", añade Pedro, meneando la cabeza con tristeza. Se cuelga la cartera al hombro. Sus manos desaparecen en su abrigo como si buscasen algún consuelo en los bolsillos.

"VAMOS A UN lugar especial para encontrarnos con los demás", dice Pedro, ofreciéndole su brazo. Ella ha dejado sus cosas en la casa de huéspedes y se ha sujetado el pelo en un moño con una peineta de plata que perteneció a su madre.

El lugar resultó estar a sólo una rauda caminata de la universidad, atravesando varias calles serpenteantes y estrechas. Los manifestantes se habían dispersado. Camila mira con ternura a su hermano, pensando en lo mucho que habrá sufrido aquí solo durante los últimos nueve meses.

Ha envejecido. Su rostro tiene arrugas: se le ha formado un paréntesis a cada lado de la boca; su frente tiene surcos incluso cuando no está ceñudo. Tiene cincuenta y seis años, pero no es sólo su edad lo que refleja. Luce cansado, tiene la mirada triste y perpleja. Por supuesto, no se queja, pero en uno de sus ensayos, que ella leyó hace poco en un periódico, le sorprendió leer sobre "el terrible desheredamiento moral del exilio". Se estremeció al enterarse de modo tan impersonal sobre la tristeza de su hermano, al conocer el terrible precio que ha tenido que pagar por su vida errabunda. A diferencia de su hermano Max, Pedro se negó a quedarse durante el gobierno de Trujillo y se fue con su familia a Argentina, donde intentó ganarse la vida con varios trabajos de profesor. La beca Norton había caído como maná del cielo, pero sólo era por nueve meses. Ahorra cada centavo previendo la escasez de dinero que tendrá en el futuro.

Se paran frente a una entrada de doble puerta, decorada con la silueta de un toro a cada lado. El Toro Triste pertenece a un republicano forzado al exilio al estallar la Guerra Civil en España hace cinco años. Algunos de los amigos de Pedro han venido de lejos, de Nueva York y Princeton, y se han reunido ahí, ya que mañana en la noche Pedro ofrecerá su última conferencia. Por lo difícil que se hace viajar, algunos han sido precavidos y llegaron un día antes.

Una mujer vivaz de pelo oscuro se acerca a Pedro y lo abraza cariñosamente, le comenta cuán guapo y distinguido se ve. Es bajita y gordita, con cara de campesina pero con una expresión en los ojos que delata que ha visto mucho mundo. "Soy Germaine", dice a modo de presentación y le toma las manos a Camila. El hecho de que sea francesa despierta el interés de Camila. Desde que se enteró de su otra familia en París, no hay mujer de cierta edad que le presenten que no le haga preguntarse sobre su hermanastra y las sobrinas que nunca ha conocido. ¿Se parecerán a Pancho? ¿A ella?

"Ven para que conozcas a mi Jorge". Germaine la toma por el brazo. Resulta ser que su marido es Jorge Guillén, el poeta, cuyo libro *Cántico* es uno de los pocos que Camila ha traído de La Habana.

Jorge se pone de pie. Es alto, delgado y tiene un aspecto de académico distraído detrás de sus gruesos espejuelos. La verdad es que no sabe con certeza si él es distraído, es una cualidad que ella le ha asignado. Ahora que escribe, está desarrollando el mal hábito de los escritores: crear un mundo en lugar de habitarlo.

Será por eso que el buen amigo de su madre, Hostos, prohibió la presencia de poetas en su lúcida república racional.

"Encantado", dice con una ligera reverencia. "Me dicen que acaba de llegar de los campos de matanza de Cuba".

"Jorge, Jorge", le riñe Germaine. Parece mucho menor que él, su voz repica como una campanita en el otoño de la vida de su marido. "No eches a perder el ambiente de la reunión".

Sintiéndose regañado, Jorge se sienta y le ofrece a Camila el asiento a su lado. Parece tan tímido como ella, pero de cierta manera, tiene lugar el milagro que suele ocurrir entre dos personas tímidas: juntas se tornan locuaces. Hablan de Cuba, de la creciente represión y, de repente, ella le confiesa lo que no ha dicho a nadie: "Salí huyendo".

La mirada de Jorge registra un intenso interés. Ella tiene una historia que contarle. "¿Y hacia dónde se dirige nuestra heroína?", pregunta él.

Camila siente que le arde la cara como a una niña a quien, por primera vez, un hombre le prestara atención. Pero la triste verdad inyecta sobriedad a la conversación. "No se trata de dónde voy, sino de dónde vengo".

"Somos los nuevos israelitas", dice Jorge, meneando la cabeza, la tristeza de su cara añade aún más peso a la conversación. "¿Qué será de nosotros? Morimos del olvido. Morimos del recuerdo". Germaine le toca el hombro suavemente. "Pero pongo en las manos de su hermano las soluciones. ¡Vaya David que es su hermano, planteando cuestiones como estas en la tierra de Goliat!".

"Sí", dice, sonriendo hacia donde su hermano está sentado, en el centro de un grupo de colegas enfrascado en una acalorada discusión. Ella se siente muy orgullosa de Pedro, no por los honores que ha recibido, sino por la calidad de su intelecto. Él es atento y serio, con una sabiduría que va más allá de sus años; así ha sido desde niño. "He dado a luz un viejo", dicen que su madre solía decir.

Esa es precisamente la razón por la cual Camila trajo sus poemas en la maleta. Se los envió a Max, quien le contestó que le parecían "fabulosos". Él quiere publicarlos en los periódicos dominicanos bajo el título, SALOMÉ VIVE, pero Camila le ha rogado que no haga tal cosa porque siente dudas sobre ellos. También le envió varios poemas a un viejo amigo de la familia, el poeta Juan Ramón Jiménez, quien fue más circunspecto. "Un verso fino", apuntó en algunas partes, pero las páginas están repletas de sugerencias escritas con lápiz en letra diminuta. Como maestra, ella sabe muy bien que eso no es buena señal, usar lápiz para suavizar la afrenta de las correcciones. Sin embargo, en general, la evaluación de Jiménez es positiva: "Tienes el don de tu madre. Sigue desarrollándolo".

Según van llegando los amigos de Pedro, Germaine los presenta a "la hermanita Camila". Salinas vino de Princeton, los del Río de Columbia, Casalduero de Smith. Aquí están reunidos los mejores cerebros y escritores de España en el exilio, para rendir homenaje a su hermano. Quizás algún día también ella logre algo de valor y llegue a formar parte de tan ilustre compañía por cuenta propia y no por ser la hermana de Pedro ni la hija de Salomé.

"Me dice su hermano que es maestra", dice Jorge, retomando la conversación.

"Fui maestra", le corrige. Le explica que han cerrado su universidad, que ya no tiene trabajo.

Jorge alza las cejas en señal de conmiseración. Camila se da cuenta de que él mueve las cejas como un mimo, para enfatizar. "Por lo tanto, huye de un edificio en llamas".

"La verdad es que ayudé a prender el fuego". Al decirlo siente que se está jactando, por lo que añade, "Bueno, mis estudiantes lo prendieron". En realidad, ella, con su vestido negro manchado de tiza, salió a apoyarlos.

Jorge sonríe, muestra su aprobación con un gesto de la cabeza. "Pero, dígame, ¿maneja el pluscuamperfecto tan bien como la guillotina?", dice alzando una ceja. "Lo pregunto porque hay una plaza vacante en Vassar. Allí tengo a mi amiga Pilar. La podría llamar".

Camila vacila un momento. No está segura de querer entregarse a los rigores de enseñar a tiempo completo. Ha pasado los últimos veinte años en las aulas. Es hora de desplegar sus alas: es hora de dedicarse a escribir. Ella recibe algo de dinero. Pancho murió sin un centavo, pero, gracias a la ayuda de Max, Camila recibe una pequeña pensión del gobierno dominicano por ser la hija soltera de un ex presidente. No se siente cómoda con el hecho de recibir dinero de la dictadura, pero es una de las concesiones que ha decidido hacer por su arte.

"Mi hermana ha venido a pasarlo bien y, espero, a disfrutar de mi conferencia", dice Pedro, que llega a rescatarla. "Igual me la llevo conmigo a Argentina", añade. Camila se sorprende. Hace unos pocos meses ella le escribió sobre esa posibilidad, pero él le respondió que Buenos Aires era caro y que su situación allí era difícil. El país está lleno de immigrantes europeos que han huído de la guerra. Por esa razón Pedro decidió dejar a las niñas con Isabel y venir al norte, a enseñar en Harvard por un año, para ahorrar dinero. "Vamos a encontrarnos en Boston", le había dicho a Camila. "Podremos hablar del futuro. Igual hasta nos inventamos el futuro allí".

El dueño de El Toro Triste, un viejo malhumorado, sin afeitar y con una boina en la cabeza, se bambolea de mesa en mesa, llenando las copas. Quizás su cojera se deba a una lesión que sufrió en la guerra. De repente, a Camila los presentes se le antojan sobrevivientes de catástrofes nacionales desperdigados por todo del mundo. Se imagina a un futuro historiador considerando la fotografía de los allí reunidos. *Los grandes poetas de la sufrida España se reúnen en Boston para celebrar la última conferencia de Pedro Henríquez Ureña, profesor agraciado con le Beca Norton*, diría el calce de la foto, los nombres escritos de izquierda a derecha. (¿Y quién es esa mujer al lado de Guillén? ¡Ah sí! Es Salomé Camila Henríquez Ureña, la poetisa.) Camila se siente avergonzada por la fantasía, otorgándose a sí misma un título que aún no se ha ganado.

Pedro pide silencio en la sala. "En honor de nuestra reunión", empieza diciendo, "me gustaría darles la bienvenida con unos versos". Cuando Pedro termina de recitar las palabras de añoranza por su país de Martí, se hace un silencio en la sala, como si el mismísimo Libertador hubiese entrado, abriendo camino entre las embestidas de los toros, a tomar asiento entre ellos.

Salinas fue el siguiente, su cuerpo oscilando al ritmo de un airoso romance, la voz entrecortada de emoción. Terminó con uno de sus poemas, un panegírico al poeta fallecido Lorca, una maldición a los falangistas que lo asesinaron y que empujaron a todos ellos al exilio. Uno por uno se levantan y recitan, y la fría sala se llena de presencias fulgurantes.

"Le toca a usted", le dice Jorge tras su recitación. "Su hermano nos ha contado que recita maravillosamente".

Aunque es tímida, le encanta recitar. En el salón de clase, a menudo soprende a sus estudiantes con su habilidad de recordar cualquier poema y recitar varios versos, o el poema entero de memoria. Repasa mentalmente los poemas de su madre, preguntándose cuál de ellos tendrá mayor impacto. "Sombras" sería demasiado deprimente, y "Contestación", aunque es acerca del exilio, un tema presente en todos los corazones presentes, no es de los mejores de Salomé. Camila mira a Pedro, esperando alguna sugerencia, y ve la tensión en su cara. No quiere que ella recite uno de los poemas de su madre. Se impone el modernismo. El estilo neoclásico de Salomé está pasado de moda. Y el rechazo o incluso la falta de atención de esas eminencias sería doloroso.

"Algo de esta parte del mundo", insiste Jorge.

"Recitaré a un poeta poco conocido", dice ella respirando profundamente. De entre sus poemas, hay uno que ha sido particularmente bien acogido por Juan Ramón, y que calificó de BUEN POEMA garabateado y subrayado al pie de la página y con sólo una sugerencia en el margen. Se titula "La raíz", una raíz que busca agua en la oscura tierra, que sueña con flores. Ya lo ha recitado para sí misma en voz alta varias veces, pero ahora está demasiado nerviosa y la voz le sale entrecortada.

Cuando termina de recitar, toma asiento con rapidez, sintiendo el ahogo en su pecho que le es familiar. Empezó a tener estos ataques cuando era niña: le daba una sensación de pánico y le faltaba la respiración. Hasta tal punto que Pancho decidió trasladar la familia fuera de Santiago, cerca de las montañas, pues estaba convencido de que Camila había heredado los débiles pulmones de su madre y que se consumiría en la calurosa ciudad costera.

Hay un momento de silencio que Jorge rompe con "¡Bravo, bravo!". Otros se unen al coro. Todos quieren saber quién es el poeta. Un joven dominicano, dice ella con vaguedad, evitando los ojos de Pedro por miedo a ser juzgada.

Más tarde, cuando regresan a la casa de invitados, él dice, "Camila, ¿tienes más versos de ese poeta?".

"Un manuscrito entero", admite ella. A menudo hablan de esta manera, indirectamente, a tientas, confiando en la profundidad del amor que se profesan. "Me gustaría que lo leyeras y me dieras tu opinión", añade ella. Es lo más cerca que estaba de admitirlo.

"Sí, me encantaría", dijo él.

Ya es de noche, y la temperatura ha bajado. Enlaza su brazo con el de Pedro y nota que su abrigo huele a perfume. Huella de Isabel, sin duda. Camila se da cuenta de que resiente la intrusión de su cuñada. Pero, qué tontería, se dice; en este momento tiene a su hermano para ella sola. Cuando la gente los mira, se agarra más de él como si fuesen cualquier pareja paseando por la fría noche.

Echa un vistazo a las estrellas y se sorprende de lo fácil que le resulta identificar las constelaciones: Orión, la Osa mayor, Casiopea en su silla. Qué mundo extraño, piensa, al otro lado del mar el cielo se ilumina con las bombas que caen sobre Londres. En su parte del mundo, los asesinos de Batista hacen de las suyas

bajo el manto de la noche. Y aquí, en Cambridge, Massachu-
setts, ella y su hermano caminan como si nada, bajo estas estrellas
de marzo, el mismo mes en que murió su madre. Seguramente
este privilegio de libertad requiere algo más de ellos.

Se recuesta en su hermano, sintiendo la caricia áspera del
abrigo en su mejilla, y piensa en su madre.

EN VERDAD PENSABA en el último poema que escribió su
madre.

Habían ido a la costa norte, con la esperanza de que el aire
fresco del mar podría salvarle la vida a Salomé. Su padre todavía
guardaba en secreto que su esposa tenía tuberculosis, así que un
tiempo de descanso en el campo le sentaría bien. En lo tocante
a la familia inmediata, todos tomaban la más mínima precaución,
y a la bebé, Camila, la mantenían lejos de su madre. Pero como
era de esperar, en cualquier oportunidad que se presentaba,
quería estar con ella.

Una vez, durante la siesta, la despertó el familiar sonido de la
tos. Camila se bajó deba su camita y fue en busca de su madre.
La encontró en su habitación, sentada ante el pequeño escritorio junto a la ventana que daba al mar. Su madre estaba llorando.
Algo peligroso para ella, pues el llanto le provocaba la tos. Su
cuerpo enflaquecido se estremecía horriblemente y luchaba por
respirar.

"Mamá, Mamá, ¿qué te pasa?", Camila, también al borde de
las lágrimas, recuerda que le preguntó. Parece ser que Camila
pasó de los balbuceos y las sonrisas a la construcción de frases
completas y que no pasó por la fase de pataletas y jerigonzas.
Criada por una enferma al borde de la muerte, quizás sabía que
no había tiempo que perder.

"Nada, nada", su madre la tranquilizó, llevándose un pañuelo
a la boca. Dio una palmada al banco a su lado y Camila trepó
encima, pues su madre ya no podía levantarla. Desde el asiento

pudo ver que su madre había estado escribiendo. "¿Qué es eso?", preguntó.

"Un poema para tu hermano Pibín, mi amor".

"Quiero un poema para mí, Mamá".

"También *es* para ti, pero como ya lo había empezado y se lo mostré a tu hermano, dejaré el título tal como está".

"Pues léemelo".

Su madre leyó el poema, de vez en cuando pausaba para recuperar el aliento, pero también para ponderar lo que había escrito. Sin duda, dado que ahora le dirigía el poema a Camila, su madre tenía que improvisar algunos cambios de rimas y palabras que terminaban en femenino. Pero también había desesperación en su voz, como si sintiese que le quedaba poco tiempo para decir cosas importantes.

Cuando llegó al final, estalló en un violento ataque de tos. Tivisita, quien Pancho había traído a la casa para cuidar de su esposa, entró a la habitación.

"¿Qué haces aquí, Camila?", dijo. "Creo que no deberías—".

"Estamos bien, Tivisita, gracias". Su madre la observó cerrar la puerta.

Camila se recostó a su madre. "¿Qué dice, Mamá?". Había escuchado las palabras complicadas pero no entendió lo que su madre quería decir a través del poema.

"Dice que te quiero muchísimo". Miró intensamente a Camila, como si tratara de adivinar cómo sería su hijita cuando fuese mujer.

Por supuesto, Camila se ha preguntado si sería posible que se acordara de todo esto. La verdad es que recordaba algunos momentos. Lo demás es una historia que ella ha inventado para conectar esos momentos y no perder a su madre por completo. Pero recuerda que lo próximo que dijo, no lo inventó. Su madre le tomó las manos y se las apretó. "Quédate cerca de Pibín. Confía en él".

"¿Y no en Papancho?".

Su madre echó una mirada dubitativa por un instante. "Claro, sí, Papancho".

"¿...Y Fran?".

"Sí, Fran". Pasaron lista a toda la familia, pero su madre volvió a mencionar a Pedro. "Sobre todo, quédate cerca de Pedro".

"¿Por qué?", insistió.

Pero hasta ahí llegaba su memoria. Por más que tratara, Camila no podía reconstruir lo que su madre le pudo haber contestado. A lo mejor, quizás la conversación no duró mucho más. Su madre se cansaba mucho en esos últimos días, y no podía seguir el ritmo de las preguntas que le hacía su hija.

Años más tarde, cuando tenía diez años, Camila encontró el mismo poema en una colección de la obra de su madre en la biblioteca de su padre. Tomó un lápiz, cambió todos los pronombres y términos masculinos línea por línea —¡su primer empeño poético!— para que el poema fuera dirigido a ella y no a Pedro.

Profanar un libro se consideraba un crimen en una familia amante de los libros, y su padre la castigó duramente. Tuvo que copiar a mano el libro completo de los poemas de su madre. De hecho, es así como empezó a aprendérselos de memoria.

Trató de explicarle a su padre por qué lo había hecho, pero Pancho desmintió ese recuerdo diciendo que era una "invención". Fue Pedro quien le refrescó la memoria años más trade, cuando vivían juntos en Minnesota (antes de Marion, antes de que su relación se desmoronara). Una noche, ya tarde, Pedro le contó un recuerdo de su madre, similar al de Camila.

"Mamá me llamó a la habitación", explicó Pedro. "Había empezado un poema para mí hacía tres años pero estaba tan enferma que lo dejó sin terminar. O eso pensé yo. Pero unos meses antes de morir, me dijo que tenía una sorpresa. Me leyó el poema terminado, y cuando acabó de recitarlo, dijo algo muy curioso".

Antes de que Pedro lo dijese, Camila sabía exactamente lo que había dicho su madre.

"Le he pedido al futuro que se ocupe de ti. Ahora tú debes ocuparte de tu hermanita".

LA NOCHE SIGUIENTE, Camila se une a la multitud que entra al auditorio Fogg. Se encuentran allí muchas eminencias de Harvard: distinguidos profesores, rectores, dignatarios —Jorge se los señala. Corre el rumor de que ha llegado el rector de la universidad, pero de hecho, Pedro le contó que el Presidente Conant se excusó. Debía cumplir una misión encomendada por el President Roosevelt: viajar a Inglaterra para hablar con Churchill.

"Este es un evento especial", comenta Jorge. "¡Uno de los nuestros invitado por Harvard! Es la primera vez desde Santayana a principios de siglo." Levantó las cejas para hacerle notar lo significativo de la velada.

Está sentada al lado de Jorge y Germaine en primera fila, la cual Pedro ha reservado para sus amigos y colegas. Cuando se voltea para conversar con ellos, observa tras ella un mar de vestidos oscuros de lana. Parece más bien una reunión de directores de funerarias.

Ella también viste de negro, lleva un traje que perteneció a su madre y que nunca antes se había puesto —aunque lo había intentado una vez, hace mucho tiempo, y su padre, o quizás su madrastra, no se lo permitieron. Mientras hacía las maletas y decidía qué llevarse, se probó de nuevo el vestido, y le sentaba perfectamente. Es extraño pensar que su cuerpo tiene exactamente la forma del de su madre, como si en cierta manera resucitara a su madre en su propia carne.

Sentada entre el público escuchando a su hermano, siente la misma excitación que sintió anteriormente en El Toro Triste al escuchar a los poetas recitar sus versos tristes. "Debemos comprometernos con *nuestra* América", dice Pedro, "la América que nuestros pobres países luchan por crear".

También ella quiere ser parte de esa autocreación nacional. Los poemas de su madre inspiraron a toda una generación. Los suyos, ella sabe, no son llamados de trompetas, sino más bien sutiles acordes de clarinete, música de piano de fondo, una marejada de violoncelos cargando el peso de la melodía. Seguramente todas las revoluciones necesitan de un coro.

"No podemos ser meros intelectuales redentores", Pedro tropieza con las palabras. Ella sabe el esfuerzo que le cuesta hablar en inglés —idioma que todos los profesores en posesión de la beca Norton deben utilizar. "Quien se entrega a otros vive entre palomas". (¿Dónde ha escuchado antes esa frase?)

"No olvidemos el factor más importante. Es de particular importancia recordar, ahora que estamos en vísperas de guerra, lo que nuestro apóstol Martí dijo antes de caer en las montañas cubanas, '¡Sólo el amor crea!'". Con esta cita de Martí, el público se puso de pie. Cuando Pedro abandonó el podio y se dirigió al frente del escenario para recibir el tributo del público, Camila pudo ver su cara, resplandeciente de sudor y agotada por el esfuerzo. Qué alto precio le ha tocado pagar por ser el portador del legado de su madre.

Pero ahora, ahí está ella para ayudarle a compatir el peso.

Desde su asiento de primera fila, como una hermanita, le envía un beso por el aire.

TARDE EN LA noche, cuando ya todos se han ido de El Toro Triste, cantando canciones republicanas, Camila por fin tiene la oportunidad de decirle a su hermano cuán orgullosa se siente de él.

"No sólo por tu discurso", le dice, desviando la vista, pues no tienen la costumbre de hablar tan abiertamente el uno con el otro. "Estoy orgullosa de ti porque dejaste ese puesto y rehusaste apañar los designios de Trujillo. Si al menos pudieses convencer a Max". Quizás este no es el mejor momento de hablar de su hermano, pero las palabras que Pedro pronunció esa noche le han dado ánimos.

"Nuestro Max tiene la cabeza muy dura", admite Pedro,

"igual que todos nosotros". Y se tocó la cabeza con los nudillos para mostrar lo testarudos que somos.

"Es algo más que la cabeza dura. Lo de los haitianos fue una desgracia. Veinte pesos por muerto..." Ella menea la cabeza. "La historia nunca le perdonará". Ni tampoco su hermanita, piensa Camila.

Pedro se acomoda en su silla. "Dejemos a Max a un lado". Baja la cabeza y alza la mirada hacia ella como si mirase por encima de unos espejuelos. Camila siente que él puede ver el desastre que dejó en Cuba. Un amante airado, una casa desmantelada apresuradamente, cajas y cajas de valiosos documentos de la familia dejados en manos de amigos.

"Tienes que ser más cuidadosa, Camila".

"Soy cuidadosa", protesta ella. "No te preocupes por mí". Sin lugar a dudas Max le ha contado su aventura en una prisión cubana. Max tuvo que ir desde República Dominicana y servirse de su inmunidad diplomática para que la soltaran.

¿Cómo está tu amigo?", le pregunta, mirándola fijamente. "El escultor", añade, aunque ambos saben que también piensa en Marion.

En ese momento se arrepiente de haberle mencionado a Domingo en sus cartas. "Aquello no funcionó". Baja la mirada hacias sus manos, sabiendo que Pedro espera conocer el por qué. ¿Qué puede decir? Ya no soportaba engañar a Domingo ni engañarse a sí misma. La noche que regresó después de dos semanas en prisión, rompió su relación con él, usando como pretexto que él había abandonado el comité de bienvenida en el muelle cuando la guardia llegó con los perros. "Nos abandonaste", le acusó.

"Tú m-m-me abandonaste m-m-mucho antes", le recordó Domingo.

"¿Te habló Jorge?", Pedro pregunta de repente. Ella asiente con la cabeza. Mientras esperaban a que comenzara la conferencia, Jorge le dio la buena noticia. Se había comunicado con su colega Pilar Madariaga en Vassar esa misma tarde. El estupendo informe que le dio a Pilar sobre "la hermana de Pedro Henríquez Ureña", Camila se lo podía imaginar, la impresionó tanto que en ese mismo instante casi le garantizó una plaza a Camila.

"Sabes que Vassar es una universidad muy prestigiosa," añade Pedro al ver que ella no responde.

Claro que lo sabe, pero hay cosas más importantes que el prestigio, quiere decirle. De repente la habitación se le antoja frígida. Quizás el dueño ha bajado la calefacción para hacerles saber que ya es hora de cerrar. Deberían marcharse.

"¿Ya no te gusta la pedagogía? ¿Es eso?", pregunta Pedro. El tono de su voz es cálido, persuasivo. Igual pudiera estar preguntándole a una de sus hijas por qué no le quiere dar un beso.

"No es eso", dice Camila, preguntándose si este es el momento propicio para indagar sobre sus poemas.

"Querías tiempo. Te escuché hablando con Jorge". Pedro levanta su abrigo de la silla y se lo echa sobre los hombros. En voz baja y cuidadosa le dice, "Leí esos poemas esta mañana".

Camila se refugia en el abrigo. No le sale una palabra; su voz podría traicionarla.

"Tienen oficio, están bien escritos. Es más, algunos me recuerdan a los poemas de Mamá". Se detiene, como para dejar que ella digiera su comentario. Camila siente su mirada fija. "De hecho, el poema que declamaste ayer, 'La raíz,' es mi favorito. Me parece que el tema está muy bien desarrollado, aunque las rimas del último verso son algo forzadas".

Querido Pibín, piensa Camila. Las rimas tienen remedio. Hay conclusiones más importantes que sacar. "¿Tienes algún consejo que darle a la autora?", pregunta en un tono lo más mesurado posible. Había alineado el salero y el pimentero sobre la larga mesa, cuestionándose por qué el dueño se había molestado en sacar los condimentos. En las dos ocasiones en que el grupo ha venido aquí no han servido comida, sólo aceitunas y maní grasoso y demasiado salado.

"Sí, tengo un consejo", dice Pedro midiendo cada palabra. "Creo que la poetisa debe continuar escribiendo por placer. Pero también creo que debería aceptar la posición en Vassar, si es que se la ofrecen". Lo dijo casi en un susurro, como si hubiese descubierto un secreto que ella debe guardar pero que él no quiere negarle.

"Entiendo", dice Camila, aclarándose la garganta para sacudir la tristeza allí aposentada. No se atreve a alzar la vista porque las lágrimas contenidas se le desbordarían por los ojos. "¿Y lo que dijiste sobre ayudar a construir nuestra América? ¿Qué de tus palabras de esta noche?". Es como si a propósito desviase la discusión hacia otra tema —un empleo en Estados Unidos en vez de ponerse al servicio de la patria— para evitar que Pedro juzgase sus poemas. O quizás ambas cosas, después de todo, están relacionadas.

"Pibín, contéstame. ¿Y tu llamado de esta noche a continuar la lucha?".

"Puedes luchar desde Poughkeepsie", dice Pedro tropezando con el nombre del pueblo. Tantas consonantes juntas presentan dificultad para las lenguas hispanas.

"¿Cuál sería esa lucha?".

"Todo es la misma lucha, Camila, ¿no te das cuenta? Martí luchó por Cuba desde Nueva York, Máximo Gómez combatió a Lilís desde Cuba, Hostos nos llegó de Puerto Rico. En estos momentos, el lugar más seguro para ti es Vassar".

"¿Y supongo que tú e Isabel luchan desde Argentina, y Max desde dentro del régimen?". Nota la decepción en su voz. Siempre ha visto el matrimonio de Pedro como una renuncia a sus más altas metas. La lucha por darles a Isabel y a sus hijas buenas ropas, casas de verano, escuelas privadas, consumen su energía alquilándose para trabajos mal pagados.

Inclinó la cabeza como si aceptase su juicio. *Mi Pedro no es soldado, ni César ni Alejandro asedian su alma.* Tras un momento de reflexión, él dice, "Continúo la lucha. Estoy defendiendo el último bastión".

"¿Y cuál es?", dice ella retándole.

"La poesía", dice él. Ahora él también mueve el salero y el pimentero de un lado a otro, como si jugase un juego extraño, algo como el ajedrez pero con menos piezas, un juego para los atrevidos, fácil de perder, ganado con rapidez. "La defiendo con mi pluma. Es un objecto pequeño, lo sé, pero esa es el arma que me dieron. La defiendo porque es en ella que desciframos nuestra alma, es el plano para el nuevo hombre, la nueva mujer. La defiendo contra los escritores comprados, los dictadores, los impostores, contra esos a quienes les sobra buena voluntad pero les falta talento".

Su elocuente hermano. Con cuánta elegancia puede sellar su ruina.

"Lo siento", dice él con una voz tan profundamente triste que por un momento siente pena por él. Recuerda que su hermano dejó de escribir poemas porque pensaba que no era un buen poeta. "Mamá no me perdonaría que no te dijese lo que pienso. Otros quizás piensen lo contrario".

Sí, tiene ganas de decírselo. Max opina lo contrario. Juan Ramón Jiménez también. Pero es su opinión la que cuenta. Y sospecha que él tiene razón, pues lo que siente no es tristeza, sino un inmenso alivio. Vassar no está muy lejos de Vermont, donde Marion ha empezado a dar clases. Quizás ahora, sin presiones familiares ni las esperanzas que Domingo hizo brotar, ella y Marion podrían resolver sus diferencias.

"Aprecio tu honestidad", dice ella al fin, guardando sus cosas. Ha empezado a sentir el despertar de su dignidad. No quiere su lástima. Eso sería horrible. Ella puede ser otra mujer que no sea necesariamente la heroína del cuento.

"¿Irás al menos a ver de qué se trata?".

Su voz suena como una súplica, una mano que le alza la barbilla. Levanta la vista hacia él. Ve el rostro de un viejo, cansado y desgastado, la mirada anhelante, *el terrible desheredamiento moral del exilio,* al cual él le insta a que se una. Vaya manera de cuidarme, le quiere decir, pero ya se han dicho demasiado.

"Tengo que pensarlo", dice, y se pone de pie para marcharse.

Amor y anhelo

Santo Domingo, 1878–1879

UN ANUNCIO SALIÓ en los periódicos.

Estamos recolectando dinero para la medalla nacional de poesía que será entregada a Salomé Ureña. Una vez alcancemos la suma de doscientos pesos, se anunciará el lugar y fecha de la condecoración.

Firmado, "Semper Vigilans".

"¿QUIÉN ES SEMPER Vigilans?", preguntó mi madre.

"Siempre vigilante", tradujo tía Ana. "Creo que es el seudónimo de José Joaquín".

Ramona y yo sabíamos quién era. Me miró, frunció el ceño, antes de salir de la habitación. No podía entender cómo yo, una mujer de veintiocho años, había perdido la cabeza ¿Cómo podía yo permitir que un muchacho de diecinueve años, escondido tras ese estúpido seudónimo, hiciese una subasta pública de mi talento?

Tenía razón. En circunstancias normales, me habría incomodado tanta atención. Pero, por el contrario, las maniobras de este joven me entretenían y me encantaban. Sólo puedo compararlo al perrito de Baní que mis primos me regalaron cuando me quedé con ellos para distraerme del dolor por la muerte de Papá. Sorprendía a Coco mordiendo mi zapato o con el lazo de satén de mi bonete entre los dientes o babeando sobre *Los increíbles viajes de Marco Polo,* y salía corriendo tras él con una ramita, pero entonces se detenía, me miraba meneando la cola, con la lengua rosada colgando de la boca. Sus ojitos negros me miraban con tanta adoración que yo dejaba caer la ramita, tomaba a Coco en mis brazos y frotaba mi cara contra su cuerpo.

Así es exactamente cómo me sentía con Pancho al principio. Observaba al joven galán que se excedía con artículos, cartas, suscripciones y eventos en mi honor. Era indulgente con él, pensando que, naturalmente, pronto todo eso se le pasaría.

LA PRIMERA *SOIRÉE* poética a la que Pancho nos invitó fue organizada por los Amigos del País. En la capital habían surgido muchas de estas sociedades: organizaban cursos y conciertos y campañas políticas —de hecho, mantenían vivo el espíritu de libertad en una época en que nuestros líderes pasaban la mayor parte del tiempo velando por sus propios intereses. Entre los grupos más prestigiosos, por ser uno de los más antiguos, estaba los Amigos del País.

Me vestí de medio luto, con un traje gris con guarniciones negras, un sombrero negro y una capa que, según Ramona, me hacía lucir deprimida y demasiado flaca. El evento tuvo lugar en la casa de Don Noel Henríquez en la Calle Esperanza, el tema de discusión se anunció en los periódicos del miércoles: *¿En qué consiste la grandeza de la poesía?* Entretanto, la Sociedad de Jóvenes discutiría *¿Cuál es el futuro del fatalismo?* La Republicana, *¿Es Haití nuestro verdadero enemigo?* Y el favorito de Ramona, en la Sociedad Amanecer del Pueblo: *¿Es el amor la mayor gloria de la humanidad?*

Naturalmente, a las mujeres no les estaba permitido participar en las discusiones. "Me han dicho que tenemos que cerrar el pico", me comentó Ramona, "a no ser que el maestro de ceremonia se dirija a nosotras y diga, '¿Y qué opina el sexo débil sobre el futuro del fatalismo?'".

Don Noel vivía en una hermosa casa de dos pisos con techo de tejas españolas y un balcón de hierro forjado que hacía juego con las farolas a ambos lados de la puerta. El primero en saludarnos fue Federico, quien nos recibió con tanto cariño que entendí por qué había confundido sus atenciones anteriores, y luego sus hermanos, todos tan bien parecidos como Pancho. El canoso padre, Don Noel, que tenía la presencia del clásico pater familias, nos ofreció el brazo, pero justo en ese momento llegaron el ministro de cultura y su esposa, y no tuvo más remedio que excusarse y recibirlos como es debido.

Así que Ramona y yo tomadas agarradas de la mano a la ruidosa sala llena de gente, pasando desapercibidas. Para empezar, éramos tímidas y no teníamos práctica en el arte de ir de una conversación a otra. Con nuestros sencillos vestidos oscuros, nuestros avanzados veinte años y algo de color en la cara, debíamos de parecer un par de chaperonas. Nos dirigimos hacia un grupo de señoras mayores, y nos sentamos sin decir nada.

Desde mi puesto en la esquina, podía observar a Pancho yendo de un lado a otro de la sala, saludando a miembros de la asociación y otros recién llegados. Tenía una voz fuerte que se percibía de lejos. Le oí presentar a media docena de personas como si cada uno de ellos fuera su mejor amigo; todos habían escrito el mejor ensayo sobre la independencia de Cuba o el mejor drama sobre la masacre de los indios.

Cuando subió al podio situado en uno de los extremos del largo salón, quedó claro que él tenía el mando. Acababa de cumplir diecinueve años —varias odas de felicitación habían salido en los periódicos— pero a pesar de su juventud, los Amigos del País lo eligieron presidente. Tras unas breves palabras de bienvenida, presentó a varios de sus honorables invitados.

Resultó que la sala estaba repleta de lumbreras. Le pidió al general Máximo Gómez que se pusiera de pie y saludara. A Ulises Espaillat, frágil y molido por los nueve meses que trató de gobernarnos, lo aplaudieron sin parar. Entonces, José Joaquín Pérez, nuestro célebre poeta, se puso de pie con la mano sobre el corazón para mostrar lo mucho que para él significaba estar ahí.

"Ahora, les presentaré al invitado de honor de esta noche". Y entonces, bajando del podio, atravesó la sala en mi dirección.

Ramona me comentó más tarde que yo parecía uno de esos cangrejos ermitaños que se esconden en su carapacho y rehúsan salir. De hecho, no podía moverme. Sentí como si me hubiesen atado dentro de mi propio cuerpo usando mis músculos como cuerdas.

Pero si yo era un cangrejo ermitaño, aquel joven era una lapa pegada a mi costado.

"Por favor, señorita Salomé, hágame el honor".

Cometí el error de mirar su cara suplicante, como el niño del vecino que quiere agarrar el caramelito que acabo de poner en mi boca. ¿Cómo podría negarme? Sentí que me levantaba de la silla, tomaba su brazo, y caminaba hacia el frente de la sala.

Al cruzar la sala, la gente se paraba y me aplaudía. Deseé que mi velo de luto estuviera aún atado a mi sombrero, para así ocultar mi rostro.

Una vez en el podio, Pancho se inclinó hacia mí y me preguntó si quería recitar algo. Lo miré aterrorizada. "Recitaré yo mismo", dijo Pancho.

Debo decir que Pancho recitó "La gloria del progreso" de maravilla, sin consultar el texto, con una voz tan apasionada que parecía que él hubiese escrito el poema. De hecho, cuando posteriormente empecé a trabajar en un nuevo poema, imaginé su voz declamando los versos.

Tras recitar el poema, Pancho y otros miembros de la sociedad leyeron discursos que afirmaban que la grandeza de la poesía estriba en el espíritu noble y en el compromiso apasionado con la patria, tal como aparece en la poesía de Salomé Ureña.

"¿Alguno de nuestros invitados, incluyendo al sexo débil, tiene algo que aportar?", preguntó Pancho cuando terminaron los discursos.

Trinidad Villeta se levantó, provocando ese revuelo que siempre acompaña a las mujeres bonitas cuando deciden opinar. "Estoy de acuerdo con todos nuestros ilustres oradores. Personalmente soy amante de la poesía de Salomé". (Vi a Ramona, sentada a su lado, dar un respingo.) "Pero esta noche me gustaría reconocer a otros dos poetas cuyo trabajo también es ejemplo de la grandeza de la poesía, José Joaquín Pérez y nuestra Josefa Perdomo".

Me sentí como una idiota por haber permitido que se me mostrase como un trofeo a expensas de otros.

"Sólo estaba celosa", comentó Ramona esa noche mientras nos disponíamos a acostarnos. "La verdad es que, Herminia, ¡Papá estaría muy orgulloso de ti!", me abrazó. Era la primera vez desde que Papá murió que lo oí mencionar sin sentir desconsuelo.

POCO TIEMPO MÁS tarde, Ramona y yo fuimos nombradas miembros honorarios de los Amigos del País. A pesar de la nueva ronda de revoluciones, continuamos reuniéndonos regularmente.

Confieso que iba a esas reuniones principalmente para ver a Pancho. Siempre que entraba al salón, Pancho venía corriendo a mi lado. En una ocasión, sin embargo, no me vio llegar, aunque yo sí lo vi hablando con Trini Villeta. ¿He descrito a Trinidad Villeta? Podía haber sido la hermana de Pancho. Como él, tenía la piel rozagante, los ojos oscuros y el pelo negro que llevaba en bucles sobre las orejas. Siempre que la veía, tenía que recordarme a mí misma que Dios me había otorgado otros talentos especiales. El ángulo del cuerpo de Pancho, una mano apoyada en la pared detrás de Trini, la otra en la cintura, indicaba que se trataba de un *tête-à-tête* que nadie debía interrumpir.

Me senté junto a José Joaquín Pérez, quien se puso de pie y señaló la silla vacía a su lado. Más tarde me dijo que esa fue la noche en que él me instó a empezar mi largo poema, "Anacaona", y a abordar el tema indigenista sobre el que todos los jóvenes poetas estaban escribiendo. Pero a decir verdad, no recuerdo ni una palabra de lo que dijo José, con excepción de cuando miró por encima de mi hombro y anunció, "¡Ahí viene nuestro presidente, Pancho!".

RAMONA, NATURALMENTE, NOTÓ mi distracción.

"Acuérdate de una cosa", me advirtió el día después ví a que Pancho flirtcar con Trini, "este no será el primer Henríquez que juegue contigo".

"¿Qué quieres decir?", le pregunté malhumorada.

"Tú ya lo sabes, Salomé. No te hagas la chiva loca. Pancho está enamorado de tu poesía, no de ti. Aunque él confunda una cosa con la otra, tú debes evitarlo".

Tenía tan poca confianza en mis encantos, que acabé por creer que tenía razón. Pancho era demasiado guapo y joven como para interesarse por mí. La siguiente invitación que recibimos de los Amigos del País para recibir al gran educador Hostos, la rechacé.

Perderse una de estas reuniones no era extraño. Pero tampoco fui al siguiente evento de los Amigos del País en el cual Hostos iba a dar un discurso sobre el futuro de la humanidad. No asistí a varios eventos, y ni una palabra de Pancho. Empecé a pensar que efectivamente, mi hermana tenía razón.

Pero un día recibí un paquete. Lo desenvolví y era el nuevo libro de poemas de José Joaquín Pérez con una conmovedora dedicatoria, *Para Salomé Ureña, cuya lira me inspira a silenciar la mía.*

Al leer esas palabras sentí algo parecido a un despertar. Pensé en lo mucho que había malgastado mi tiempo y talento por dejar que mi corazón me distrajese de mi verdadera pasión: la escritura. Recordé con tristeza lo que Doña Bernardita escribió en su manual: "Pequeñuelas", advirtió a las muchachas, "aprovechen la belleza del mundo antes de que el amor las prenda. Tras esto, no verán más que amor en el mundo". En aquel entonces, pensé que eso sería maravilloso, pero ahora veo la pérdida de tiempo que representa convertir el mundo en un libro de signos, deshojar una flor y únicamente pensar, *Me ama, no me ama,* en vez de disfrutar del radiante sol y los blancos pétalos de la margarita.

Así que decidí hacer mi trabajo, que no era otro que escribir poemas que mantuviesen vivo el amor a la libertad en los corazones de mis compatriotas durante estos difíciles tiempos. Le escribí a José un poema dándole mis sinceras gracias por recordarnos nuestro trágico pasado con sus poemas indígenas. Al parecer, José ofreció mi poema a *El Estudio,* pues un par de días más tarde apareció publicado.

Como si hubiese servido un plato de leche a un cachorro, Pancho vino corriendo.

RAMONA NO LO dejó entrar. "Salomé está ocupada", le dijo, con la puerta medio abierta. "Está escribiendo un nuevo poema".

"No la molestaré", dijo rápidamente. "Esperaré aquí fuera hasta que termine".

"¿Cómo pudiste, Ramona?", la regañé al instante en que cerró la puerta.

"¿Dónde estuvo metido todo este mes mientras tú llorabas sobre la almohada? ¡Y no me digas que no te he oído!".

Pero yo ya había abierto la puerta y asomado la cabeza. Estaba de cuclillas en la acera, con la espalda apoyada en la pared. Cuando se paró, tenía la parte trasera de la chaqueta manchada de cal.

"Pancho, entra, por favor". Tuve que alzar la voz. Nuestro perrito Coco ladraba incontrolablemente "¡Vas a asustar a la visita!", lo regañé.

"De ningún modo, de ningún modo", protestó Pancho, agachándose para darle un bocadito a Coco. Pancho llevaba pedacitos de carne seca en un saquito atado a su cinturón. "Me encantan los animales", explicó. Una vez oí decir que Pancho intentó comprar el león de Herr Langer, excepto que el ayuntamiento ordenó matar al león después de que éste devorara a su dueño.

Ramona no estaba dispuesta a dejar que Pancho hiciese una segunda conquista en su casa. Tomó a Coco entre sus brazos y salió de la sala.

Pancho tomó el asiento que le ofrecí. "Salomé", confesó, "no me atrevía a venir... pensé que te había ofendido".

"¿Cómo se te ocurre tal cosa?", pregunté. Nunca pensé en esa posibilidad durante las noches que pasé revolviéndome en la cama con el corazón hecho pedazos.

"No has venido a ninguna de nuestras reuniones desde que Hostos nos acompañó. Pensé que quizás tú, como otros, fueras de los que piensan que todos los positivistas son ateos".

Sancho Pancho, pensé en el apodo que le dio Ramona, inspirado en Sancho Panza, el torpe acompañante de Don Quijote de la Mancha. ¿De dónde sacó la idea de que lo rechazaría? "Pancho, por el amor de Dios, ¿qué es un positivista?".

"Salomé Ureña", dijo, dejando a un lado otros temas. "¿No sabes qué es un positivista?".

Se acomodó en la silla encantado de poder ofrecerme la información. Hostos, el gran educador puertorriqueño, creía en algo llamado positivismo, que considera que la humanidad evoluciona hacia un estado más desarrollado, perfecto. Los positivistas del mundo entero luchan pacíficamente para reemplazar la nube tenebrosa de la irracionalidad, la violencia y la religión con la claridad de la razón, el progreso y la ciencia. "La revolución que no hemos intentado es la revolución pacífica de la educación", proclamó Pancho, con la misma voz ardorosa con que recitaba mis poemas a los miembros de su sociedad.

Al ver la mirada resplandeciente de sus ojos, empecé a entender que Pancho era un hombre que se dejaba poseer fácilmente por grandes y nobles ideas. Hace unos meses había sido Salomé Ureña, la musa de la patria; ahora era Hostos y la educación del hombre positivista.

"Así que, ¿volverás a asistir a nuestras reuniones?", Pancho le preguntó. "A Hostos le encantaría conocerte. Es un gran admirador de tus poemas. Dice que eres una positivista innata".

No me sorprendió escuchar esto, ya que varias personas que habían leído mis poemas me habían dicho cosas de mí que ni yo misma sabía. "Puedes contar conmigo", coqueteé, repitiendo las primeras palabras que le había dicho. Pero Pancho no sonrió. Se veía preocupado, buscando acomodarse en su silla. Finalmente, dijo abruptamente, "Leí el poema que le escribiste a José".

No pude descifrar si Pancho sentía celos, pero, ¿podría ser? El poema era obviamente sobre mi respeto hacia un poeta venerable, no sobre mis sentimientos hacia un respetable hombre casado.

"¿Podría leer ese poema en nuestra próxima reunión?", preguntó Pancho.

"Claro que sí. Pero estoy terminando otro que quizás sea más apropiado para la ocasión. Lo traeré".

Es como si hubiera dicho agua a un hombre que se moría de sed. Pancho me dio las gracias una y otra vez, gracias por mi generosidad, por mi inteligencia, por mi talento.

Me di cuenta de que si yo quería tener a este hombre, todo lo que tendría que hacer es continuar escribiendo.

EL PRIMER DÍA del año, recibí una carta de Pancho.

Mis dedos temblaban. El sobre tenía el peso y apariencia de una carta de amor —el papel de fino lino, la caligrafía barroca, como una soga de palabras lanzada para capturar a la amada.

Tengo que admitir que la leí dos veces, y las dos veces sentí desilusión. La carta era de tres páginas, y ni una sola vez encontré la palabra amor ni nada semejante. Me escribió la carta, según él mismo, porque, luego de nuestra conversación sobre el positivismo, se dio cuenta del poco conocimiento científico que yo tenía. Yo era la única poeta del país que tenía la oportunidad de ser la gran poeta de todos los tiempos, pero me faltaba ser iluminada por la verdad científica. Y como él se había dedicado a las ciencias (aritmética, álgebra, geometría, trigonometría, mineralogía, astronomía, filosofía, por nombrar algunas), le complacería ofrecerme, respetuosamente, todo su conocimiento.

"¡Qué arrogancia!", dijo Ramona, quien había leído la carta por encima de mi hombro. Estaba en desacuerdo con ella. Es más, concluí que Pancho tenía mucha fe en mis habilidades.

De una cosa estábamos seguras: este plan de estudio tomaría una vida entera.

¿Se trataba de una especie de proposición? No se lo iba a preguntar a Ramona, pero sí a Mamá. De todas formas, tendría que pedirle permiso para estudiar, nuevamente, con un hombre.

Mamá sonrió con ternura al leer la carta, meneando la cabeza de tanto en tanto, como hacía el cachorrito en Baní. Por el momento, parecía que se hubiese quitado treinta de sus cuarenta y cinco años, pues las hebras blancas de su pelo relucían como rayitos al sol en vez de mostrar el paso del tiempo. Cuando terminó de leer la carta, la dobló cuidadosamente y me la devolvió. "Creo que deberías aceptar su invitación".

"Ramona dice que sería inapropiado", le dije.

Mamá cruzó la habitación para cerrar la puerta. Entonces, giró hacia mí y me dijo en voz baja, "Quiero decirte algo que no debes repetir fuera de esta habitación. ¿Entiendes?". Asentí con la cabeza.

"Una vez, hace mucho tiempo, una hermana interfirió en los asuntos de su hermana menor. Y hasta el día de hoy, la hermana menor vive con el dolor de esa interferencia. Salomé, mi'ja", me agarró por los hombros y añadió, "el país entero te ama. Tus compatriotas, jóvenes y viejos, se saben tus poemas de memoria. No hay nada, absolutamente nada, no importa lo que sea, que pueda compararse al amor de un hombre. No des la espalda a esa oportunidad. Estaré a tu lado cuando se desaten las tormentas, porque seguramente te criticarán".

"¿Porque él es mucho más joven que yo?".

"Por eso y porque es blanco y nosotros mestizos. Su familia es pudiente y nosotros no". Contó las razones con los dedos e hizo un puño, como para aplastar críticas tan absurdas. "Y también está el asunto de su religión judía..."

Noté que eso sí le preocupaba. "Pero son conversos", protesté. Pancho me había dicho que cuando su abuelo sefardí se casó con una dominicana acordaron criar a los hijos en la religión católica.

"Nunca podremos convencer a tu tía", dijo Mamá con voz débil. Señaló el sobre en mis manos y añadió, "Bueno, sea lo que sea, tú debes aceptar".

"Pero Mamá", dije, abandonando toda pretensión de que hablábamos de lecciones de ciencia, "¿Y si se da cuenta de que no me ama?".

Era una mujer hecha y derecha, pero por la forma en que miré a Mamá, debió de pensar que era una niña. Retiró el pelo de mi frente y me dio un beso. "Ese es el riesgo que hay que tomar. Pero el amor vale la pena. Y si fallas, tienes una fuerte red que te sostendrá".

Pensé que diría, "Mis brazos" cuando le pregunté de qué red hablaba, pero dijo, "Los poemas que has escrito y los que escribirás".

HACIA FINALES DE ese año aparecieron noticias sobre un tal Mister Bell de Estados Unidos quien había inventado la manera de hablar con alguien que no estaba presente. Estas noticias provocaron una de las interminables cantaletas de tía Ana. "¡Se burlan de la creación de Dios!".

"No te preocupes, Ana", Mamá la consoló. "Pasarán muchísimos años antes de que el teléfono llegue aquí. Y aún así, a lo mejor la creación de Dios ya no estará para entonces".

Durante ese 1878 —"año de nuestro Señor, y que no se te olvide", regañaba tía Ana— tuvimos ocho gobiernos y el mismo número de batallas. Cada gobierno derrotado se exiliaba en Haití. "Pronto habrá más políticos dominicanos en Haití que aquí", decía Don Eliseo. "Mejor para nosotros", dijo Mamá en voz baja.

En medio de esta turbulencia, Semper Vigilans logró recaudar la suma requerida de doscientos pesos. El anuncio apareció en los periódicos: la condecoración se celebrará el sábado por la noche, 22 de diciembre, a las siete en punto, en la Biblioteca Nacional fundada por los Amigos de País.

En verdad no sabía si Pancho era Semper Vigilans, pero sí sabía que él y los Amigos del País estaban detrás de esta campaña para otorgarme la medalla. Así que me quejé directamente con Pancho. El país no estaba en condiciones de estar gastando dinero en oro cuando recién comenzábamos a recobrarnos de un año de lucha.

Nos encontrábamos examinando la estructura de las flores. Con una cuchilla, Pancho cortó el largo tallo de un lirio sobre una tabla encima de sus rodillas. Me pidió permiso para quitarse la chaqueta durante la disección. Viéndolo trabajar en mangas de camisa, recordé las lecciones de muchos años atrás en el jardín de mi padre. En aquel entonces, pensaba que mi padre era el hombre más buenmozo de la tierra. En verdad, mi padre era más bien atractivo que buenmozo, con su cara abierta, sonrisa contagiosa y ojos llenos de picardía. Por otro lado, Pancho sí que era bello. Ramona lo llamaba Absalón, el joven del Viejo Testamento. Ramona le tenía muchos apodos. Pero Pancho ni enseñaba los dientes. En ese sentido, era lo opuesto a Papá: no tenía ningún sentido del humor. Pero su sobriedad me gustaba; le hacía aparecer mayor de lo que era.

"Salomé, ¿te das cuenta? Eso es precisamente lo que la patria necesita; enfocarse en la excelencia, en la nobleza, en el progreso", dijo Pancho haciendo énfasis con la cuchilla. Últimamente, había empezado a hablar como los positivistas, como si sentara cátedra hasta en las conversaciones privadas.

"Pueden enfocarse en esas cosas sin gastar dinero en tanta vanidad".

Pancho posó la cuchilla sobre la tabla. Durante los últimos meses de clases, habíamos repasado con rapidez las matemáticas ("Tienes una mente extraordinariamente ágil", decía Pancho una y otra vez) y ahora íbamos por los inorgánicos. Para la semana que viene, Pancho prometió que empezaríamos a estudiar astronomía. "Te asienta la modestia, Salomé", dijo Pancho.

Su voz era suave, como si viniese del centro sedoso de la flor que acababa de abrir.

Miré el papel donde tomaba mis apuntes. No pude aguantar el deseo de mirar su brazo, fuerte y desnudo con un enjambre de venas azules en la muñeca. ¡Cómo quise tocarlo! Pero me había criado en un país donde las heroínas nacionales se amarraban las faldas antes de ser fusiladas. No sabía que era posible para una mujer tocar el brazo de un hombre.

"Salomé, tengo que hacerte una confesión". Pancho bajó la voz. "Te di mi promesa solemne de escalar las alturas del conocimiento contigo, ¿cierto?".

"Así es", dije, recordándome que tenía que respirar con tranquilidad.

"Tengo que romper esa promesa", dijo, y pausó dramáticamente. Algunas veces me cuestionaba si no era que Pancho había leído demasiadas novelas románticas. "Hostos me ha pedido que lo acompañe a recorrer el país por unos meses, para evaluar las escuelas, a ver qué se puede hacer".

Estas eran metas que, por supuesto, todos los patriotas habíamos luchado por lograr, pero me molestaba que yo tuviese que sacrificarme.

"Sé que tienes un gran número de admiradores, mucho más diestros que yo, que considerarían un gran honor el reemplazarme. Lo que pido", vaciló, alzando la tabla de su regazo para calmar sus manos nerviosas, "es si pudieses hacerme el honor de esperar hasta que regrese para seguir con nuestros estudios".

Miré esos ojos oscuros, esa bella cara vehemente, yo no podía creer que ese hombre no sabía que yo estaba enamorada de él. "Con mucho gusto te esperaré, Pancho".

Había cortado otra flor y, con nerviosismo, le daba pequeños aguijonazos con la cuchilla. Explicó cómo funcionaba su mecanismo de reproducción. Al centro, el pistilo con su orificio pegajoso, a esperas de que llegue el polen del estambre. Mientras él jugaba con la flor, sentí que me faltaba el aire del asombro y la desesperación.

LA NOCHE DE la condecoración pasó como un borrón. Mamá, que casi nunca salía, accedió para la ocasión y se presentó. ("¡Una de tu sangre será condecorada como la poetisa nacional! ¡Tienes que ir!" le suplicó Don Eliseo Grullón.) Ramona me sorprendió con un regalo, un ramo de gardenias del arbusto que había sembrado Papá en su antigua casa. Para aguantar mis lágrimas, le toqué la mano, agradecida.

La biblioteca en el centro de la capital estaba iluminada como si se celebrara una inauguración. Circularon rumores de que varios de los ex presidentes iban a asistir, pero con la cantidad de gobiernos que hemos tenido, no lo consideré halagador. Pancho organizó una fila de recibimiento y, según iban llegando, me presentaba a los invitados. Sólo podía pensar, *Es usted muy amable, Es usted muy amable, Es usted muy amable.* A mi lado, Pancho se excedía en halagos para todo el mundo. Cuando al fin pasó la última persona por la fila, sentí que le había dado la mano a cada gran hombre y hermosa mujer de la isla.

Con la excepción de una. Trini no estuvo presente. A la primera oportunidad que tuve de estar a solas con Mamá, justo antes de que comenzara el programa, le pregunté si había visto a la familia Villeta. "Claro que no, Salomé. El padre murió ayer". Sentí vergüenza por la alegría que había sentido porque mi rival no estaba ahí para robarme la atención de Pancho.

Cuando el público se puso de pie para aplaudir cuando me colocaron la medalla con cinta de satén, me di cuenta de que mi vida había cambiado para siempre. Leí mi corto agradecimiento y todos se inclinaron hacia adelante tratando de escuchar mi voz desvanecida. Pero cuando Pancho leyó mi poema con su voz fuerte y expresiva, el público se puso de pie y gritó, *¡Salomé! ¡Salomé! ¡Salomé!* Algunos repitieron versos de mi poema. Hice una reverencia para reconocer los aplausos. Y luego de que el aplauso descendiese y creciese y descendiese una y otra vez, como olas en la playa, una voz varonil exclamó, "¡Qué hombre que es esa mujer!". Imagino que era un halago.

AL DÍA SIGUIENTE, Mamá, Ramona y yo fuimos a ofrecer nuestro pésame a la familia Villeta.

"Lamento tanto no haber ido a tu coronación", dijo Trini luego de que nos sentáramos para hablar sobre la pérdida de su padre.

Me pregunté si Trini había dicho "coronación" a propósito para herirme o si meramente no dominaba el idioma. Quizás no era muy inteligente, pero no quise pensar eso y, por ende, ceder al argumento de que las mujeres no son inteligentes y no vale la pena darles una educación.

"Fue una condecoración", le corregí. Ramona sacó la medalla de su cartera y se la pasó a Trini. La habíamos traído para enseñársela a la familia, ya que, según la lista publicada en la prensa, habían contribuido con dos pesos.

"Me hubiera gustado mucho estar presente", dijo Trini con anhelo. "Pancho estuvo aquí esta mañana y me dijo que el evento fue estupendo. ¿Sabías que se va después de Nochebuena con ese hombre extraño, Hostos?".

Claro que sabía del viaje de Pancho, pero el hecho de que lo primero que hizo esa mañana fue pasar por casa de Trini me dolió. Ramona vio en mi cara la desilusión y mientras Trini seguía hablando, tomó mi mano y la apretó, como a mí me hubiese gustado apretar la de Pancho si fuese permitido.

LA NOCHE ANTES de irse, Pancho pasó por casa para despedirse.

"Me harán mucha falta nuestras lecciones", declaró, tratando de ver mis ojos.

Recordé su visita a casa de Trini para que mis sentimientos sobre su partida no se vieran en mi rostro. Hablé del trabajo. "Casi he terminado el poema para Emiliano Tejera".

Fue como si le hubiera hablado de positivismo a un sacerdote. Pancho apretó su quijada. "¿Emiliano? ¿Le estás escribiendo un poema?".

Hacía más de un año, un conserje había encontrado los restos de Colón cuando limpiaba una bóveda de la catedral. El eminente historiador Don Emiliano me pidió un poema para conmemorar el descubrimiento. "Como sabes, puedo demorarme con estas asignaciones".

"Tú le escribes poemas a todo el mundo", dijo Pancho, haciendo pucheros. "Hasta le escribiste uno a mi hermano".

"Porque él me había escrito uno".

Pancho sacó del bolsillo de su abrigo unos papeles doblados. "Aquí tienes", dijo con orgullo. "Te escribí uno a ti."

"'Epístola a Salomé Ureña'", leí el título en voz alta. ¡Una epístola!, pensé. ¿Por qué no un soneto, una balada de amor, un acróstico con las letras de mi nombre?

"¿Te la leo?", ofreció Pancho, pasando las páginas. Creo que a

Pancho le gustaba tanto el sonido de su propia voz como los poemas que recitaba.

"¿Qué te parece?" preguntó cuando terminó de leerlo. Se mostraba satisfecho con su poema.

"Es una epístola preciosa, Pancho", le aseguré. Y sí que lo era, exhortatoria y marcial.

"Así que, ahora es tu turno", propuso. "Tienes que escribirme un poema".

Forcé una sonrisa. No quería comprometerme.

TENGO QUE ADMITIR que me sorprendí a mí misma cuando escribí "Quejas". Fue como si al levantar la pluma, hubiese liberado a la mujer de mis adentros y la hubiese soltado sobre el papel. Al escribir, sabía que tales pasiones no eran permisibles en una mujer. Es más, si el pobre Papá no estuviese muerto, se moriría después de leer mi poema a Pancho.

No es que mencionara su nombre en el poema. Haberlo precedido con una dedicatoria hubiera sido una proposición de matrimonio.

> ¡Escucha mi deseo!
> ¡Responde al anhelo indómito de mi corazón!
> ¡Apaga este fuego ardiente con tus besos!

"Dios mío", dijo Ramona cuando lo leyó. Se puso la mano en la garganta. "¿Te acuerdas de Don Eloy? Este poema podría despertar a todas las mujeres de la cintura para abajo. Por cierto, ¿de quién se trata?". Como no había visto a Pancho, asumió que había roto la relación con él luego de la visita a la casa de los Villeta. Pero había muchos otros jóvenes que pasaban por la casa trayendo flores y votos a la poetisa nacional.

"No se trata de una única persona. Es sobre cómo nos sentimos las mujeres cuando nos enamoramos".

"Bueno, eso está bien, Salomé. Pero no puedes publicarlo. Eres la musa de la patria, por el amor de Dios", me recordó, y con la mano dibujó un halo sobre su cabeza. "Nadie piensa que tienes un cuerpo de carne y hueso".

"Pues es hora de que se enteren", declaré.

EN VERDAD NO tenía intenciones de publicar "Quejas". De noche, en mi cama, cuando pensaba en el poema escondido bajo el colchón, sentía un fuego que subía hasta mí y que debía hacer todo lo posible por extinguir.

Pasó un mes y luego otro y aún no sabía nada de Pancho. Él había planificado estar fuera tres meses, pero aun así pensé que me escribiría. Razoné que tal vez se había embarcado en el vapor Clyde para darle la vuelta a la isla hasta la costa norte ya que el viaje por tierra era demasiado peligroso. ¿De dónde se suponía que enviara una carta? Sin embargo, y a pesar de lo que dicen los positivistas, ¿desde cuándo los enamorados hacen caso a la razón?

Lo que me convenció a publicar el poema no fue el silencio de Pancho, sino un evento poco conocido que sucedió en nuestro vecindario. No quiero mencionar nombres o entrar en mucho detalle, puesto que ya ha sufrido bastante la pobre muchacha. Apenas tenía quince años, era una niña en realidad, de una familia humilde. Cuando sus padres se dieron cuenta de su barriga crecida, la echaron a la calle. Había sido estudiante de tía Ana, y como no supo qué hacer, se presentó un día en nuestra puerta con su triste historia. El padre del bebé rehusó reconocer su parte en el asunto. Contactamos a nuestra familia en Baní, y acordaron cuidar a la muchacha hasta que diera a luz. El asunto se resolvió rápida y discretamente, pero me causó una gran impresión.

Me pareció injusto que la vida de esta joven se arruinara, mientras que el sinvergüenza aquel siguió con la suya como si nada, hasta se comprometió con otra muchacha de una familia adinerada sin consecuencia alguna. Por primera vez me acordé de la segunda familia de mi padre y sentí una ola de resentimiento hacia él. ¿Por qué se consideraba normal que un hombre saciara su pasión, pero para una mujer era equivalente a una sentencia de muerte?

Había otra revolución que hacer si es que nuestra patria iba a ser verdaderamente libre.

Tomé mi pluma y dirigí el poema a los directores de *El Estudio*.

EL POEMA PROVOCÓ gran revuelo. Algunos lectores insistieron en que era la obra de un impostor, como había sucedido hace algunos años, cuando otra poetisa trató de hacerse pasar por la verdadera Herminia con un absurdo poema sobre copos de nieve. Pues, ¿cómo era posible que la noble y magnánima Salomé Ureña escribiese tal poema? Algunas damas insistieron en que si era verdaderamente mi poema, me debían retirar la medalla de poeta nacional. Pero otras mujeres me habían confiado que en "Quejas" escribí exactamente lo que ellas sintieron cuando estaban enamoradas.

Poco después, el impacto que el tema del poema había causado se tornó en curiosidad sobre la vida de la poeta: ¿A quién estaba dirigido el poema? No tenía dedicatoria, y como Salomé Ureña nunca se había comprometido con ningún hombre, y como el único hombre joven con quien se le veía era Pancho, a quien nadie había visto últimamente, la única conclusión lógica era que Salomé Ureña le había escrito el poema a un hombre casado cuyo nombre no quería revelar.

Y así comenzó el juego de adivinar el nombre del amante secreto de Salomé.

EN MEDIO DE tal revuelo, Pancho regresó. Un grupo de compañeros de los Amigos del País fue a recibirlo al muelle. Sin lugar a dudas, le pusieron al tanto del escandaloso poema que había escrito Salomé. Incluso hicieron apuestas sobre quién era el amante. José Joaquín Pérez estaba en la delantera.

Esa misma noche, Pancho apareció en nuestra puerta con una copia de *El Estudio* en la mano. Traía tremenda facha: el cabello despeinado y la barba crecida. Coco, que ahora adoraba a Pancho, le gruñó a este extraño. Creo que Pancho ni se había sacudido el polvo del camino ni el salitre del mar. Por un instante dudé entre ponerle la tranca a la puerta o dejarlo entrar.

Pero Mamá supo, por ese don que tienen las madres, que este era el momento que esperábamos. Le pidió a Ramona que por favor la ayudara a terminar de coser un traje de luto para Trini Villeta. "¿Cómo está Trini?", esperaba que preguntara Pancho. Pero parecía que no había oído el nombre. Me miró directamente como si no hubiese otras personas en la sala.

"¿Qué tal tu viaje?", comencé. Quería hablar de trivialidades: que si se mecía el vapor, que si Hostos roncaba, que si eran sabrosos los cangrejos de Puerto Plata. Nunca un hombre me había mirado con tanta intensidad. Me sentía incómoda.

Pero Pancho no quería hablar de su viaje su mirada, cortante como la navaja con la que hizo la disección del lirio aquel, ahora cortaba mi serenidad.

"Salomé, tengo que saberlo", dijo al fin, con el periódico en la mano, "¿a quién le escribiste este poema?".

"A alguien que amo", dije.

"Pero me prometiste un poema", dijo enojado. Había rebajado de peso, su cara era más delgada. Tenía la cara de un hombre más viejo, más hombre. "No puedo resistir que sientas todo eso por otro hombre".

"Es que no lo siento por otro hombre", le dije, mirándolo fijamente.

Lentamente, como un líquido que se derrama, vi cómo le cambió la expresión de la cara, cómo su boca se abrió por la sorpresa. "Este poema, ¿es para mí?", susurró.

Tomé el periódico de sus manos y lo puse sobre la mesa. Me

acerqué a él con tal confianza que me sorprendí. Quizás por haber escrito este poema, había descubierto mi cuerpo. Y como si fuese lo más natural del mundo entre una mujer y su amante, tomé sus manos y con mis labios besé una palma y después la otra.

Shadows

La Habana, Cuba, 1935

ELLA ESTÁ EN la sala de conferencias, imprimiendo pancartas para la manifestación, cuando aparece Nora en la puerta. "Un hombre ha venido a verte", dice cautelosamente, como si sospechara que alguien la pudiera escuchar. Detrás de Nora, Camila ve la sombra de una persona que se encuentra esperando en el pasillo.

Sus compañeras de grupo intercambian miradas. "¿Quieres que vayamos contigo?", susurran algunas.

"Sigan trabajando, señoras", responde, intentando controlar el temblor en su voz. A pesar de haber estudiado ópera durante años, aún no ha logrado el sencillo arte de dominar su voz. "Regreso enseguida", dice, para que quien le está esperando en el pasillo sepa que piensa regresar. ¡Como si tal argucia pudiese funcionar ante los sicarios de Batista!

Se quita la bata, y pasa revista a la sala: las damas del liceo trabajan en pequeños grupos, martillando palos, cosiendo pancartas, escribiendo lemas. Luchan contra un monstruo con espadas de juguetes, pancartas vistosas que declaran, ¡QUEREMOS EL VOTO! ¡VIVA CUBA LIBRE! ¡LA AMÉRICA DE MARTÍ AHORA! ¿Pero qué otra cosa tienen para luchar? Hasta su madre, la heroína, sólo pudo ofrecer sus poemas.

Se sorprende al encontrar el pasillo casi vacío. No hay guardias con relucientes botas negras y gorras de cordones esperando para llevarla a uno de los centros de interrogación de Batista. En su lugar, ve un mulato bien parecido, de facciones anchas y un cuerpo que, por haber estado escribiendo pancartas, describe como "en mayúsculas". Éste se acerca y se presenta como "Domingo", con una bella voz, sonora y penetrante, que bien podría cantar *Otelo.* "Vengo a es-es-esculpir a su padre".

"Mi padre está muerto", le responde simplemente. Igual que si fuera un sicario de Batista, o un novato encubierto que no ha preparado su asignación. "Falleció hace un mes".

"Pu-puedo esperar si este no es un buen mo-mo-momento", dice. Su blanca camisa está estrujada; su delgada corbata es un intento obvio de formalidad. "Dí-dí-dígame cuándo sería co-co-conveniente".

Es tartamudo. Qué lástima, con esa voz tan maravillosa. De repente, siente ternura por este hombre como si fuera un estudiante apasionado por el teatro que no pudiera contestar una pregunta sencilla. "¿Le puedo ayudar en algo, Don Domingo?".

"Domingo", insiste, "llámeme Domingo a secas". Se trata de un escultor cubano contratado por algún comité histórico para esculpir un busto de Don Pancho. "Será un re-re-regalo para nuestro ve-vecino pa-pa-país".

"Ya veo", dice, preguntándose de qué se tratará el asunto. Sin lugar a dudas, Max debe haber organizado un tributo sin informárselo. Igual pensó que su hermana no tendría nada que ver con la dictadura de Trujillo ni la virtual dictadura de Batista aquí. Como quiera, la pregunta seguía en pie. "Pues, ¿cómo le puedo ayudar, Don Domingo?".

"Domingo", vuelve y repite, sonriendo, como si la hubiera sorprendido en un pequeño lapso, como si jugaran un absurdo juego de mesa y él acabara de tirar los dados con el número ganador.

Déjalo que disfrute su pequeño triunfo, cuando abra la boca

de nuevo algún diptongo o consonante difícil lo derrotará. Ella aún no ha podido descifrar qué combinación específica de sonidos le hace tartamudear.

"Te-te-tengo las fotografías que su hermano envío a tra-tra..." Ha tropezado con una palabra que de ninguna manera podría pronunciar. Una expresión de impotencia le baña el rostro. Ella sugiere varias palabras, pero ninguna da en el clavo.

Con la mano hace ver que es igual, y continúa. Por lo que puede entender, Max ha enviado algunas fotografías de Pancho a la oficina de algún gobierno extranjero que había encargado hacer el busto como regalo de Cuba a la República Dominicana. Pero Domingo necesita algo más para poder hacer el trabajo. "Me gu-gu-gustaría que posara, si fuera po-po-posible".

Esto es realmente peculiar. "El busto no es de mí", le dice con sequedad.

"Su hermano escribió que us-usted se pa-pa-parece a su pa-padre. En el mo-momento que la vi, vi a Don Pa-Pa-Pancho".

Años atrás, por supuesto, no le gustaba para nada que le dijeran que se parecía a Pancho. Quería parecerse a su madre, la bella fantasía creada por el pincel de un pintor londinense. Por lo menos este escultor quiere ser preciso. Sin embargo, ¿por qué tendría que posar para el busto si tiene cantidades de fotografías a su disposición? Pancho fue un hombre público y le gustaba que lo fotografiaran.

"Necesito captar la fu-fu-fuerza viva dentro de la pi-pi-piedra".

La sencillez de la respuesta la pasma. Es como si uno de sus estudiantes menos talentosos la hubiese sorprendido con una contestación tan original. Se recrimina por no haber tomado a este hombre más en serio.

"Solo se-sería por una sesión o dos. Mi estudio está... cerca. ¿Consentirá?". Su tartamudeo iba desapareciendo. Quizás empeora cuando está nervioso y ahora se siente más cómodo. Sin embargo, cada vez que él abre la boca, ella se pone tensa y aguanta la respiración como si esto lo ayudara. Tiene suerte, piensa. Haré lo que sea para evitar que tenga que convencerme.

"Puede contar conmigo", dice y da la vuelta para marcharse. ¡Las palabras han brotado espontáneamente! Las mismas primeras palabras que su madre le dijo a su padre. Qué extraño.

Cuando regresa a sus mujeres, se da cuenta de que le sudan las manos. La nuca está húmeda. Quizás el esfuerzo de ayudar a hablar al escultor la ha agotado. Su mente divaga mientras trabaja. Imagina al hombre que acaba de conocer, su fuerte presencia, como si hubiese sido extraído de la piedra. La fantasía es tan vívida que cuando mira su pancarta, ve que ha escrito su nombre, DOMINGO, en grandes mayúsculas negras.

ES UNA MOLESTIA añadir otro compromiso más a su apretada agenda. Acaban de recibir un mensaje que a finales de mes llegará una delegación de periodistas norteamericanos. Hay que organizar un comité de bienvenida e informarles de la situación. Batista controla el ejército y pisotea los derechos civiles. Hay que poner al tanto al Presidente Roosevelt. En sus charlas radiales, con voz serena y llena de confianza, el presidente norteamericano ha dicho que hay que ayudar a los desposeídos de su país. Quizás extienda la misma cortesía a sus vecinos del sur.

También hay que hacer citas con los líderes de varios partidos para impulsar el derecho al voto de las mujeres. Los estudiantes quieren que se reabra la universidad, y un grupo de damas del Liceo organizará una recepción para Mendieta y Batista, con la esperanza de que puedan persuadir al presidente y a su marioneta con merengues y Mary Pickfords.

Y en medio de todo esto, ha aceptado posar por dos horas seguidas para que este escultor pueda captar la esencia de su padre. Aun después de muerto, ¡qué mucho le exige su padre!

Antes Marion la acusaba de sobrecargarse con responsabilidades, como un niño que construye un castillo de naipes, y añade naipe sobre naipe, para ver hasta dónde puede aguantar. "¿Cuán fuerte tienes que ser?", le preguntaba. Por lo menos tan fuerte como Mamá, pensaba Camila. Pero si los amplios hombros de su madre cargaron con el futuro de un pueblo, los de Camila han servido para dar paseos a caballito. Es ella quien se ocupa de los ancianos, quien calma los ánimos caldeados, quien paga las cuentas. Y quien se asegura de que sus hermanastros reciban algún tipo de educación. Nunca ha tenido tiempo para hacer lo que le interesa.

Antes de morir su padre, cuando vivían en Santiago, su sueldo de maestra era el sustento de la familia. Frustrada con la devoción de Camila por el bienestar de su familia y añorando su patria, Marion se marchó de Cuba "para siempre". La separación fue dolorosa pero, poco a poco, Camila llegó a entender que la personalidad exigente de Marion le tomaba gran parte del poco tiempo y energía que tenía para sí misma.

Con la partida de Marion, Camila comenzó a ir a La Habana a menudo. Cada vez que tenía la oportunidad iba por una semana, entre semestres, durante vacaciones o cuando el gobierno cerraba la universidad, cosa que cada vez era más frecuente. Le decía a Pancho y a sus ancianas tías que quería ver a sus hermanastros e ir al teatro y a su amada ópera. Pero en realidad, necesitaba alejarse y formar parte de un mundo más grande.

Siempre se quedaba en el barrio universitario con Rodolfo, su hermano menor, quien seguía tan devoto de su hermana mayor como cuando era chiquito. No le sorprendió descubrir que Rodolfo era un líder estudiantil, por ser carismático y guapísimo. (Las muchachas lo llamaban *El martillo,* porque las clavaba con el "golpe de una sonrisa".)

Fue Rodolfo quien la invitó a sus mítines y reuniones, donde conoció a otras mujeres, muchas profesionales y solteras como ella. Algunas veces, se reía de sí misma. Aquí estaba —esclava de las más mínimas exigencias de su familia a la vez que luchaba por libertades más amplias. Sin embargo, todo tenía cierto sentido.

¿No es cierto que siempre se le ha hecho más fácil vivir en lo abstracto que en carne y hueso?

Camila y sus nuevas amigas decidieron fundar su propio grupo. Para evitar problemas, le pusieron un nombre que sonaba parecido al de alguna organización social prestigiosa de La Habana: Liceo y Club de Tenis de Damas. Ahí, encima de la entrada de una casa estucada que alquilaron para este propósito, estaba el nombre en letras doradas. En el patio trasero, una cancha de tenis abandonada prestaba algo de veracidad a la idea de que se trataba de un club deportivo para damas.

Muy pronto Camila llevó una vida secreta en la capital. Tenía miedo de que su fotografía saliera en los periódicos. DAMAS DEL LICEO ASALTAN EL PALACIO PRESIDENCIAL PARA EXIGIR EL VOTO. (Se imaginaba los titulares y frecuentemente componía artículos completos en su cabeza mientras marchaba: "Don Pancho Henríquez, ex presidente de la República Dominicana y amante de la paz, quien actualmente es nuestro huésped en Santiago de Cuba, expresó su más profundo pesar ante el comportamiento de su hija rebelde".)

Pancho siempre amenazaba con morirse ante la desobediencia de sus hijos. Para mantener su identidad en secreto, Camila comenzó a asistir a las manifestaciones llevando lo que más tarde se convertiría en su marca tradicional —un sombrero cloche negro con un velo que podía bajar para desdibujar su rostro si le tomaban una fotografía. Claro está, todas las damas del Liceo se ponían sombreros y guantes, siguiendo la política del club, para lucir como señoras y señoritas decorosas aun cuando asaltaran el palacio o el cuartel de la policía.

Y por lo tanto, en su primera sesión con Domingo, llegó al estudio luciendo su ajuar de manifestación: sombrero, guantes y vestido negro. Ella misma se sorprendió con su osadía. No sabía nada de este hombre. *Domingo a secas,* le había dicho, sonriendo —no por sentirse triunfante, no, eso ella lo había interpretado incorrectamente— sino sonriendo irreverentemente, como si rehusara cubrir sus partes privadas al no aceptar el gentil título de señor.

La verdad es que no tiene sentido que Domingo le pida que pose, y tiene aún menos sentido que ella haya aceptado. El guapo Rodolfo es el vivo retrato de su padre cuando joven. Sólo hay que mirar la fotografía que Pancho se tomó en su primer año en París. Quizás Max no le haya dicho nada sobre Rodolfo al comité del busto, debido a su favoritismo por su "primera familia", como los llama.

Pero Camila se lo pudo haber dicho a Domingo desde el principio: el que quieres es a mi hermano. Pero no lo hizo; aceptó su invitación, pura y sencillamente, porque quiso. No se había sentido así de intrigada por un hombre desde Scott Andrews, hace más de una década. Y con todo y eso, ni puede decirlo con certeza porque lo que creía que sentía por Andrews estaba enredado con la situación política de su padre. Pero estos sentimientos son tan claros y chocantes como el sol del mediodía; sin sombra de ambigüedad. Es más, recientemente, cuando su pensamiento divaga en manifestaciones y reuniones, piensa en Domingo, y no en el Domingo sencillo frente a su puerta, sino que le vienen vívidos pensamientos sensuales que la sonrojan y le hacen sudar las manos enguantadas.

"Ha venido vestida para un entierro", le dijo abriendo la puerta. La oración le sale con tanta fluidez que le asalta la duda de si en realidad es tartamudo.

"Todavía estoy de luto", le recuerda, tratando de no sonar molesta. No es que crea en esta tradición morbosa, pero lo hace para apaciguar a sus tías. "De todas maneras, es mi cara lo que necesita para hacer el busto, ¿no?".

Lo ha puesto en su sitio, y él comienza a tartamudear de nuevo. "Sí, p-p-por supuesto. Pa-pa-pase, po-po-por favor y tome asiento". La ayuda con el abrigo, y de repente, como si ella fuese uno de sus puñados de arcilla, la posiciona en la silla y toma su cara entre sus enormes manos y la gira de un lado a otro como si tratara de hacer que el parecido salga a la superficie.

Se rinde después de varios intentos. Algo no funciona. Se

sienta y cruza los brazos frente a su ancho pecho y la estudia. Finalmente, dice, "Su pa-pa–padre no aparece".

Ella está a punto de perder la paciencia. "Claro que no aparece; mi padre está muerto".

"No, no lo está", dice Domingo, meneando la cabeza.

LA TARDE EN que murió su padre, ella estaba dando una clase de geografía en la calle de enfrente. Con los frecuentes cierres de escuelas, empezó a dar clases privadas para ganarse la vida. Justo acababa de sacar un globo terráqueo para mostrarle al pequeño Ricardo Repilado dónde vivían sus hermanos y hermanastros —Pedro en Buenos Aires; Rodolfo y Eduardo en La Habana ("¡Sé donde queda!"); Cotú estudia en Francia (donde vive la otra familia de Pancho— tres *petites filles* escriben cartitas al *grand-père* Papancho con *baisers* para su *tante* Camille); Fran y Max en Santo Domingo (de donde es su familia).

"Entonces, ¿por qué vives aquí?", el niño brillante le preguntó.

Estaba pensando cómo explicarle (brevemente) que originalmente se exiliaron en Santiago; que de vez en cuando, su padre regresaba para trabajar en los varios gobiernos que se sucedían unos a los otros, dejando a salvo a su familia aquí, y que incluso llegó a ocupar el cargo de presidente; que durante la ocupación de Estados Unidos toda la familia ya estaba más o menos asentada en Cuba; que se quedaron porque surgió una dictadura en la República Dominicana —¡aunque poco después también aquí surgió una dictadura! Pero, al ver a Regina, su vieja niñera, en la puerta, Camila optó por decir, "Ricardo, ese es un tema interesante que en otro momento abordaremos".

"Su padre tiene un dolor". Regina estaba sin aliento, apretándose un costado como si ella también sintiera dolor. Regina estaba demasiado vieja y obesa para alarmarse de esa manera. Camila sintió un latigazo de molestia ante otra de las escenas de Pancho. En una ocasión Pedro le dijo que no podía abrir una carta de su padre sin que le temblaran las manos. Sin duda, ese era otro episodio de Pancho. Quizás provocado por una pelea con Mamá. "Dile a Pancho que iré tan pronto acabe", dijo, despidiendo a la anciana.

Pero algo en la reticencia de la dócil Regina, su presencia en la puerta, proyectando una larga sombra sobre el piso, hizo a Camila salir al pasillo para escuchar todo lo que Regina tenía que decir. "Su padre se subió a una silla para alcanzar uno de sus libros, y se cayó... Doña Ramona y yo lo encontramos en el piso..."

Camila ya estaba frente a la verja de entrada cuando se dio cuenta de que tenía el globo en sus manos. Marion solía decir que nada podía apresurar a Camila. Pero sabía que si Pancho se había caído de una silla a sus setenta y seis años, más valía que corriese al rescate.

De hecho, ya tenía preparada la reprimenda para cuando se recuperase. ¿Cuántas veces le ha dicho que no se suba a las sillas para bajar libros? Podía pedírselo a Regina o a ella misma. Pero Pancho se quejaba de que Camila siempre estaba en La Habana o en clases o conferencias, y que Regina era demasiado vieja para estar trepando por la escalera. Además, Regina tenía la vista tan mala que siempre bajaba el libro que no era. No hace mucho, se dio cuenta de que estaba leyendo a Dante cuando lo que quería era leer algo ligero de Cervantes.

Su casa en Santiago era alquilada, de un amarillo pálido con cuatro columnas blancas que hoy en día recuerda más a un mausoleo que a una casa. Se estremeció al entrar en la sala, donde su padre tenía su consultorio, y ver uno de sus monitos enfurruñado en una esquina. La habitación no se asemejaba a un consultorio médico. En lugar de diagramas de los huesos y músculos del ser humano, las paredes estaban cubiertas con estantes llenos de libros. Encima del busto de Cervantes estaba el collar de Colón, el oso. Hacía pocas semanas que su viejo oso había muerto. Pancho estuvo inconsolable. Siempre quiso mucho a los animales.

Lo encontró sentado en su cómoda silla junto a Mon y Pimpa, cada una ofreciendo opiniones sobre el estado de su cuñado. Ya mismo, pensó Camila, empezará una discusión sobre el tema.

Pancho estaba pálido. "Camila", le dijo en tono agradecido al verla entrar. Trató de saludarla pero parecía no tener suficiente fuerza para levantar el brazo.

Supo en ese momento que este no era uno de sus ataques imaginarios. Algo grande e indiscutible había entrado a su cuerpo y no se iría sin él. Camila se arrodilló frente a su padre y lo miró. "Esta es mi última enfermedad", le dijo con incertidumbre, como para que ella se lo discutiera.

"Basta Pancho", le riñó Ramona. "Tengo once años más que tú y mírame". Ramona era gordísima, sus piernas eran tan gruesas que una vez Rodolfo hizo un chiste a su costa: cuando Ramona se para en la entrada, parece que la casa tiene seis columnas.

"¿Han llamado al médico?", preguntó Camila a sus tías. El Doctor Latorre vivía a dos cuadras.

Ramona asintió con la cabeza. "Viene en camino". Y como si las mismas palabras tuviesen el poder de hacerlo aparecer, entró el Doctor Latorre. Miró a su paciente, y la expresión jovial desapareció súbitamente de su rostro. Al parecer vio lo mismo que Camila en la cara de su padre.

"¿Qué pasó, Don Pancho?", preguntó el médico, apresurándose a desabotonarle el cuello de la camisa. Antes de que Pancho pudiese contestar, el Doctor Latorre lo silenció con un leve gesto de la cabeza; para poder escuchar los latidos de su corazón con el estetoscopio.

Resulta que Pancho se había subido a una silla en busca de un libro, pero la caída se produjo cuando se dirigía a su silla para leerlo. Estaba a punto de sentarse cuando sintió como si le hubieran dado un golpetazo en el pecho. "Como si quisieran tumbarme", informó su padre con el tono de un niño reportando el mal comportamiento de un buscapleitos.

El Doctor Latorre llenó la jeringuilla con el líquido de una ampolleta. Después de la inyección de morfina, Pancho pareció relajarse y el color le volvió al rostro. Pimpa y Mon salieron, tal como les había insistido Pancho, a llamar a sus hijos en La Habana para informarles de lo sucedido. Médico y paciente hablaron de los síntomas por unos minutos. De repente, con cara de sorprendido, Pancho se llevó la mano al pecho como si hubiese recibido otro golpetazo.

El Doctor Latorre se inclinó sobre él rápidamente, de nuevo en busca del latido del corazón. Se acercó más y más como si el sonido se fuese alejando. Finalmente, se quitó el estetoscopio y miró a Camila. "Lo siento", le dijo. Sólo eso, como si no tuviese la fuerza para decirle que su padre había muerto.

Camila no reaccionó. Estaba entumecida, como si le hubieran dado un fuerte golpe y no supiera si podría levantarse. Aún estaba de rodillas cuando el Doctor Latorre se fue. Escuchó el llanto de sus tías mientras marcaban de nuevo los números de sus sobrinos en La Habana para decirles lo que acababa de ocurrir. Miró a Pancho y pensó que era extraño perder a su padre y no sentir nada. Parecía estar vivo, con los ojos entrecerrados, los labios todavía húmedos de saliva, el pelo canoso movido levemente por la brisa que entraba por la ventana. "¿Papancho?", susurró, moviéndole el brazo para despertarlo.

Miró a su alrededor, como si buscara ayuda, y fue así como vio el libro que su padre había bajado del estante antes de enfermarse. Era el libro de poemas de su madre. Estaba abierto, boca abajo, algunas páginas dobladas, por lo que era imposible saber cuál de los poemas de su madre había buscado su padre en su última tarde en este mundo.

Recogió el libro y enderezó las páginas. Antes de ponerlo en su sitio en el librero, se detuvo en el poema de la última página. Aún se distinguían las borrosas marcas a lápiz que hizo una vez cuando ajustó las palabras de uno de los poemas. Después buscó el poema que su madre había escrito cuando el padre de ella murió, "¡Padre mío!", leyó y, saliendo de su estupor, se le llenaron los ojos de lágrimas.

YA PARA LA tercera sesión, Domingo le informa que ha empezado a trabajar en el busto. Le explica que él prefiere esculpir siguiendo un borrador, en vez del modelo en vivo. "Si hay alguien en la habitación, no me pu-pu-puedo entregar a la pi-piedra". Suena como si el acto de esculpir fuese como hacer el amor.

"Pe-pero ne-ne-necesitaré más sesiones co-co-con usted", dice. Y explica que ha tomado cierto tiempo para que surgiera la cara de su padre en ella.

"Ahora estoy muy ocupada con mi propio trabajo", ella le dice en un tono un tanto dubitativo.

Trabajo es como describe sus actividades del Liceo a sus viejas tías cuando le preguntan a dónde va cuando sale de casa. Después del entierro dejó de alquilar la casa en Santiago y se llevó a todo el mundo a La Habana, con la excepción de los animales. Donó a un parque local los dos monos, un loro, un pony y una docena de patos. Al pequeño Ricardo Repilado le regaló la tataranieta de Coco, luego que el niño convenciera a su madre.

La mudanza no fue fácil para sus tías. Todavía aturdidas por el cambio, se le cuelgan en la puerta. Han estado escuchando la radio. Hay incursiones y redadas y todo tipo de horrores por las calles. ¿No se podría quedar con ellas? Camila las ve como sirenas familiares, atrayéndola con sus cantos al mayor de todos los peligros, estar encerrada en casa, "No me pasará nada", les promete.

"¡Só-só-sólo unas sesiones m-m-más, por favor! Le estaría e-e-eternamente agradecido", le suplica Domingo. Esta frase poética, viniendo de un hombre de habla llana como Domingo la hace reír. Él se une a la risa, echando atrás la cabeza, la boca abierta, mostrando el oscuro y húmedo músculo de la lengua.

Cambia de posición a cada segundo en el banco, esbozando su rostro, ahora desde este ángulo, ahora desde el otro, su mano revoloteando sobre el papel blanco como si tuviese vida propia.

No puede evitar darse cuenta de cómo la mira. Sus fantasías no han mermado con cada sesión. Algunas veces no está segura de si la ha tocado o si se lo ha imaginado. A menudo se siente ebria, medio nauseabunda, pero lo atribuye al ambiente asfixiante del caluroso estudio.

Le ha hablado de su trabajo con el Liceo: la campaña para el voto, las clases de alfabetización, las citas con políticos. Él la mira detenidamente, su mano registrando cada cambio de expresión, como si no la escuchara. A ella le resulta molesto.

"Y ahora, llegarán los periodistas norteamericanos", añade. Las damas del Liceo se unirán a otros grupos de derechos civiles para ir al muelle a recibirlos en muestra de solidaridad.

"Déjeme saber có-cómo pu-puedo ayudar", él le ofrece. Puede hacer pancartas fácilmente en su estudio. "Me gu-gu-gustaría unirme".

ELLA TARDA UNOS momentos en darse cuenta de que en realidad Domingo se ofrece a participar en la manifestación, y no sólo en los preparativos. "Será peligroso", le explica Camila. "Batista anunció que arrestará a los manifestantes. Podría perder su encargo".

Hace un gesto con la mano para indicar lo insignificante de la amenaza. Detrás de sus hombros, en una banqueta alta, ve el busto cubierto de su padre. Él le ha dicho que trabaja en él por las noches, después de que ella se ha marchado. No se lo mostrará hasta que esté terminado.

"Y usted p-podría perder la p-p-plaza que solicitó en la universidad", señala.

"No hay plaza. No hay universidad". El gobierno la cerró de nuevo. Es más, sus actividades en el Liceo son ahora su trabajo.

Él, por otra parte, parece estar comprometido solamente con su arte. ¿Por qué arriesgar un buen encargo por una causa de la que acaba de enterarse?

La mira tan fijamente que ella rompe el contacto visual. "Mi vi-vi-vida es m-m-más q-q-que mi arte, Camila".

Le había pedido que la llamara Camila. Puesto que si ella tenía que llamarlo Domingo, obviamente él no la podía llamar Señorita Henríquez Ureña. Se había percatado con un tanto de emoción de que Domingo no tropezaba con su nombre. Camila, dice él, siempre de manera clara, como si rompiera una cáscara sin lastimar la almendra.

Trata de parecer serena, de no mostrar agitación en su rostro. Pero siente como si corriera por un jardín, arrancando, a causa de su excitación, las hojas a su paso.

YA HACE DOS semanas que va diariamente al estudio. Cuando hace calor, se sientan en la sala del frente con las ventanas abiertas y charlan. Otras veces van al estudio e intercambian historias mientras confeccionan pancartas o imprimen lemas con el inglés que aprendió hace años en Minnesota.

Principalmente, Camila habla de su madre. Le cuenta la historia de Salomé y él participa como si conociera a la poetisa nacional, la que, a los treinta años se casó con un joven blanco de una familia prominente. Así pasan las horas, conversando y urdiendo el tapiz imaginario de la vida de Salomé con lo que ya conoce, y con lo que descubre a través de él.

"Ahora veo ma-más de ella en su ca-cara", le dice. Le había mostrado la única fotografía de Salomé, con sus ojos tristes, la cara oscura y ovalada, sus labios llenos, su nariz ancha, la que un pintor londinense había estrechado, los rizos que se disciernen a pesar de llevar el pelo recogido en un moño.

¡Qué bueno hablar de estas cosas! Hasta su amiga Marion, que no tiene pelos en la lengua, siempre ha evitado el tema de la raza. Como si tocar el tema fuese tabú. "No me importa qué eres", Marion le ha dicho varias veces. Pero Camila sí quisiera que Marion le diera importancia a quien es, que la entendiera en toda su complejidad y no sólo a través de la estrechez de unos adjetivos aceptables a otros. Y además de ser comprendida, Camila quería ser amada. ¿Será mucho pedir? Una vez Mon le dijo que solamente Dios y las madres (y "algunas tías", añadió) eran capaces de amar de tal manera.

¡Marion! Desde la muerte de Pancho, su amiga le ha escrito con frecuencia, cartas dulces, cartas llenas de anécdotas y pésames y noticias desde las Dakotas. Sin embargo, últimamente, sus consuelos se han tornado en consejos. "Tienes que venir para acá y quedarte conmigo", le ha escrito. "Ya nada te lo impide".

A Camila le molesta la facilidad con que Marion dispone de su vida. ¿Qué hago con mis tías? ¿Y qué del Liceo? ¿Mis clases? Todos estos retos la echan para adelante hasta que se encuentra con el más complicado de justificar: ¿Qué hago con Domingo? ¿No es él la prueba de que sus sentimientos por Marion eran anómalos? Camila siente cierto alivio al pensar esto. La vida será más sencilla así. Podría tener hijos, una familia, todas las cosas que le llegan a las felices heroínas de las novelas románticas.

"Sostiene co-co-conversaciones mu–muy interesantes aquí", le dice tocándole la cabeza con las puntas de sus dedos grandes. Por ser fornido, parece más alto que ella, pero en verdad son de la misma estatura. Cuando lo mira, no puede escapar de sus penetrantes ojos negros.

"¿Me permite es-escuchar un po–poco de la co-co-conversación?".

"Solamente si me deja ver cómo va el busto".

Menea la cabeza. "No pu–puedo. Una crí–crítica dura lo m–m–mataría".

"No lo quiero ver para juzgarlo", le propone. Pero entiende lo que él plantea. Ya varias veces en las últimas semanas, después de acabar con las sesiones, Camila ha sentido un fuerte deseo de escribir versos. Le mortificaría que una de sus tías o cualquier otra persona leyera sus confesiones. Raíces que escarban la tierra se convierten en las manos de Domingo tratando de asirla. ¡Dios mío! ¿Cómo su madre permitió que se publicaran sus poemas privados?. se pregunta. De hecho, en una edición póstuma. Pedro omitió algunos "versos íntimos". Pero son precisamente estos los que Camila ha estado leyendo últimamente, aliviada de ver que su madre una vez sintió las mismas emociones. *¡Apaga este fuego ardiente con tus besos! ¡Responde al feroz anhelo en mi corazón!*

Afuera está el taxi que ha regresado a buscarla al finalizar la sesión. Al salir de la casa con Domingo ve a un hombre con sombrero oscuro y traje de hombros anchos hablar con el conductor y luego regresar a un carro donde esperan otros dos hombres. ¿Habría pedido direcciones, o estará vigilándolos? Pero ella aún no ha hecho nada, siente ganas de decirle, ni en el puerto con sus damas ni con Domingo en su enorme cama, donde el duerme como un sultán bajo un mosquitero. (Él le enseño la casa, y en su habitación, donde se quedaron más tiempo, él quiso que ella probara los muelles de la cama que él mismo había construido.)

El conductor echa el carro a andar, y de repente Camila mira para atrás. El otro carro también arranca. Pero este no es el peligro en que se fija. Domingo sigue de pie en la acera, diciendo adiós con la mano antes de entrar en la casa. Le falta un poco el aliento al pensar que está dejando atrás una parte de su vida en el lugar más precario de todos —en el corazón de otro.

EL DÍA ANTES de la manifestación en el puerto, después de una sesión con Domingo, encuentra un carro de la embajada estacionado frente a su casa. En la sala, recostado en la silla de Pancho y con las piernas encima de una mesita, se encuentra su hermano Max. Está en camino desde la República Dominicana a Londres, ya que Trujillo lo acaba de nombrar embajador a Gran Bretaña. No lo había visto desde antes de la muerte de su padre —Max estabal en una misión en Argentina cuando él falleció—

y el recuerdo de este triste suceso, que todavía no habían podido compartir, alarga el abrazo entre los dos.

"Déjame mirarte", le dice Max, dando un paso atrás. "Estarás rompiendo corazones en La Habana, ¿verdad, Mon?". La vieja hace una mueca, no muy segura de si le complace saber que su sobrina es capaz de semejante cosa. Max se deshace en halagos extravagantes, sin lugar a dudas, una destreza necesaria para un régimen de burócratas serviles. "La verdad, Camila, es que estás bellísima. Quizás algo delgada, ¿no?".

"Muy, muy delgada", dicen las tías a coro. Camila las mira con cara de no empiecen, por favor.

"Hablemos en el patio", Max dice, luego de conversar un rato con Mon y Pimpa. Las dos tías están en medio de un revuelo de actividades. Hay que barrer el patio y desempolvar las sillas. La pobre Regina está con la lengua afuera tratando de seguir las órdenes, a veces contradictorias, de hacer esto o aquello inmediatamente.

"¿Qué te trae por acá?", le pregunta Camila cuando están solos. Max es un hombre con demasiadas responsabilidades como para aparecer de la nada de camino a Londres. Se ve cansado. Pibín, quien compartió mucho con Max en Argentina, le ha dicho a Camila que Max está pensando en abandonar el régimen. Hay demasiadas cosas con las que no está de acuerdo con Trujillo: la falta de derechos civiles, los problemas con Haití, la pobre enseñanza en las escuelas públicas. "¿Algo te preocupa, Max?".

"¿Te has encontrado con Domingo?", le pregunta. "El escultor que está haciendo el busto", añade, como si ella necesitara que se le recordase quién es Domingo. Se pregunta si esta es la razón de su visita —que le hayan informado de que Camila pasa demasiado tiempo con ese bohemio. "Es un verdadero honor para el pueblo cubano donar un busto de Papá a nuestra Sala de Presidentes. Espero que hayas cooperado".

"No creo que él tenga quejas", contesta Camila de forma

irónica. Max la mira como para asegurarse de que no se está mofando. Se dice que Camila y Pedro heredaron el sentido del humor irónico de su madre, el cual a menudo confunde al hermano locuaz y expansivo, que prefiere las exageraciones. El pobre, lo pasará mal en Inglaterra.

"Así que, Camilita, podrás entender que no sería bueno ser descortés con anfitriones que han sido tan generosos con nuestra familia".

"Hay cosas más importantes que la cortesía". Le molesta que Max haya utilizado el diminutivo de su nombre, reduciéndola al status de niña: "Además, nunca se me otorgó la oportunidad de aceptar o rechazar este honor". Pronuncia la palabra *honor* como si le dejara un sabor amargo en la boca. Es más, está hasta las narices de los tantos honores que este o aquel régimen rinden a la familia. "Creo en lo que hago".

"No pienses que no sé quién está detrás de todo esto", dice Max, mientras su cara cobra color. "Si Rodolfo y Eduardo quieren que los maten..."

"No son ellos", Camila defiende a sus hermanos. "Soy una mujer hecha y derecha". Pero claro está que no lo convence. ¿Cómo le podrá explicar a Max que la hermana tímida y reservada que siempre ha estado en la sombra de los demás, de repente se ha vuelto tan desfachatada, tan política?

"Te vienes conmigo", declara Max. "Ya he hablado con Mon y Pimpa y están de acuerdo".

Camila se pone de pie, indignada de que él y sus tías le manipulen la vida a sus espaldas. El brusco movimiento le sube la sangre a la cabeza y por un instante siente que se va a desmayar. "Te las puedes llevar a ellas si quieres, pero yo no iré. Tengo mi propia vida aquí". Su voz tiembla. No está acostumbrada a hacer proclamaciones a su familia.

"Pero ni siquiera es tu país, Camila".

Camila ha solicitado la ciudadanía cubana. No se lo dice a Max por temor a que él se oponga. Si va a luchar aquí por la libertad, debe integrarse al destino del país. Y como le dijo Martí una vez a su tío Federico, por qué hablar de Cuba y Santo Domingo, cuando la cordillera sumergida que las une sabe que deben estar juntas.

"Puedo hacer que te extraditen".

Lo mira. Sus ojos rebosan de la misma convicción enardecida que recuerda haber visto en los ojos de su padre durante los años que lo siguió hasta Washington. Se pregunta cuán lejos iría Max en su lealtad hacia Trujillo. Parece un extraño, capaz de hacer cualquier cosa. "Sé que me puedes hacer innumerables cosas".

Su expresión de dolor la sorprende. De nuevo es su hermano, el hablador de la familia, el joven músico que en una época tocaba piano en un bar de Nueva York, el galán que se casó con su mejor amiga, Guarina, el muchacho que una vez le puso un lagartijo en su gaveta de ropa interior.

"No quiero que vayas a la manifestación de mañana", le dice llanamente. "Te lo pido como un favor personal..."

"No", Camila lo interrumpe. Esa táctica casi siempre le ha funcionado: *Hazlo por mí*. "No, Max", le dice. No le dice todo lo que está pensando: Les he dado a todos todo de mí durante demasiado tiempo.

Entonces, puesto que no puede soportar su expresión de perplejidad y disgusto, Camila se va a su cuarto y recoge algunas cosas para ir a pasar la noche a casa de Rodolfo. No duda que Max sea capaz de cualquier cosa para detenerla —quizás hasta hacer que Mon finja un ataque de nervios que requiera de la atención de Camila. ¡Qué poca fe le tiene! Así es cómo los hermanos se divorcian, piensa.

Sale por la puerta de entrada, y siente un latigazo de cargo de conciencia por abandonar a sus tías. Les escribe una nota, dejándoles saber a dónde va. Pero una vez en la calle, comienza a caminar en la dirección contraria al apartamento de Rodolfo. Esta noche necesita el consuelo que un hermano no puede darle. Para un taxi y le da la dirección de Domingo.

NO SABE QUÉ decir cuando Domingo abre la puerta, la sorpresa inicial seguida por un destello de placer en sus ojos. Se olvida que en momentos así, un hombre y una mujer comparten un vocabulario codificado, y que él asumirá lo que ella desea, tras aparecer en su puerta a las ocho de la noche.

Pero en realidad no sabe lo que quiere, ni cuando le ayuda a quitarse el abrigo por segunda vez hoy, o cuando le prepara un mojito como nunca había probado. Él tiene razón. Ella casi no bebe, por tener miedo a que le gusten demasiado los efectos narcotizantes del licor. Ella se observa mientras le cuenta sobre su conversación con Max, mientras él le arregla el pelo desprendido del moño, y entonces, de repente, Domingo le quita el gancho y una cascada de pelo negro y rizado cae sobre su espalda.

Él acerca sus labios a la boca de Camila, grande y húmeda y asombrosamente viva. Camila se asusta y lo empuja.

"¿Q-qué?" la mira fijamente. Siempre ha podido leerle el alma en los músculos faciales. Es una destreza necesaria para cualquier escultor. Pero ella no quiere que vea la nube de dudas que la cubren. Esconde su cara en el hombro de él y deja que la levante, los cuerpos tocándose de arriba a abajo. Sus manos grandes, la dureza de su miembro contra su muslo, le dan repulsión. La palabra hecha carne no es siempre una criatura atractiva.

"¿Estás se-segura de que-que qui-qui-quieres e-esto?", susurra en su oído. Podría ser Max preguntándole sobre la manifestación de mañana.

"Sí", le dice, y él comienza a desabotonarle la blusa, deslizando sus manos por debajo, "pero no aquí". Por encima de sus hombros puede ver el carro de esta tarde estacionado enfrente, la luz fugaz del cigarrillo que el conductor tira al césped. Cuba se está cerrando, los sicarios de Batista se han apoderado de todo. Es una locura pensar que ella y sus damas del Liceo puedan marchar hacia el puerto y lograr algún cambio, es una locura estar aquí con este hombre, cuyas caricias le repelen. Pero ya se ha liberado de su vida pasada y no hay retorno. Desde el estudio se dirigen a la habitación trasera, ella echa un vistazo al busto que él ha dejado descubierto. Feroz y casi completa, su propia cara le devuelve la mirada.

II

Sombras

Santo Domingo, 1880–1886

EN EL ESPACIO de unos pocos años, mi vida se vio tan llena que no podía rodearla con mis brazos.

Si tuviese que escribir sobre todas las cosas que la llenaron, la lista sería tan larga como el índice al final de mi libro de poemas. Sí, esa fue una de la cosas que terminé el año en que me casé: un libro de poemas. En realidad, no lo terminé. Hasta el último momento, seguí trabajando en mi largo poema, "Anacaona".

Pero Pancho insistió en que mi libro tenía que ser publicado. El país gozaba nuevamente de la paz, y mis poemas patrióticos podrían inspirar a mis lectores. Además, los Amigos del País ya habían anunciado la publicación para mayo.

"Pero, Pancho, primero tenemos que instalarnos", protesté. Estaba sentada frente a mi pequeño escritorio, rodeada de bultos que contenían nuestras pertenencias, listos para la mudanza dentro de unos pocos días. Dada la hosquedad de Ramona y la continua desaprobación de la tía Ana, no nos sentíamos cómodos en casa de Mamá, y por eso alquilamos una casita a unas pocas cuadras de allí.

"¡La poesía es lo primero!", sentenció Pancho. Él estaba trabajando sobre nuestra cama, la que yo había compartido con Ramona, quien ahora compartía una habitación con la tía Ana. Está de más decir que este nuevo arreglo no favorecía la situación.

Mientras yo trabajaba en el largo poema en mi escritorio,

Pancho estaba ocupado revisando el manuscrito de mis poemas para la edición de los Amigos del País. "Salomé, ¿estás segura de que quieres decir *brillantes* palmeras? ¿Qué te parece *fecundas* palmeras? ¿No te parece que va mejor con la métrica? ¿'Y el martirio bajo las fecundas palmeras'?".

Mi joven esposo, que antes se arrodillaba a los pies de mi musa, ahora insistía en pulir las asperezas de sus bordes. "No", le dije firmemente. "No suena mejor".

Pancho me miró con una expresión de desaprobación a mi tono. Desde que nos casamos, mi esposo se había vuelto más seguro de sí mismo. "Es porque tú lo has oído tantas veces que ya no lo escuchas. Confía en mí, Salomé, sólo pienso en tu futuro".

"Mi futuro" era la frase mágica que él conjuraba cuando quería imponer su criterio. Pancho tenía visión, y podía vislumbrar hacia dónde me encaminaba. ¿Es que acaso yo no lo veía? Y si yo no lo veía, esto demostraba que él tenía la razón, que yo no veía bien y que debía confiar en él para indicarme el camino a seguir.

Cada vez que hablaba así, me enredaba tanto que no podía pensar con claridad. Al final, lo único que quería era liberarme de su telaraña de palabras y terminaba cediendo. "Está bien, dale", le decía.

Pero este es el misterio del amor, cuanto más vacías tu copa, más se llena. Además, él tenía razón. Yo no veía hacia dónde iba, ya que tenía la mirada clavada en el futuro que tenía frente a los ojos. Aquí estoy, hablando sobre el hombre que conocí poco tiempo después de mi matrimonio.

HABÍA OÍDO A Pancho y a los Amigos del País hablar tanto de Hostos, que ya estaba harta del hombre antes de conocerlo. "El apóstol dice esto, el apóstol dice aquello".

"¿Apóstol?", tía Ana preguntó enojada. Se encontraba poniéndole nota a una pila de cuadernos, corrigiendo las sumas de sus estudiantes. Pancho nos había estado explicando que el apóstol quería que los estudiantes aprendieran a pensar por sí mismos en lugar de memorizar. "La Biblia menciona a doce apóstoles. No sabía que existía un decimotercero". Tía Ana era tan religiosa que todos los días a las tres de la tarde, la hora en que supuestamente Cristo murió, se persignaba en señal de duelo. "Además", agregó, "estoy segura de que si Dios hubiera tenido un decimotercer apóstol, no hubiese sido puertorriqueño".

"Hostos es nuestro apóstol intelectual, Doña Ana", Pancho explicó. "No se trata de un título religioso".

"Precisamente, para ustedes los judíos nada es religioso".

"No somos judíos", dijo Pancho. La paciencia en su voz era tan obvia, como una cinta de colorines sobre un vestido de luto. No había manera de convencer a tía Ana de que los Henríquez ahora eran tan cristianos como ella. "Somos positivistas. Creemos que Dios nos creó con la capacidad de razonar y la educación es la manera de desarrollar esa capacidad".

"La religión es la mejor manera de desarrollarla. Joven, llevo cincuenta años de enseñanza. Soy maestra desde mucho antes de que usted naciera. Le enseñé a Salomé todo lo que ella sabe".

No era exactamente correcto, pero lo dejé pasar.

"Con todo respeto", Pancho comenzó, "la religión tiene su lugar en nuestras vidas, pero también lo tiene la razón". Pancho era capaz de argumentar hasta el amanecer con tal de ganar la discusión. La tía Ana era igual. Muchas veces yo me excusaba, pensando que Pancho me seguiría, me recostaba en la cama o, más a menudo, me sentaba frente a mi escritorio y me esforzaba en añadir unas líneas más al poema épico que estaba escribiendo sobre nuestra trágica princesa indígena. Y los oía levantar sus voces en la sala.

Así es que la primera vez que hablé personalmente con Hostos, en una reunión de los Amigos del País, le dije, "Usted ha sido la causa de muchas discusiones en mi casa".

Inclinó su hermosa cabeza y sonrió con tristeza. "Parece que causo problemas dondequiera que voy". Yo había oído que lo

habían corrido de Puerto Rico, Perú, España y Venezuela por
promulgar sus ideas radicales. Pero, por supuesto, esto había
ocurrido antes de que él pasara de la revolución política a la re-
forma educativa. Me conocía la historia de arriba a abajo, como
si fuese la mía propia.

"Usted, por otro lado, ha inspirado a muchos con sus poemas
a tener ideales más elevados", prosiguió Hostos.

Ay no, pensé, ya empezamos. Estaba cansada del trono moral
en el que todos querían sentarme. Después de escandalizar a media ciudad con mi poema "Quejas", comprendí el peligro de ser
coronada reina del corazón del pueblo. Yo quería ser la reina de
un solo corazón, el de Pancho, pero me temo que él no estaba
satisfecho de verme regir sobre tan pequeño dominio. "Sólo escribo lo que todos sabemos es la verdad", dije finalmente.

"Exactamente", aprobó Hostos. Tenía un rostro largo y hue-
sudo, la frente ancha cubierta por una cabellera juvenil de rizos
negros salpicados de canas. Se veía joven y anciano a la vez. Pancho me dijo que Hostos acababa de celebrar sus cuarenta y un
años. "Esta es precisamente nuestra lucha. Hacer racional a la
única criatura viviente dotada de la razón".

Yo había oído a personas decir cosas amenas, cosas inteligentes,
cosas románticas, pero nunca nadie había hablado con tanta sencillez y autoridad moral que me hiciera sentir la integridad y
bondad de lo que decía. Debo haber lucido estupefacta.

"Parece sorprenderle lo que digo". Sus ojos eran de un gris
claro, profundos, de párpados caídos. Tenía los ojos más tristes
del mundo, contemplativos y melancólicos.

"De ninguna manera, Apóstol", dije. Pensé que mi tía me
herviría en su sancocho si me oyera dirigirme de ese modo a un
ser viviente, y nada menos que puertorriqueño.

DE MANERA QUE yo también comencé a prestar atención a lo
que Hostos decía. Me enamoré moralmente —¿tiene eso algún

sentido? Un amor moral se apoderó de mis sentidos y el cuerpo se me estremecía de exquisita excitación cada vez que el apóstol estaba presente.

Después que nos mudamos a nuestro nuevo hogar, él nos visitaba a diario. Pancho había establecido una escuelita en la sala con su amigo José Pantaleón. Preparaban a un grupo de niños para ingresar a la Escuela Normal que Hostos había creado. El nuevo presidente era nuestro viejo amigo el Arzobispo Meriño, quien tenía un compromiso especial con la educación.

Así es que por la mañana, de ocho a doce, o por la tarde, de dos a cinco, Hostos venía a darles lecciones a los muchachos sobre temas que ni Pancho ni José dominaban suficientemente. El Maestro, como también lo llamaban, hacía preguntas, y con objetos comunes —elaspa de un molino, el resorte de un topo, el descenso en espiral de un pétalo de jacarandá— él los guiaba poco a poco (aunque parecía que ellos se dirigían a sí mismos) hacia una epifanía que dejaba a los muchachos boquiabiertos y parpadeantes ante la luz de la razón. Supongo que así es cómo Hostos lo hubiera descrito. Pancho y José lo observaban. Y yo, a veces, mientras pelaba los plátanos para el almuerzo, me detenía en la puerta a observar, maravillada con el genio de este hombre.

Y cada vez me sacudía un pensamiento que yo detenía a mitad de camino para no perder el control: ¡He aquí mi alma gemela!

Pero inmediatamente me venía otro pensamiento. Yo había conocido a Belinda, la joven y encantadora novia de Hostos. Aun si no estuviésemos comprometidos con otros, yo no era lo suficientemente hermosa para atraer a un hombre como Hostos. Yo era como la rama de jacarandá violeta que Hostos sacudió para que los muchachos esbozaran la trayectoria circular de los pétalos al caer.

Yo servía de ejemplo. Yo motivaba al lector a hacer actos de nobleza.

Daba un suspiro, me limpiaba las manos en el delantal y regresaba a pelar plátanos.

NO ES QUE le haya dado a nada de eso una consideración positivista. En realidad, si algo sentí fue una pasión cada vez más profunda por Pancho. Me maravillaba su cuerpo juvenil: sus brazos fuertes y pálidos; su cabellera espesa y rizada. Era tierno y ávido a la vez, lo cual me hacía sentir cómoda en la cama matrimonial. Pero era su alma la que extrañaba en nuestros encuentros. Siempre estaba tan absorto en sus proyectos.

Yo he dicho que mi vida estaba llena, pero la de Pancho reventaba por las costuras. Estaba involucrado en media docena de cosas: por la noche estudiaba abogacía en el Instituto Profesional que Hostos había fundado, dirigía su propio periódico *El Maestro,* presidía la sociedad los Amigos del País, dirigía la escuela en nuestra sala, editaba mi libro de poemas. Además de eso, el presidente Meriño le ofreció la plaza de secretario personal. Esto implicaba viajar constantemente, ya que según el Presidente Meriño le explicó, quería que Pancho fuera sus ojos sobre el país.

Lloré cuando Pancho me contó este gran honor que le habían conferido. ¡Honor! Estaba empezando a odiar esa palabra. Recordé lo mucho que lo extrañé, antes de nuestro compromiso, los tres largos meses que estuvo de viaje. En ese entonces yo vivía con Mamá y Ramona y la tía Ana, mientras que ahora estaba totalmente sola en una casa oscura, con una sala repleta de niños que tiraban abajo mis jarrones de flores con el pretexto de observar cómo los pétalos caen en espiral al piso.

"¿Es que no te sientes orgullosa, Salomé?".

"Claro que sí, Pancho", dije, ocultando mi rostro en su hombro para que no viera mis lágrimas. Me abrazaba de esa manera ausente, típica en él. Ya estaba lejos, sentado en una galería en un pueblito hablando con los líderes locales sobre el futuro glorioso de la patria. "Es que ya apenas estamos juntos".

Retrocedió y me levantó la barbilla para obligarme a mirarlo de frente. Tenía los ojos hinchados y me goteaba la nariz. Por milésima vez, deseé tener una de esas caras bonitas que les derriten el corazón a los hombres. "Salomé, la patria apenas tambalea sobre sus pies nuevamente. Tenemos que arremangarnos la camisa, como dice el Maestro, y trabajar duro, codo a codo, para forjar el futuro que soñamos".

"Ay Pancho", gemí. "Lo sé".

"Tenemos que crear un nuevo hombre para una nueva nación", continuó instruyéndome. Por momentos, sentía ganas de pegarle con una paila a todas las prédicas del Maestro. "Sé cómo te sientes", dijo suavizándose. "Pero Salomé", agregó con tanta ternura en sus ojos que sentí mi corazón henchirse de amor y de autoabnegación, "¿quién hará esa labor si nosotros no la hacemos? Sé que te estoy pidiendo que asumas una gran obligación, demasiada obligación. Pero pensé que compartíamos estos objetivos".

"Los compartimos, Pancho", dije apelando a mi yo superior. Eso era algo que Pancho hacía muy bien, hacerme apelar a mi yo superior.

COMO PANCHO ESTABA de viaje, me pidió que lo reemplazara en la clase. Esto era algo poco común: una mujer enseñando a los varones. Pero yo era la musa de la patria. Se podía hacer una excepción. A veces, Hostos venía de paso, durante mis lecciones.

"Llegó el Maestro", les decía a mis estudiantes.

Hostos se sentaba en un banco al fondo del salón para observarme. "Por favor, continúe".

Bien pudiese haber dicho, "Cállese", ya que con sus ojos clavados en mí, me quedaba muda. Un par de veces entró tan sigilosamente que me tomó de sorpresa. Supongo que a partir de esas observaciones él decidió que yo era maestra por naturaleza, y que debía abrir la primera escuela secundaria para niñas, que también las prepararía para ser maestras.

A Pancho le encantó la idea. "Daremos clases a los varones por la mañana y a las jovencitas por la tarde. Salomé tiene una maravillosa formación en ciencias así como en literatura. ¿No es así, querida?".

"Gracias a ti", dije, sabiendo que eso era lo que quería oír.

"A menudo siento un vacío deplorable", Hostos pasó a explicar. "Estamos forjando al nuevo hombre, pero no a la nueva mujer. De hecho, sin el uno no podemos realizar el otro". Hostos me estudió con sus ojos tristes. "Debe ser difícil para usted, Salomé, el sentir la falta de camaradas de su propio sexo". De nuevo me invade la alegría de hablar con un hombre que me comprende.

"Pero, Maestro, no tengo la preparación para ser profesora. Sólo estudié en una escuelita de barrio".

"Usted tiene un alma tan profunda que puede acoger al país entero". Sus palabras mostraban que él me conocía profundamente, de una manera en que Pancho, absorto en el futuro, era incapaz de conocerme. Pero es muy joven, pensé. El Maestro tiene veinte años más que él. Tenía que hacer ciertas concesiones a un marido que, cuando comencé a enamorarme de él, sólo hacía unos años que había dejado de usar pantalones cortos.

"El Maestro tiene razón, Salomé. Sabes más de lo que piensas. Y si sientes una laguna, allí estaré yo para suplir lo que falte, te lo prometo".

"¡Pero la mitad del tiempo estás de viaje, Pancho!".

Hostos se puso de pie y caminó de un lado al otro de la sala. Se detuvo ante un jarrón rodeado de pétalos desparramados; de repente pareció darse cuenta de los desechos sobre la mesa. Lentamente, comenzó a levantarlos, uno por uno, y a guardarlos en su bolsillo. Me pregunté qué diablos haría con ellos. "No se me ocurre nadie mejor qué la mujer principal de esta isla para conducirnos en este proyecto", dijo Hostos, dándose la vuelta para ofrecerme una de las luminosas sonrisas que tan raramente iluminaba su largo y sombrío rostro.

"Veremos", dije, ocupando mis manos sobre el regazo.

"El deber es la más alta virtud", Pancho me recordó, citando al Maestro en su propia cara.

————

AL REGRESAR PANCHO del viaje al norte, yo tenía un poema nuevo que mostrarle, "Vespertina". Era sobre la desesperación con que lo extrañé y que me hizo temer por mi sano juicio.

"Estos poemas personales son muy tiernos". Se inclinó y me besó la frente con gratitud. "Pero no debes malgastar tu talento cantando en una clave menor, Salomé. Debes pensar en tu futuro como el bardo de nuestra nación. Queremos canciones a la patria, necesitamos himnos que nos saquen del marasmo de nuestro pasado y nos lleven al glorioso destino de ser la Atenas de las Américas".

"¡Pancho!", exclamé abruptamente, rompiendo el hechizo que parecía haber ejercido sobre sí mismo. "Soy mujer tanto como poeta".

"Ese tono de voz no te favorece, Salomé", dijo, con una mano dentro de su chaleco como si fuese un estadista que hace un pronunciamiento.

"¡No me importa!". Me eché a llorar. Con los últimos poemas había comenzado a escribir con una voz que salía de lo profundo de mi ser. No era una voz pública. Era mi voz propia que expresaba mis propios deseos, deseos que Pancho ignoraba.

"No pensé que el unir tu vida con la mía fuese un incentivo para dejar de cumplir con tus obligaciones", Pancho continuó.

Me sequé las lágrimas con el delantal. "Escribí el poema para complacerte. Pero quizás debieras hacer una lista de mis obligaciones para que no se me olviden".

En una vocecita dolorida que no estaba acostumbrada a oír, me dijo, "Tienes razón, Salomé. A veces confundo a mi musa con mi mujer".

"Quiero ser las dos cosas", dije con firmeza.

"Eres las dos cosas", me aseguró.

ÚLTIMAMENTE HOSTOS MENCIONA con frecuencia la idea de una escuela para señoritas. Supongo que con el nacimiento de su hijita, María, lo abstracto se ha tornado específico. Era conmovedor ver cuán involucrado estaba Hostos con la crianza de sus hijos. Belinda me contó que todas las noches el Maestro se acostaba en la cama con cada uno de ellos para cantarle una canción de cuna que él había compuesto especialmente para cada criatura.

"¿Ha pensado un poco más sobre mi sugerencia, Salomé?".

Aún no estaba convencida. Supongo que seguía sintiendo que mi primera obligación —después, por supuesto, de mis deberes como esposa— era hacia mi escritura. Después de todo, me habían otorgado la medalla nacional. La gente había comprado todas las copias de mis poemas publicados por los Amigos del País, y reclamaba más. También ahora, la nueva voz me instaba a escuchar. Entonces, ¿cómo podía abrir una escuela que absorbiera el poco tiempo que me quedaba para escribir?

"Pero, Maestro", y mientras hablaba, me acercaba a él como si mi cuerpo entero le hablase, "la poesía es también parte necesaria de nuestro ser".

Hostos miró el bulto en sus brazos y se sonrió. María balbuceó como si quisiera expresar una opinión sobre el tema en cuestión. "Nosotros, los latinoamericanos, tenemos una sobreabundancia de poesía".

Yo sabía que Hostos veía mi trabajo como algo aparte de lo que, en general, condenaba en las artes. Después de todo, mis poemas habían inspirado nobles sentimientos y estimulado el progreso y la libertad. Si hubiera leído "Quejas" o "Amor y anhelo" o "Vespertina", me habría urgido a establecer una escuela por el bien de mi alma racional tanto como para el bien de las mujeres de mi país.

Debo admitir que nunca sentí una gran atracción por la pedagogía. No podía evitar pensar en la voz regañona de mi tía, el zumbido de la regla con que imponía disciplina, en los resoplidos de un pobre estudiante con el gorro de burro, una hoja de palmera por cola colgándole por la espalda. Desde muy temprana edad, juré que jamás sería maestra. Supongo que es la misma aversión que aquellas mujeres que han tenido madres terribles sienten hacia la idea de tener un hijo.

"Veremos", dije, extendiendo los brazos hacia la pequeña María para desviar el tema lejos del gran sacrificio que me pedía Hostos.

ESTABA EMBARAZADA, o por lo menos esa era mi impresión, dado que mi período estaba retrasado un mes. Decidí esperar otro mes antes de decírselo a Pancho, pues quería estar segura. Mi marido se comportaba como un niño si le prometías algo y luego no se lo dabas. Aún estaba esperando mi gran poema a la patria que creía que yo estaba escribiendo.

Cuando pasó el segundo mes y comenzaron las náuseas, decidí decírselo. Él acababa de regresar de un corto viaje a Baní donde algunos viejos caudillos estaban al borde de una revolución.

"Pancho, tengo buenas noticias que aportarán algo de luz a estas tinieblas".

A pesar de haber llegado del viaje preocupado y cansado, su rostro se iluminó. Estaba sentado al borde de la cama, y yo estaba de rodillas a su lado, ayudándole a quitarse las botas y dándole un masaje a sus piernas para quitarles el cansancio.

"¿Dónde está, Salomé?", preguntó Pancho mirando hacia mi escritorio.

Se me desplomó el alma. No quería que mi niño ocupara un segundo lugar, ni siquiera detrás de mis propios poemas. Por lo tanto no le di la noticia. En su lugar, traje a colación otro tema que me preocupaba ahora que la patria estaba a punto de otro colapso. "Quizás el Maestro tenga razón. Necesitamos una escuela de señoritas, especialmente con las cosas como están".

"Sabía que no me desilusionarías, Salomé", dijo Pancho con una sonrisa que disolvió el pensamiento que comenzaba a formarse en mi mente sobre quien era la desilusionada.

PANCHO FINALMENTE VIO satisfecho su deseo de un poema a la patria. Pero pienso que él hubiera preferido mi silencio en lugar de las atrocidades que ocurrieron en el mes de junio y que me incitaron a escribir "Sombras".

Para ese entonces nos habíamos mudado nuevamente a casa de Mamá y Ramona y tía Ana. Como Pancho viajaba tan a menudo, me sentía muy sola en nuestra oscura casita.

Al principio temí que Pancho se negara a vivir nuevamente con mi familia. Ni Ramona ni mi tía Ana se llevaban bien con él, pero tengo que admitir que a Pancho le encantaban los retos. "Ya casi las tengo engatusadas", decía, pero yo, que las conocía de toda la vida, no veía la menor señal de cambio.

Existían buenas razones para la mudanza, aparte de la compañía y del cuidado que recibiría por parte de mi familia. No podíamos seguir pagando el alquiler de una casa. Ninguna de las múltiples empresas de Pancho parecían producir dinero. Incluso su empleo como secretario del presidente era pagado mayormente con honores y no con pesos.

Al poco tiempo de nuestra mudanza, la tía Ana decidió cerrar la pequeña escuela que había dirigido durante cincuenta años. De repente la casa creció al doble de su tamaño. Mamá me ofreció la sala del frente que mi tía había vaciado para poner mi escuela allí, y Ramona ofreció ayudarme. Ella era la única que sabía de mi embarazo y le preocupaba que yo quería abrir una escuela en el momento en que iba a tener un niño y, además, ocuparme de mi otro niño disfrazado de marido.

"Vamos, Ramona", le recordé, ya que ella había prometido intentar llevarse bien con Pancho.

"Quiero que tengas tiempo para escribir, Salomé", me recordó. A diferencia de Pancho, que siempre estaba señalándome el camino hacia mi futuro glorioso, Ramona quería verme escribir porque sabía que me daba un profundo placer y una gran satisfacción.

"Y sabes", agregó bajando la voz, "aunque yo fui la primera en regañarte cuando escribiste 'Quejas', los nuevos poemas son mis favoritos".

"Pancho dice..." Pero la expresión en su rostro me detuvo.

"Cuando te mudes, me aseguraré de que encuentres tiempo

para escribir. Aunque tenga que envenenar a las distracciones".
Y me miró con una de esas sonrisas atravesadas habituales en ella
cuando se refería a Pancho.

Me reí, incómoda, preguntándome hasta dónde estaría dispuesta a llegar mi hermana con tal de deshacerse de mi esposo.

EL AYUNTAMIENTO APROBÓ una asignación de sesenta pesos
mensuales por cada alumna, lo cual, con un mínimo de diez
alumnas, bastaría para comprar los útiles necesarios y además pagar a los maestros. Cada vez que el Maestro venía para discutir el
tema de la escuela, mi tía se paraba en la puerta para ofrecer "sus
consejos extraídos de toda una vida dedicada a la enseñanza". En
una oportunidad, cuando Pancho sugirió seguir el modelo positivista del Apóstol, el cual era diferente del anticuado, religioso
y rutinario estilo de mi tía, ella arremetió contra Hostos.

"¡Usted, señor, está creando escuelas sin Dios, escuelas sin
moralidad!".

"No, de ninguna manera, Doña Ana". Hostos se levantó y le
ofreció su sillón a la anciana. "Una educación ética es mi prio-
ridad. Déjeme explicarle lo que estamos tratando de hacer aquí.
Por favor, siéntese con nosotros".

Y antes de que nos diéramos cuenta, esa vieja imponente estaba allí sentada en una mecedora, comiendo de la mano de
Hostos.

Al final de la reunión, al acompañar al Maestro hacia la puerta,
Pancho le pidió disculpas por la intromisión. "Fue muy amable
de su parte el incluirla".

"No se trata de amabilidad. Ella ha ejercido esta profesión la
mayor parte de su vida. Podemos aprender un par de cosas si la
escuchamos con atención".

"Pero, Maestro, ¿cómo se puede escuchar a alguien que sostiene
que no se aprende nada sin sangrar un poco?".

Hostos inclinó la cabeza y sonrió. "Muchas madres primerizas
estarían de acuerdo con ella, ¿no le parece, Salomé?".

EN MAYO DE 1881, la rebelión que Pancho había tratado de detener finalmente estalló en el suroeste. Meriño abolió los derechos civiles y promulgó un decreto por el cual cualquier persona que fuese sorprendida portando armas sería ajusticiada en el acto. El ejército se preparaba para la guerra.

"Es solamente para calmar las cosas", explicó Pancho. "Meriño nunca la pondrá en vigor. "Se lo aseguro".

"Meriño quizás no", Hostos añadió, "pero tiene un general sediento de sangre que sí lo hará. A Lilís le encantaría tener una excusa para eliminar a todos sus enemigos bajo el lema de 'calmar las cosas' y 'proteger la patria'".

Una patrulla fue puerta por puerta para confiscar las armas de fuego. Para cuando llegaron a nuestro barrio, los soldados estaban tan cansados que comenzaron a visitar solamente la primera casa de cada cuadra para que los residentes confirmaran que el resto de los vecinos no tenían armas. Cuando tocaron a la puerta de nuestra casa, que estaba en una esquina, la tía Ana abrió el postigo y les dijo que teníamos todas las armas que necesitábamos: los poemas de Salomé y Cristo, Nuestro Señor. Ni que decir tiene que el teniente a cargo inmediatamente despachó dos soldados para cada casa de nuestra cuadra, y él y sus subalternos exploraron cada rincón de la nuestra, con Coco detrás ladrando furiosamente. De repente se sintieron algunos disparos. Habían sorprendido a uno de los vecinos con un pequeño revolver escondido en su bota, lo sacaron a la calle y allí mismo lo mataron. Creo que ese fue el momento en que todos nos dimos cuenta de los designios fatídicos de Meriño y su general Lilís. Desde ese día en adelante, tía Ana apenas pronunció palabra. Creo que se sintió responsable de un martirio que pudo haber evitado.

El hecho de que íbamos nuevamente hacia nuestro habitual estado de guerra me hacía sentir peor de lo que ya estaba. Toda nuestra labor de los últimos dos años había acabado en la nada: las nuevas escuelas que Hostos había creado, los sacrificios y los anhelos de tantos jóvenes, muchos de los cuales, como Pancho, trabajaban sin remuneración. Por primera vez me pregunté si éramos capaces de la libertad.

"No debemos perder la fe", insistió Hostos cuando pasó un día para revisar sus planes para el Instituto. Ahora que Pancho y José habían mudado la escuela a un edificio cerca de la Normal, ya no veía al Maestro todos los días como antes, cuando teníamos la escuela en casa. Me preguntaba si mi creciente afán por crear mi instituto era producto de mi deseo de ver a Hostos más a menudo. Nuestras conversaciones eran un bálsamo para mi agotado espíritu.

Estábamos midiendo la sala del frente para ver cuántos pupitres cabrían en ella. Un globo terráqueo ya estaba presente al final de la pieza, un donativo de Don Eliseo. Había pilas de libros sobre un largo banco, regalo de amigos que se habían enterado de la escuela. Por ahí había almas esperanzadas que creían en nuestra revolución pacífica.

Hostos garabateaba números en un pedazo de papel, mientras recorría la habitación una y otra vez. Me senté, cansada por el esfuerzo. Hacía días que no me sentía bien y comenzaba a sospechar que algo andaba mal con mi embarazo.

Hostos detuvo su caminata y me fijó la vista. Las ventanas estaban cerradas para impedir la entrada del polvo de la calle, y la oscuridad de la pieza le daba a nuestro encuentro una atmósfera furtiva. "¿Cuándo se lo va a contar a Pancho?", me preguntó.

"¿Contar qué?".

"¿Qué otra cosa le oculta?".

"Pancho está muy ocupado estos días", salí a su defensa.

"Su esposo pone todas sus obligaciones antes que usted".

Cállate, me dije a mí misma ya que me sentí tentada a confesarle mi soledad y desilusión. Me reconfortó enormemente saber que Hostos entendía estas cosas.

"Usted es una maestra por naturaleza en muchos frentes, Salomé. Pancho aprenderá de usted cómo ser un buen marido. Pero, como sugirió su tía, quizás tenga que sacar sangre".

"¿Qué quiere decir?", dije, poniéndome de pie. Visiones de Ramona envenenando el vaso de agua de Pancho acudieron a mi mente. Pero inmediatamente, me senté, postrada por el mareo.

"Quiero decir que va a necesitar cierto esfuerzo", agregó Hostos. De repente pareció percibir mi malestar. "¿Se siente bien, Salomé?".

Sentí la sangre correr entre mis piernas, confirmando mis temores. "Creo que es mejor que llame a Ramona", dije reprimiendo mis lágrimas.

TRAJERON CADÁVERES APILADOS sobre carretones y los acostaron lado a lado en la plaza. Dijeron que era para que los familiares pudieran identificar a sus muertos, pero todos sabíamos que se trataba de una advertencia. El olor en el centro de la ciudad era tan horrible que Hostos clausuró la Escuela Normal por el resto del mes. Fue lo mejor que hizo. Meriño se había declarado dictador y se había vuelto en contra de los positivistas. Eran libres pensadores que se preocupaban más de la hipotenusa de un triángulo que del número de ángeles que cabían en la cabeza de un alfiler.

Parecía que el mundo se desmoronaba. Ese verano el presidente norteamericano, Garfield, fue balaceado por un hombre que descubrieron robando papel timbrado de la Casa Blanca. Mister Garfield estaba tratando de reformar el gobierno y a este ladronzuelo se le había negado un empleo anteriormente. Los hombres buenos estaban desapareciendo. Mientras tanto, los ricos y los avaros tenían el control. Nuestros diarios informaron de que el hombre más rico del mundo, un tal Mister Vanderbilt, había dicho: "Menos yo y los míos, que se joda el resto del mundo". Cuando murió, fue enterrado en un mausoleo de trescientos mil dólares, y un guarda inspeccionaba la tumba cada quince minutos para comprobar que no habían secuestrado el cadáver. Tía Ana enrolló el periódico y lo arrojó donde pertenecía: en la letrina.

Día y noche me ensombrecían pensamientos negativos. Sentía que habíamos fracasado, no sólo como nación sino como criaturas de Dios. Cada vez que Pancho se dirigía al palacio presidencial, me ponía frenética, temiendo que algo le pasara. Hice la ofrenda de cada palabra de cada uno de mis poemas, de cada reconocimiento que pudiera recibir en el futuro y de cada mención que pudieran hacer de mi obra en la posteridad —absolutamente todo— a cambio de ver a mi amado regresar sano y salvo al final del día. El problema era que cuanto más positivista me volvía, tanta menos fe tenía en Dios y en mi poesía.

Mientras tanto, el Ayuntamiento nos informó de que había reducido nuestra asignación a la mitad. A ese paso, no sería posible comprar la madera para construir los pupitres. Podríamos contratar maestros, pero habría que postergar la compra de libros. Nos vimos obligados a posponer el día de la apertura.

De cualquier manera, yo no estaba en condiciones de abrir una escuela. Después de la pérdida de mi hijo, me venían oleadas de fiebre. Le había rogado a Ramona que no le dijera nada a Pancho acerca del aborto. Pues, ¿qué se ganaría hiriéndolo con información que no necesitaba saber? "Quizás madure", dijo Ramona enojada. Pero creo que mantuvo su promesa, ya que Pancho jamás pronunció una palabra sobre el tema.

Aún en mi confuso estado afiebrado, me di cuenta de que Pancho se debatía sobre qué hacer con el puesto en el gobierno de Meriño. El Maestro pasaba por casa y yo los oía hablar en la abandonada sala de la escuela. "Usted debe renunciar", Hostos le urgía a Pancho. "Yo sé que piensa que puede hacer más bien si está cerca del oído de Meriño, pero su reputación se verá mancillada".

"Alguien tiene que contrapesar la diabólica influencia de Lilís", Pancho argumentaba. Conocía bien al general por haber trabajado con él durante los últimos años. De hecho, Lilís había seleccionado a Pancho como padrino de su primer hijo y Pancho, con su confiada manera de ser, no descubrió el carácter engañoso del general. Se supone que un compadre no debe levantar la mano contra la familia de su ahijado, así que ahora Pancho tenía las manos atadas. "Meriño se está dejando engañar por ese tipo".

"Meriño es un hombre hecho y derecho", le escuché explicar a Hostos. "Le hizo frente a Santana, le hizo frente a los españoles, le hizo frente a Báez. Puede hacerle frente a Lilís si quiere".

¿Escuché realmente esta conversación o fue una de las tantas que me inventaba? ¿De veras me desperté una tarde en esa enclaustrada habitación, con el golpeteo de la lluvia sobre el techo de zinc, el Maestro a mi lado, leyendo un libro y velando cerca de mi lecho de enferma?

"¿Qué hace aquí?", quise preguntarle, pero no me daba el aliento para empujar el velamen de tantas palabras.

Dejó el libro a un lado. Exprimió suavemente un paño mojado en mi boca. Luego lo mojó nuevamente y lo colocó sobre mi frente afiebrada.

"No debe estar aquí, Maestro", alcancé a decirle, algo refrescada. "Sus hijos, Belinda, ¿y si es tifoidea?".

"Usted y yo sabemos bien que no es tifoidea". Nuevamente oí el sonido del agua y sentí la bendición del paño húmedo en mis labios ardientes.

"¿Qué ha decidido Pancho?", pregunté luego de un instante de silencio.

"Ha renunciado", explicó Hostos. "Pero pensamos que lo mejor será que se esconda los próximos días. No hay nada de qué preocuparse", Hostos agregó al ver la inquietud en mi rostro. "Es solamente una precaución. De hecho, yo también ando escondido".

"¿Aquí?".

"En el hueco de la revolución, debajo de la casa. Sólo vine de visita".

Al rato lo oí deslizarse fuera de mi habitación. Luego sentí la voz de Belinda. Había venido a ver a Hostos con el pretexto de visitar a una amiga enferma. ¡Y yo que había pensado que había salido sólo para verme a mí!

Más tarde esa noche, cuando me sentí más fuerte, pude alcanzar el paño y humedecerlo en el agua. Sobre la mesa vi el libro que Hostos dejó olvidado. ¡Mi libro de poemas! Entre sus páginas encontré unos pétalos secos y recordé los capullos de jacarandá que había visto a Hostos echarse al bolsillo.

PANCHO ESTABA INCLINADO sobre la cama, el rostro rígido por la tensión, los ojos húmedos y preocupados. ¿Otro sueño?, pensé. Pero estaba bajando la fiebre. Me sentía mejor. Cerré los ojos y los volví a abrir.

"Sentí mucho miedo, Salomé", murmuró. "La vida sin ti no tendría sentido".

Extendí mi brazo y toqué su indómito pelo negro.

Más tarde, durante las largas horas que yací en la cama, aguardando a que la fiebre pasara, recordé las palabras de Pancho una y otra vez, como si fueran ese paño humedecido en agua, que calmaba mi corazón febril. Quizás el Maestro tenía razón y Pancho aprendería a ser el marido de la mujer con la que se casó.

ESCRIBÍ "SOMBRAS" EN ese lecho de enferma.

Ahora que estaba confirmado que no tenía tifoidea, las visitas se acercaban a la casa para preguntar por mí. Les oía hablar en la antesala. Voces susurrantes, alarmadas por la situación imperante. Las víctimas. La represión a los diarios y a los individuos. Muchos expresaban sus deseos de que Salomé se mejorara y escribiera uno de sus poemas que incitara a los patriotas a levantarse en contra de la nueva ola de matanza.

Pero yo había perdido confianza en el poder de mis palabras para transformarnos en una patria de hermandad. ¿Acaso no había oído que al mismo Lilís le gustaba recitar pasajes de mis

poemas patrióticos a sus tropas antes de la batalla? Me convertí a
la filosofía de Hostos. Él tenía razón. Lo último que el país necesitaba era más poesía. Necesitábamos escuelas. Necesitábamos
educar a una generación de jóvenes que ideara nuevos caminos
y detuviese el ciclo de sufrimiento en nuestra isla. Había llegado
el momento de dejar a un lado mis juguetes y arremangarme la
blusa. Con dinero o sin dinero, tan pronto me sintiese más fuerte,
abriría mi escuela aunque tuviéramos que agacharnos a hacer las
sumas con palitos en el piso de tierra.

Primero, debía decirle adiós a la poesía. No más cantos, no
más himnos a la república. Tenía que encarar otro importante
trabajo.

> Calla ahora, canto mío
> la tormenta ha tomado el mando
> con el estruendo de las olas y el retumbe del trueno.

Cuando le leí el nuevo poema a Pancho, él meneó tristemente su cabeza. "Ay, pero la idea de que no escribas más me
parte el alma. ¿Qué llenará el vacío que eso deja en nuestras vidas, Salomé?"

"Los niños", dije, pensando en los de la escuela.

Pancho interpretó mal mi respuesta y se inclinó hacia adelante
en su silla. "¿Estás embarazada?", preguntó. Sentí una gran con-
goja al pensar en el niño que había perdido y por el que siempre
estaría de duelo.

"Pronto", le prometí a Pancho, como si tuviera el mismo
control sobre la naturaleza que tengo sobre las palabras que
pongo sobre el papel.

PRONTO MI VIDA se llenó tanto que no alcanzaba a abrazarla
con un solo par de brazos. Gracias a Dios que tenía a Ramona y
a Mamá y a tía Ana para sacarle los eructos a uno de mis hijos
mientras el otro lloraba pidiendo comida y el tercero quería que

le abotonaran los zapatos, o cuando una joven estudiante me pedía ayuda con un difícil problema de geometría. Pancho, por supuesto, aún tenía la habilidad de llenar cada momento libre con un nuevo proyecto. "No es solamente la naturaleza la que odia el vacío", siempre le decía a modo de broma. Pero cumplió su promesa, pues a pesar de tener su propia escuela, la cual dirigía con José, y los estudios de medicina que comenzó por las noches luego de graduarse en derecho, me ayudaba a dirigir el instituto durante esos primeros años en que escaseaba el dinero y aumentaba la matrícula.

De vez en cuando, cuando tenía un minuto para mí, me sentaba y cerraba los ojos y escuchaba un antiguo clamor de lo profundo de mi ser. No era el de uno de mis bebés, ni el de uno de mis estudiantes, ni de Coco que ladraba, ni de mi madre, ni de mi tía, ni de mi hermana, ni de mi marido pidiendo su cena.

Calla ahora, susurraba.

FIVE

Love and Yearning

Washington, D.C., 1923

ELLA DECIDE ENSAYAR una nueva vida y le escribe una carta a Marion para contárselo. Al menos, quizás la historia de los recientes acontecimientos comience a tomar sentido.

Querida Marion,

Aquí estamos, ¡finalmente instalados! Nos estamos quedando en una mansión en Georgetown, donde tenemos una elegante dirección que Pancho puede dar a la Casa Blanca y al Departamento de Estado.

La tarjeta de presentación de su padre dice Francisco Henríquez y Carvajal, Presidente, República Dominicana, aunque, por supuesto, hay algunos que aún debaten si tiene derecho a seguir usando ese título. La casa es un préstamo que Camila consiguió rogándole al ex amigo y protector de su padre, Peynado.

Pancho no sabe nada de esta transacción. Él cree que la casa sigue alquilada desde la época en que Peynado fue su embajador a Estados Unidos. Pero ahora Peynado se pasó al otro bando y está negociando con los norteamericanos por su cuenta. Pancho ha venido a Washington para dejarle saber al Departamento de Estado que los dominicanos ya tienen un presidente, y que ni Peynado ni ninguno de los otros traidores tienen derecho a negociar sin su aprobación.

"No te van a escuchar", Camila le repetía a su padre cuando
él propuso hacer el viaje en Cuba. Ella intentó convencerlo de
que no insistiera, que se quedara quieto en el exilio, que viera
ocasionalmente a algún paciente. ¡Ya habían pasado por tanto!

Ay, Marion, qué saga hemos vivido... Aún recuerdo ese
julio de 1916 (¿es posible que ya hayan pasado siete años?),
cuando la delegación dominicana tocó a nuestra puerta en
Cuba. Sé que ya te conté nuestra sorpresa al oír que Papancho había sido elegido presidente en ausencia. ¡Y la sorpresa
mayor fue cuando después de vivir en el exilio durante tantos años, él aceptó! Recuerdo haberte contado que me
quedé en Cuba con los niños, ya que no había pasado ni un
año desde la muerte de Tivisita y quería estar segura de que
eso de la presidencia era un hecho antes de someter a mi familia a la pesadilla de otro traslado. A los dos meses, nos reunimos con Papancho en Santo Domingo. Recuerdo que
los niños aún llevaban las bandas negras en sus brazos como
señal de luto por la muerte de su madre. Pero esta es la parte
que nunca te he contado, ya que sé lo orgullosa que estás de
que mi padre sea presidente. Marion, Papancho fue presidente solamente cuatro meses. La familia llevaba nada más
que un mes reunida —¡veintisiete días!— cuando una tarde
Papancho entró a la residencia en el palacio presidencial
con la noticia de que los norteamericanos habían invadido
nuestra isla. "¡Rehúso ser un títere!", declaró a los periodistas que lo seguían por las escaleras. Regresamos a
Cuba, junto con el gabinete —sí, hasta Peynado fue con
nosotros— para establecer un gobierno en el exilio. Y así es
que comenzó nuestra saga.

Siete años más tarde, el gabinete se ha desbandado, pero Pancho aún insiste en su derecho a la presidencia. Camila ha tratado
de razonar con él. Nadie puede salvar a un país que no quiere ser
salvado de la forma en que él pretende salvarlo. Pero si no lo

había conocido plenamente en su actual encarnación, ahora se enfrenta a su padre como Fuerza Histórica, y cuando tales nociones se le meten en la cabeza a los Henríquez, no hay nada — a excepción de la parálisis que afectó temporalmente a Pancho el año pasado— ni nadie en el mundo que los detenga.

"Pero, ¿dónde nos alojaremos en Washington?", Camila finalmente transforma su queja en una cuestión práctica.

A Max se le ocurrió la solución y, ante su insistencia, Camila le escribió a Peynado, quien contestó que, por supuesto, se sentiría "más que honrado de que el ex presidente de nuestra nación se aloje en mi casa". No tiene planes de usarla durante el mes de mayo, y de cualquier modo, si se presentara la posibilidad de tener que pasar una o dos noches en la ciudad, hay suficiente espacio; cuatro dormitorios en el segundo piso además de un ático con una cama, donde Camila se sienta cada rato, cuando cae en uno de sus períodos de fantasía con Scott Andrews.

Está considerando la proposición de matrimonio que él le hizo en su última carta. Dado que la respuesta de ella quedó en el aire, y dado que Scott Andrews es un hombre tímido, lo más probable es que no vuelva a mencionarlo. En efecto, una de las razones por las cuales ella aceptó acompañar a su padre en el mes de mayo en una misión que ella considera humillante y riesgosa para su salud, es porque desea averiguar si la proposición aún se vislumbra en la lontananza, como diría Scott Andrews. Después, por supuesto, tendrá que decidir si lo ama.

CONOCIÓ AL MAYOR Andrews en una recepción en la Casa Blanca hace más de dos años. Fue durante uno de los muchos viajes al norte a raíz del puesto de Pancho. Camila se había alejado en dirección al retrete, pero al dar una vuelta equivocada se encontró en un salón señorial iluminado por una lámpara donde presidía un retrato que la hizo detenerse súbitamente. La cara, por supuesto, era de un hombre, ¡pero los ojos de Lincoln tenían los mismos párpados tristes y pesados de su madre!

Camila oyó pasos detrás de sí, se viró sorprendida al ver un guardia, esa fue su primera impresión, que venía a detenerla. Scott Andrews había sido asignado esa noche a la Casa Blanca y su función era circunscribir a los invitados al área de recepción. Desde que la Señora Harding abrió la Casa Blanca al público, las chucherías han ido desapareciendo: los ceniceros en los que Teddy Roosevelt depositó la ceniza de sus tabacos; las borlas de las pantallas de las lámparas de Martha Washington. Con el paso del tiempo, Scott Andrews le contó estas cosas, esos bocaditos de información que le gustaba ofrecerle, sabiendo que a ella le deleitaban los chismes inocentes que la hacían sentirse importante y al día. Y aunque nunca fue la intención de Scott Andrews que ella llegara a tal conclusión, Camila comprendió que la primera impresión que él tuvo de ella —una mujer alta y serena, proveniente de un país de habla hispana— fue que era una ratera.

Y ahora, en este mes de mayo en el que vive en una dirección elegante, este mes de mayo con el calor del verano rondando las cercanías de la capital, Camila se pone su traje menos deteriorado para ir a mendigar por su padre. Ha hecho una cita con Scott Andrews para ver si él puede ayudar a concretar una entrevista con el presidente para discutir el caso de Pancho.

En el transcurso de la conversación espera poder tocar el Otro Tema, así se refiere al asunto para no asustarse a sí misma. No debe ignorar sus propios intereses al hacerse cargo de su padre. Además, está cansada de batallar con su propia ira. Hay días en que no quiere levantarse de la cama. Mon le ha contado que de niña, su madre sufrió de depresión, que en esa época se llamaba melancolía. Camila la siente subir y lamerle las rodillas.

Esta es su vigesimonovena primavera: ya es hora de ser feliz.

"Querida Marion", escribe Camila:

Washington está peor de lo que recordaba. Aquí el calor es tan opresivo como el de Santiago de Cuba. Definitivamente no es tan agradable como La Habana con sus brisas marinas. ¿Cómo puede uno depositar su fe en una nación que ha construido su capital sobre un pantano?

Está casi segura de que puede decirle estas cosas a Marion sobre su país ya que Marion es la primera en criticar este "país chiflado", como dice ella. Después de todo, Marion siguió a Camila desde la Universidad de Minnesota hasta Cuba. Durante los dos últimos años, Marion estuvo ocupadísima, estableció la primera escuela de danza moderna en Santiago, dio clases de "inglés para ir de compras" a las hijas de los ricos barones azucareros, aprendió a cabalgar, a disparar, a jugar tenis y croquet y a beber Mary Pickfords, una combinación de ron, jugo de piña, granadina e hielo, un cóctel que, a pesar de su nombre, Marion jamás hubiese podido beber en los secos Estados Unidos.

Cuando Camila y su padre partieron rumbo a Washington, Marion los acompañó hasta Nueva York, donde luego tomó un tren hacia el oeste para pasar el verano en Dakota del Norte con su padre, un viudo reciente, que estaba terriblemente preocupado por ella. ¿Cómo puede ser que elija de voluntad propia vivir en un país salvaje como Cuba en vez de en el mejor país de la tierra de Dios? Marion compensa brindándole noticias sobre su nueva academia de danza, las ocurrencias en el hogar de los Henríquez con sus numerosas mascotas, entre ellas un oso, un mono y un cerdito rosado llamado Teddy Roosevelt (lo cual es, según la respuesta de su padre, "sin lugar a dudas, una falta de respeto").

Muchas veces pienso en lo extraño que debe ser para ti, Marion, regresar a casa después de dos años fuera del país. Hablando de sagas, ¡lo tuyo ha sido una odisea! Estoy segura que cuando Daddy Reed te mandó a estudiar a Minnesota desde Dakota del Norte, lo último que podría haberse imaginado era que terminarías en Cuba. Ha de estar tan feliz de tenerte de vuelta.

Marion piensa volver a Santiago al final del verano, y tan pronto Camila y su padre terminen su misión en Washington, ellos también regresarán. *A menos que ocurra algo,* piensa Camila al despedirse de su amiga con un beso en la estación Grand Central. Aunque Camila ha mencionado a Marion el nombre de Scott Andrews, ésta nunca lo percibió como una amenaza. Es una figura vaga, aun para ella, como la madre que se ha inventado y los hermanos con los que habla en su mente ya que los de carne y hueso nunca están presentes.

¿Recuerdas que a menudo te mencionaba el nombre de S.A.? ¿El joven *Marine* que fue tan amable con nosotros durante nuestro último viaje aquí? ¿El que me escribía aquellas cartas que despertaban tu curiosidad? Bueno, total que anoche cenamos juntos. Fuimos al Club Madison, que tiene un bar en la trastienda donde te venden licor. Por supuesto que cenamos en el comedor formal de delante. Durante la cena, S.A. se excusó dos veces para ir al baño. Volvió a la mesa acalorado y ruborizado, ¡así que me puedo imaginar el tipo de baño al que se refería! Me alegro que use ropa de civil cuando salimos. No podría tolerar estar sentada frente a un hombre con el uniforme de las fuerzas de ocupación.

Dado que Camila pasó tres años en Minnesota, escribe el inglés bastante bien. Sin embargo siempre le escribe a su mejor amiga en español para que Marion no se olvide de la lengua. Si no, perderá la fluidez del idioma ya que en Dakota del Norte *nadie* (subrayado tres veces —Camila llama a Marion "la puntuadora apasionada"), ni siquiera los profesores de español en las universidades estatales lo hablan ni lo escriben tan bien. Además, en parte, Camila sospecha que Marion prefiere la correspondencia en español para mantener la privacidad de sus comunicaciones, ya que más de una vez su padre, Daddy Reed, abrió "por equivocación" cartas dirigidas a Marion.

Ahora te lo describo: Alto, delgado, con la tez blanca de sus antepasados ingleses —el doble de Douglas Fairbanks. De veras, la gente lo para en la calle para preguntarle si es pariente del actor. Me pregunto por qué un hombre tan guapo sigue soltero. Pero hay en él una especie de timidez que tal vez pretendiera dejar atrás una vez que se hiciese *Marine*. Ahora es edecán militar en la Casa Blanca, una posición que le sienta mejor. Su familia es de Nuevo Hampshire. Abolicionistas desde el principio, él se asegura de comunicármelo. Es un hombre bueno, aunque retraído. Creo que te va a caer bien.

Su timidez le ha impedido seguir adelante en el frente romántico. Y sin embargo, cuando están separados, Scott Andrews le escribe a Camila cartas afectuosas que llegan a Santiago de Cuba en sobres con el emblema de la Casa Blanca. Camila ha estado en guardia. Si su padre reconoce la dirección en el sobre abriría las cartas, creyendo que el Presidente Harding o el Secretario Hughes ha aceptado finalmente que Estados Unidos cometió un error al invadir un país y forzar a su presidente a vivir en el exilio en una isla vecina. Y en el caso de Marion, si *ella* llegase a leer las cartas de Scott, le daría uno de sus berrinches de celos.

Pero en persona, Scott Andrews se comporta con una rectitud que confunde a Camila. Quizás sea una limitación de su profesión, debido a que está tan empapado en protocolos. Ella desearía que él se atreviera a apoyar abiertamente la causa de su padre, que usara sus conexiones para ayudarlos a acercarse a los dirigentes poderosos, y de los cuales él siempre chismea. Pero lo único que hace Scott es regalarle, de chiste, *souvenirs* como recuerdo de su primer encuentro, un juego de barajas con la foto del Primer Perro, Laddie Boy, posando delante de la bandera norteamericana, un reloj de pulsera en una caja de regalo inscrita —o así lo proclama Scott Andrews— *La hora de la normalidad, la hora de Harding.*

¡El tiempo se está acabando! Su padre está cada vez más convencido de su teoría de que existe un complot entre Estados Unidos y el grupo de Peynado para anexar la isla. Su salud está cada día peor. Es difícil pedirle ayuda a Scott. Su timidez provoca la de ella. En una de sus visitas anteriores en el invierno, le rozó los pechos al ayudarle a ponerse su abrigo viejo de Minnesota, y se ruborizó, sí, se ruborizó. De hecho, durante ese viaje, se sorprende al descubrir que él desacata la prohibición y bebe alcohol. Pero por otro lado, él le ha contado que el Presidente Harding constantemente da fiestas tarde en la noche, en las que pasan bandejas repletas de todo tipo de güisqui. Cada vez que asignan a Scott Andrews a la Casa Blanca, le toca llevar a sus casas a más de un senador o juez de la Corte Suprema en estado de embriaguez.

Le expliqué a S.A. sobre Papancho y por qué era imprescindible conseguir una entrevista con Mister Harding antes de que el plan Hughes-Peynado se llevara a cabo. S.A. dijo lo de siempre, que no podía hacer nada, que debíamos usar los canales apropiados. ¡Los canales apropiados! ¡Tenemos que ir por los canales apropiados para protestar las acciones ilícitas de este país contra nosotros!

¡Basta ya!, se dice a sí misma. Ya suena como su padre: cada palabra, cada comentario, gira alrededor de la misma ira. Es lo que causó su ataque de nervios el año pasado. Lo que lo volvió loco de preocupación y agotamiento, resultado de su constante indignación. La verdad es que ni *ella* de ser presidente de Estados Unidos está segura que le concedería una entrevista. No puede vivir así. Por las noches, en el ático, camina de lado a lado, luego desciende la escalera, va a la puerta de entrada, y mira hacia fuera por la mirilla.

De cualquier manera, Marion, querida, me imagino que estás disfrutando de la paz y el silencio en tus praderas doradas. Recuerda aquel verano que pasé contigo y con Daddy

Reed y tu madre —¡cómo la debes de extrañar! Quizás
Daddy Reed tiene razón y debas quedarte tranquila en
Dakota del Norte. Pon en un álbum las fotos de tus años en
la Universidad de Minnesota. Algún día tu hijita te pregun-
tará, ¿y quién es esa? Y tú le dirás: Ella fue mi profesora de
español. La seguí hasta Cuba. Viví con ella y su familia por
dos años. Periódicamente, armaba un berrinche para lla-
marle la atención. La amenazaba con partir. Un día terminé
yéndome y nunca más volví.

Ay, Marion, ¿es este el final de nuestra historia?

Pero no debe decir esto, o si no Marion se subirá al próximo
tren rumbo al este. Ahora que están separadas, Camila debe usar
esta oportunidad para aclararle a Marion que no debe regresar.
Tiene que liberarse de esta conexión tan especial, pero no logra
encontrar la manera de decírselo a su querida amiga, excepto escribiendo estas cartas que definen la nueva situación de ambas.

"Sobre el Otro Tema", Camila escribe, tratando de dar fin a
esta interminable carta de añoranza y queja.

No surgió el tema. Hubo un momento en que pensé que
S.A. iba a decir algo, pero en su lugar se excusó por segunda
vez y se ausentó por cinco minutos. Cuando volvió, más
sonrosado que nunca, me estudió el rostro por un buen
tiempo, pero luego, rápidamente, mencionó la entrevista de
Papancho y dijo que haría lo posible por ayudarnos. Luego
me confesó que en este momento hay mucha tensión en
Washington. Está a punto de explotar un gran escándalo y
puede ser que llegue hasta los de arriba. El presidente está
desconsolado y planea un viaje a Alaska para relajarse. ¿"Por
qué no lo animas a que vaya al Caribe?", pregunté abruptamente. "Prácticamente se ha adueñado de todo..." Enu-
meré las islas ocupadas o supervisadas: Cuba, Haití, Puerto
Rico, así como la República Dominicana. Marion, temo

que me estoy volviendo tan estridente como Papancho, y que en cualquier momento, este buen hombre saldrá corriendo en dirección contraria.

Pero Scott Andrews no sale corriendo. A los pocos días, invita a Camila a que lo acompañe al Paradise Jazz Club. ¡Jazz! Antes pensaba que esa música alborotosa era para las *flappers* blancas con novios con abrigos de piel y automóviles Modelo T. Pero el jazz es nuestro, ahora piensa, de la gente de color, como dicen acá, y es la música más triste del mundo. Claro que la única gente de color en esta sala es la que está en el escenario, y nadie puede adivinar que Camila, de piel pálida y cabello ondulado a la Marcel, es una de ellos. Tira la cabeza hacia atrás, cierra los ojos y se entrega al bramido del saxofón. Siente los ojos de Scott Andrews acariciar su cuello largo y desnudo.

Entre números musicales, él anuncia que ha ideado la forma de que ella entre a la Casa Blanca: ¡una de las fiestas al aire libre de la Señora Harding! Si Camila logra acercarse al oído de la Señora Harding, el presidente consentirá a un encuentro con Pancho. "Todo el mundo dice que ella es quien manda en el país", le confiesa Scott Andrews. "En verdad, el presidente la llama la Duquesa, y la gente los llama la Jefa Ejecutiva y Mister Harding".

"No sé", dice Camila, mirándose las manos escondidas debajo de la mesa sobre su regazo, y sigue el compás del pianista sobre el escenario. Debiera decirle que no tiene con qué comprar trajes para fiestas elegantes, que ella es tímida y le mortifica quedarse muda en una gran fiesta de sociedad.

Antes de que pueda manifestar su resistencia, él se inclina en busca de su mano. Rápidamente ella la levanta del regazo para que la bese. Se nota aliviado ahora que ha completado su misión exitosamente y se sonríe. "Hace mucho que esperaba este momento", le confiesa.

"Entonces somos dos".

El llanto del saxofón y la picardía con que el negro alto toca
el piano le ha dado el valor que necesitaba.

PEDRO LLEGA DE México al día siguiente con su bella y joven
esposa, Isabel María Lombardo Toledano. La ha traído al norte
para que conozca a algunos miembros de su desperdigada familia. En un par de días, Max llegará con su esposa, Guarina, y
sus dos niños. Tío Federico, el viejo guerrero feroz de pelo
blanco y ojos acerinos, también está por llegar. Toda la familia
está reunida, no sólo para conocer a la esposa de Pedro, sino
como respuesta a los cables que ha enviado Camila. Hay que
hacer algo con Papancho. Los hermanos han venido al rescate.
Camila no está segura para qué vino el tío Federico, ya que él
siempre insta a su hermano Pancho a que luche hasta la muerte.
¿Hasta la muerte de qué?, Camila se pregunta.

La primera noche de la visita de Pedro, antes de que lleguen
los demás, ella charla con la feliz pareja en la sala de estar. Pancho, quien generalmente se excusa a esta hora para irse a la cama,
se queda, flirteando con su nueva nuera como si él también debiera hacer una conquista.

"Estoy tratando de concertar una audiencia para Papancho",
Camila explica cuando Pedro pregunta en qué están las cosas, re-
firiéndose a un solo tema que ha obsesionado a su padre durante
los últimos siete años de su vida. Camila comienza a explicar que
tiene un amigo en el Departamento de Estado.

"¿Qué amigo?", Pedro quiere saber.

"El *Marine*", dice Pancho. Así llama su padre a Scott Andrews
cuando no lo llama el cachorro de Camila.

"Mi amigo, Scott Andrews. Me ha invitado a una fiesta en la
Casa Blanca y allí intentaré hablar con la Señora Harding".

"¿Cómo?", Pancho cuestiona con desafío. Es la primera vez
que escucha hablar de este plan. "¡No debemos mendigar!", vo-
cifera mientras la joven Isabel lo observa, atónita ante el súbito
cambio en su nuevo suegro.

"¡No entraremos por la puerta de atrás!", él continúa con la voz temblando de ira. "¡O lo hacemos con honor o no lo hacemos!".

Camila guarda silencio. Es imposible razonar con su padre cuando se pone así de furioso.

Cuando Pancho finalmente sube las escaleras que lo conducen a su lecho, Camila les explica a Pedro e Isabel que todas las mañanas acompaña a su padre —con su protesta y propuesta en mano— a las oficinas de la División Latinoamericana del Departamento de Estado. Un oficial de rango menor siempre los saluda, toma la tarjeta de presentación de Papancho, y se va por un largo rato. Finalmente, regresa con excusas. El Secretario Hughes no los puede recibir hoy.

"Hay que parar este asunto", Camila le dice a Pedro. "Lo único que va a lograr es enfermarse nuevamente".

Pero Camila se sorprende con la reacción de su hermano. "Papancho tiene todo el derecho en el mundo", Pedro dice, alzando la voz, haciendo puños de sus manos. A su lado, Isabel parece sorprenderse por segunda vez esta noche. ¿Quién es este extraño con quien se ha casado? ¡Qué familia de fervientes idealistas! "Mira lo que han hecho los yanquis en México, Panamá, Nicaragua, Haití, Cuba, Puerto Rico. ¿Quién los va a detener?".

No será Papancho, piensa Camila.

"En cuanto a ti, mi hermanita", Pedro cambia el tema, tomando sus manos y brindándole una a Isabel para que la tenga como si fuese un premio que él ha decidido compartir con su joven esposa. Se quedan sentados ahí, dulcemente, tomados de la mano como si estuviesen en una sesión espiritista. (¡Scott Andrews le ha contado como la Señora Harding frecuenta a una vidente en la Calle R!) Es raro que su hermano se exprese con tanto cariño. Pero Camila ha notado que su forma de ser se ha vuelto más cálida desde que se enteró de la partida de Marion de Cuba. "Déjame darte un consejo, ya que soy tu hermano mayor y he cometido los mismos errores hacia los que te encaminas. No dejes que la política de Papancho controle tu vida. Ese amigo que tí mencionas, disfruta su compañía. ¿Es norteamericano?".

"Sí", contesta ella rápidamente. ¿Por qué siente de repente que debe disculparse con su hermano por la nacionalidad de Scott? Ella sabe que su hermano está feliz de verla con cualquier hombre. Desde que él las sorprendió en Minnesota, a Pedro le ha preocupado la amistad de Camila con la norteamericana. "La familia de Scott Andrews es de Nueva Hampshire. Fueron de los primeros abolicionistas", agrega Camila, tratando de que el Mayor de los *Marines* le suene atractivo a su hermano.

"¿Él sabe lo de Mamá?", Pedro pregunta, echándole una mirada inquisitiva a Isabel. En nuestra tierra todos esperan estas mezclas. Isabel obviamente tiene algo de indígena en su piel dorada, y mucho en su cabello negro y sus ojos oscuros y almendrados.

"Las cosas no han avanzado hasta tal punto", Camila contesta bajito.

"Cuando me conozca, sabrá en el acto". A pesar de su esfuerzo de hablar amenamente, la voz de Pedro tiene un filo rencoroso. Camila recuerda los malos ratos que su hermano pasó en Minneapolis: alquileres que de repente dejaban de estar disponibles, la entrada a ciertos clubes denegada. Pedro y Max resultaron ser los hijos que más se asemejan al lado de la familia de Salomé, de piel obscura, con pelo de rizos apretados, todos los rasgos que los denuncian. Camila recuerda a los músicos en el escenario en el club de jazz; cómo entraron por una puerta separada; cómo los vio sentarse sobre cajas y comer afuera cuando ella y Scott salieron durante un alto en la música. Podrían haber sido sus hermanos, especialmente el saxofonista de piel clara. Recuerda que en una época, Max se ganó la vida tocando el piano en Nueva York. ¿Dónde comerán en el invierno?, se pregunta.

"¿Cuándo lo conoceremos?", Isabel pregunta después de unos momentos de silencio. Es la primera vez que habla. Tiene diecinueve años menos que Pedro; ¡quizás cree que debe pedir permiso a los mayores antes de hablar!

Si Pedro llega a decir algo sobre Scott Andrews, Camila dirá, tú, de todos, debieras saber que el corazón elige misteriosamente, si es que llega a elegir. Mírate a ti mismo, el más viejo de la familia, escogiste a una niña de esposa; o a Max, un músico talentoso, con su Guarina sorda; o a Mamá que escogió a un niño obsesionado con su talento y las grandes causas.

Pero es mejor un corazón que elige, ella cree, que uno indiferente, que permanece en un lugar seguro, distanciado, indeciso.

"Querida Marion", Camila le escribe a su amiga esa noche. "Creo que estoy enamorada".

HA TRANSFORMADO EL ático en su dormitorio, ahora que Max y su familia han llegado. Le dibuja el plano de la casa a Marion, la entrada formal, la puerta con la curiosa mirilla ("Corres una puertecita de madera y puedes ver al visitante, pero ¡éste no te puede ver a ti!"), la sala formal hacia un costado, el comedor hacia el otro, la antesala con el piano de cola en el cual Camila toca las lindas composiciones de Debussy que dan tanto placer y serenidad a su padre, y al fondo, la gran cocina donde Isabel pasa gran parte de su tiempo preparando platos para impresionar a sus nuevos consuegros.

Estamos como sardinas en lata, querida Marion. He puesto iniciales en cada cuarto para que puedas ver cómo he organizado cada uno. Papancho y tío Federico duermen en la habitación del suroeste. Al lado de ellos, hacia el este, Pedro e Isabel. En el cuarto grande del frente, Max y Guarina con los niños en catres en un rincón. El otro dormitorio, el de Peynado, debiera haber sido el mío, pero ¿cómo puedo yo dormir en la habitación de un hombre de quien mi padre se queja todo el santo día? Me he mudado arriba, al ático, lo cual me da un poco más de privacidad, aunque se está haciendo más y más caluroso a medida que avanza el verano. No sé cuánto tiempo más podré aguantarlo.

Se queda despierta hasta tarde, vestida sólo con una enagua, y diariamente le escribe cartas a Marion que nunca envía. A veces se para y estira la espalda y echa un vistazo a la tranquila calle residencial. Cuando se acerca un carro, se aleja de la ventana, aunque su atalaya se oculta tras las ramas de un gigantesco árbol en el jardín.

El domingo salimos a un paseo a ver el Monumento a Lincoln del que tanto se habla. Max y Guarina caminaron delante de nosotros con sus niños alborotosos. (¡Yo creo que son esos niños, y no la influenza que todos culpan, los que han empeorado la sordera de Guarina!) Pedro, Isabel y yo nos quedamos rezagados, conversando sobre Mister Lincoln, ya que mi hermano, por supuesto, puede citar de memoria sus discursos y sus escritos —¡ya conoces a nuestro Pedro! Papancho y Federico se quedaron en casa, planificando el derrocamiento, sin duda. Era uno de esos hermosos días de brisa, típicos del comienzo del verano, cuando uno mira el cielo y siente deseos de llorar.

Pero, en realidad, siempre que mira el cielo se le llenan los ojos de lágrimas. Por alguna razón, ese vacío azul se llena de los rasgos fantasmagóricos de su madre. Durante el verano que Camila pasó con la familia de Marion en LaMoure cinco años atrás, era difícil no mirar hacia arriba. ¡El cielo ocupaba medio mundo! Con razón siempre se sentía al borde de las lágrimas, sentimental, emocional, y se ofendía cada vez que Daddy Reed trataba de corregir su percepción de Woodrow Wilson y la Doctrina Monroe.

De repente, allí eástaba, delante de nosotros, S.A. en uniforme, caminando del brazo de una atractiva joven, tan blanca como él. Le señalaba esto y aquello como si le estuviese dando una visita guiada. Me bajé el sombrero de lado para que no me reconociera. Pero en ese preciso momento uno de los niños de Max, Leonardo, el más pequeño, gritó: TÍA CAMILA, VOY A CONTARLE LOS DEDOS A LINCOLN, y por supuesto S.A. se viró y con una mirada abarcó a toda la familia. Pensé que quizás se aferraría aún más a su joven diosa blanca y echaría a andar en dirección contraria, pero no. Se acercó inmediatamente, "¡Camila, *eres* tú! ¡Qué sorpresa!".

¿Por qué?, se pregunta una y mil veces mientras escribe, ¿por qué no le envía estas cartas a su amiga? Si es que teme perder a Marion, entonces ¿por qué no lleva un diario como hacen tantas otras mujeres? (Scott Andrews le ha contado que la Señora Harding escribe todos sus agravios en un pequeño diario rojo.) Pero, ¿por qué pretende que se trata simplemente de rendir un informe sobre su verano a alguien que está dispuesta a escucharla?

Mientras escribe página tras página de cartas que no enviará, piensa, *No quiero que nadie, ni siquiera Marion, me vea así de afligida.*

Mis sospechas fueron erróneas. La bella acompañante era su hermana, Franny, que estaba de visita de Concord. Cuando al fin terminamos la ronda de presentaciones, fuimos todos a pararnos a los pies de Mister Lincoln y a escuchar al pequeño Leo contar, en inglés y en español, los enormes dedos de mármol. Después, S.A. nos invitó a tomar refrescos en un elegante café cercano. Ay, Marion, qué momento tan doloroso. No nos quisieron servir. Dijeron que no tenían lugar para un grupo tan grande, pero vimos muchas mesas vacías y nos dimos cuenta de la verdadera razón. Pedro inmediatamente giró sobre sus talones y se marchó a casa con Isabel. Pero los niños insistían en comerse los helados prometidos, así que fuimos a un quiosco cercano y nos sentamos en los bancos de la plaza, S.A., a mi lado, estaba silencioso y perturbado. Antes de partir, se viró hacia mí y, sumamente emocionado, me dijo, "Camila, cuánto lo siento". No te puedes imaginar cuánto me conmueve la demostración de apoyo de S.A.

"Creo que estoy enamorada", escribe nuevamente. Pero esta vez, al revisar lo que ha leído, tacha las dos primeras palabras como para poder ver su atrevido pronunciamiento por escrito. *Estoy enamorada.* ¿Ha dicho esto antes?

Se para, apaga la lámpara y el ático queda iluminado por la tenue luz del corredor de abajo. Camina hacia la ventana y observa la totalidad de su reflejo. Dicen que ella es más alta que su madre, más atractiva, aunque nunca ha estado segura si este cumplido es un eufemismo que implica que es "más blanca, más pálida, más caucásica". Según Mon, Salomé era sencillamente una mulata. En el óleo pintado después de su muerte, comisionado por su padre, Salomé aparece pálida, bonita, con una gargantilla negra al cuello y boca de capullo, el embellecimiento y blanqueo de la Gran Salomé, otra de las campañas de su padre.

POR LAS NOCHES, Camila gusta de deambular por el jardín. La casa está rodeada por una verja alta, así que se siente a gusto, sentada en la silla de extensión sólo con su enagua y un rebozo liviano para cubrirse en caso de que alguien de la casa llegase a sorprenderla fumando su cigarrillo. No sabe si alguien sospecha que fuma. Marion, por supuesto, lo sabe. Después de todo, fue ella quien la aficionó a este vicio y también a bañarse desnuda en el Río James y a las carreras en la "máquina veloz" de su padre. Pero, al contrario de su atrevida y jactanciosa amiga, a Camila no le gusta llamar la atención con sus transgresiones. ¿Por qué diablos invitar juicios ajenos? Ya tiene bastante de esos en su propia mente, gracias.

De noche se reclina y mira el cielo sin sentir deseos de llorar. Contrario a la costumbre de la mayoría de los fantasmas, el rostro de su madre nunca aparece en la oscuridad. Camila mira hacia arriba y, como una estudiante a quien le han asignado un problema en la pizarra, comienza a conectar las estrellas, dándoles la forma del futuro que todos esperan de ella. Vivirá en una casa, no muy distinta a esta. Tendrá hijos, no muy distintos a sus sobrinitos. Besará a su bondadoso marido, un hombre no muy distinto a Scott Andrews...

Ya se siente aburrida con esta versión del porvenir.

UNA TARDE, AL volver a la casa después de una visita a las oficinas del Departamento de Estado, se sienta a leer en el jardín trasero, cuando Isabel le solicita que vaya a la puerta de entrada. Pedro está en la Biblioteca del Congreso, haciendo una investigación, y Max y Guarina han llevado a los niños de paseo por unos días a Filadelfia. Arriba, las dos eminencias grises están roncando la siesta, y la querida Isabel ha estado haciendo merengues en la cocina con este calor. Benditas sean las nuevas esposas que habrán de engordar la tierra.

"Miré por el agujerito como me enseñaste", explica Isabel, "pero es alguien que no reconozco".

Camila siente una ligera desilusión. Pensó que quizás sería Scott Andrews con la noticia de que había conseguido una entrevista. Pero por supuesto, si Isabel no reconoce al extraño, entonces no puede ser Scott. Ha pasado varios días de intranquilidad y de espera, pero no ha recibido palabra alguna de él desde el último encuentro borrascoso. No entiende cómo han caído en este atolladero. Nunca fue su intención darle un ultimátum.

Acabábamos de pedir el postre cuando S.A. se acercó y me preguntó si había tenido tiempo de pensar en su proposi-

ción. Sin lugar a duda él había bebido demasiado. Antes de
proseguir, decidí decirle a S.A. que era absolutamente
necesario concertar una entrevista entre Papancho y el Presidente Harding. *Absolutamente necesario.* Mi padre debe cerrar este capítulo de su vida, y sin esa entrevista final, seguirá
en ese limbo espantoso que casi lo mata hace un año. Y hay
una posibilidad, una pequeña posibilidad, de que Mister
Harding lo escuche. El año que viene es un año de elecciones, y los presidentes en este país siempre desempolvan
sus nobles aspiraciones durante esta época. "Pero ¿y qué
pasa si no logro conseguir la entrevista?", S.A. pregunta. Fue
ahí que lo miré fijamente a los ojos y le dije, "Si tú quieres
compartir el futuro conmigo, no puedes rehusar". Él se
puso bastante molesto, pero yo me mantuve firme y, como
para no ablandarme, dejé mi postre sin tocar, me puse mi
estola y llamé un taxi que me llevó a casa.

"Ya voy, Isabel", le dice a su cuñada, cerrando la nueva novela
de Willa Cather que Marion le ha enviado, *A Lost Lady,* título
que ella se toma muy a pecho. Sube los escalones del fondo, se
acomoda unos cabellos que se le han escapado de la redecilla que
lleva para mantener el peinado a la Marcel en su lugar. Hace
tiempo que le toca una nueva permanente, pero las peluquerías
de Washington son tan caras. Considera quitarse la redecilla, para
estar más presentable, quizás detenerse en el baño para echarse
una ojeada en el espejo. Como la Primera Hija y anfitriona oficial, ella ha tenido que prestarle atención a estos detalles durante
los últimos siete años. Su madrastra se salvó. Falleció hace ocho
años, justo a tiempo. Cansada de ser la esposa del ciudadano privado Pancho, ella no hubiese durado una temporada como
Primera Dama del Presidente Pancho. Pero Camila no ha tenido
una excusa conveniente desde que dejó su puesto en Minnesota.

Marion, no sé cuál de las Furias se posesionó de mí en
ese restaurante. Pero luego, en el taxi, cuando reflexioné

sobre la oportunidad que acababa de perder, sentí náuseas.
Me tranquilicé, respiré lentamente y me senté sobre las
manos. Y te juro que oí a mi madre decirme con voz
grave pero firme: *Esto es lo que significa amar a tu patria. El*
deber es la mayor de las virtudes. ¡Qué fantasma opresivo se ha
vuelto mi madre! Yo también soy un territorio ocupado.
Tuve que decirle al chofer que detuviera el carro. Justo
estábamos cruzando el Parque Rock Creek, así que se detuvo, le pagué rápidamente, me encaminé hacia la grama y
vomité.

En el baño decide que la redecilla no se nota, ya que es del
mismo color que su pelo castaño oscuro. Se da unas palmaditas
en las mejillas. Sus hermanos tienen razón: se ve demasiado delgada. "El estilo de ahora es estar delgado", ella les dice para que
no se preocupen. *El Frente Alegre.* "Si pudieses embotellarlo",
Marion dice, "te harías millonaria". *Afabilidad y sonrisas garanti-*
zadas. Ella ahorra sus angustias para la media noche bajo las estrellas, cuando la familia se ha ido a dormir, para los parques
solitarios donde, apoyada contra un árbol, los extraños se acercan a preguntar si se siente bien, si pueden ayudarla en algo.

"Déjenme en paz", quisiera decirles. "Pero si pueden, simplemente sálganse de mi país".

En la puerta de entrada, mira por la mirilla y se queda atónita
con lo que ve. Peynado había mencionado que quizás usaría la
casa durante alguna visita ocasional este verano. Pero estamos en
mayo, las campañas van a todo tren allá en la isla, y Peynado es
candidato a la presidencia. Es más, Camila planificó a propósito
el viaje de su padre para partir justo cuando su anfitrión estuviese por volver a Washington.

Pero lo que le impacta aún más es el alto y rubio acompañante, parado detrás del hombre bajito y enlevitado. ¡Scott
Andrews en uniforme! ¿Qué diablos hace aquí?

Camila considera por un momento ignorar a los visitantes,
pero claro que Francisco Peynado no es un visitante. Esta es *su*

casa. En el cuarto del frente que Camila no ha querido ocupar, ha encontrado tapones para los oídos, una lata de pastillas para la garganta, un juego de barajas con fotos de mujeres medio desnudas, los pechos desbordándose de sus corsés como pan que crece en un horno caliente.

"¿Quién es?", Isabel susurra. Camila da un salto, asustada por la súbita presencia de su cuñada a su lado. Se le ve atemorizada. La pobre probablemente piensa que unos oficiales han venido a extraditar a todo el clan. "¿Los conoces?".

Isabel no debe haber reconocido la cara del guapo Mayor que conoció hace varias semanas en el monumento. "Sí, los conozco", Camila le dice con calma, como para tranquilizar los temores de su cuñada. "Pero no quiero molestar a Papancho", agrega. "Procura que se quede arriba, ¿está bien?".

La joven mira con preocupación hacia la escalera y asiente. Camila gira el picaporte, abre la puerta y sale.

CONDUCE A LOS dos hombres a un banco de delicado hierro forjado que parece estar ahí, debajo del árbol, por motivos puramente ornamentales. Durante el transcurso de la ansiosa entrevista, no deja, por supuesto, de chequear para ver si Pancho, o peor aún, su hermano, Federico ojo-de-águila, está en la ventana, o si Pedro llega de la calle con su portafolio repleto de panfletos gratis recogidos en uno de los tantos museos que seguramente ha visitado camino a casa. Y por supuesto, todo el tiempo, se pregunta, y se preocupa, sobre qué hace Scott Andrews acompañando al rival de su padre hasta su puerta.

Para cuando termine este viaje ostentaré un nuevo título: Bachiller en Intriga. Aun mientras estaba tratando de decidir adónde sentarme en el banco con Peynado (S.A. insistió en quedarse de pie), me preguntaba de qué lado podría observar mejor las dos cosas: la casa y la calle. Por lo tanto, estoy rápidamente perdiendo mi título en etiqueta. Ni siquiera saludé a los visitantes. En realidad, le dije a Peynado sin el menor ambage que si entraba a la casa, Papancho moriría de apoplejía. Se quedó anonadado. "Pero, ¿por qué, Camila? Somos viejos amigos. Se está quedando en mi casa". Y entonces tuve que explicarle que Papancho no tenía la menor idea de quién era la casa, que él pensaba que era una casa alquilada a largo plazo por el gobierno dominicano, que él se sentía en su derecho de usar esta casa ya que era presidente cuando invadieron la isla. Pude comprobar que Peynado se estaba dando cuenta de la triste situación. "Comprendo", dijo al final. "Me quedaré en el Portland. Pero usted debe razonar con su padre". En ese instante volteó la cabeza para poder ver a S.A., quien nos había dado la espalda y, como un escolar nervioso, arrancaba hojas de un arbusto.

"General", lo reclama. Camila ha notado como Peynado adula a los militares dirigiéndose a ellos con un rango de más nivel. "Quizás usted pueda explicarle a la señorita Camila que hemos llegado a un punto del que no podemos volver atrás".

"Las campañas electorales marchan viento en popa", él continúa. Y todo lo que a Camila se le ocurre contestar es "Entonces, ¿qué hace aquí?".

Él se ríe ante su brusquedad, y ella nota que él no se ha ofendido. A veces se pregunta si es capaz de ofenderse, si cada emoción de ira es filtrada por la memoria de su noble madre y por el sufrimiento de la nación y termina manifestándose con un comentario sobrio y cortés. Sabe que se supone que este es uno de sus logros femeninos: que la ira no se note; sus dedos solamente tocarán una pieza de jazz sobre su regazo, debajo del mantel, y no en el piano de cola en la antesala.

"Recibí una llamada telefónica", Peynado explicó.

Scott Andrews, que se ha vuelto a mirarlo, se tensa. Lo nota en su atractivo mentón, en las charreteras sobre sus hombros que de repente sobresalen como rodillas. ¿Qué cielos lo ha asustado? Rápidamente, mira hacia arriba para constatar que su padre no la haya visto desde la ventana del entrepiso.

"El General Andrews llamó para informarme de que usted encuentra absolutamente indispensable que su padre se reúna con alguien del Departamento de Estado. Pero usted tiene que comprender, Camila. Estamos en un momento histórico muy delicado. Su padre no debe arruinarnos nuestra oportunidad. He venido a escoltarlo a su casa".

Siente que se le acorta la respiración y teme que pueda desmayarse ahí mismo frente a los dos hombres. Así que Scott Andrews la entretuvo, haciéndole creer que una entrevista era posible, y en cuanto decidió confrontarlo, él llamó a Peynado para que viniese a ayudarlo a sacarles a Papancho de encima a todos. Justo ahora, cuando se han acercado, cuando se está enamorando, cuando le dolerá perderlo.

No sabe cómo finalmente encuentra fuerza en sus piernas para ponerse de pie. "Debo pedirle a los dos que se vayan", dice con voz contenida. Luego mira a Peynado y agrega, "Nos habremos ido de aquí al final de esta semana".

"Por favor, Camila", el viejo amigo de su padre se le acerca. "Usted tiene que comprender".

Ella le pasa por el lado, encaminándose hacia el portón cerrado como si tuviese necesidad de indicarle a los dos el camino hacia la calle. Trata de controlar la furia que le sube por la garganta. En su cabeza comienza a tocar la melodía de la banda de jazz de hace varias semanas. El piano ahoga la voz de su madre, las explicaciones de Peynado, el chirrido de las cigarras, el gorjeo de los petirrojos en las ramas de los árboles.

Sólo cuando Scott Andrews se demora un momento para intercambiar una palabra en privado con ella, se detiene la música.

¿Dónde está la música? Necesita de la tristeza atrevida de las teclas de marfil para poder seguir adelante. Levanta la mano

como si estuviese tocando ese piano y hace una pausa momen-
tánea, causando un alto en la música, una laguna en la historia de
amor que ha inventado en sus cartas a Marion. Y luego, porque
ya no puede contener más la furia, deja caer su mano con fuerza
sobre la pálida mejilla del *Marine*.

Ruinas

Santo Domingo, 1887–1891

Lunes, 6 de junio, 1887

Mi amado Pancho:

Acabamos de despedirnos y pensé que no llegaría a la casa sin antes romper a llorar. Pero tuve que controlarme por los niños, miraban hacia el barco y luego hacia mí, como si hubiesen cortado en dos un todo. (Y así es, así es.)

A pesar de que nuestros hijos aún son pequeños, no dejan de sentir tu ausencia.

Al regreso del muelle, Fran miró hacia arriba y dijo que el sol brillaba más antes que Papancho se fuera. ¿Quién sabe cómo es que a los niños se les ocurren cosas así? Hostos está en lo correcto. Hay una mina de oro allí. (Imagínatelo golpeándose la frente, sonriendo con esa sonrisa suya.)

Ahora duermen a pierna suelta, soñando, sin duda con su padre camino a París. Te prometo, querido, cumplir mi juramento y entregarte a los niños sanos y felices cuando regreses.

Tuya, Salomé

Martes, 7 de junio, 1887

Pancho, mi amor:

Hoy sólo siento desesperación. Estamos locos, tú y yo, al hacer este sacrificio: ¡dos años de separación! Yo sé que esta es una oportunidad para ti: estudiar medicina con el famoso Dieulafoy. (Oigo todos tus argumentos en mi cabeza.) Pero cada día concuerdo más con la creencia de Hostos de que nuestro querido "presidente" Lilís te quiere fuera del país. Si no, ¿para qué ofrecerte una beca de medicina en el extranjero cuando ya tienes el diploma de nuestro Instituto Profesional?

Pibín se resfrío viniendo del muelle. A ese niño todo le da. Ahora lo oigo tosiendo en el cuarto. ¡Cuánto me preocupa no poder cumplir mi promesa!

Tu Salomé

Miércoles, 8 de junio, 1887

Mi querido Pancho:

Pudiera escribirte cada día de la semana pero ni siquiera lo intentaré. El vapor ahora sólo viene una vez al mes. Además, lo que escribo por la mañana, por la noche ya no tiene sentido. La paciencia y la esperanza de la aurora se tornan en desesperación con el crepúsculo.

Empecé un poema acerca del comentario de nuestro hijo sobre como el sol brilla menos después de la partida de su padre. Pero te advierto que este poema no va a ser como una de esas antiguas declamaciones mías que tú prefieres. Yo sé que aún anidas la ilusión, como dijiste la noche antes de partir, de que yo "crearé algo de valor duradero para las futuras generaciones". Ya lo logré, Pancho: ¡nuestros tres hijos!

Tu Salomé

Domingo, 16 de agosto, 1887
Día de la Restauración

Pancho, amor:

Hay fiestas por toda la ciudad. Los niños me ruegan que
les deje salir detrás de la banda. No te quiero preocupar,
pero se han reportado varios casos de crup en la capital, y
además estoy enferma de preocupación pensando en el peligro que corren nuestros pequeños. Les doy sus pastillas de
clorato, pues son muy pequeños para que hagan gárgaras y,
pobrecitos, los mantengo dentro.

Yo misma no me he sentido bien desde hace tiempo
como ya sabes. El cambio a esta casa húmeda y oscura no
me ha ayudado. Pero Mamá ya no puede acomodar nuestro
instituto. (Ya tengo sesenta y siete alumnas inscritas para
cuando empiecen las clases de nuevo.) Por las noches despierto con falta de aire. He estado siguiendo la receta de Alfonseca y tomando con la comida el té de estramonio con
una pequeña dosis de ipecacuana. También estoy tratando
de seguir el régimen que nos dejaste antes de irte. Tomamos
el primer tranvía que sale para la playa de Güibia y regresamos antes de las siete y media a tiempo para abrir la
escuela a las ocho. El aire del mar es bueno para los muchachos, pero yo, hasta ahora, no he notado ninguna mejoría
en mi salud.

El Ayuntamiento aún no ha pagado los fondos prometidos del año pasado. Dice Federico que irá a pedirle cuentas
a Lilís en persona. Pero Federico y Hostos tienen bastante
problemas entre manos. Mejor me callo. Como sabemos,
en boca cerrada no entran moscas.

¡Que viva la patria! Oigo los gritos fuera de mi ventana.
Y nuestro querido Pibín me pregunta, ¿qué es la patria,
Mamá? No tengo el valor de contestarle. No hay patria con
Lilís en el poder.

Tengo una mosca revoloteándome en la boca. Me alegra que Don Eliseo entregará esta carta personalmente.

Tu Salomé

Sábado, 3 de diciembre, 1887

Pancho:

Hoy es el cumpleaños de nuestro Fran: cumple cinco años. Levanta todos los dedos de la mano derecha y escribe su nombre FRAN en un papelito para ponerlo debajo de la imagen de la virgencita para la buena suerte. (La tía Ana insiste.) Él se siente muy orgulloso de sí mismo.

Hostos trajo a sus cuatro hijos y a la pequeña María a celebrar. Y ya sabes como el Apóstol todo lo convierte en una lección. Enseñó a Fran los números preguntándole las edades de todos los presentes: ¿Qué edad tiene Max? ¡Dos dedos! ¿Y Pedro? ¡Tres! ¿Y Mamá? Ahí se queda confundido ya que no tiene suficientes dedos que levantar. Por cierto que Hostos se quedó sorprendido al saber que yo tengo nueve años más que tú.

Preguntas por la crup —estamos preparándonos para la época de lluvias— pues parece que aumentan los casos. ¡Pero, te suplico, Pancho, que no me amenaces como lo hiciste antes! Haré todo lo que pueda por cumplir mi promesa de devolverte a tus hijos sanos y felices cuando regreses. Pero si, ay si, Dios no lo quiera, algo sucediera a alguno de ellos no vayas a cometer alguna locura. Si no, ¿qué será de nuestros otros hijos? ¿Y de mí?

(MUTILADA)

Viernes, 9 de diciembre, 1887

Pancho, querido:

Ayer recibí varias cartas tuyas, con fechas del 3 y del 21 de octubre (gracias por tus felicitaciones de cumpleaños: treinta y siete clavos en mi ataúd, como solía decir Don Eloy) y 3 de noviembre. Me pregunto si algunas de tus cartas o de las mías se han perdido. Te refieres a algunas instrucciones que me diste en una carta anterior acerca de qué debo hacer para que el Ayuntamiento pague su deuda. Esa carta nunca me llegó.

Debo tener más cuidado con lo que digo, a menos que alguien de confianza lleve las cartas personalmente, como hacen los Llompart en esta ocasión.

Federico pasa a menudo sin avisar. Él me aconseja lo que debo escribirte para que puedas continuar tus estudios sin preocupaciones. ¿Me pregunto si alguna de mis cartas han sido incautadas? Esta pasaría por el censor de la familia de todas maneras. Matilde Llompart prometió no decirle a Federico ni una palabra de esto. Ella cose toda la correspondencia en el ruedo de sus vestidos por miedo a los espías de Lilís.

Confía solo en las cartas mías que te lleguen por manos de amigos.

Tu Salomé

Domingo, 1 de enero, 1888

Queridísimo Pancho:

¡Cuántos temores y esperanzas para este año que viene! Me digo a mí misma: Debo ser fuerte. Este año entero y la mitad de otro y ya estarás de regreso.

Te envío mi regalo de año nuevo: "Tristezas". Si por casualidad expresara mi tristeza en poemas, ¿me permitirías entonces decir cuánto te extraño? Es muy desconsiderado de tu parte censurar mis quejas. ¿Cómo no quejarme si estás tan lejos de mí? Me siento tan sola, Pancho, tan sola, que de no haberte hecho esas promesas, creo que sucumbiría a la melancolía.

El crup es ya una epidemia. No pierdo a los niños de vista. Cada vez que estoy a punto de rendirme a sus súplicas, recuerdo mi promesa y me mantengo firme.

No he mejorado del asma. Si tu teoría es correcta y es de los nervios, entonces no espero ninguna mejoría hasta que regreses.

6 de enero (CONTINUACIÓN)

Hoy es Día de los Reyes, pero no tengo nada que darles a los niños. Con la deuda del Ayuntamiento pendiente y con el estipendio que te estoy enviando no queda nada para frivolidades. Así es que inventé un juego: a cada uno se le permitiría formular un deseo. Hostos pasó con sus niños y le añadió algo ingenioso (y educativo) al juego: cada uno formularía un deseo empezando con la letra del alfabeto que él les indicase.

Según me explicó, eso les enseñaría a deletrear, a pensar rápido, vocabulario. Le pregunté cuál sería su deseo.

—Depende de la letra, dijo, y se quedó silencioso.

Como sabes, los periódicos siguen la campaña en su contra. Tu hermano Federico ha tomado la defensa del Maestro en *El Mensajero*. Pero esto únicamente sirve para despertar las sospechas de Lilís contra el Apóstol y su ira contra tu hermano.

Lilís ha anunciado que se celebrarán elecciones este verano. Entre el crup y las revueltas que siempre surgen en las elecciones, espero un año lleno de problemas.

Tus hijos siguen bien. Pibín y Max sufren a menudo ataques de tos. El doctor Pietri los ha examinado y también el doctor Arévalo y ambos están de acuerdo con el doctor Alfonseca, los niños están bien de salud. Pero los médicos se dieron cuenta de que yo estoy preocupada por el bienestar de los niños. Ellos no saben la promesa que te hice.

Mi único deseo es que estuvieses aquí.

Tu Salomé

Miércoles, 11 de julio, 1888

Pancho, mi amor:

Algunos días el corazón se aligera. ¿Quién puede explicar ese misterio? Hasta Hostos, quien siempre subraya el lado racional de las cosas, concuerda en que apenas entendemos los manantiales profundos de nuestro ser.

Tal parece que tu hermano Federico le mostró mi poema "Tristezas". ¿Es que tu hermano tiene que leer toda nuestra correspondencia? Hasta lo que yo consigo pasar por detrás de él, tú se lo envías para su inspección.

Algo bueno resultó de la indiscreción de tu hermano: el Maestro estaba tan preocupado con tu estado mental que vino a hablarme. Debo admitir que me sentí optimista durante el resto del día. El Maestro me recordó que la labor que hacemos es como sembrar una semilla en la tierra, que permanece invisible hasta que germina —diferente a un poema que puedo sostener en mis manos.

Me acusas de ser atrevida en lo que escribo. Eso no es una nueva inclinación mía, como bien sabes.

El Maestro te manda saludos. Así como los tres urraquitas que insisten en poner sus marcas aquí:

¡Papancho, ven pronto a casa! Tu hijo, Fran.

Papancho, tráeme unas letras de madera para completar mi juego, Pibín.

XXXXXX (Max dice que ha escrito su "nombre grande", Maximiliano, supongo.)

Y finalmente, tu Salomé.

Jueves, 6 de septiembre, 1888

¡Cómo te atreves a dudar de mi integridad! No puedo creer que tu hermano, quien no permite que ninguna carta mía con noticias alarmantes llegue a tus manos para que no te preocupes (por lo que yo, que odio los subterfugios, he tenido que inventar esta trama de enviar mis cartas con amistades y conocidos), se atreve a turbar tu tranquilidad mental con ese rumor insultante.

ESTA CASA NO LA VISITA NINGÚN HOMBRE, con excepción de Federico y tus innumerables hermanos y nuestro honorable amigo Hostos. ¿Cómo te atreves a llamarme la atención después de todos mis sacrificios?

(ORIGINAL INCOMPLETO)

Domingo, 21 de octubre, 1888

Mi queridísimo esposo:

Recibimos tu poema, el cual Federico tuvo la amabilidad de leer a mis estudiantes sin decirles quién lo había escrito, pero todos pensaron que tú eras el autor. Muy lindos versos. No quedó un ojo seco en el salón.

También recibí el hermoso vestido de seda que compraste en Nantes. Pero Pancho, mi amor, ¿dónde voy a ir con ese vestido, si no salgo a ninguna parte sin ti? Por favor, la próxima vez recuerda que te pedí que no les envíes medias blancas a los niños ni medias de tallas pequeñas, He despedido a la lavandera para ahorrar dinero. Por cierto que Max ya está tan grande como Pibín, pero las medias chiquitas le servirán a alguno de nuestros tantos sobrinitos.

Las escuelas de Hostos están bajo ataque frontal. Mi instituto, por ser para mujeres, se ha salvado, hasta el momento, de contratiempos. Pero a los estudiantes de Hostos los hostigan camino a clase. Hemos tenido que apostar a la entrada gente que nos apoya. Fiel a su apellido, tu hermano es el primero entre ellos. Aquí está a mi lado, quejándose de que lo adulo demasiado.

Todos estamos bien. He mejorado bastante del asma. Las elecciones de agosto fueron pacíficas, ¿cómo no lo iban a ser? Solamente votaron once mil de los cien mil hombres con derecho al sufragio, y todos estaban a favor de Lilís. Sus oponentes huyeron a Haití, desde donde, nos enteramos, están planificando una invasión. ¡Nuestro antiguo enemigo ahora guarda las semillas de nuestro futuro! Pero queda por ver si la patria algún día retoñará.

Estamos trabajando día y noche para poder graduar la próxima clase antes de que Hostos se vaya en diciembre. Sí, el maestro ha aceptado una invitación a Chile para organizar escuelas allí. Perdemos a nuestros mejores hombres. Tal parece que sólo tienen dos opciones, destierro o entierro. Las estudiantes llegan a las siete y no se van hasta las seis de la tarde. Si te preguntas cuándo es que llevo a los niños a la orilla del mar, como ordenaste, la epidemia de crup ha tomado tales proporciones que ya no me siento segura viajando en tranvía.

La única que tiene permiso para salir es Mimí. ¿Crees que el crup puede ser transmitido por un gato? Por favor, discute esto con Dieulafoy.

Federico dice que no debo causarte preocupaciones, que

te repita que los muchachos están bien, que mi asma está mejor y que tu primer poema en ocho años está muy bien.

25 de octubre (CONTINUACIÓN)

Qué escena tan conmovedora, Pancho. Quisiera que hubieses sido testigo. Imagínate mis seis estudiantes mayores inclinadas sobre sus diagramas del interior de las flores (qué memorias, Pancho, qué memorias). Se quedan después de la clase para terminar sus lecciones de botánica y graduarse antes de que el maestro se vaya. De vez en cuando, un suspiro de cansancio o de asombro se les escapa de los labios.

De pronto, levanto la vista y las encuentro a mi alrededor, sus lindos ojos humedecidos y sus caritas entristecidas. Eva me dice:

—Maestra, nos entristece pensar que usted ha dejado la poesía para educarnos.

Pobrecitas, durante años han anidado este sentimiento de culpa.

Les explico que mi silencio no tiene nada que ver con ellas. Los sufrimientos de mi país, sus caídas y sus lapsos son la causa principal.

—Ustedes no saben aún, les digo, siendo tan jóvenes, cuán profundamente se puede amar a la patria.

Tu Salomé

Lunes, 10 de diciembre, 1888

Queridísimo Pancho:

Te envío esta carta con los Grullón quienes salen la próxima semana.

Tu hermano está insoportable. Se aparece a cualquier hora, hasta los fines de semana cuando cierro la planta baja.

Sus visitas serían una amabilidad si no fuera por su desconfianza. Ayer por la noche, Hostos pasó por aquí para darles
un examen a las niñas y despedirse de ellas. También pasó
Federico a husmear. Hoy (¡he tenido que reírme!) oyó los
maullidos de Mimí y su nueva cría debajo de mi cama e insistió en inspeccionar mi habitación por "mi propio bien".

Dices que necesitas más noticias de tus hijos. Pero, ¿qué
puedo hacer si tu hermano no permite transmisiones más
frecuentes? Él dice que no podemos arriesgarnos a enviar
cartas tan a menudo como yo quiero.

Entiendo que pasaste tus cursos, pero ahora Federico y yo
tenemos una controversia acerca de cuándo regresarás. Según
tengo entendido, volverás en junio cuando hayas terminado
tu tesis: Una separación de dos años, ¿recuerdas? Pero
Federico dice que no, que la Universidad de París otorga el
diploma médico después de seis niveles y tú sólo has pasado
los dos primeros, y que te quedan aún uno o dos años más.

Casi enloquecí al escuchar esto.

(ORIGINAL INCOMPLETO)

                                  Lunes, 17 de diciembre, 1888

Pancho:

El sábado pasado se graduó mi segundo grupo de maestras.
Hubiese sido una ocasión feliz de no haber sido porque
también era la despedida de Hostos.

Los espías de Lilís hacían ola.

Y ahora nuestro apóstol se ha marchado. El jueves, un
grupo de sus seguidores los acompañó a él y a Belinda y los
cuatro niños y la pequeña María a los muelles. Fue como si tú
hubieses partido de nuevo, tal fue la desesperación que sentí.

¡Ay Pancho, Pancho, me aterra la vida sin ti!

Pibín me está llamando...

                                              Tu Salomé

Lunes, 24 de diciembre, 1888

¡Es Nochebuena, mi amor! y muy buena, pues tu hermano me permite una carta extra para el último paquete del año.

Ya recibí mi regalo. ¡Pibín está completamente restablecido! Sí, te doy la noticia ahora pues tu hermano no me permitió decirte nada sobre esto en la carta anterior: Nuestro hijo cayó con el crup y por días y días estuvo entre la vida y la muerte. He envejecido años en un mes: La enfermedad de Pibín, la partida de Hostos. El poema "Angustias" que te estoy enviando habla por sí solo.

Mi promesa sigue en pie.

Tu Salomé

Viernes, 1 de marzo, 1889

Pancho:

¿Cómo te contagiaste de sarampión? ¿Hay una epidemia por allá? Sé por tu carta a Federico que te han nombrado Delegado al Congreso Americanista y que escribirás un artículo sobre los restos de Colón que están sepultados aquí.

Qué ingrato de tu parte, Pancho, no contarme nada de esto. Todo lo que te afecta a ti, me afecta a mí. Y recuerda que secretos así siempre se saben. A veces entregan aquí los paquetes y cartas para Federico. Y tú en verdad no creerás que yo voy a esperar hasta que tu hermano pase por aquí para abrirlos.

Por supuesto que esa noticia me ha molestado. Me has explicado sobre el sexto nivel del cual sólo supiste después de haber llegado allí. Me resigno a otro año de espera. Pero si el tiempo es tan corto, ¿para qué ocuparlo con otras distracciones?

No puedo entender por qué tienes que mudarte de la

pensión de la calle Jacob que parecía adecuada, a la de Mazarine, donde la manutención es más cara, como tú mismo dices. ¡Espero que no sea sólo para estar más cerca del Café Procope, donde Molière y Voltaire bebían café! (ORIGINAL ROTO)

Sábado, 7 de abril, 1889

Querido Pancho:

¿Estás seguro de que quieres que te envíe a Fran?

Hemos estado discutiendo este asunto entre todos, y temo decirte que estamos igualmente divididos en cuanto a qué hacer. Me preocupa su mal comportamiento, sus berrinches, su violencia. Ramona y Mamá ("Mon y Manina" —¡los niños le ponen apodos a todo el mundo!) dicen que es imperdonable enviar a un chiquillo de seis años al otro lado del océano, aunque vaya acompañado de nuestro amigo Don Eugenio.

Yo misma estoy vacilando terriblemente.

El niño está decidido que quiere ir a París para ver a su padre y a los osos. ¡No sé por qué piensa que hay osos en París! ¡Las cosas de los niños! Pero sólo al decir eso me recuerda que es un niño. Se ha estado portando mejor como para no arruinar la posibilidad de viajar en barco. Ya no les pega a las niñitas, ni interrumpe mis clases con sus berrinches legendarios.

Pancho, me dejaré guiar por lo que tú decidas.

Tu Salomé

Lunes, 17 de junio, 1889

Queridísimo Pancho:

Esta misiva va prendida del abrigo de nuestro pequeño como amuleto y constancia de que te envío al hijo de nuestro amor, para mantenerme presente en tu corazón. En mis noches más negras me asalta el temor de que otra musa haya cautivado tu imaginación y sea ese el motivo por el cual retrasas tu retorno y escribes tan pocas veces. Sé que no debo molestarte pues tienes tantas cosas en la cabeza. Pero, en tu ausencia, mi imaginación es una hoja en blanco.

Fran sale mañana. Don Eugenio me promete que no le quitará el ojo de encima a nuestro hijo ni un minuto durante la travesía. ¡Veinticuatro días en el mar! Trato de anticipar la desesperación que sentiré cuando vea su gorrito de marinero empequeñecer a medida que el vapor se aleje del muelle.

¿Te he contado la fantasía que me permito en momentos de tristeza? Me veo atravesando el espacio hasta volar sobre París y te veo cuando te diriges a tu clase de disección o a tus recorridos en el hospital Necker. Espero que al doctor Dieulafoy le gusten los tabacos que le envío con nuestro Fran. Dile por favor que agradezco todos sus consejos para tratar el asma. Pero entre nosotros querido, con mucho gusto tomaré todo el jugo de papaya que pueda, pero me niego a los enemas de gas sulfúrico. ¿Dónde, en primer lugar, voy a encontrar gas sulfúrico en nuestra pequeña capital? ¡Por Dios, Pancho, esto no es París!

Ten en cuenta el temperamento violento de nuestro hijo mayor, que ha empeorado desde que te fuiste. La atención de un padre sin duda mejorará su carácter. Él prefiere café con leche en lugar de agua con chocolate pues quiere ser un hombrecito. (Yo le preparo leche caliente con una gota de café.) A veces se orina en la cama, así es que recuérdale usar el baño antes de irse a dormir y si compartes la cama con él, toma precauciones.

Me tranquiliza saber que Mademoiselle Chrittia está dispuesta a ocuparse de nuestro pequeño. Qué conveniente que viva en la misma pensión y que se ocupe de hacerte la limpieza. Tu cambio a Mazarine fue una decisión acertada

después de todo. (¡Qué exquisito su comentario de "¡por
un franco más por qué no añadir un Fran"!). Incluyo dos
pañuelos de seda bordados por Mamá. No tenemos para
más, pero pensamos que la generosa mademoiselle se merece
algún regalo.

También incluyo la foto que Julio Pou tomó de nuestras
urraquitas, y otra de una dama a la cual no reconocerás con
su rostro cansado y su expresión de hastío. Pero quizás re-
conozcas el pequeño crucifijo que le regalaste.

Cuida a mi tesoro. Ahora soy yo quien te encarga su
salud y felicidad.

Tu Salomé

Miércoles, 24 de julio, 1889

Queridísimo:

Gracias por el telegrama avisando que nuestro hijo llegó
sano y salvo a París. Por favor, no seas demasiado estricto
con él. Recuerda que puede haber recaídas. Sólo tiene seis
años y hace dos que te marchaste, lo cual es una tercera
parte de su existencia.

No puedes creer todo lo que un niño dice. La cicatriz en
su frente es consecuencia de un golpe que se dio él mismo
contra una puerta durante uno de sus berrinches. Su hermano Pibín no lo empujó. (Pibín tiene un maravilloso
carácter pacífico.) Y sobre su miedo al cuco haitiano, yo
nunca aterrorizaría a mis niños para que se porten bien.
Nunca se me ha ocurrido que los cucos vivan en otro país
que no sea el nuestro.

En tu última carta me preguntas qué he estado escribiendo. Queridísimo, me falta la paz mental para leer, mucho menos puedo escribir. Las noches las paso preparando

las clases del día siguiente y quemando azufre para desinfectar la casa. No veo mejoras con mi asma, pero a los niños les da menos catarros que antes.

Están floreciendo. No los vas a reconocer cuando regreses. He sobrepasado mi promesa. Tu Pibín sabe contar hasta mil —y me vuelve loca recitándome los números— y Max es tan cariñoso. En medio de algún juego deja todo y corre hacia mí para abrazarme. En esos momentos me digo a mí misma que es el espíritu de su padre desde Francia que desea abrazarme.

¡Dile a Fran que Mimí tuvo otra camada de gatitos! Quisiera que Federico supervisara un poco mejor a esa gata.

Tu Salomé

Jueves, 15 de agosto, 1889,
Vísperas del Día de la Restauración

Pancho:

Nuestra familia no tiene nada que celebrar mañana. A tu hermano Manuel lo han deportado y sale dentro de unas horas para San Tomás. De allí él enviará esta misiva y los trescientos francos que pediste. A Federico lo han metido en la Fortaleza por un artículo sedicioso que escribió en contra de la última emisión de papel moneda de Lilís. Le dieron la oportunidad de unirse a su hermano mayor, pero ya conoces a Federico. "Lucharé hasta la muerte", le dijo a Lilís, quien inmediatamente rescindió la oferta de exilio y lo metió en la cárcel.

Y acerca de ese escandaloso artículo tuyo en *El Eco de la Opinión,* confieso que he escuchado comentarios similares. Pero esos que te critican por haber aceptado una beca del gobierno confunden al país con el tirano. Nuestro país te ha ofrecido la oportunidad de participar en los estudios científicos más avanzados del mundo y regresar para beneficio de tus compatriotas. (Qué amable de Dieulafoy mencionarte en una nota al pie de la página en el sexto volumen de su *Pathologie.*) Y piensa Pancho, de estar tu aquí, sin duda estarías con tu hermano Federico en la cárcel. ¿De qué nos servirías a ninguno de nosotros allí?

Así es que ignora el artículo, mi amor. Mantén tu cabeza en alto. No tienes de qué avergonzarte. Lo incluído debería darte ánimo, un poema en mi antiguo estilo que te gusta tanto, "¡Adelante!".

Pibín y Max están a mi lado. Pibín le está leyendo a Max un periodiquito para niños, *La edad de oro,* que publica Martí en Nueva York. Betances en Brooklyn y Hostos en Chile, Penson camino al norte. ¡Todo nuestro Caribe vive en otros lugares!

Hemos tenido noticias de una primera conferencia panamericana en Washington, D.C., convocada por el Presidente Harrison. (Federico pensaba asistir.) Mister Harrison ha dicho que Estados Unidos quiere ser un vecino amistoso. ¡Amistoso en verdad, llegan y se apropian de lo que les venga en gana! Si no tenemos cuidado, un día de estos vamos a tener a un americano de gobernador en lugar del español de antes.

Mientras tanto, se devoran su propio continente. ¿Te enteraste de que han adquirido cuatro nuevos estados (cada uno más grande que nuestra pequeña patria)? No recuerdo los nombres —estoy segura de que Pibín sí, pero se encuentra en casa de Manina.

Los niños acaban de llegar e insisten en saludar a su padre. Me quitan la pluma de las manos.

Hola Papancho. Son Montana, Washington, Dakota del Norte y Dakota del Sur.

Hola Fran. Hola Mademoisette.
Pibín y XXXXXX.

y tu Salomé

Domingo, 1 de diciembre, 1889

Pancho:

Sólo tengo momentos para escribirte algunas cosas a lo loco. Federico sigue en la cárcel, así es que todo recae sobre mí. Después de tanto quejarme de su supervisión, ahora resulta que lo echo de menos. Me siento más sola que nunca.

Por favor, no me tortures con tus comentarios sobre las necesidades del hombre. Tú mantienes tu lealtad como un sacrificio, pero esperas que la mía sea una obligación. ¿Has sabido algo de Hostos?

Dices que debo guardar mis quejas para cuando llegues a casa y puedas escucharlas con más ecuanimidad. Pero no te das cuenta, Pancho, de que el momento en que llegues a casa olvidaré lo que he sufrido, de la misma manera en que se me borraron de la memoria los dolores de parto al ver las caras de nuestros hijos recién nacidos.

Te enviaré los cien francos, pero obviamente tendré que pedirlos prestados a la empresa de Cosme Batlle, porque nadie conocido tiene esa cantidad de dinero.

Mi instituto va bien. Es el único quehacer que me da esperanzas en estos tiempos sombríos.

Tus hijos preguntan por ti y por su hermano. Ya no sé qué más prometerles.

Tu Salomé

Domingo, 15 de abril, 1890

Pancho, querido:

Esta tarde enterraron a nuestro viejo amigo Billini en un funeral de estado. Mis estudiantes se fueron todas a casa temprano, no les está permitido marchar, solamente a los varones. Pero les aconsejé que se pusieran en fila en las aceras y que agitaran un pañuelo o un pedazo de tela negra. No puede ser que se nos niegue hasta el derecho al duelo.

Después de la salida temprana cerré la planta baja. Al momento de recostarnos para la siesta tocaron a la puerta. Pibín corrió al balcón y reportó que había soldados abajo. Sentí que se me congelaba la sangre en las venas. Pensé que pronto estaríamos junto a Federico en el calabozo.

Minutos más tarde, ¡el hombre en persona se apareció en mi sala! Es alto y ágil, muy trigueño, como sabes, con ojos brillantes y espléndidos y un magnetismo que no se puede negar.

Tal parece que Lilís leyó el poema que escribí para Billini en el *Boletín Eclesiástico* (incluyo copia) y vino a decirme cuánto le había conmovido la elegía y que tenía pensado leerlo en el funeral. Y tuvo las agallas de pararse en mi sala, y con tu propio hermano metido en el calabozo, recitarlo.

> Evitar que sus sueños mueran
> Fue el único monumento que soñó...

¿Será que, como dice Hostos, la poesía no tiene poder?

Cuando ya se iba, mencioné el nombre de Federico y el otro asunto delicado, el dinero que el Ayuntamiento nos debe.

—Usted es mujer de pocas palabras, doña Salomé, pero va directo al grano, me dijo.

Acto seguido me prometió que las cuentas pendientes serían pagadas al día siguiente. (No dijo nada sobre Federico.) Cumpliendo su palabra una vez en su vida, al otro día por la mañana, me entregaron trescientas papeletas —su nuevo papel moneda que nadie toma en serio. Estoy tratando de convertirlos en mexicanos o en francos a la primera oportunidad para mandarte una aportación para que compres el equipo médico que necesitas. (¿Por qué se ha vuelto tan caro vivir en París este año, mi amor?)

¿Cómo está mi hijo? Quiero saber hasta la más mínima cosa sobre él. ¿Pregunta por nosotros? ¿Ha mejorado su carácter? ¿Todavía se lleva bien con Mademoiselle Chrittia? Dime si hay algo que le pueda enviar cuando los Marchena regresen a Francia. Sus viajes serán ahora más frecuentes, pues don Eugenio ha sido nombrado ministro en París.

Tu Salomé

Viernes, 10 de mayo, 1890

Ay, Pancho:

Una gran tragedia le ha acaecido a Ciudad Nueva: el peor incendio de la historia, según don Emiliano, nuestro historiador. La capital estuvo envuelta en negras humaredas durante varios días. Ya te imaginas lo terrible que esto ha sido para mi asma. Pero nada se compara a las pérdidas que otros han sufrido. Estoy preocupada por Federico —ni un palabra de él, todavía. Pibín, ya conoces su naturaleza generosa, enseguida preguntó que si podemos hacer algo por los damnificados. Es más, Trini y su madre van a ser anfitrionas de un evento para recaudar fondos, y yo he contribuido con "Mi óbolo", copia adjunta.

Trini pasa por aquí una vez al mes, en cuanto se entera de que el vapor de correo ha llegado, para preguntar por ti y por Fran. Le he dicho que tú quieres que te escriba, pero me parece que a Trini no le apetece escribir cartas ni nada por el estilo. Recuerda que ella estudió con las hermanas

Bobadilla, donde la escritura era mal vista. Siempre me pide que te envíe sus más cariñosos saludos.

Incluyo sus más cariñosos saludos.

Salomé

Martes, 8 de julio, 1890

Queridísimo:

Estoy desesperada pensando en tu fatiga y enfermedad. Si Dieulafoy te recomienda tres meses de descanso en la Playa de Cabourg, por supuesto, puedo esperar. Puedo esperar una eternidad si esto significa que tu salud no se verá comprometida. ¿Sería posible, mi amor, que ese descanso dure menos de tres meses si te cuidas bien? ¡Cómo espero que así sea! Ya vamos para tres años de separación y todavía te faltan dos niveles. Por supuesto que, de vez en cuando, me desespero. Pero no debes sacrificar tu salud por ningún motivo.

Me alegra saber que has convencido a Mademoiselle Chrittia de que les acompañe a Fran y a ti a Cabourg. De otra manera tu no descansarías, pues sé de sobra que nuestro Fran ha sido "bendecido con un fuerte carácter" — como bien dice Mademoiselle Chrittia. En la próxima déjame saber sus medidas, pues Mamá insiste en confeccionarle una chaquetilla de paseo. (Pregúntale si ya tiene una.) Ya conoces a Mamá, ella agradece a todo el mundo con el hilo y la aguja.

Tus hijos están bien y preguntan por ti.

La situación de Federico sigue igual.

Tu Salomé

Miércoles, 3 de septiembre, 1890

Querido Pancho:

No he recibido carta alguna desde que saliste de París. Te has vuelto poco comunicativo. Me aterra pensar que la enfermedad sea la causa de tu silencio. Empezaste el año con bronquitis, y luego pleuresía este verano. ¿Qué puedo pensar? Por Dios mándame un cable para saber que estás bien. No te he pedido nada durante estos tres años. Compláceme en esto por una vez.

Aquí continúan las malas noticias. Federico sigue en la cárcel. Después de la farsa de Lilís de ayudar al Instituto, su Congreso se negó a reconocerlo como institución pública. Así es que no recibiremos más fondos para complementar la migaja del Ayuntamiento.

Maestros y estudiantes han perdido el ánimo. Muchas ausencias.

Pero tus hijos están en pleno desarrollo. No vas a creer lo alto e inteligentes que están los dos. Pibín ahora quiere que lo llamen Pedro en lugar de su nombre de bebé, pero yo le digo que él siempre será mi Pibín. Max se ha vuelto un hablador bla, bla, bla, todo el día. No le entiendo la mitad de las palabras, pero él dice que está practicando el francés para poder hablar con su padre cuando regrese de París.

Tu Salomé

Martes, 18 de noviembre, 1890

Francisco Henríquez y Carvajal:

He recibido la desilusión más grande de mi vida. Después de todo mi sacrificio, así es como me pagas. ¡Y delante de nuestro propio hijo, con su propia nana!

¿Cómo lo sé? La carta que le escribiste a Federico fue entregada aquí. Ahora sí que la has hecho. Ahora entiendo tus demoras. Todo ese trabajo en París.

Me destrozas el corazón. Quédate el tiempo que quieras, pero devuélveme a mi hijo o iré a buscarlo yo misma. Te juro que tú no sabes de lo que soy capaz.

No quiero saber nunca más de ti.

(MUTILADA)

Viernes, 5 de junio, 1891

Doctor Francisco Henríquez y Carvajal
60 rue de Mazarine

Esperando el regreso del vapor Olinda que sale el 12 de junio de Le Havre. Felicidades por tu licenciatura médica. Federico libre. Hijos saludables y felices.

Cumplí mi promesa.

Salomé

SIX

Faith in the Future

Minneapolis, Minnesota, 1918

CAMILA NO ESTÁ segura de quién se trata, pero alguien la persigue por el recinto de la Universidad de Minnesota.

No es que haya visto a nadie en carne y hueso, se trata más bien de una sensación, una sensación que ella trata de achacar a la tensión prevaleciente en un país en guerra. Los grupos de vigilantes surgen en todas partes. Principalmente andan a la caza de los alemanes, pero todos los extranjeros les son sospechosos. Pedro, quien es particularmente moreno, y Camila, con su fuerte acento, ya han sido interrogados dos veces por el capítulo local de los Niños Espías de América.

En su bolso lleva una carta que certifica que Camila estudia para obtener una maestría y que es profesora de cursos de introducción al español; que Pedro es candidato doctoral y profesor; que los dos individuos antes nombrados han jurado defender, de ser necesario, la Constitución de Estados Unidos. ("¿Y quién defenderá la nuestra?", Pedro masculló frente al decano. Camila tosió para ahogar sus rezongos.) Estos documentos han reducido el número de incidentes, pero aun así, ellos son obviamente extranjeros, y eso es suficiente razón para que sean detenidos y cuestionados.

Además, ella tiene otras razones para sentir que la espían. Todo comenzó inocentemente, recostadas en la cama —¿en qué otro sitio podían sentarse en la pequeña habitación de la casa de huéspedes donde vive Marion?— leyendo en voz alta, Marion un párrafo, luego Camila el siguiente. "Para que puedas practicar el inglés". Su estudiante se ha convertido en su maestra. Así es cómo comenzó todo.

A principios de junio, las alamedas están llenas de estudiantes apresurándose de una clase a la otra o sentados en los bancos disfrutando del cálido clima después de un largo y crudo invierno. Por un rato olvidan los exámenes que comenzarán en dos semanas, la guerra en Europa, los *doughboys* en las trincheras de Francia. Los jóvenes estudiantes se regodean en el sol como criaturas que recobran conciencia después de una larga hibernación.

A ella no le queda más remedio que sentirse esperanzada sobre el porvenir. Ha recibido una invitación de Marion para pasar el verano con su familia en LaMoure y una oferta del rector Olmsted para enseñar el próximo año. Todo esto, claro, depende de que ella se mantenga firme con su familia. Es una de esas preocupaciones que tiene en la mente en estos momentos: cómo informarle a Papancho que no regresará a Santiago de Cuba al final del año escolar como estaba planificado.

Claro, con quien tiene que comenzar es con su hermano Pedro, quien en estos momentos se encuentra en el pequeño apartamento que ambos comparten, recuperándose de una operación de los sinus. Pedro se marchará de Minnesota. Quizás vaya a México, o si la guerra termina, a España, donde vive Alfonso Reyes, su mejor amigo. Les ha dicho a sus colegas que no soporta otro invierno allí. Pero, en privado, le ha confesado a Camila que las dificultades que ha confrontado por su color y su acento le han dejado un mal sabor sobre este lugar. Y día a día la patriotería se hace más vehemente, se matiza de crueldad. "Mejor será que salgamos de aquí mientras podamos", a veces bromea con amargura. Y piensa que, claro, Camila se marchará con él.

Ella no ha encontrado el momento oportuno para contarle sus nuevos planes. Entre los ataques de dolor que él sufre y su propio programa enloquecedor —terminar su tesis, estudiar para los exámenes, dar sus clases y las de su hermano— ha dejado pasar varias semanas. Ayer Olmsted le recordó que, cuando termine los exámenes, debe saber su decisión sobre el empleo para el otoño.

Ahora, mientras se dirige a la clase de Pedro a recoger cuadernos de trabajo, sabe que hoy no es un buen día para decírselo. En el fondo de la cartera ella lleva una copia del *Minneapolis Journal* que él aún no ha visto. Probablemente no deba mostrárselo ya que él todavía se encuentra débil, pero ellos deben responder a la acusación o de lo contrario interpretarán su silencio como un acuerdo. Después de todo, ellos no son simplemente dos anónimos profesores extranjeros provenientes de un país insignificante que estudian para obtener sus licenciaturas, sino que son, como Marion gusta de jactarse, el hijo y la hija del presidente de un país que está a un salto de la Florida.

"En estos momentos él no tiene un país en realidad", Camila le dice a Marion. Los Marines han derrocado al Presidente Pancho, quien espera en Santiago de Cuba que se acabe la guerra. Después piensa ir a Washington a indicarle al Presidente Wilson que la invasión fue una injusticia. Camila no sabe cómo su padre lo logrará, pero para entonces ella estará lejos y el entusiasmo y las campañas de Pancho no serán su responsabilidad. Pero aun así, se preocupa, por la salud de su padre quien ha sufrido un infarto; por sus tías quejonas; y en particular, se preocupa por sus tres hermanastros desenfrenados, sin supervisión.

De sólo pensar en la deplorable situación en que se encuentran, le vuelven las antiguas voces a la cabeza. Ella *debe* volver. Ella no los puede abandonar también. Es más, cuando Pedro escribió a la familia que Camila había logrado obtener una plaza de profesora asistente mientras hacía su maestría en la misma universidad donde él estudiaba para su licenciatura, decidió que no iría. Sorprendentemente, fue Pancho quien la animó a ir. Obtendría un fantástico diploma norteamericano y podría regresar en menos de un año y ayudar a la familia a salir de sus estrechas circunstancias. Además, con su buen inglés sería una ayuda inmensa a la hora de negociar con el Presidente Wilson.

Hasta el último momento en el muelle en Santiago de Cuba, Camila seguía cambiando de idea. Aún ahora, en algunas tardes solitarias, especialmente cuando Marion no se encuentra, Camila escucha las voces de su corazón, llamándola con frases que surgen de los poemas de su madre: *El deber es la más noble de las virtudes. Las mejores vidas incluyen la renuncia. Quien se entrega a otros vive entre palomas.*

Según Marion, esas voces no son más que imágenes de la infancia que invaden su vida adulta para decirle a su inconsciente qué debe hacer. "¡Tienes que librarte de su control!", le insiste Marion. Freud es el último grito en esos momentos, y Marion y sus amigas bailarinas se dejan arrastrar por las últimas teorías. Marion visita un analista cuatro veces a la semana, y luego imparte sus conocimientos a sus amistades "gratis".

La figura en la oscuridad, con sombrero y un sobretodo abultado, mantiene una distancia respetable. A Camila se le ocurre que su perseguidor bien pudiera ser un reportero del *Journal*. Para comprobar su presentimiento, se esconde detrás de las escaleras del Recinto Folwell, desde donde puede ver la entrada sin ser detectada.

¡No puede ser! ¿Pedro? Su hermano está en casa tirado en el sofá, convaleciendo de su operación. Pero en esta universidad llena de pálidos finlandeses, suecos, alemanes (aunque ya no se les debe llamar alemanes), la piel oscura y el pelo negro de su hermano son inconfundibles.

Si no fuera porque tiene que ir a cubrir las clases de su hermano ahora mismo, correría a casa a constatar si él está donde se supone que esté.

PEGA EL OÍDO a la puerta antes de abrirla. Siente el tecleo de la máquina de escribir. Claro, está escribiendo su tesis doctoral.

Entre sesiones, ella también usa la máquina alquilada para escribir su tesis de maestría: *Los pastores en las pastorales de Lope de Vega,* tema sugerido por Olmsted. Ella hubiese querido escribir sobre Hostos, el querido amigo y mentor de su madre. Pero el Profesor Olmsted, alto, pelirrojo, con su espeso bigote y su cara de morsa triste, insistió en un clásico.

Pedro alza la vista al abrirse la puerta. Su pobre hermano parece que ha estado en un encuentro pugilístico: tiene la nariz inflamada porque los médicos tuvieron que romperle el hueso y realineárselo. Cada vez que Pedro describe la operación, a Camila le dan escalofríos. "Pobre Camila", Pedro ha dicho. "Ella sufre pero no tiene dolor". Ella ríe cada vez que él lo repite, aunque ya lo ha escuchado media docena de veces.

Camila pone la pesada bolsa de libros sobre la mesa de la cocina. El lugar es una sola habitación grande, dividida por una cortina detrás de la cual Camila duerme y se viste. La habitación para alquilar la anunciaron en el periódico como una "eficiencia" y nunca se ha escrito palabra más verdadera. Pero el casero, un viejo alemán, sin duda mordido por la discriminación, estaba dispuesto a alquilarles a extranjeros asociados con la universidad.

"¿Cómo está mi hermanita tan trabajadora?". Pedro sonríe. Se ve peor cuando sonríe. "¿Cómo está la Meca de Minnesota?". La Meca de Minnesota es como Pedro llama al Departamento de Español en sus momentos de generosidad.

"Tus estudiantes envían sus mejores deseos". Camila apila sobre la mesa los cuadernos de trabajo de los estudiantes de Pedro. Desde el fondo de su bolso, el titular del periódico la confronta.

"¿Pasó algo interesante?", dice, ansioso de tener noticias.

"¿Por qué preguntas?".

Él se sorprende ante la cortante respuesta. Usualmente, cuando llegan a casa, conversan sobre los eventos del día mientras comen una cena sencilla. "¿Ocurrió algo? Me parece que estás molesta".

"Pues, pasó algo interesante", comienza a decir, observándolo cuidadosamente para detectar su reacción. "Creo que te vi".

"¿De qué hablas, Camila?". Él está en bata de casa, con la cara

hinchada, trabajando arduamente en su tesis sobre la versifi-
cación irregular en la poesía española, y de vez en cuando, toma
un descanso y se sirve un vaso de té de la botella que ella le deja
preparada y se toma dos aspirinas más para el dolor. En realidad
ha adelantado muchísimo esta semana de convalecencia: ya casi
ha terminado de pasar a máquina su tesis y también ha adelantado algo en su compilación de las "mejores obras" de su madre
que quiere publicar en una nueva edición que su amigo, Alfonso
Reyes, ha concertado con un editor en Madrid. Desde que los
Amigos del País publicaron su primer libro en 1880, no ha salido
otra colección de los poemas de Salomé. "Así es cómo en realidad mueren los poetas", Pedro apunta.

"Entonces, ¿no saliste?".

"Por favor, Camila". Levanta una mano en ademán de,
Mírame, soy un hombre enfermo.

"Quizás estaba tan molesta porque vi doble". Ella saca el pe-
riódico de su bolso y se para frente a él a leerlo en voz alta. LOS
HIJOS DEL EX PRESIDENTE DE SANTO DOMINGO
PREFIEREN EE.UU.

"Hijos de la gran puta", Pedro exclama.

Nunca antes Camila ha escuchado a Pedro echar maldiciones
de esa índole. Pero en lugar de escandalizarse, se siente aliviada
de que él exprese los sentimientos que ella ha tenido encerrados
dentro de sí todo el día.

Su hermano arranca de un tirón la página que estaba escribiendo de la máquina de escribir y pone una hoja en blanco. Sus
dedos atacan las teclas, una a una, con fuerza y velocidad.

"Ten cuidado con lo que dices", ella le advierte. No necesita
recordarle a Pedro los reportajes que han leído en los periódicos:
el joven que lincharon por mencionar el nombre del Káiser en
Wyoming, la prohibición del gobernador de Iowa de hablar
alemán en los tranvías, los menús con el plato de hamburguesas
tachados y reemplazados con "emparedados de la libertad". Olmsted ahora llama a su dachshund "cachorro de la libertad".

"Tenemos que defendernos de estas mentiras", dice Pedro, tecleando furiosamente. Pero tiene tanta ira, que comete muchos errores.

"Deja, yo lo hago, Pibín", dice Camila tocándole el hombro para tranquilizarlo. "Tu me dictas".

Él se sostiene la cabeza con las manos —es obvio que le ha vuelto el dolor— y le cede el asiento. Se acuesta en el sofá, que también le sirve de cama, y compone la carta en voz alta según ella la va escribiendo. "Nuestro padre fue derrocado por los norteamericanos por no acceder a las demandas... Nos encontramos aquí porque la ocupación de nuestro país no nos permite regresar..."

La última tarde de la presidencia de Pancho, después de él haberle informado a la familia de que tendrían que exiliarse de nuevo, Camila recuerda vagar de cuarto en cuarto del elegante palacio colonial. En un dormitorio vacío del segundo piso, abrió una de las ventanas. Era el mes de noviembre. El invierno tropical se acercaba. Las olas se estrellaban contra el malecón con un abandono que la asustó. Se había imaginado su regreso a casa, triunfante, la hija adulta de Salomé, de regreso con su padre para ayudar al país en lucha... Ahora, dos meses más tarde, se da cuenta de que la vanidad de la fantasía que ha llevado en su cabeza debe servirle de compás de cómo debe actuar. Pero a diferencia de su madre, no dejará que este fracaso la consuma. No se regalará a un país que no puede cumplir con los sueños de su alma.

Pedro hace una pausa y luego, con voz cansada que ella sabe que no es para la carta, dice, "Me alegro tanto de que nos iremos de esta casa de locos en unas semanas".

Ella siente el peso de esta conclusión. No hay manera de que ella pueda quedarse con Marion el verano ni aceptar la oferta de Olmsted sin parecer que traiciona su patria y su adorada madre.

Esa noche sale a dar su acostumbrado paseo —"para tomar un poco de aire fresco", le dice a Pedro. Pero cuando llega a la habitación de Marion, no hace lo que acostumbra. En su lugar, se voltea justo a tiempo para ver la oscura figura caminar apresuradamente hacia su edificio de apartamentos. Es Pedro, está segura de ello. Con un latigazo de vergüenza, se pregunta cuánto sabrá él sobre ella y Marion.

MARION REED TENÍA el nombre más fácil de pronunciar en la lista del primer día de clases de español para conversar. Las consonantes y vocales de los nombres de sus estudiantes (Hough, Steichner, Thompson) se le trababan en la lengua a Camila, y las muchachas —que eran la gran mayoría en vista de que tantos muchachos estaban peleando en la guerra— se reían despiadadamente.

Pero la joven de pelo corto y negro sentada en la primera fila parecía estar fascinada con cualquier cosa que Camila dijera. Lucía mayor que las demás estudiantes, quizás tendría la misma edad de Camila. Llevaba una chaqueta deportiva, y cuando cruzaba sus largas piernas, ¡era evidente que llevaba pantalones! Camila nunca había visto una mujer vestida de esta forma excepto en revistas o en el teatro.

Le dio la vuelta al salón de clases, preguntando a cada estudiante, en inglés, por qué había decidido estudiar el español.

Cuando llegó a Marion, ésta le respondió en español. "Amo la lengua".

Camila sintió la emoción de todo extranjero al escuchar alabanzas a su idioma.

Esa tarde, Olmsted le informó de que tenía que inscribirse en una clase de educación física para cumplir con los requisitos necesarios para los studios graduados.

"¿Educación física?", preguntó, inclinándose hacia delante en la silla. Esas primeras semanas en inglés, nunca sabía si había escuchado correctamente o si era posible que un lenguaje fuese tan diferente al otro.

"Hockey de campo, rudimentos de higiene, higiene personal,

entrenamiento físico elemental, intermedio o avanzado", leí de un catálogo. "Expresión rítmica".

"¿Expresión rítmica?".

"Creo que quiere decir danza", especuló Olmsted.

Para su primera clase Camila se vistió apropiadamente en su vestido de fiestas y unos zapatos de tacón bajito que la ayudarían a dominar el vals, el pasodoble, el fox-trot. Siempre le había gustado bailar.

Allí en la clase estaba su estudiante, Miss Reed. Pero en lugar de ropa de calle, ella y las demás estudiantes vestían túnicas sueltas. Daban saltos por toda la habitación, movían los brazos y las piernas sin ton ni son de una forma embarazosa, igual que cuando las muchachas se ponen ridículas en una fiesta. Camila se dio la vuelta para marcharse.

"¡Hola!", Marion atravesó la sala hacia ella. "Me parece que te conozco". Los ojos oscuros le estudiaron el rostro, sin tratar de disfrazar su mirada descarada. Camila bajó los ojos al piso y se sorprendió al verle los dedos de los pies a la joven. Estaba bailando descalza.

"¡Ya sé! Eres mi profesora de español. ¿Vas a tomar E.R.?". Estudió el vestido de encaje color crema de Camila como preguntándose si era comestible. Años atrás, había manchado el frente del vestido en una fiesta de cumpleaños. Su madrastra le había quitado la mancha, pero aun así, cada vez que Camila se lo ponía y alguien la miraba, pensaba, ay, se nota la mancha.

"Es una clase buenísima", le dice la joven. Por las anchas mangas de la túnica podía verse su cuerpo largo y espigado. "Vamos a comenzar con los ejercicios de Delsarte, después pasamos a Fuller y St. Denis, para liberar al cuerpo partiendo del plexo solar". Comenzó a respirar profundamente y abrió los brazos como si fuera a abrazar a Camila. Instintivamente, Camila dio un paso atrás.

El gesto sacó a la joven de su trance. Miró a Camila con una mirada de interrogación. "¿Qué sucede?".

"Nada", le contestó, tratando de no sonar molesta. Los estudiantes norteamericanos tratan a los maestros con familiaridad, pero ella no se acaba de acostumbrar a este nuevo estilo.

Marion le sostuvo la mirada por un momento. Seguidamente continúo el gesto que había comenzado y abrió los brazos a todo lo que daba.

Camila la observó, preguntándose qué se esperaba de ella.

"¿Qué quiere decir ese gesto?", le preguntó a Marion meses más tarde cuando ya eran amigas. "Abrir los brazos de esa manera".

"Hice el movimiento de bienvenida de Delsarte. Quería comunicarte que tuvieras confianza en mi", le explicó Marion. "De veras. Desde el principio me sentí atraída hacia ti. Fue como encontrarle el rostro al amor".

Esa noche Camila anotó la frase *encontrarle el rostro al amor* en su libreta. Siempre se imaginó la cara de un hombre, o la de su madre, prendida en ese gran corazón, pero dado que sus experiencias con su primer pretendiente, Primitivo, la dejaron curiosamente fría, se pregunta si es capaz de amar en esa forma. Desde aquel entonces ha tenido muchos admiradores, pero no ha admirado a ninguno. "Tú buscas un héroe de novela", Pedro le ha dicho a modo de acusación. Pero no es cierto, ha pensado a menudo. Es a mi madre a quien busco.

"Te contemplo con los ojos del amor", Marion le ha dicho, virándose boca abajo para mirarle los ojos a Camila. *El canto de la alondra*, la nueva novela de Cather que estaban leyendo juntas, ha quedado olvidada, tirada a los pies de la cama. "Y yo te contemplo contemplándome," le dice Camila con una sonrisa.

A veces Camila se pregunta si sus amigas norteamericanas la ven de verdad. Cuando Marion le sugirió por primera vez que pasaran el verano juntas, a Camila le preocupó cómo sería recibida en LaMoure, Dakota del Norte. Después de todo, si a ella y a Pedro los han abucheado en ciudades grandes como Minneapolis y St. Paul, ¿qué pasaría en una pequeña aldea?

Marion se rió. "Camila, mi amor, no tenemos aldeas en

Norteamérica. Y, vamos, tú eres tan negra como yo soy alemana".
Varias generaciones atrás, el bisabuelo de Marion emigró de
Alemania. Desde ese entonces, la familia se cambió el nombre de
Reidenbach a Reed. Ese es uno de los muchos secretos que han
compartido y que no pueden repetir. Daddy Reed tiene un
puesto importante en su compañía y debe ser cuidadoso. "Eso
no me hace alemana. Pasó hace mucho tiempo. Sería como decir que somos monos porque descendemos de los simios".

"A mí no me importa lo que eres", añadió Marion, besándole
la palma de una mano, luego la otra, pronunciando el nombre
completo de Camila como si fuera un trabalenguas que quisiera
dominar.

A Camila se le ocurre que los arrullos amorosos deben parecer estúpidos a quien no sea uno de los participantes. Pero,
¿quién escucha? Sin duda, el viejo fantasma que su tía Mon le
enseñó a conjurar cuando era una niña: "En el nombre del
Padre, del Hijo y de mi madre, Salomé". Pero no es sólo su
madre, su padre y hermanos y tías también se han metido dentro de su cabeza. Aún a los veinticuatro años de edad, sigue
siendo difícil romper el antiguo hábito de verse a sí misma a
través de los ojos de los demás.

Y ahora, esos ojos son reales, los ojos de su hermano favorito,
persiguiéndola, tratando de sorprenderla en el acto —¿de qué?
Siente furia ante tal invasión de su privacidad. Una furia que la
lleva en busca de la primera oportunidad de vengarse e invadirle
la suya.

ÉL SE ENCUENTRA en la última visita médica postcirugía. Después tiene pensado pasar por la redacción del *Journal* y entregar
la carta. Normalmente, ella lo hubiera acompañado, pero se excusa. Necesita terminar de pasar a máquina su tesis y preparar los
exámenes finales para su clase.

Ella lo observa por la ventana del frente y en cuanto desaparece de vista, se arrodilla junto al viejo baúl donde Pedro guarda sus manuscritos y paquetes de cartas. Su hermano es un escribano empedernido: todo lo que piensa, sabe, cuestiona, Pedro lo escribe, principalmente en largas cartas dirigidas a Alfonso Reyes, quien sufre del mismo mal. Si Pedro sospecha algo, ya se lo debe haber contado a Alfonso, quien sin duda, habría mencionado el asunto en una de sus contestaciones.

El baúl sirve también de mesita de centro y de escritorio. Levanta el montón de papeles y se fija en el índice que Pedro ha preparado para la nueva edición de los poemas de su madre. Faltan muchos de los favoritos de Camila. Pedro los llama "poemas personales", como si eso los devaluara. En el fondo, la personalidad de su hermano es profundamente conservadora, algo sorprendente ya que él se las da de racional y moderno.

Se queda atónita con lo que encuentra dentro del baúl: además de la correspondencia de Pedro, hay cartas de su madre dirigidas a su padre, el diario que Pedro llevaba desde niño, y que incluye una biografía de su madre, copias de un periódiquito que Pedro y Max publicaban cuando eran niños y en el que Salomé aparecía como directora, hasta un recorte de un periódico dominicano, que ella ha visto antes, donde se reporta la absolución de Fran del asesinato de un joven. El veredicto fue en defensa propia, aunque, conociendo el temperamento violento de su hermano, Camila no está segura de si ella lo hubiera absuelto.

Podría pasar horas leyendo y sin duda descubrir los muchos secretos del pasado de su familia, pero tiene que apresurarse. El paquete de cartas de Alfonso está cerca de la superficie. Casi al final de la tercera carta, encuentra su nombre.

En cuanto al inquietante asunto de Camila, lo mejor, Pedro, es que obtengas evidencia ocular para que no te quepa duda y para que ella no tenga argumentos con que tratar de disuadirte de lo que debes hacer. Tú y yo sabemos que los norteamericanos son más liberales en su conducta. Y esos jóvenes yanquis (créeme, los he visto aquí) piensan que

pueden tomarese mas libertades con una extranjera de raza
dudosa. Una vez tengas la evidencia, debes confrontarla e
insistir en que termine esa relación y, en cuanto se gradúe,
mandarla a la protección del seno familiar.

Lo que Camila siente al principio es un gran alivio: ¡Su hermano sospecha que tiene una relación amorosa con un *hombre!*
Con lo grave que tal cosa pudiera ser, no sería nada comparado
con un romance con una mujer. Pero el alivio le pasa pronto,
seguido de una gran tristeza por la confianza que ambos han
traicionado. ¿Por qué Pedro no le preguntó directamente si estaba interesada en alguien? Recuerda como él ha hecho insinua-
ciones, mencionando el nombre de tal o cual maestro. Pero
como a ella no le interesa ninguno de esos hombres en lo más
mínimo, Camila asumía que los comentarios de Pedro eran
meramente parte de la rutina diaria de compartir noticias cuando
los dos llegaban a la casa y conversaban por horas hasta entrada la
noche.

Es más, hace varias noches, Camila le preguntó a Pedro sobre
un recuerdo borroso que tenía de su madre, que Pancho siempre decía que Camila lo había inventado para salvarse de castigos
de la infancia.

"No lo inventaste", Pedro le aseguró. "Siempre me acordaré de
cuando Mamá me dio ese poema, me hizo jurar que te cuidaría.
Mamá nunca me perdonaría si algo te llegara a suceder". Pedro
la miró con fijeza.

Ella apartó la vista, incómoda.

"¿Qué te pasa, Camila? Te ves preocupada".

En ese momento pensó en contarle sus planes para el verano
y el otoño y, más específicamente, declararle sus sentimientos
por Marion. Pero sin el rostro del amor, como diría Marion,
cualquier pasión parecería criaturista y absurda. Hasta el mismísimo Pibín, si ella no lo quisiera tanto, parecería algo repug-
nante, con sus sonidos y olor de animal, sus quejas, los vellos
negros y suaves al dorso de sus manos.

Hizo un ademán con la cabeza. Por el momento, no tenía nada que confesarle.

ESTÁN SENTADOS FRENTE a Olmsted, quien, como un escolar nervioso, hace crujir los enormes nudillos rosados. A cada rato levanta su dachshund, un animalito extraño con el cuerpo de melcocha estirada y el curioso nombre de doña Lola. Doña Lola lo acompaña a todas partes —hacen una pareja chistosa: un hombre enorme y tímido y el perro más bajito del mundo. Ha llamado a los hermanos a comparecer en la oficina del rector para discutir la carta publicada en el *Journal*, la cual ha causado un escarceo desagradable dentro de la administración.

"Quiero que sepan que los apoyo", dice Olmsted. Se rasca la cabeza de pelo fino y descolorido. La fricción hace que el pelo se levante, como un halo espinoso.

"No tenemos nada de que excusarnos", dice Pedro irguiéndose en la silla. A Camila le duele verlo en tal estado de alerta, como si en cualquier momento fuera a salir corriendo hacia la frontera. ¿Qué frontera?, se pregunta. Están rodeados de Estados Unidos. "Pusieron mentiras en nuestros labios", Pedro añade.

"El periódico es quien debe dar excusas", concuerda el rector. Se pone de pie y camina hacia la ventana, con doña Lola pisándole los talones. El castañeteo de las uñas del perro sobre el piso de madera la enerva. "Pero, hay que aceptarlo, estamos en guerra. El patriotismo es la ley, y la más mínima crítica..." Su voz se desvanece. Quizás ha visto algo por la ventana que no lo deja continuar.

Aunque no se ha mencionado, Camila sabe lo que está en juego, los diplomas que ambos esperan recibir dentro de una semana. Ella sólo perdería un año de trabajo, pero Pedro lleva aquí dos años y le toca recibir su doctorado de español.

"¿Qué nos aconseja?", pregunta Camila.

"Pueden escribir una carta explicando que no fue su intención faltarle al respeto a esta gran nación, etcétera, etcétera".

Olmsted suspira y levanta ambos brazos que luego deja caer. Ahora más que nunca, parece una morsa varada en tierra, moviendo sus aletas desesperadamente.

Camila saca su libreta y anota las frases del rector.

"No escribiremos tal carta", Pedro se pone de pie y cruza los brazos, listo para el martirologio. Doña Lola gruñe en reacción al movimiento súbito, pero Olmsted la calma acariciando con su mano enorme su cuerpo de salchicha. "Si la universidad decide negarnos los diplomas, haremos una protesta", declara Pedro.

Camila lo mira y nota cuánto se parece su hermano a su padre. La misma terquedad que hacía a Pancho insoportable a veces. Ella no dice nada. Es inútil tratar de razonar con un Henríquez una vez que haya plantado los talones en el terreno moral.

"No me preocupan los diplomas", dice Olmsted. Se detiene por un momento y los observa, como si estuviera a punto de fraguar un complot y quisiera asegurarse de su lealtad. "Pero como usted sabe, Miss Henríquez, yo le he ofrecido una plaza para este otoño". Hace un ademán a Camila, quien siente los ojos de su hermano clavados en su cara como diciéndole, ¡No me habías dicho nada!

"En cuanto a usted, Pedro", Olmsted continúa, "con tantos de nuestros colegas camino al campo de batalla, estoy en posición de ofrecerle un contrato por dos años con un considerable aumento de sueldo. Pero, por supuesto, la administración tiene que aprobar estos ofrecimientos..."

"Yo tengo otros planes," Pedro lo interrumpe. Camila sabe que es una mentira patente. Pedro ha decidido marcharse, pero no tiene planes. España no es una posibilidad. México todavía está convulsionado por su guerra civil y la intervención norteamericana. Su país está ocupado, así como el vecino Haití. Puerto Rico ahora pertenece a Estados Unidos, y Cuba va por el mismo camino. ¿Dónde pueden ir que no sea territorio enemigo?

Un suspiro audible se escapa de la boca del rector, acompañado por una caída de hombros —la emoción ensayada de un maestro veterano que necesita proyectar su desencanto a la clase. Doña Lola levanta las orejas, alerta a cualquier problema. El rector se vuelve hacia Camila. "Entonces, Miss Henríquez, ¿debo suponer que usted tampoco regresará?".

Respira profundamente, pero la voz le sale como un susurro. "He decidido aceptar su oferta", le dice a la cara de morsa triste.

Recoge su libro y se levanta a confrontar la mirada furiosa de su hermano.

Doña Lola también se levanta y ladra ruidosamente.

PEDRO SE PASEA. Dado el tamaño de la habitación, no tiene que ir muy lejos antes de dar la vuelta y confrontarla. "Papancho confió en mí tu cuidado".

Ella guarda silencio y se agarra las manos para que no le tiemblen. Podría decir un sinnúmero de cosas. Que tiene veinticuatro años de edad. Que es dueña de su propia vida. Que ahora tiene un empleo, una forma de cuidarse a sí misma.

Le han aprobado sus títulos. Olmsted se lo informó esta mañana. El rector también le entregó a Camila el nuevo contrato. "Para que lo firme a su conveniencia". Camila deslizó el sobre en su cartera para evitar una confrontación pública con su hermano. Ya han tenido varias escenas desde que ella aceptó la oferta de trabajo en la oficina de Olmsted. Cada vez que él comienza con sus argumentos, Camila simplemente le responde, "Te aseguro que tomaré en cuenta tus sentimientos, Pedro". No puede decirle Pibín cuando está enojada con él.

En cuanto a la carta de explicación al periódico, ha resultado ser innecesaria. Olmsted resolvió el asunto invitando a un amigo reportero del otro diario, *Minneapolis Tribune*, a su casa para que conociera a Camila y a Pedro. El reportero les hizo dos o tres preguntas y redactó un emotivo artículo sobre los dos jóvenes emisarios del sur de la frontera. Citó a Pedro correctamente al escribir, "No me gusta comparar a los países entre sí, cuál es el mejor, cuál está en lo cierto. Me interesa la gente, los individuos". La intervención de Camila fue breve e incontrovertible como siempre. "Su bella hermana estuvo de acuerdo".

Si el reportero los pudiera ver ahora, piensa Camila cuando su hermano se le para delante con el ceño fruncido. "No te voy a dejar aquí sola".

"Pero no voy a estar sola. Voy a pasar el verano con Marion y su familia".

Pedro se queda boquiabierto de la sorpresa. Se le ha sanado la nariz y sólo queda una ligera inflamación alrededor de los ojos como muestra del dolor y las dificultades de unas semanas atrás. "No sabes quién es son esa gente", empieza Pedro.

"Sus padres me han enviado una invitación muy amable. Mr. Reed es administrador de la North American Life Insurance Company". Le ofrece estos detalles como prueba de la respetabilidad de la familia de Marion, pero claro que ese no es el objetivo.

Se dirige a su alcoba a buscar la carta de invitación. De espaldas, se siente lo suficientemente valiente como para añadir, "En el otoño me mudaré con Marion y unas amigas a nuestro propio apartamento. Así es que, como ves, no estaré sola". Encuentra la carta que ha mantenido escondida bajo el colchón, donde su tía Ramona le dijo que Salomé acostumbraba a esconder sus cartapacios de poemas.

Cuando se vuelve, Pedro está sentado en la silla que ella antes ocupó, como si se hubiera derrumbado ante el impacto de las noticias. Pero en realidad, no se ve escandalizado ni enojado, sólo cansado. Es mucho para absorber, piensa, su hermanita, finalmente una mujer.

ESA NOCHE SE LE HA hecho tarde para su nocturno paseo. Pedro y ella están sentados en la sala, tomando té y conversando. Han superado sus desavenencias y ahora Pedro está considerando aceptar la oferta de Olmsted y quedarse dos años más.

"Pibín", le dice tocándole las manos, "no hay problema si decides irte, de veras". Su furia ha amainado y siente un gran cariño hacia él. Nunca ha podido guardarle rencor por mucho tiempo. Inevitablemente, ella termina por entender el punto de vista de la otra persona. Es un hábito que quizás ha adquirido de leer tantos libros, o de escuchar esas voces en su cabeza que le dictan lo que debe hacer. Ella recuerda cómo Pedro la describió en una de sus cartas a Alfonso. "Mi hermana tiene un carácter perfecto". (Sintió un latigazo de culpabilidad al leer esas palabras cuando se encontraba fisgoneando.) "Ella vive haciendo pequeños ajustes continuamente que pueden parecer indecisión. Pero en realidad son, creo yo, el tremor de su compás moral en busca de su rumbo fijo —que ella parece creer que es nuestra madre, pero que es, en realidad, su propia alma. Es fuerte sin violencia".

No se reconoció a sí misma en tal descripción pero le encantó el esfuerzo de su hermano de contemplarla con tal respeto. A menudo se pregunta si el destino le ha hecho una jugarreta y le ha dado como perfecto compañero a su hermano en vez de a un amante.

"Quizás sea yo quien más te extrañe si nos separamos", le dice Pedro. Ella no está segura de que le cree. Pedro siempre ha sido un nómada solitario.

Mientras hablan, ella descansa sus pies sobre el baúl que ahora no puede mirar sin sentirse avergonzada. Una o dos veces durante la conversación, ha estado a punto de confesárselo todo. Pero es mejor dejar que encuentre su evidencia ocular, como Alfonso le ha dicho. Mejor será ahorrarse la mortificación de tratar de explicarle algo que ella misma no comprende.

Ahora, durante su caminata, se detiene un momento y espera que él la alcance. Levanta la vista hacia el cielo nocturno: tantas estrellas en extraños lugares. Le ha tomado tiempo acostumbrarse a encontrar algo familiar en el lugar más inesperado. Como esta pasión que siente, una pasión que siempre deseó, pero que nunca pensó que sería provocada por una mujer.

Ella espera unos minutos, pero esta noche Pedro no aparece.

Siente un latigazo de la antigua soledad que sentía de niña cuando se hundía en la depresión y deseaba desaparecer. Es más, una vez, durante esa época, le escribió a Pedro, que estaba en México, y le dijo que una amiga de una amiga pensaba suicidarse. ¿Qué debía hacer? Él le respondió inmediatamente sugiriéndole que fuera a vivir con él. Por supuesto que Papancho no lo permitió.

En este mundo Pedro ha sido la persona más querida, más cercana a ella. ¿Y si al liberarse de la familia también llegara a perderlo? Apresura el paso calle abajo, perseguida por sus preocupaciones, como la joven de la mitología griega acosada por las penas y plagas que ha dejado escapar de su baúl.

CUANDO MARION ABRE la puerta, Camila se le tira a los brazos. "¿Qué ocurre?", pregunta Marion, abrazándola como a una niña que necesita ser reconfortada. "Estás sin aliento. Ven, siéntate antes que te venga un ataque de asma".

Camila no soporta quedarse tranquila y dejarse alcanzar por pensamientos tenebrosos. Se pasea de un lado a otro y le cuenta lo que le ha dicho a su hermano.

"¡Se lo has dicho!", grita Marion. "¡Me alegro por ti!".

Camila la manda a callar. "Recuerda que hay gente alrededor". "Gente" se refiere a las otras estudiantes y Miss Tucker, quien vive en los bajos, pero se está quedando sorda y deja la puerta delante sin echar el pestillo hasta que dan las nueve, luego "levanta el puente e inunda el foso". Antes de su actual encarnación como ama de la casa de huéspedes, Miss Tucker enseñaba historia en una escuela privada para niñas cerca de Boston.

"Salomé... Camila... Henríquez... Ureña...", Marion musita cada nombre y apellido como una caricia. Cada uno se merece un beso, cada beso más largo que el anterior.

Cuando la puerta se abre, Camila no se sorprende al ver a su hermano de pie en el pasillo, una expresión de desconcierto en la mirada. "¡Cómo te atreves!", le dice Marion con las plumas erizadas, como una gallina defendiendo a sus pollitos ante un predador. Él da un paso atrás, avergonzado.

La expresión en el rostro de Pedro remonta a Camila al primer recuerdo de su madre, alzando la vista del poema que acaba de terminar para decirle, "Ve con tu hermano".

Él gira sobre los talones y baja las escaleras corriendo.

"Pibín", le grita, con la esperanza de que el nombre le recuerde la promesa que él le hizo a Salomé.

La llegada del invierno

Santo Domingo, 1891–1892

FINALMENTE LLEGÓ EL día del regreso de Pancho. Habían pasado cuatro años.

Yo estaba completamente cambiada. Todos me lo decían. Estaba tan delgada que hasta Max podía rodear mis muñecas con sus manitas. Apenas podía respirar. Mi cabello se había tornado gris. Las líneas en mi rostro eran profundas, como si todo lo que no había escrito sobre papel, lo hubiera hecho sobre mi piel.

Lo último que deseaba hacer era bajar al puerto y observar la llegada de su barco.

ESTABA ATARDECIENDO, LO recuerdo, y Federico había venido por los dos niños. Los familiares y amigos de Pancho habían organizado una fiesta de bienvenida. Yo dije que no iría, el primer rocío de la tarde era siempre el peor para mi tos.

Pero a última hora, cambié de opinión. Me puse mi vestido negro de seda, lucía tan buenamoza como se pueda lucir en una ropa que me entallaba cuando pesaba veinte libras más. Me coloqué el pequeño crucifijo que Pancho me había regalado alrededor del cuello, y marché hacia el puerto con un niño en cada mano.

"Con calma, Salomé", me suplicó Federico.

¿Cómo podía mantener la calma después de esperar cuatro años para ser engañada?

"Recuerda que él es muy joven", continuó Federico, confundiendo mi silencio con conformidad.

El pequeño Pibín levantó su mirada hacia mí con sus ojos sabios. "¿De quién hablas, Mamá?".

"De nadie conocido", le repliqué.

Cuando los pasajeros fueron ayudados a trasladarse del bote de remos al muelle, los vi. ¡Pancho! ¡Fran! No podía creer mis ojos. Pancho se había puesto mucho más buenmozo en Francia. Y en cuanto a Fran, yo me había despedido de un niño y había regresado un hombrecito.

Di un grito. Sabía que estaba en público, pero no me importó. Abrí mis brazos y corrí hacia ellos, tenía los pulmones tan cerrados que pensé que iba a caerme antes de alcanzarlos. Detrás de mí, mis dos pequeños se esforzaban por seguirme.

Vi la sorpresa retratada en el rostro de Pancho en cuanto se percató de la triste realidad de mi enfermedad, lo desgastado de mi rostro y mi figura. Debió haber asumido que corría hacia él, mi ira y mi compostura olvidadas ante la felicidad de tenerlo de regreso. Se volteó, le dio su sombrero al conserje que cargaba su maleta, y extendió sus brazos hacia mí. Pasé rápidamente a su lado y tomé a mi niño entre mis brazos.

Fran se encogió, y por un momento horrible, pude ver el disgusto en el rostro de mi hijo. Él no sabía quién era esta vieja, de ojos hundidos, más flaca que un palillo.

"¿Mamá?", preguntó antes de que los dos estalláramos en llanto.

ESA NOCHE TODOS se reunieron en casa: todos los hermanos de Pancho excepto Manuel, por supuesto, quien todavía estaba en el exilio; Dubeau y Zafra quienes vinieron expresamente desde Puerto Plata para ver a su querido compatriota, y Don

Eugenio Marchena, que había llevado y traído tantas cartas de París cuando era ministro, vino un rato. Enferma como estaba, me quedé, hambrienta por la visión de mis tres hijos reunidos de nuevo.

Mucho después de que la campana tocara las nueve, cuando los dos más pequeños ya no podían mantenerse en pie, Ramona me ayudó a acostarlos a dormir. Un rato después, Fran me dio un beso de buenas noches. *"Bon nuit, chérie."* Ya casi no hablaba español. Me pregunté si le decía esas mismas palabras a esa otra mujer al despedirlo antes de ir a acostarse con Pancho.

Escorpiones en la mente —así eran mis celos. Y en mi pecho. Cada vez que pensaba en esa mujer, prorrumpía en un ataque de tos.

Finalmente, el último invitado partió. Ramona aseguró la casa y Pancho la acompañó a casa de Mamá, a una cuadra de distancia. Yo esperé, parada en la entrada, tratando de sosegar mis pensamientos.

Él se sobresaltó cuando me vio, sorprendido de encontrarme al otro lado de la puerta principal. Tenía la cabeza inclinada; obviamente se había preparado para esta escena. Noté su incomodidad, porque en realidad este era nuestro primer momento a solas.

En enero yo me había mudado a una casa cerca de Mamá y Ramona. Grande y fresca, con una huerta llena de árboles frutales y pájaros, la casa tenía forma de herradura, con un salón central que yo usaba para la escuela y dos alas con cuartos amplios que nos servían de vivienda.

Nos quedamos parados en la entrada mirándonos por un momento largo. Tenía el cabello recortado a la moda; el bigote acicalado y elegante. Había regresado de Francia con la figura de un hombre, treinta y dos años de edad, con la vida por delante. A mí, por el contrario, me había consumido la separación. Tenía cuarenta y lucía diez años mayor.

Cuando se acercó a mí, le di la lámpara que había desenganchado de su sitio. "Creo que debes de estar cansado, Pancho. Tu cuarto está pasillo abajo".

"¿No compartiremos la misma habitación?", preguntó él. Su español tenía una singular entonación francesa. "Salomé, yo te juro…"

"Tus baúles deben de estar ahí", lo interrumpí con voz cansada. "Desde ahora en adelante, tú vas por tu camino, y yo por el mío".

"Ay, Salomé, por Dios, esta es mi primera noche en casa…"

Yo no sé qué más dijo. Lo dejé parado frente a la casa, lámpara en mano, y en la oscuridad me fui a la cama.

TODAS LAS NOCHES quemaba azufre en mi dormitorio, con la esperanza de aclarar mis pulmones. Sobre la mesa pequeña al lado de mi cama, colocaba la botella de jarabe Emulsión de Scott y un vaso de leche cubierto con un platico. Cuando despertaba a media noche, debilitada por el ataque de tos, la leche me aliviaba la garganta. Cerré las persianas, corrí los cerrojos de las ventanas, y colgué una sábana para impedir la entrada de los vapores nocivos de la noche. Cerca de mi cama mantenía una ponchera lista para la expectoración que acompañaba cada uno de mis ataques.

Pueden ver que este no era un lugar que yo quisiera compartir con un hombre.

Pero al preparar mi cuarto para la noche y correr por dentro el pestillo de la puerta, no pude impedir que mis sentimientos inundaran mi corazón. No podía alejar de mi mente la idea de Pancho y su *mademoiselle*. Era como tomar un trago de vinagre con la boca llena de llagas.

Engañador, egotista, mujeriego, mentiroso, sinvergüenza, inútil, pensé para mí misma, como si cada palabra fuera una puerta que le cerrara en la cara.

Una noche, oí pasos, seguidos por un suave toque en la puerta, el cual ignoré.

"¿Estás bien, Mamá?", Pibín preguntó, preocupado al oír mi ataque de tos.

"Sí, mi amor", respondí, conmovida por la solicitud de mi querido niño. Pero también me sentí desilusionada. No quería admitirlo, incluso a mí misma: Hubiera querido que fuera Pancho.

¡Engañador, egotista, mujeriego, mentiroso, sinvergüenza, inútil, ¡pero seguía enamorada de él!

Estallé en otro acceso de tos.

TODO EL MUNDO veía nuestro reencuentro como el final feliz de una conmovedora historia de amor. O el principio de un final feliz. Primero tenía que resolverse lo de la salud de doña Salomé. ¿Quién mejor para curarla que su propio esposo, adiestrado en los últimos procedimientos médicos en Francia?

Pancho había regresado con la cabeza llena de humos y, además, coronada por un enorme y ostentoso sombrero de copa, la última moda entre los medicos en París. También vestía una levita estilo Príncipe Alberto adonde quiera que iba en la capital, aún cuando no fuera a visitar a un paciente.

Al atardecer le gustaba visitar el Instituto Profesional durante las clases. Al ilustre doctor recién llegado de Paris, por supuesto, se le invitaba a pronunciar algunas palabras. Pancho los complacía con largos discursos sobre los últimos avances de la medicina.

Su perorata favorita era la teoría de Pasteur sobre los gérmenes y cómo la propagación de una enfermedad podría ser controlada practicando mejor higiene. En nuestra casa, él había mandado instalar lavamanos en cada habitación e insistía en que nos laváramos las manos constantemente para impedir que se propagaran los gérmenes que mis estudiantes podrían haber traído. ¡Pancho y sus entusiasmos! Y me vino a la mente el recuerdo del joven de quien me había enamorado, ansioso de erradicar la ignorancia y la injusticia. Ahora su atención estaba dirigida hacia la erradicación de los gérmenes con agua y jabón. Pueden imaginar los rumores que se iniciaron: ¡Don Pancho había ido a París a aprender cómo lavarse las manos!

A Pancho le encantaba llevar al pequeño Pibín de compañía para vanagloriarse. En verdad mi hijo segundo era un niño asombroso. Aprendió a leer por su cuenta a los cuatro años, y después aprendió los números con gran facilidad. Recientemente, como una sorpresa para su padre, se había memorizado los nombres de los huesos y sabía dónde estaban localizados. "Omóplato, peroné, clavícula, cúbito y radio, húmero, fémur, metacarpo", recitaba con su vocecita, apuntando sobre su cuerpo el lugar donde estaba localizado cada hueso.

Pibín regresaría a casa con cuentos acerca de lo que el doctor Alfonseca había dicho y como luego Papancho lo había corregido. "Tal parece que tu padre fue tan brillante como siempre", señalé yo.

El niño ladeó su cabeza pensativamente. "Pero avergonzó al doctor Alfonseca. ¿Hubiera sido mejor si hubiera hablado con el doctor Alfonseca después?". Alfonseca era un médico veterano que le salvó la vida a Pedro cuando tuvo el crup años atrás. Y también fue Alfonseca quien me mantuvo respirando todos esos meses de severos ataques pulmonares.

"Estoy segura de que no fue su intención avergonzar al buen doctor, Pibín".

Lo pensó por un momento, y luego dijo, "No creo que Papancho tuvo la intención de lastimarlo. Sólo pienso que Papancho quería tener la razón".

Miré a mi Pedro. No era sólo la cantidad de información que tenía en su cabeza lo que yo admiraba. Mi hijo tenía un peso moral que, en alguien tan joven, era sorprendente. Cualquier cosa que se le enseñase, él meditaba sobre ella y hacía preguntas serias: *¿Qué es la justicia? ¿Qué es la patria? ¿Es la bondad mejor que la verdad?* Y una a la cual ya no le podía responder, *¿Es verdad que no hay nada más fuerte en el mundo que el amor?*

UNA VEZ YO LE había hecho a Hostos la misma pregunta.

Antes de que él finalmente dejara el país, Hostos había venido a darles un examen de botánica a las niñas mayores y se había quedado un rato. Yo sabía que esta era la única oportunidad que tenía de despedirme en privado. Me había prometido a mí misma que no iba a llorar. Temía que una vez que empezara, no hubiera podido detenerme.

Él estaba inquieto, como siempre, de pie, caminando de un objeto hacia otro en el salón —como un perdido que necesitara encontrar su camino siguiendo pistas. Junto al molinete que yo había construido para enseñar la fuerza del viento, volteó su rostro hacia mí. Había tenido muchos ataques de tos en los últimos días de ese invierno lluvioso.

"¿Te sientes bien, Salomé?".

"Es sólo un ligero catarro. Todos lo tienen". Con un gesto de la mano señalé la insignificancia de mi tos.

"Sí, Belinda y María también lo tienen." Se detuvo, esperando, como si yo no hubiera respondido a su pregunta.

Quizás le hubiera confesado la profundidad de mis sentimientos si él no hubiera mencionado a Belinda. En cambio, le hice la misma pregunta que Pibín siempre me hacía. "¿Es el amor más fuerte que nada en el mundo?".

"¿Por qué lo preguntas, Salomé?". Hostos nunca dejaba una piedra sin voltear.

"Porque para consolarme de la ausencia de Pancho me digo que el amor es más fuerte que la ausencia, más fuerte que el miedo..."

Podría haber dicho más. Podría haberle dicho que ahora me consolaba con la misma filosofía por su partida inminente, y que no tenía ningún efecto. Pero súbitamente, Hostos puso un dedo sobre sus labios y ladeó la cabeza como si hubiera oído a un intruso.

Me indicó que siguiera hablando y se dirigió sigilosamente hacia la puerta y la abrió. Ahí estaba Federico fisgoneando por la rendija en la doble puerta.

"¿Quizás debíamos preguntarle a Federico qué piensa?", dijo Hostos. Sentí la ira en su voz, controlada por su razonamiento positivista. Me temo no tener tal control sobre mí misma. "¿Es el amor más fuerte que ninguna otra cosa en el mundo, Federico, o deberíamos dejar que la sospecha y la traición controlen nuestra vida?".

Esa noche en la cama, lloré como no lo había hecho desde mi niñez. No podía detenerme. "Las lágrimas son la tinta del poeta", decía Papá. Pero yo ya no escribía. Podía malgastarlas en mi tristeza.

UN DÍA, POCO después del retorno de Pancho, el doctor Alfonseca nos visitó y pidió hablar con Pancho y conmigo en privado. Ramona arreó los niños fuera del salón. Pibín caminaba detrás de los otros, sus ojos tristes clavados en mí.

"No hay necesidad de que te diga, Pancho, que la condición de Salomé es seria. Su tisis..."

"Con perdón, José, pero yo he examinado el esputo de Salomé..."

"¿Lo examinaste?", dije, mortificada. ¿Cómo había logrado acercarse a mi esputo cuando yo ni siquiera le permitía entrar a mi dormitorio?

"Como dejan tu ponchera junto al baño cada mañana antes de vaciarla, yo retiré una muestra y la examiné bajo el microscopio".

Por la expresión del doctor Alfonseca deduje que él consideraba que ese aparato negro no era más que un juguete, nada que sirviese para ayudar a salvar vidas.

"Koch ha demostrado que la tisis la causa el bacilo de la tuberculosis y yo no he encontrado tal bacilo en la expectoración de Salomé", continuó Pancho. "Lo que tiene es una incidencia aguda de asma, agravada por el exceso de trabajo, la inflamación pulmonar, y..." Sus ojos se dirigieron a mí. ¿Se atrevería a decirlo, me pregunté —y por el sufrimiento?

Alfonseca no sabía qué hacer con este loro parisino. Finalmente, desechó su desacuerdo con un gesto. "No importa qué nombre le demos, Pancho, pero quiero tocar un tema bastante delicado. Creo que como pareja ustedes deben ejercer cautela, si no completa abstinencia..." (aquí a Alfonseca le sobrevino un acceso de tos avergonzada) "porque un embarazo en este momento podría ser mortal para la madre".

¿Mortal para la madre? Sonaba como si hablara de otra persona. No se preocupe, hubiera querido decirle. No existe tal posibilidad.

"En otros casos el embarazo ha sido realmente beneficioso", refutó Pancho. Al comenzar a enumerarlos, me sobrevino un ataque de tos. Las conferencias de Pancho tenían tal efecto sobre mí.

"Seguramente sus colegas franceses estarían en desacuerdo, don Pancho, debido a su inclinación a aplicar la fórmula de Peter en tales casos". Le tocaba el turno a Alfonseca de jactarse. Los doctores se enfrascaron en una especie de pelea de gallos médica y se olvidaron de mí. "Si es soltera, no al matrimonio; si es casada, no al embarazo..."

"Si es madre, no dar el pecho," Pancho concluyó la formula, asintiendo con la cabeza en profundo consenso. "Eso yo lo sé —pero esas restricciones se aplican solamente si el paciente está tuberculoso, y usted está completamente equivocado con su diagnóstico preliminar, doctor Alfonseca".

Alfonseca se puso de pie. Por el color de su tez, me di cuenta de que estaba encolerizado. "Me marcho", dijo inclinándose hacia Pancho. "Quizás usted esté en lo correcto, y se comprobará que estuve errado en mi diagnóstico, doctor Henríquez, pero no estoy equivocado acerca de una cosa. Usted es el esposo de

Salomé y yo soy su doctor. Los dos no debemos tratar su enfermedad. Sin embargo, doña Salomé", añadió inclinándose hacia
mí, "es usted quien decide".

Me puse de pie, apoyada en el espaldar de la silla. Pude notar
que Pancho esperaba que yo dijese que él era mi esposo y como
tal, él tendría la última palabra en todo, incluida mi salud. Pero
no toqué el punto —de hecho no sabía cómo hacerlo— de qué
era Pancho para mí ahora.

"Usted es mi doctor", le aseguré a Alfonseca. Sentí sobre mí
la mirada encolerizada de Pancho, lo que me provocó otro acceso de tos.

A PESAR DE sus sofisticadas teorías, a Pancho no le fue muy
bien el año de su retorno. Simple y llanamente, se le morían los
pacientes. En parte, porque creo que él estaba experimentando
con los últimos procedimientos quirúrgicos en nuestro pequeño
y pobre país, pero sin tener los medicamentos y el personal en-
trenado que lo respaldara. Cuando practicó la primera ovariec-
tomía de la isla a doña Mónica, de quien se rumoraba que era la
amante de Lilís, y murió, lo que antes sólo eran murmullos se
convirtieron en abucheos.

¡Lechuza! ¡Ave de mal agüero!, le gritaban al entrar en la casa
de un paciente.

¡Matasanos! ¡Matasanos!

Esta persecución se agravó cuando Pancho tomó partido con
el rival de Lilís. Me refiero, por supuesto, a don Eugenio
Marchena, quien había sido ministro de Lilís en Francia pero
ahora había roto con el dictador. Don Eugenio y Pancho se
habían hecho buenos amigos en París, y la amistad continuó en
la tierra natal. Ciertamente, el hombre nos había hecho muchos
favores, portando correo de ida y vuelta, y acompañando a nuestro Fran a cruzar el océano. Pero temo que ahora cualquier persona asociada con la época de Pancho en París sólo despertaba
mis sospechas. Cada vez que veía a don Eugenio, todo lo que

pensaba era, ¿cuanto sabrá sobre la otra vida de Pancho que me oculta?

La mano derecha de don Eugenio era don Rodolfo Lauranzón, quien se había mudado a la capital con su familia desde Azua para ayudar en la campaña. Cuando Lilís anunció que no se postularía en las próximas elecciones, a don Eugenio se le metió en la cabeza, o quizás sus amigos Pancho y Rodolfo se lo metieron, que él debía ser el próximo presidente.

Muchas noches, los tres se reunían en los aposentos de Pancho, hablando acaloradamente hasta altas horas y no me dejaban dormir.

"Pancho, por Dios", le supliqué una noche. "¡Deja esa locura!".

"No puedo olvidar mis ideales por la patria", protestaba, introduciendo una mano en su levita como el estadista en que soñaba convertirse.

"Yo tampoco", le dije calmadamente. "Pero he vivido en esta pesadilla los cuatro últimos años, y te garantizo que estas elecciones son un truco de Lilís para que la oposición muestre la cara. Pobre del que crea en su palabra".

Pancho movía la cabeza como si él supiera mejor. "Don Eugenio va a cambiar las cosas..."

"¡Don Eugenio!", me mofé. "Sin don Eugenio, Lilís no estaría donde está". Esto era un hecho que Pancho no podía refutar. Fue don Eugenio quien había negociado los préstamos con los que Lilís había hundido al país en deudas por décadas venideras.

Pancho dejó caer los hombros; sacó su mano fuera de la levita. "Salomé, ¿siempre tienes que tomar la posición contraria para molestarme?".

Tuve que pensar si eso era cierto o no. "Estoy muy enferma para pelear contigo, Pancho. Pero me preocupa tu seguridad". Cada día aparecían en los periódicos más y más testimonios contra el doctor de París. "Eres el padre de mis hijos. No quiero que ellos te pierdan como te he perdido yo".

"Tú no me has perdido, Salomé," dijo, mirándome a los ojos con tristeza.

Cualquier mujer a quien le haya dolido el corazón por culpa del hombre que ama sabe cuán tranquilizantes pueden ser estas palabras. Me sentí titubear, sentí la puerta abrirse ante el empuje de sus hombros.

"Ayúdame en esto, Salomé, te lo ruego. Sabes bien cuánto favorecería a don Eugenio tu apoyo".

Honestamente, traté. Cada vez que el hombre venía a nuestra casa, yo escuchaba cuidadosamente lo que tuviera que decir. Hablaba sobre los préstamos de Westendorf contra los préstamos de los norteamericanos, tipos de interés a corto y largo plazo, en plata o en oro, acreedores privados versus acreedores nacionales, etcétera etcétera, etcétera, pero jamás escuché las palabras *libertad, justicia, igualdad* salir de sus labios, excepto en pequeños crescendos, como si esas palabras fueran una servilleta para limpiarse la boca al final de una comida grasienta.

La verdad es que yo no veía mucha diferencia entre este hombre y Lilís, el actual dictador.

Pero guardé silencio. Por lo pronto, me sentía demasiado enferma para pelear con nadie.

FINALMENTE PANCHO RECONOCIÓ mi condición. Se tragó su arrogancia y su orgullo, y conferenció con Alfonseca. Se decidió que yo viajaría en barco a la costa norte donde quizás el aire seco podría curarme.

Mamá y Ramona estuvieron presentes cuando hicieron la prognosis. Mamá tuvo que sentarse cuando Alfonseca dijo que yo no viviría más de un año a no ser que me cuidara. Por primera vez, Pancho no tuvo nada que decir.

"¿Qué va a pasar con el instituto?", protesté. "No puedo abandonar a mis niñas".

"Tu salud es lo más importante en este momento", declaró Ramona. Ella me ayudaba a manejar la escuela, la cual crecía a diario. En ese momento teníamos setenta y dos estudiantes. Las madres venían constantemente a la casa, con sus hijas de la mano, a rogarme que las inscribiera, a pesar de que podían ver que no había una pulgada de espacio en el salón donde colocar otra silla. De hecho, hacía poco habíamos alquilado una casa más grande en el centro, al lado de la catedral, para acomodar nuestro creciente estudiantado.

"Yo me ocupo de la mudanza mientras estás allá. Así no tendrás ninguna inconveniencia", propuso Pancho. De todas formas él tenía que quedarse para atender su práctica médica. Tampoco podía abandonar a don Eugenio con las elecciones que se avecinaban.

"¿Y los niños?". Tan solo pensar en dejar a mis urraquitas por varios meses era suficiente para empezar a toser. Todos se miraron unos a otros con preocupación, esperando hasta que el ataque terminara.

"¿Por qué no los llevas contigo?", ofreció Pancho. "De esa forma los puedes mandar a la escuela de Dubeau para que no se atrasen en sus lecciones". La implicación era que por mi devoción al instituto, yo había descuidado la educación de mis hijos.

"¿Pero quién va a ir con ella?", comentó Mamá. "Ana está en tan malas condiciones, que no debo dejarla".

"Yo puedo ir", se ofreció Ramona, pero yo protesté. ¡Acababa de comprometerse a ayudar en mi escuela!

"¿Qué les parece una de las hijas de Lauranzón?", sugirió Pancho. "Son cuatro, seguramente pueden disponer de una".

Siempre me sorprendía la facilidad con que Pancho disponía de la vida de los demás. Pero la verdad era que las niñas de don Rodolfo probablemente agradecerían cualquier distracción, encerradas como estaban siempre. Su padre no creía en la educación para sus hijas, porque no quería que aprendieran a leer y escribir cartas de amor. Él tenía buenas razones para estar alerta, considerando la clase de ciudad en que Santo Domingo se estaba convirtiendo rápidamente, llena de pendencieros y sinvergüenzas. Todas las hermanas Lauranzón eran bellísimas, pero la más hermosa de todas era la más joven, Tivisita, con su melena de rizos castaños y su delicado rostro de muñeca de porcelana.

Tivisita algunas veces venía de la casa vecina para "ayudar a doña Salomé". Al menos esa era la excusa que ella daba a su padre para pasar sus días en mi casa. Y aunque yo estaba segura de que a don Rodolfo le preocupaba que visitara una casa que alojaba una escuela de niñas, no podía negarse al pedido de su compatriota don Pancho, quien, como él, era partidario leal de Marchena, y cuya esposa, doña Salomé, era un ídolo nacional.

Esa buena muchacha recibía con agrado cualquier tarea que yo le asignara. La dejaba atrás, arreglando la ropa de los niños o sirviéndole a Pancho su desayuno de *café au lait* con pan de agua que él insistía en llamar *baguette*. Después de sus reuniones nocturnas, Pancho despertaba con el clamor de la llegada de mis estudiantes. A pesar de que yo tenía a Regina de ayudante, ella tenía demasiadas cosas que hacer como para interrumpir la limpieza y preparar otro desayuno después de haber servido el mío y el de los niños, dos horas más temprano.

A media mañana, alzaba la vista y encontraba a Tivisita apoyada contra la puerta de mi salón de clase. Al final del día, cuando me ayudaba a limpiar el salón, la pescaba pasando la mano sobre los cuadros de letras como si pudiera descifrar su sentido al tacto.

Comencé a darle tareas que la llevaran al frente de la casa durante las clases para principiantes. Y cada día, le pedía que me hiciera el favor de copiarme alguna que otra página, como si asumiera que ella sabía escribir. Un día, cuando entré al salón para recoger un libro de texto que había dejado olvidado y que necesitaba para preparar las lecciones del día siguiente, la descubrí sentada en la mesa, con el libro abierto delante de ella, leyendo a tropezones, su dedo señalando cada palabra.

Me miró asustada al oírme entrar y cerró el libro de sopetón.

"Por favor, continúa", le dije, sonriendo al ver su cara de preocupación. "¡Lo estás haciendo muy bien!".

"Ay, doña Salomé, si mi padre se entera...", dijo con voz desvanecía.

"Este es un secreto entre tú y yo", le prometí. "Ahora tienes que olvidarte de señalar con el dedo y aprender a leer sólo con la mirada... así. Y leí un párrafo en voz alta, y luego ella trató de leerlo sin mover el dedo.

Naturalmente, cuando Pancho mencionó llevar a una de las hermanas Lauranzón, fue en Tivisita en quien pensé. Ella podría adelantar mucho su aprendizaje de lectura allá en Puerto Plata, lejos de su padre.

"¿Pero, quién me hará el desayuno?", preguntó Pancho.

"Ramona te puede servir el desayuno", le dije, mordiéndome los labios para no sonreír. Mi hermana y mi esposo me miraron incrédulos.

Ramona dice que haría cualquier cosa por salvarme, pero ella tiene sus límites. "Sólo si se levanta a una hora decente".

"A una hora decente", pronunció Pancho lentamente, como si tuviera que auscultar las palabras cuidadosamente antes de ofrecer su diagnóstico. Su entonación extranjera se había convertido en una afectación. "Una hora decente. Un concepto provincial del tiempo, sin duda. Eso es muy dominicano".

"Bueno, Pancho, ¿dónde crees que estás?". Ramona plegó sus brazos. "¿En París?".

LA NOCHE ANTERIOR a mi partida de la capital, Pancho me seguía cada paso, como hacía la vivaracha perrita Coco, que había fallecido recientemente. ¿Llevas la Emulsión Scott? ¿Tienes suficiente azufre para quemar, o ipecacuana en caso de que te dé fiebre? ¿Empacaste suficientes medias para los niños, zapatos, sombreritos de marinero?

"Pancho", le dije finalmente, "¡estás desordenando mi caos!".

Yo sabía que eran los nervios. Yo misma había tenido un día terrible, y como siempre, cualquier conmoción me provocaba la tos.

"Quiero pedirte un favor especial", dijo Pancho finalmente, sentándose frente a mí y tomando mis manos. No sé si fue porque estaba a punto de partir, pero no sentí la repulsión usual.

"Cuidaré muy bien a los niños", le prometí, pensando que esa era la promesa que él quería extraer de mí.

"Sé que lo harás sin necesidad de pedírtelo", dijo, mirándome con una extraña ternura en sus ojos. "Pero ese no es el favor que quiero".

Y procedió a explicármelo. En octubre, se celebraría el cuatricentenario del arribo de Colón a nuestras costas. Los Amigos del País estaban organizando una extravagancia en el Teatro Nacional, con música de Reyes y letra de Prud'homme y discursos por todo el mundo. Él mismo pensaba desempolvar la presentación que había hecho en París acerca del paradero final de los huesos de Colón. Martí probablemente vendría. Un poema de Salomé cerraría el evento con broche de oro.

No podía creer que Pancho pidiera poesía en un momento como este. "Pancho", le dije, mirándolo directamente a los ojos, "¿te das cuenta de lo enferma que estoy?".

Él asintió lentamente, pero podía ver que en realidad no estaba captando lo que le decía.

"A menudo me acuerdo del incidente que me comentaste en una de tus cartas", continuó Pancho, con la voz espesa de emoción. Era la primera vez que se refería a nuestra correspondencia. "La carta en la que me decías que tus estudiantes se disculparon porque tú sacrificabas tu poesía por ellas. Me parece que yo también te debo una disculpa, Salomé. Si no hubiera sido por mí y por los niños, tú hubieras continuado tu camino hacia la inmortalidad".

"Ay Pancho", dije, sacudiendo la cabeza. "Mis hijos son la única inmortalidad que deseo".

Pancho me miró fijamente, como si me arrancara capa tras capa de pretensión para llegar a la verdad de lo que yo realmente sentía. "Pero tú podrías haber sido Quintana. Podrías haber sido Gallego", apeló él.

"En cambio soy Salomé, la cual nadie más puede ser".

Me besó suavemente en la frente, en la punta de la nariz, en el mentón. "Yo, por supuesto, me alegro mucho de que así sea".

Más tarde, escuché como se lavaba las manos en uno de los muchos lavamanos.

ESOS TRES MESES que pasamos lejos quedaron como un borrón glorioso y soleado en mi memoria. Los niños, Tivisita y yo nos alojamos en una casita que alquiló para nosotros mi viejo amigo Dubeau, quien había enseñado en la Normal y en mi instituto. Cuando Lilís empezó a perseguir a los discípulos de Hostos, Dubeau y su esposa Zenona se mudaron al norte, a la ciudad costera de Puerto Plata donde establecieron una escuelita. No le habían puesto nombre para no atraer la atención oficial sobre sus actividades. El positivismo se había convertido en una actividad clandestina.

Escuchábamos rumores de las preparaciones que se llevaban a cabo en la capital para las celebraciones de Colón. Dubeau pensaba que toda esa fanfarria no era otra cosa que una argucia de Lilís para distraer la atención del pueblo de las elecciones venideras y de los muchos oponentes que tenían que ser eliminados del camino antes del día de la votación. Y así, cuando las réplicas de la *Niña,* la *Pinta,* y la *Santa María* que España había enviado entraron al puerto, flotaron sobre las aguas escoltadas por los cadáveres de los enemigos de Lilís. Los cañonazos de las carabelas ahogaron la balacera de los pelotones de fusilamientos de Azua, donde masacraban a los seguidores de don Eugenio a diestra y siniestra.

En nuestro soñoliento pueblo costero, estos acontecimientos nos parecían irreales. Nos despertábamos temprano, salíamos a caminar descalzos sobre la arena, a recoger caracoles, cada cual más perfecto que el anterior. Para cuando regresábamos a nuestra casita de palma y madera, tenía la falda llena de tesoros. Pronto, todos mis vestidos tenían el regazo desteñido y el ruedo manchado. La brisa del mar se llevó la infección de mi pecho. El sonido de las olas sosegó mi espíritu. Mis pulmones empezaron a sanar y mi corazón a remendarse.

Desde la capital, Pancho enviaba amorosas y frecuentes misivas como si tratara de compensar sus largos silencios y frías comunicaciones de Francia. Nos había mudado a la casa nueva, "un palacio", según él. Preguntaba si a los niños les gustaría un mono, ya que uno de sus pacientes, un organillero, le había hecho una oferta muy buena. Definitivamente no, le contesté. Con una casa llena y una escuela debajo, ya tenía suficiente de que ocuparme." Si vas a comprar un mono, ¿por qué no un oso y una cabra también?", añadí para aligerar mi negativa.

Mirando hacia el mar, me sentí inspirada y, por primera vez en dos años, tomé mi pluma y escribí, no uno, sino dos poemas. El primero lo escribí en mi antiguo estilo, sobre el grito de un marinero al divisar la costa, "¡Tierra!": la esperanza y la expectativa al fin satisfechas. El otro poema, "Fe", era mucho más tranquilo: los marineros en mitad del océano, azotados por las tormentas, se agarran de la fe para seguir adelante a pesar de la ausencia de tierra en el horizonte.

Le envié los dos poemas a Pancho y, por supuesto, escogió "¡Tierra!" para leer en la clausura de la celebración. Y si debo creer en el relato de Pancho sobre esa tarde, mi poema fue muy bien recibido. Al final de la ceremonia en el Teatro Republicano, Pancho se paró y lo recitó, su mano en la levita sin duda, y el ligero acento francés que se negaba a perder. El gran apóstol Martí, el generalísimo Máximo Gómez, el incomparable Meriño y el futuro presidente Marchena (¡los superlativos de Pancho!) se habían conmovido visiblemente. Hasta Martí sacó su pañuelo. Pancho juraba que era la fuerza de mi poesía, pero yo me imaginé que el apóstol estaría pensando en su querida Cuba, de la que se había exiliado hacía ya tantos años.

"¡Mi musa, mi esposa, mi amor, mi tierra!", concluyó Pancho.

Al otro lado de la isla, en la costa norte, nos reunimos esa misma noche en el pequeño salón de nuestra cabaña al lado del mar. Dubeau leyó algunos poemas; mis niños leyeron sus pequeñas composiciones; luego les di una sorpresa y recité mi nuevo poema, "Fe". La luz de la lámpara brillaba sobre el rostro de mis niños y mis queridos amigos. En la distancia, escuché el vaivén de las olas —todo el aplauso que necesitaba. Cuando terminé, sentí un gran regocijo: no había tosido ni una sola vez durante mi lectura.

La cura de descanso había tenido efecto. Había capeado la tormenta. ¡Fe!

DE REGRESO EN la capital, todo parecía haber cambiado. La electricidad había arribado y, en la noche, la ciudad se veía tan iluminada como si fuese de día. El Carrusel Americano se instaló en el centro de la plaza, y por una mota podías dar vueltas y vueltas y vueltas por cinco minutos hasta casi no poder mantenerte en pie del mareo. Probablemente, con las elecciones cercanas, esa era la mejor manera de estar.

La casa de dos pisos que habíamos alquilado quedaba en el centro de la ciudad. El día que llegamos, miré hacia el mar desde una de las ventanas del segundo piso y luego hacia el patio de abajo. Una pequeña criatura con un collar y una cuerda amarrada a un árbol de guayaba elevó su mirada hacia mí. "¡Pancho!", grité.

Él encogió los hombros. "El organillero se murió. El mono no quiso irse".

"Haré que quiera irse", declaré, pero ya había perdido la batalla. Los niños, al ver su magnífica mascota, gritaron, "¡Un mono! ¡Un mono!" y arrancaron escaleras abajo para darle la bienvenida.

Estaba muy contenta con nuestros nuevos aposentos como para dejar que nada echara a perder mi regreso a casa. La casa era bastante grande, con techo de tejas españolas y rejas de hierro forjado en cada uno de los cinco balcones. Usábamos el primer piso para el instituto y el segundo para nuestra vivienda. Las hermanas Bobadilla se hubieran sentido orgullosas, al menos de la

apariencia de mi instituto, ya que no de lo que había dentro de
él —niñas aprendiendo a leer y escribir.

La escuela se había duplicado en tamaño, lo cual era muy
bueno. Con la escasez de pacientes de Pancho, dependíamos del
ingreso que nos proveía el instituto para pagar nuestras deudas. Y
eran muchas. Aunque Pancho había recibido una beca gubernamental, había pedido un préstamo considerable a Cosme Batlle
para financiar sus estudios en París y comprar su equipo médico.
Además, había incurrido en otros gastos personales, de los que
prefiero no hablar.

Aún con el instituto floreciente y el incremento diario de las
inscripciones, habíamos otorgado tantas becas que apenas si nos
alcanzaba para cumplir con nuestras obligaciones. Además, el
Ayuntamiento estaba siempre atrasado con el estipendio mensual, una suma considerablemente menor de la que nos habían
prometido originalmente. Cuando descubrimos que le pagaban
el doble por estudiante al San Luis Gonzaga y a la Escuela Central, se hizo bien claro lo que estaba ocurriendo. El régimen
quería clausurarnos, calladamente, con la bancarrota.

Pero Salomé había regresado de Puerto Plata fuerte y decidida. Me sentía capaz de realizar el arduo trabajo de reconstruir la
patria, niña por niña. Todos notaron mi buen color, las libras que
había aumentado. Los ojos de Pancho ya no se iban detrás de las
hermanas Lauranzón, al menos en mi presencia. No hay necesidad de decirlo, con mi salud recuperada, recomenzó a importunarme.

Todo se reducía a un simple detalle: la nueva casa no tenía dos
alas en las que cada uno podía mantener aposentos separados. De
hecho, desde mi retorno a la capital, encontré que Pancho se
había mudado al mismo dormitorio. De todas formas, yo insistí
a los de la mudanza que depositaran mis cosas en un dormitorio
pequeño al lado del de mis hijos, y que me ayudaran a desdoblar
mi estrecho catre al lado de una ventana que daba al mar.

"Salomé, estarás más abrigada en el dormitorio conmigo",

dijo Pancho, demasiado avergonzado para suplicar por sus necesidades. Está llegando el invierno, me recordó, y las noches serán más frescas, especialmente ahora que vivimos cerca del mar.

"La temperatura fría es mucho mejor para mi salud", argüía yo.

"Pero estás curada", rogaba Pancho.

"Mis pulmones están curados", concordé.

Estaba molesta conmigo misma, porque en verdad, quería perdonarlo. Pero por mucho que me prometía a mí misma dejar de lado mi testarudez, la rabia volvía y se alzaba como un muro entre los dos. De pronto me venía el recuerdo de las mentiras de Pancho me había mentido, de sus numerosas excusas para posponer su regreso, de sus explicaciones de por qué necesitaba más dinero. O me imaginaba a Mlle. Chrittia con su ensortijado cabello rojo y sus ojos grisáceos —le había sacado a Fran toda esta información. Recordaba que le envié obsequios que apenas podía pagar en señal de gratitud por cuidar de "mis niños". ¡Claro que sí! Estaba furiosa con Pancho, furiosa con Mlle. Chrittia, furiosa conmigo misma.

Quizás si Pancho hubiese insistido, yo hubiese cedido antes. Pero él estaba preocupado, como pronto lo estaría yo, por el derramamiento de sangre que estaba ocurriendo delante de nuestros ojos.

Lilís había anunciado que, después de todo, se postularía para presidente. De inmediato, todos los candidatos sabiamente se retiraron. Todos, excepto don Eugenio. Pancho nos dijo confidencialmente que él y Rodolfo habían instado a don Eugenio a renunciar a su candidatura y tomar el primer barco que saliera del país. Pero don Eugenio se creía invulnerable. "No es buena señal en un futuro líder", admitió Pancho. A fin de cuentas, fue su menguante entusiasmo por don Eugenio lo que salvó a pancho. Cuando empezaron a aprehender al círculo íntimo de Marchena, los espías de Lilís sabían que Pancho ya no era uno de ellos.

La víspera de las elecciones, Pancho y Federico salieron a

tomarle el pulso al estado de ánimo de la ciudad. Esperé en mi estrecha cama, sin poder dormir, hasta escuchar el tranquilizador sonido de Pancho regresando a casa. Durante varios días, había sentido un ligero estado febril que me hacía temer una recaída. Pero no había vuelto la horrible tos. Todavía tenía fe, fe en que esto no fuera otra cosa que un toque de asma.

No sé qué escuché primero, los disparos o los pasos en la puerta de entrada. Me levanté y, colocándome el chal sobre la espalda, corrí hacia la entrada de la casa. Encontré a Pancho en lo alto de las escaleras, tratando de recuperar el aliento. La ciudad estaba al estallar.

"Quiero que tú y los niños se vayan a casa de tu mamá mañana a primera hora", me dijo con firmeza.

"Pancho, eres tú quien debe irse. Debes tomar el primer barco que salga, no me importa para donde. Haití, Cuba, Curazao, Puerto Rico, Francia". Prefería devolvérselo a la otra mujer antes que le tocaran un solo pelo de la cabeza. El amor *es* más fuerte que nada en el mundo. No sabía que era capaz de sentirlo hasta ese momento.

Cuando Pancho se acercó a mí, no me alejé. Me guió hacia el final del pasillo, pasando el dormitorio de los niños, pasando mi cuarto con el estrecho catre, entró a su cuarto y llegó a la cama grande de cuatro postes con el cobertor matrimonial que yo alisaba cada mañana al hacer su cama.

Esa noche, él durmió profundamente entre mis brazos, pero yo yací insomne. El cuarto estaba frío. Oía el mar invernal estallar contra el malecón. En la planta baja, el mono lloriqueaba para que lo dejáramos entrar. Poco antes del amanecer, comenzó la batalla. El tiroteo ahogaba mis ataques de tos. Acostada ahí, sabiendo que mis anhelos por la patria, y por mí misma, estaban perdidos. No importaba cuánto Pancho lo negara, yo tenía los síntomas de la tisis, las remisiones, las recaídas, las fiebres, la cortedad de aliento. El único síntoma que no se había manifestado hasta el momento era toser sangre.

Hora tras hora, así como el cuarto oscuro lentamente se iluminaba, yo podía ver lo que estaba ocurriendo: Marchena muerto, los Lauranzón forzados al exilio, Pancho mismo obligado a partir, las puertas del instituto cerradas, mis niños sin un hogar estable. Y yo no podía recuperar el aliento. No, no podía recuperar el aliento. No podía, por amor de Dios, recuperar el aliento.

Reply

Santiago de Cuba, 1909

EN CUALQUIER MOMENTO Camila espera ver el carruaje asomarse por completo detrás de la última colina, su padre sentado
junto a su tía Mon, su sombrilla inclinada contra el ángulo de los
rayos del sol. Habrán atravesado el pueblo desde los muelles, su
padre apuntando hacia su casa y hacia la casa donde vive el mejor
poeta de Cuba, o el mejor flautista, o la amable doña que cocina
los mejores tamales. Camila vira los ojos en blanco sólo de pensar en los excesos de entusiasmo de su padre.

"Camila, querida, ¿llegaron?". Tivisita ha entrado a la sala del
frente donde Papancho ha instalado su consultorio y biblioteca.
Camila respira hondo antes de contestar en el tono más calmado
posible. "Todavía no, después de todo el barco no llegaba hasta
las diez". Es ese "después de todo" el que la mete en problemas.
Si su padre estuviese allí le diría con voz llena de ternura por
Tivisita: "Esa no es manera de hablarle a tu madrastra, Camila".

Su madrastra no dice nada, y Camila no se voltea a mirarla de
frente, con la esperanza de que se dé cuenta de la indirecta y se
marche. Tiene que haber una habitación en esta casa donde
Camila pueda escaparse de la locura de esta nueva familia. Desde
hace poco, todos acaban con su paciencia, desde el bebé Rodolfo,
a pesar de lo gracioso que es; hasta Teddy, el cerdito color de
rosa, y el oso que debía llamarse Teddy, pero que se llama Cristóbal

Colón. Es una vergüenza traer a los amigos y que pisen caca de oso o tengan que soportar los comentarios soeces de Paco, el loro, aunque sean en inglés. Después de tres años de ocupación, todo el mundo en Cuba sabe qué significa *Remember the Maine, the hell with Spain!* o *Bottoms up!* o *Stick it where the sun never shines!* Estos vituperios son especialmente embarazosos cuando su bella amiga Guarina Lora, cuya familia es una de las más antiguas y refinadas de Cuba, está de visita.

Mon viene a Santiago de Cuba a ver a Camila y a nadie más. Mon es su tía especial, su madrina, la única hermana de Mamá, lo más cercano a una madre que una persona que no es tu madre puede ser. Camila le escribió a Mon a principios de año rogándole que viniera a su fiesta de quince en abril, pero su tía escribió diciéndole que el viaje era difícil para "una vieja gorda como yo". En su lugar, invitó a Camila a venir a pasar el verano con ella. Eso causó una gran discordia en la casa. Papancho no dejaría ir a Camila. Decía que el clima allá era nocivo para su asma. Pero Camila se daba cuenta de que esto era tan solo una excusa. Su padre nunca le había permitido regresar a Santo Domingo ni de visita, aunque las dos islas estaban solamente a un día de distancia por barco. Tan a menudo como Camila había sido permitida regresar, Santo Domingo muy bien hubiese podido ser México, donde su hermano Pedro vivía ahora. Ella no había visto a su tía ni a su abuela desde que Papancho trasladó la familia a Cuba cinco años atrás. Esto es *tan* injusto.

Ella sabe por comentarios entre su padre y su madrastra, comentarios que siempre acallan cuando ella entra en la habitación, que Ramona no se lleva con Papancho. No tiene la menor idea del porqué. Es uno de esos misterios del pasado de los que nadie nunca habla, por temor a disgustar a su madrastra. Al menos así es que Camila se lo explica a sí misma. Si no, ¿por qué no decirle la verdad de por qué Papancho le cae tan mal a tía Ramona? Tiene el derecho a saberlo. Después de todo, ¡es su vida la que se ve afectada por la mala sangre entre ellos! Por supuesto no lo dice. Lo cierto es que ha sido recientemente que Camila ha admitido a sí misma estos negros pensamientos, mucho menos a otros.

"Creo que no debes pararte en la ventana. Todo ese polvo de la calle", dice Tivisita con voz llena de preocupación, que Camila sabe que es falsa. Si Tivisita se preocupara por ella, hubiese permitido a Camila ir en el coche al puerto a recoger a su padre y a su tía. ¿No había Pancho siempre alabado las propiedades curativas del aire de mar? Pero no, Tivisita dijo que un viaje a la calurosa ciudad y al húmedo puerto sería lo peor para los pulmones de Camila. Desde que se mudaron a Vista Alegre, Camila no para de oír como la brisa de estas colinas le curará su asma. ¡Ni que Dios lo quiera que pudiera haber otra tragedia pulmonar en la familia!

Bueno, hay otra tragedia en la familia aunque no la puedan ver. Ella es tan infeliz, que no puede soportarlo. Sólo se lo ha contado por escrito a su hermano Pedro, y sólo de manera velada, diciendo que tiene una amiga quien tiene una amiga que padece de melancolía y quiere suicidarse. Su hermano le ha contestado: "Dile que espere un poco. La juventud nunca es fácil". Pero Pedro también ha escrito a su padre pidiéndole que envíe a Camila a vivir con él en Ciudad de México. Ella lo sabe porque su padre tiene la costumbre de usar cartas como marcalibros y, a veces, leyendo *La divina comedia* o *El Cid* o a Víctor Hugo, se ha encontrado las de sus hermanos marcando el lugar donde Papancho paró de leer.

Es así como se enteró de que Fran, su hermano mayor, que parecía haberse dado de baja de la familia, había matado a un hombre. En la carta, escrita desde la cárcel, Fran explicaba a su padre cómo el joven Bordas lo había amenazado primero, cómo la víctima se ganó al doctor y él los grilletes. Estudiando el ejemplar de *La vida es sueño* de su padre, Camila descubrió una carta de Mon rogándole a Papancho que le diera la custodia de Camila. Hasta su hermano Max parecía haber adquirido la costumbre de su padre. Recientemente Camila descubrió que a

Max le gustaba su mejor amiga, Guarina. Su hermano dejó un soneto a medio terminar dentro del libro de poemas de Salomé, quizás frustrado en sus intentos de imitar el talento de su madre. Al leerlos, Camila sintió un aguijonazo de celos. Max no tenía derecho a entrometerse en su amistad con Guarina.

Su medio hermano entró de sopetón en la habitación, llamando, "¡Camila! ¡Camila!". A ellos le tienen prohibido entrar al estudio de su padre a no ser que un adulto se encuentre presente y, por supuesto, tan pronto ven a su hermana mayor dirigirse al salón del frente, la persiguen inmediatamente. Ella ha tratado de regañarlos y ahuyentarlos, pero se lanzan contra la puerta rogándole que no sea tan mala.

A veces desea poder meterlos a todos dentro de su madre, como esas muñecas rusas que encajan una dentro de otra que su padre le trajo de París cuando era Ministro del Exterior. Después tiraría esa muñeca lo más lejos posible.

Qué mala persona es por tener pensamientos así. Su madre debe de estarla mirando desde el cielo con el ceño fruncido. Camila se persigna rápidamente. *En el nombre del Padre, del Hijo y de mi madre Salomé…*

Es aún más doloroso que sus medio hermanos la adoren y la sigan por toda la casa constantemente. Es más, el pequeño Rodolfo la llama Mamila, y cuando está de berrinche nadie logra calmarlo, ni su madre, ni su tía Pimpa ni sus hermanos mayores Cotú y Eduardo, ni su vieja nana Regina, quien es ahora niñera de Rodolfo. Sólo Mamila. Él abre y cierra sus manitas, y el mal humor de Camila se disuelve ante su necesidad desnuda y cándida.

"¡Niños, niños!", Tivisita los llama. Hay tanta indulgencia en su voz que los niños saben que no es necesario hacer caso a sus regaños. En esta casa quien manda es Pimpa, la hermana mayor de Tivisita. "Deja a tu hermana tranquila. Su tía Mon viene a visitarla, a ella en especial, y quiero que ustedes se comporten bien".

La ignoran. Todo el mundo excepto Papancho ignora a la pequeña y bella mujer, o al menos eso siempre ha pensado Camila. Pero recientemente ella ha empezado a notar cuán atentos son los hombres con su madrastra. Los jóvenes amigos de Camila le dicen que tiene la madrastra más bella, ¡como si esto fuese un cumplido para ella! Cada vez que Camila va de compras con Tivisita, se da cuenta de cómo los hombres se detienen y se le quedan mirando. Alta y desgarbada como es, Camila sabe que la admiración no va dirigida a ella. Hasta hace poco, se sentía satisfecha con su invisibilidad, pero ahora que es una señorita, siente una punzada en el corazón. Especialmente cuando su amigo Primitivo Herrera o Papancho parecen olvidar que ella existe el momento en que Tivisita pone el pie en una habitación.

Una nube de polvo en la distancia anuncia la llegada del carruaje. "¡Aquí están!", sus hermanos gritan. Papancho ha estado en la República Dominicana por varias semanas, llamado por el nuevo gobierno que lo está considerando para un puesto, y ahora regresa con su ex cuñada. Los niños, desesperados por recibir los regalos de viaje, rompen en aullidos de excitación y salen corriendo del cuarto.

Es en ese momento cuando Camila se da la vuelta que ve la expresión en el rostro de su joven madrastra: dolor y preocupación que aún no ha ocultado bajo su calma jovial. Algo nunca dicho merodea sus ojos avellanados y la hace sentir incómoda. No sabe qué es y no quiere preguntar.

"Camila", Tivisita empieza, bajando su voz en confidencia. "Yo espero...", se detiene. Quizás ha notado la expresión de impaciencia en el rostro de su hijastra.

Exactamente en ese momento, Camila pudiera preguntar, "¿Qué, Tivisita?", y dar paso a una intimidad que ella sabe que su madrastra desea. Pero no logra abrir ni siquiera una rendija de esa puerta.

Sale apresuradamente del cuarto, temerosa de estar a solas con una persona que no quiere amar.

SU TÍA RAMONA es más fea de lo que recuerda, gorda y deliciosamente malgeniosa con todos excepto con Camila. Mira a sus nuevos sobrinos como si fuesen parientes del monito que corretea por la casa. Espanta al cerdo con la sombrilla. Cuando al fin están solas en el cuarto de Camila, se inclina hacia adelante y le pregunta directamente: "¿Cómo puedes aguantar esto?".

A Camila le gustaría decir, "No lo aguanto, Mon. Estoy desesperada, llévame contigo cuando te vayas". Pero ha desarrollado la costumbre de acomodarse y sus más recientes rebeldías han sido más que nada internas, excepto, por supuesto, cuando se le escapan frente a su madrastra. A no ser que Camila se dé cuenta a tiempo, dirá alguna grosería que pondrá a su madrastra de mala cara.

"Te estás pareciendo más y más a tu mamá", dice Mon inclinando la cabeza de un lado y del otro como para ver a su sobrina desde diferentes ángulos.

A Camila le encantan tales cumplidos. Mira hacia el retrato al óleo que su papá mandó a pintar a un artista londinense. El óleo solía estar colgado en la oficina de Papancho, pero cuando mudó el consultorio a casa, le preguntó a Camila si le gustaría tener el óleo en su habitación. Camila se imagina que Tivisita se quejaría de que el óleo de su predecesora estuviera colgado en la sala de la nueva familia.

Su tía mira el óleo y mueve la cabeza. "No se parece a tu mamá".

A Camila le encanta esta pintura. Siempre trae a Guarina a su habitación para que su amiga pueda ver la madre tan bella que tenía, tan bella como Tivisita, aunque de facciones más oscuras, con ojos negros relucientes, una bella nariz aquilina y labios de botón de rosa. No quiere saber que su madre no se parecía a esta imagen. Pero, en realidad, cuando su padre trajo el retrato de la oficina a la casa, Tivisita también comentó que no se parecía a la Salomé que ella conoció. Esa vez su padre también se molestó. "Claro que sí, Tivisita. Lo que pasa es que tú conociste a Salomé cuando ya se encontraba bastante enferma".

"Papancho dice que sí se parece", Camila insiste. "Antes de que se enfermara", añade para suavizar el reto en su voz.

Su tía estudia el óleo y mueve la cabeza. "Para empezar, tu madre era más morena".

"¿Tanto como yo?", Camila quiere saber. Aunque es de piel bastante clara, al lado de la pálida Tivisita y la nueva cría, Camila parece una de las sirvientas.

Su tía vacila. "Más oscura. Del color de Pedro, con las mismas facciones".

Camila puede apenas recordar el color de su hermano, mucho menos sus facciones. Se marchó de Cuba tres años atrás. Envió la carta de despedida, que recién encontró dentro del *Ariel* de Rodó, justo antes de abordar el vapor.

Papancho, cuando recibas esta carta, estaré camino hacia la tierra de los aztecas. Temo que si me quedo, sucumbiría, como mi madre, a la asfixia moral.

¿Asfixia moral? ¡Todo el mundo sabe que mi madre murió de tisis! ¿Cómo debe interpretar la diagnosis de su hermano? Trata de imaginar su apuesto rostro moreno, pero la imagen de Pedro se ha descolorido tanto que, probablemente, Camila no le reconocería si lo viese caminando por alguna calle santiaguera. ¿Se voltearía él a mirarla sólo si su madrastra fuera con ella?, se pregunta sintiendo un aguijonazo.

"Dicen que Mamá era muy alta. Muy atractiva", sigue diciendo Camila esperando que su tía le provea más detalles y llene las muchas lagunas que tiene en su memoria.

Antes de ignorar sus preguntas con un gesto de la mano, Mon mira a Camila por un momento, como si tratara de decidir algo. "Conoce a tu mamá a través de sus poemas. Esa es la verdadera Salomé. Esa es la Salomé antes de..." Su voz se desvanece. Camila está tan segura de poder completar la frase que no necesita preguntar si se refiere a Papancho.

"Me sé de memoria todos los poemas de Mamá", dice Camila vanagloriándose. Es más, le encanta memorizar los poemas con Guarina. Ella recita mientras su amiga sigue el texto.

Su tía sonríe orgullosamente y hala su sillón hacia uno de los baúles que está desempacando. Un tercer y un cuarto baúl con los libros que la familia dejó atrás, cuando emigraron a Cuba, ya habían sido almacenados en la sala de delante. Dos hombres desempacaron el carretón de equipajes que siguió al carruaje cuesta arriba. "¡Trajiste todo un ajuar!", Pimpa comentó, iniciando la guerra que pronto ardería entre las dos cuñadas sin pelos en la lengua.

"Traje algunas cosas de tu mamá que me parece que deberías tener", le explica Ramona. Desempaca una peineta de plata que el padre de Salomé le regaló cuando cumplió los quince, y un vestido de seda negra que extiende sobre la cama. Camila alisa la tela con la mano, una oscura silueta del cuerpo de su madre. De un pequeño estuche de terciopelo Mon saca un medallón de oro y un pequeño libro que parece encuadernado a mano. Pone estos objetos sobre el regazo del vestido. "Usó ese vestido la noche que recibió la medalla nacional. Esos son los poemas originales..."

"¿Su libro?".

Su tía niega con la cabeza. "No, tu padre metió la mano en esos. Estos son los que copié de los originales. Algún día espero que tú o Pedro, como son los inclinados en esa dirección, los publiquen."

Camila toma el libro y lo abre. Las páginas están cortadas crudamente y cada vez que pasa una, el encuadernado se resiste y teme que se le rompa en las manos. Empieza a leer "Sombras" y como conoce el poema publicado de memoria, se da cuenta de las pequeñas diferencias. "¿Por qué Papancho hizo eso?".

"Porque piensa que sabe más", dice Mon y retuerce la boca como si la cerrara con un nudo.

En ese momento se escucha un suave toque en la puerta. "¿Se puede?", Tivisita pregunta. Camila siente que se le tensan los hombros.

"Claro que sí, entra, Tivisita", dice Mon con una voz cargada de paciencia.

La puerta se abre y Tivisita asoma la cabeza. Sus ojos caen sobre la cama donde yacen el vestido y la medalla.

"Estoy interrumpiendo", dice con asomo de pregunta en la voz. Desearía tanto que la invitaran a compartir este momento de privacidad. Camila siente que se ablanda y mira a Mon para ver si su tía estaría dispuesta a consentir el deseo de la nerviosa mujer.

"No he visto a mi Camila en cinco años", dice Mon con firmeza. "Estamos poniéndonos al día. ¿Verdad?".

Tivisita luce como si la hubieran abofeteado. ¿Por qué no puede ser una madrastra malvada para poder odiarla?, se pregunta Camila. En su lugar siente un vuelco de afecto que no quisiera sentir. Sería como traicionar a su madre.

"Claro que quieren tiempo a solas", dice Tivisita y cierra la puerta suavemente.

"Saldremos pronto", Camila dice tras los pasos que se alejan. Y para demostrarle a su tía que a ella tampoco le cae bien Tivisita, vira los ojos en blanco.

EL PRIMER DOMINGO de la visita de Mon, Camila invita a sus amigos Primitivo y Guarina a un gran almuerzo a mediodía. Su madrastra, por supuesto, convertirá la reunión en otra fiesta de cumpleaños, ya que Mon se perdió los festejos de abril. Banderines de papel colgaban de los pilares de la galería, igual que en su fiesta de quinceañera. Un grupo de músicos, amigos de Max, tocó y todos bailaron en una pista improvisada en el jardín. Primitivo había escrito un poema para ella. "Rimas galantes", y lo recitó mientras bailaban un danzón. El primer baile, un vals, había sido reservado para su padre. Su madrastra había tenido la gentileza de irse con los niños y Pimpa a pasar la noche en Cuabitas y así dejar a Camila ser la señora de la casa en esa ocasión.

Justo antes de que lleguen sus amigos, Camila, ataviada con el vestido de su madre y la peineta de plata en el cabello, se une a la familia en la sala del frente.

El momento en que entra en la sala, la cara de Papancho se entristece. Palidece y se pone la mano sobre el corazón. La amenaza de un paro cardíaco siempre es parte de sus actuaciones de disgusto. "Ese vestido no es apropiado para una fiesta de quinceañera".

"¿Por qué no?", dice Mon que entra detrás de Camila vestida con lo que parece un cortinaje gris. Con el volumen de su cintura, las ropas de Mon no tienen forma.

"Negro no es el color para una fiesta de cumpleaños. Y ni siquiera tengo que decirte, Mon, que ese vestido me trae recuerdos dolorosos".

"¿Qué tal el vestido lavanda tan bonito?", Tivisita dice, tratando de ayudar. Se adelanta a escoltar a Camila fuera del salón, casi como si el tono entre Pancho y Mon no fuese apropiado para los oídos de una jovencita. A los niños todavía los están vistiendo en su cuarto, y el puntual Primitivo aún no ha llegado. En cuanto a Guarina, Max pasará a recogerla, lo cual quiere decir que no llegará a tiempo, porque Max siempre llega tarde a todo evento que otra persona organice. "Tu traje lavanda irá precioso con el medallón de oro".

"Odio ese vestido", Camila exclama, sabiendo muy bien que el comentario molestará a su madrastra. El vestido, vaporoso con lazos y fruncidos, fue un regalo de Tivisita para sus quince. A Camila nunca le gustó el vestido, pero Papancho insistió en que se lo pusiera para no herir los sentimientos de su madrastra. "Lo buscó por toda La Habana", su padre le explicó a Camila.

"Pero te queda tan bien", dice Tivisita bajito. Le viene a los ojos esa expresión: algo que quiere decir pero a no se atreve decir a su hijastra.

Juntas, salen del cuarto, las voces en el fondo alzándose, especialmente cuando Pimpa se une a la discusión sobre qué vestido es apropiado o no para una niña de quince.

De regreso al cuarto de Camila, Tivisita abre el armario de caoba. "¿Qué te gustaría ponerte, Camila? Quiero decir, además de ese vestido".

"El precioso lavanda", Camila dice con más sarcasmo en la voz de lo que fue su intención.

"¿Por qué dices eso?", Tivisita pregunta con una expresión dolida.

"Porque si no me lo pongo, me buscaré un problema con Papancho".

Tivisita asienta pensativamente, como si finalmente comprendiera el dilema de Camila. "Comprendo", dice, lo cual sorprende a Camila, ya que su madrastra siempre le ha parecido una mujer insustancial, cuyos pensamientos pudieran ser raspados de la superficie de cualquier cosa que dijera.

Llegaron a un acuerdo sobre el vestido: ni el de seda negra de su madre ni el recargado traje lavanda, sino uno de color crema que recientemente le había traído la costurera. "¿Estás segura, Camila?", Tivisita titubea. El traje ha sido confeccionado expresamente para su graduación en septiembre. "Es demasiado elegante para un almuerzo, ¿no te parece?".

Por supuesto que su madrastra tiene razón. Pero Camila se niega a cambiar su selección y encontrarse de acuerdo con la mujer. "Ese es el que quiero ponerme", dice mordiéndose los labios para no llorar por su propia displicencia.

Tivisita mira hacia el portarretrato encima de la cama de Camila, con una expresión incierta en la cara. Es una mujer pequeña y delicada, por lo cual Camila siempre siente que debería tratarla mejor porque se eleva sobre ella, como sobre un niño. Cuando Tivisita finalmente asiente, Camila puede ver los ganchos que le sostienen el pompadour encima de su cabeza. "Voy a buscarlo entonces".

El vestido está en el armario de Tivisita, guardado bajo una sábana para su protección. Camila escogió la tela y el terminado de encajes, en parte para molestar a su madrastra, quien pensaba que ese vestido era demasiado extravagante para una tarde de graduación.

Cuando vuelve a entrar en la sala, encuentra a su papá desempacando libros de un baúl, mientras que Mon, en una escalerita, los va poniendo en un estante. ¿Cómo lograron hacer las paces?, se pregunta. Tan difícil como es su tía, nunca ha repudiado a Papancho y su nueva familia. "No puedes escoger a tus parientes", a menudo le recuerda a Camila.

"Eso está mucho mejor", dice Papancho sonriéndole a Tivisita.

¡*Mírame a mí*! Camila quiere gritar. Casi como si hubiese leído sus pensamientos, su padre se vuelve hacia ella. "Es un vestido precioso, Camila. Pareces una novia".

"Me encanta tu vestido", dice Guarina al llegar unos momentos más tarde.

Su hermano Max entra detrás de la amiga de Camila. "Sólo me rodeo de mujeres bellas", dice flirteando. Guarina esconde su sonrisa detrás de su enguantada mano. A los veinticuatro, Max es nueve años mayor que Camila y Guarina. ¿Por qué no se consigue una novia de su edad?, piensa Camila al mismo tiempo que enlaza su brazo con el de Guarina, adueñándose de ella.

Cuando Primitivo se sienta a su lado en la mesa, se inclina y susurra. "Te ves adorable, Camila, igual a tu madre".

Camila se sonroja de placer. Pero enseguida se da cuenta de que Primitivo nunca ha visto un retrato de Salomé. El único retrato cuelga en su habitación, a la que al joven no le está permitido entrar. ¡Debe estar comparándola con su madrastra!

Se puede meter su cumplido por donde el sol nunca alumbra, ¡muchas gracias!

SU PADRE TINTINEA la cuchara contra el vaso para llamar la atención de los comensales. Se ve tan guapo y elegante con su cabello y bigote plateados, sentado a la cabecera de la mesa. Guarina le ha confesado a Camila que su padre luce "muy presidencial".

En el silencio antes de Papancho dar gracias, el loro chilla, "¡*Chow time*, amigos!".

Los niños se echan a reír, pero a Camila la cara le arde de la vergüenza.

"¿Qué dice ese bendito animal?", pregunta Mon, dirigiendo su pregunta a Camila como si sólo pudiese confiar en su sobrina para que le dijese la verdad de lo que dice aquel espantoso animal.

"¡Dice que comas tu comida!", Cotú, el mayor de sus medio hermanos, informa a la tía. Ya se ha hartado de mangú, el cual deposita en la mesa como para demostrar cómo es que se come.

"Cotubanamá, por Dios," dice Tivisita, moviendo la cabeza con obvio orgullo. El niño sonríe, esperando el momento oportuno. "Lo siento, Mon, ya sabes cómo son los muchachos".

"*Algunos* muchachos", dice Mon.

"Mi teoría es que ese loro fue la mascota de los Rough Riders", comenta Max, sin duda con la intención de cambiar el tema. "Es así cómo se le han pegado todos esos dicharachos insolentes en inglés".

"*¡Ree-mem-berr-da-Maine!*", Cotú grita. "*¡Da-hell-to-Espain!*". Eduardo y Rodolfo se unen al coro.

"Cállense ya", Camila dice rápidamente antes que Paco se anime a seguir con su repertorio de asquerosos americanismos. Los niños la miran, el pequeño Rodolfo ofrece su más hermosa sonrisa. Se parece tanto a Tivisita, se le ocurre de repente.

Hoy están vestidos de marineros, en trajes azul marino con adornos blancos, la gorra con cintas de Rodolfo, aún en su cabeza. El pobre niño ha estado celoso desde hace días. Desde que llegó Mon, ha tenido secuestrada en su cuarto a su acompañante favorita, Mamila, su hermana mayor, habla que te habla, negándose a abrir la puerta a pesar de sus gritos.

"Quisiera hacer un brindis", dijo Max poniéndose de pie. Su hermano se había vuelto tan corpulento y varonil en los últimos meses. Durante el año pasado vivió en México con Pedro, pero después de un problema pulmonar, el cual Papancho temía que fuese tuberculosis, Max regresó a casa a recuperarse. Había estado quedando en el campo, en Cuabitas, donde el aire fresco, ejercicio diario y cinco tragos de ron al día le habían ayudado a recuperar la salud casi por completo. El amor estaba haciendo lo demás.

"Esta es una reunión espléndida", empezó Max, sacando un papel doblado de su bolsillo. "Desde Grecia no se habían reunido tantas Gracias". Camila odia cuando Max se deshace en cumplidos. Qué vergüenza. Mira hacia su amiga para compartir una señal, pero Guarina está sonriendo. "Y en honor de mi querida tía, de mi hermana y su bella amiga", hace un gesto en dirección a Guarina, "he compuesto un poema para la ocasión..."

"¿Podemos comer primero?", suplica Eduardo, a pesar de que conoce las reglas. En esta casa, la poesía es sagrada. Cada vez que alguien se levanta a declamar, todas las cucharas y tenedores deben descansar sobre la mesa.

Hoy Papancho intercede a su favor. "Yo creo que es mejor si dejamos el poema para más tarde, hijo, así no se enfría la comida".

Camila se da cuenta de que Max está molesto de que le hayan pospuesto su poema, pero no revelará su mal humor delante de la hermosa Guarina. En lugar de eso, se sienta y empieza a recitarlo en voz baja sólo para ella, sin darse cuenta de que está del lado de su oído malo. Pero Camila ha prometido no decirle a nadie lo de la sordera avanzada de su amiga. Se han intercambiado secretos: la sordera de Guarina por el primer beso de Camila con Primitivo; la creciente irritación de Camila con su madrastra por la frustración de Guarina con su estricto padre, el General; sus gustos y disgustos con los jóvenes de los alrededores. Pero hay un secreto que Camila no le confía ni a su mejor amiga: la extraña sensación que siente cuando las dos se sientan en la cama, recostadas sobre almohadones, leyendo los poemas de su madre.

Camila mira alrededor de la mesa y da un suspiro de alivio. Todos parecen estar en paz finalmente. Primitivo y Max están ensimismados en una conversación con Mon acerca de uno de los poemas de Salomé. Al otro extremo de la mesa, Papancho habla con Guarina, tratando de sacarle las palabras a la tímida joven. Los niños comparan quien tiene la boca más llena, Pimpa hace alguna alharaca sobre los niños, o sobre la niñera Regina. Sólo Tivisita en el extremo opuesto de la mesa, luce retraída, llevándose cucharadas de sancocho a la boca con indiferencia. De pronto Camila tiene una horrible premonición: *Tivisita va a morir pronto.* Pero quizás este pensamiento no es otra cosa que uno de esos deseos secretos de los que no puede hablarle ni siquiera a Guarina.

Se siente muy mal cuando le vienen a la cabeza estos pensamientos morbosos. Y aun así, se dice a sí misma, posiblemente no son diferentes de los de Tivisita. Sin duda, su madrastra desearía que Camila hubiese muerto junto a su madre en aquel oscuro cuarto de enferma. Recuerda lo furiosa que se puso cuando Tivisita le puso Salomé a su primera hija, como queriendo reemplazar a Camila y a su madre. "Es el nombre de mi madre y ella me lo dio a *mí*", le había dicho a su madrastra. "Salomé Camila". Un tiempo después, cuando la niña murió, Camila se sintió culpable como si fuera su rabia la causante.

Pero algo ha estado sucediendo en las semanas desde que le escribió a su hermano Pedro. Ya no deseaba morirse. Finalmente tiene una bella amiga y un joven que la llama bella, aunque parece estar más embobado con los poemas de su madre y con la apariencia de su madrastra que con ella. Pero esto es mucho mejor que la desesperada soledad de los últimos años. ¿Quién sabe? Quizás pronto, se sorprenderá a sí misma y brotará de su concha como la desnuda Venus del libro de arte que Pancho trajo de París y que a Camila le encanta hojear.

Tivisita mira hacia arriba y, encontrándose con la mirada soñadora de Camila, le devuelve la sonrisa. Rápidamente, Camila desvía la mirada antes de que la otra expresión asome al rostro de su madrastra.

"FELIZ CUMPLEAÑOS", Tivisita entra cantando resplandece. En su bandeja, el bizcocho con velas encendidas. Detrás, sus dos niños mayores tratan de seguir la melodía con sus violines. Camila se muerde los labios para no reírse de los maullidos.

Ella mira hacia sus amigos con una sonrisa de disculpa. Menos mal que Guarina le devuelve la sonrisa, como diciendo, No te preocupes, pasa igual en mi casa.

¿Por qué Tivisita le hace pasar por esto? Ella sabe cuánto odia Camila ser el centro de atención. El bizcocho es de un rico chocolate, su favorito, y Tivisita ha pasado bastante trabajo para hacer la pequeña muñequita de mazapán que se alza en medio del bizcocho. Estamos en julio el calor de la cocina es insoportable. Cualquiera que se ponga a hacer mazapán en este clima se merece una medalla.

Camila acaricia el medallón que cuelga de su cuello y murmura una rápida disculpa. *En tu nombre, Salomé*. Qué terrible comparar los logros de su madre al mazapán que haga mazapán de su madrastra.

"¿Cuál es tu deseo?", Cotú quiere saber.

"No lo puedo decir", Camila le recuerda, aunque en realidad ella no ha pedido ningún deseo, tan preocupada como está con las ofensas imaginadas a la memoria de su madre.

"¡Sí, sí puedes! ¡Dinos cual es tu deseo!", Cotú insiste. El mayor de la nueva familia de Papancho tiene una sorprendente apariencia indígena que nadie puede rastrear hasta ningún antecesor conocido. La teoría de Max es que el nombre taíno que Papancho una vez usó de seudónimo y luego le dio a su hijo recién nacido, Cotubanamá, había funcionado como la Palabra Divina en el Génesis y había convertido al niño en la imagen de su nombre.

"¡Deseo! ¡Deseo!", Rodolfo golpea su plato con fuerza. Su tía Pimpa le arranca la cuchara de las manos. El niño por supuesto empieza a llorar de nuevo.

"Ven, siéntate aquí conmigo", Camila finalmente lo llama cuando nadie ha sido capaz de calmar los berreos del niño. Al otro lado de la mesa, Ramona mueve la cabeza en señal de queja hacia esta nueva esposa que no puede controlar a sus hijos.

Traen la silla alta del bebé y la colocan al lado de Camila. Para mantenerlo entretenido, Camila se vuelve hacia él de vez en cuando y le recuerda que irán a recoger caracoles a la playa con Mon y visitarán Cuabitas y atraparán mariposas y le harán cosquillas en los pies a Max y podrá comer un pedazo más de bizcocho y quedarse con la muñequita de mazapán si se porta bien.

Pasa tan rápido que le toma a Camila un momento darse cuenta de por qué todos la miran con la boca abierta. Con la cuchara repleta de bizcocho para darle de comer a Mamila, Rodolfo se ha vuelto hacia ella y, por supuesto, al no apuntar bien, dispara la cuchara a la barbilla de Camila y el bizcocho de chocolate se desparrama por todo el frente de su vestido nuevo.

ESA NOCHE, DESPUÉS de que todos se han ido a dormir. Camila empieza su acostumbrado recorrido por la casa y el jardín, terminando, como siempre, en la biblioteca de su padre, donde lee hasta tarde en la noche. En la familia se le conoce como la dormilona. Todo el mundo asume que la razón por la que se levanta tan tarde tiene que ver con su asma y no con su insomnio.

Esta noche, en el estudio de su padre hay un reguero de libros a medio desempacar y en diferentes etapas camino a los estantes. Hay libros de texto de cuando sus padres tenían aquella escuela progresista en la capital, inspirada por su amigo Hostos; los tomos médicos de su padre, todos en francés; libros dedicados por personas famosas.

Ahora que la biblioteca de su padre está completamente trasladada a Cuba, está muy claro que no volverán a Santo Domingo en largo tiempo. Los extensos debates de Papancho sobre si mudar a la familia de regreso siempre se enredaban en cómo se ganaría la vida allá. Sería difícil reconstruir una práctica médica a estas alturas de su vida, y los puestos del gobierno que le ofrecen continuamente se pagan con prestigio más que con pesos.

"Prefiero quedarme aquí y atender a mis pacientes", Papancho dice. Pero cada vez que lo llaman desde su país para consultarle algún problema nacional u ocupar algún breve puesto honorífico, él se va y deja a la familia detrás. De vez en cuando circulan rumores de que a don Pancho lo están considerando para candidato presidencial. "Cualquier cosa por servir a mi patria", su padre decía, bajando la cabeza ante su deber, como si no le encantara gobernar un país, en vez del pequeño dominio familiar.

Al ver de nuevo a Mon, Camila se da cuenta de cuán solitaria se sentiría si fuese de nuevo a vivir con su tía cascarrabias y su viejísima abuela Minina y el fantasma de su madre rondando por dondequiera. ¡Pero si al menos su padre le permitiera visitar a Pedro, o aunque sea ir a La Habana, donde su hermano Fran vive con su nueva esposa, María, y ver algo del mundo! Quizás entonces daría con alguna pista de qué hacer con su vida, además de portarse bien para no desilusionar a otros.

Pero a su padre no le gusta la idea de que sus hijos se le vayan por ahí. "Sería mi fin", dice poniéndose la mano sobre el corazón, sólo de oír mencionar esto. Como ejemplo menciona el caso de su propio padre. Papancho cree que fue su partida de Santo Domingo lo que causó la muerte de don Noel, igual que lo fue la ausencia de Max en México lo que le provocó su incipiente caso de tuberculosis, y la ida de Pancho a estudiar en París lo que causó que Fran perdiera los estribos trece años más tarde y matara a un hombre. Por lo tanto, no es de sorprender que no quiera que Camila se vaya de su lado. ¡Qué cosa tan triste sería ella lejos de él!

Sería yo misma, ella piensa, entusiasmada sólo de imaginar lo que esto significaría.

Sentada en la silla de su padre, Camila abre el primer libro del montón que tiene delante. Los poemas de Lamartine, un regalo para Herminia, quienquiera que sea, de alguien llamado Miguel Román. Pasa varias páginas, buscando alguna pista de cómo este libro llegó a manos de su padre. Escondidas en el medio, encuentra varias cartas de París, Francia, las cuales su padre debe haber escrito a su madre durante los años en que él estudió medicina en el extranjero, y una de su padre para Federico, la cual parece haber sido estrujada y vuelto a estirar y a doblar.

Esta es la primera carta que ella lee, con el corazón acelerado y el pecho oprimido. Entonces, sigue la próxima carta y la próxima y la próxima. Y cuando termina con Lamartine, continúa con Marco Polo.

Sigue libro por libro, hasta que conoce la historia completa.

"¿POR QUÉ NO me dijiste la verdad?". Camila nunca le había hablado a su tía de manera tan atrevida. Le tiembla la voz. Según doña Gertrudis, su profesora de ópera en el conservatorio, la voz de Camila no es lo suficientemente fuerte para cantar ópera, algo que siempre ha soñado desde que escuchó a Lucrezia Bori cantar *La Traviata* en el Teatro de la Ópera de La Habana.

Tal parece que cada vez que siente una emoción fuerte, sus pulmones no logran llenarse de aire y la voz se le desvanece. Se aclara la garganta y respira profundamente tal como doña Gertrudis le enseñó a hacer antes de empezar un aria. La única cosa que no debe hacer es mirar el retrato de su madre. Eso la desbarataría.

"Cálmate, Camila. No tienes por qué preocuparte".

"¿Cómo puedes decir eso? ¡Lo sé todo!". Y entonces, detalle por detalle, enumera todos y cada uno de los secretos que descubrió esa noche al leer las cartas de amor.

"Él hasta tiene otra hija. Se llama Mercedes. Mercedes Chrittia. Lleva el apellido de su madre".

Mon mueve la cabeza para desterrar la idea de su mente. "Tú

vienes a casa conmigo", dice y saca un pañuelo de su enorme busto y se sopla la nariz. Camila siente, como de costumbre, el pecho apretado. Pero no le gusta llorar delante de nadie, no desde que era muy pequeña y extrañaba tanto a su madre que pensó que también se moriría.

"Y allí había otras. Una tal Trini y una Herminia."

"Herminia era en realidad tu madre, Camila, es un seudónimo que ella usaba".

"Sólo quiero saber una cosa", Camila sigue ignorando la explicación de su tía. Observa a Mon prepararse, mirando con preocupación hacia el retrato encima de la cama. "Quiero saber de Papancho y Tivisita. Quiero decir, Papancho se casó en menos de un año. Hasta Roosevelt tuvo la decencia de esperar dos años antes de casarse con su segunda esposa —y eso que es americano". Ella no sabe muy bien qué significa eso, sólo sabe que detesta al loro y su parloteo descarado y por lo tanto asume que quienes lo entrenaron carecían de recato.

"Yo no sé nada de eso", dice Mon cruzando los brazos como si se aprestase a bloquear la entrada de Camila al pasado. "Todo lo que sé es que Tivisita se mudó con ellos después que Salomé se enfermó. Después, cuando tú naciste y tu madre casi se muere..."

Este es un tema que todos evitan. Parece que nadie quiere que Camila asocie la muerte de su madre con su nacimiento.

"Tú fuiste un gran consuelo para tu madre", Ramona añade rápidamente. "Es por eso que a pesar de la prognosis del médico, ella mejoró. Vivió tres años más. Esos años los vivió por ti, Camila. Estoy segura de eso".

"Pero, ¿por qué se quedó Tivisita?", Camila insiste. Sigue pensando que hay algo que su tía no quiere decirle.

"Tu madre quiso que se quedara. Tú eras bastante apegada a ella. La querías como ahora te quiere tu medio hermano".

Camila se resiste tanto a esta idea, no puede creer que alguien pudiese pensar que alguna vez le pasó por la cabeza.

"Tivisita siempre ha sido muy buena contigo". Su tía suspira como si tuviese que hacer un esfuerzo para decir algo positivo sobre la nueva esposa de Papancho. "Fue un parto muy malo, como te puedes imaginar. Tu mamá, tu papá, hasta yo, todos pensamos que estabas muerta. Tivisita te salvó la vida..."

"¡Eso no es verdad!", Camila protesta, aunque la verdad es que no tiene recuerdos que poner en su lugar. Con todo y lo que odia llorar delante de la gente, los ojos se le humedecen y le arden. Mira hacia el retrato de su madre en busca de protección, como un niño amenazado por un buscapleitos. A través de sus lágrimas el hermoso rostro borroso de su madre se parece a Tivisita.

El golpe en la puerta las hace saltar a las dos. Se miran un momento y rápidamente Camila se seca los ojos. Esta vez Tivisita no espera a que la inviten a pasar. Entra en el cuarto, portando como un trofeo una percha de la que cuelga el vestido lavado en su percha, con el frente inmaculado.

OCHO

Luz

1893–1894

NO ME HABÍA sentido bien desde hacía semanas. Tenía el estómago indispuesto. Me dolían los huesos. Los pulmones estaban hambrientos de aire. Pancho y yo dejamos de tener relaciones, alarmados por el regreso de mi enfermedad. Cuando la menstruación se retrasó un mes no me preocupé. Con la pérdida de peso, a menudo pasaban meses sin que viera sangre en el paño que me ponía como precaución.

Ese día, había mandado mi última alumna a casa y al subir las escaleras me sacudió un ataque de tos. Demasiado débil para continuar, me senté en los escalones y me puse el pañuelo en la boca. Cuando lo fui a doblar, vi la mancha oscura y lo primero que pensé fue, ¡Volvió la regla!

Me quedé allí sentada, tratando de recuperar el aliento poco a poco dándome cuenta de la realidad.

Estaba embarazada.

Estaba muriendo de tisis.

ALGO TENÍA POR seguro. Nadie más debía saberlo o insistirían en ponerle fin a mi embarazo para salvarme. Sólo cuando el embarazo estuviese muy adelantado, les hablaría de mi hija.

Digo "mi hija" porque desde el principio lo supe. Quizás era la misma extraña clarividencia que me afectó el día de las elecciones, la visión que tuve de los que morirían. Según pasaban los meses, surgían otros síntomas. Llevaba a este bebé en lo alto del vientre, y los mayores, como Mamá, decían que era señal de que la niña estaría cerca del corazón de la madre.

Por supuesto, mientras más crecía, más difícil se me hacía respirar. Algunas noches, cuando despertaba con un ataque de tos, temía que la iba a expulsar junto con la flema sangrienta que se iba volviendo más y más difícil de ocultar a los demás.

Especialmente a Tivisita, quien se había quedado cuando el resto de su familia fue forzado a emigrar a Haití. Ella manejaba la casa mientras yo conservaba lo que me quedaba de fuerzas para dirigir mi escuela. Quizás para premiar a Pancho por haberse distanciado del partido de Marchena, Lilís le había otorgado una licencia para continuar su práctica médica a pesar de las quejas. Y con esa dudosa bendición, Pancho seguía luchando.

Cada mañana yo trataba de lavar mi orinal antes de bajar. Pero debo haberlo olvidado una mañana. Antes de haber terminado las clases, Pancho se apareció en la puerta con una expresión sombría.

Me dije a mí misma, respira despacio para evitar un ataque de tos. Con tantas ejecuciones y desapariciones y mi mala salud, estaba llena de miedos en esos días. "¿Qué pasa?", susurré alarmada.

Él me hizo señas de que subiera a su oficina. Lo seguí hasta el pie de las escaleras y miré hacia ese oscuro pasillo. Sabía que no podría subir sin romper a toser. "Pancho," llamé.

Ya él estaba en el descanso cuando se volvió y se dio cuenta de que no podía seguirle. Allá arriba, iluminado por la luz de la ventana del segundo piso, parecía un arcángel descendiendo a anunciar un mensaje que ya yo sabía.

"Tienes el bacilli tubercle," anunció con tristeza. "Tivisita me mostró el esputo, y lo examinamos bajo el microscopio". La idea de ellos dos examinando la porquería en mi orinal me hizo soltar una carcajada.

Pancho me miró perplejo antes de proseguir. "Tenemos que cerrar el instituto, Salomé..."

Este era un peligro que no había previsto: el fin de mi embarazo sí, pero no el de la escuela que me había costado doce años establecer. Ahora que estaba prosperando no quería cerrarla. "No hay necesidad de eso", dije. "Ramona puede suplirme otra vez hasta que yo pueda volver".

"Seguirá siendo una preocupación", dijo Pancho moviendo la cabeza. "Y debemos hacer todo lo posible para salvarte".

No sólo a mí, pensé. Con cuatro meses sin menstruación, sabía que mi hija había pasado ya el peligro. "Pancho," le dije al tiempo que él bajaba los escalones hacia mí, "tengo otro secreto que decirte".

ALFONSECA SE ENFURECIÓ cuando se lo dije.

"Pero doña Salomé, ¡esto es una locura! Igual mejor le doy una taza de cicuta tibia. Debemos terminarlo inmediatamente", le dijo a Pancho como si fuesen dos campesinos decidiendo el destino de una mata de cocos que se alza como un obstáculo en medio de su faena.

Pancho tenía las manos metidas en los bolsillos, la cabeza inclinada. "Ya está pasada de tiempo. Tenemos que seguir adelante".

"Una locura", Alfonseca repetía.

"Vamos a concentrarnos en qué es lo que vamos a hacer para salvar a la criatura", sugerí. Me sentí como si estuviese en clase tratando de animar a mis alumnas a no darse por vencidas frente a un problema de matemáticas.

"Debemos pensar en qué hacer para salvar a la madre", Alfonseca discutió. "Usted tiene otros tres hijos que la necesitan, doña Salomé".

Fue entonces cuando me di cuenta de que mi Pedro había venido hasta la puerta. Queríamos ocultar a los niños la causa de mi enfermedad. Por un lado, si ellos dijeran por allí que Mamá padecía de tisis, sería hasta mejor colocar un cartel en la puerta que dijese: aquí hay leprosos. La tisis, o tuberculosis como ahora le dicen, era el terror de todos. Cientos de miles de personas estaban muriendo a causa de ella. Hasta la esposa del Presidente Harrison en su gran mansión blanca había muerto de tuberculosis. Pero no estaba claro si la enfermedad era contagiosa. No importaba. Si doña Salomé era diagnosticada con tisis la práctica de Pancho se iría a pique. Y no habría necesidad de cerrar el instituto. El éxodo se ocuparía de eso.

Pero tampoco quería que nada preocupase a mis niños. Ya habían pasado demasiado en sus cortas vidas: un padre ausente, una madre enfermiza, tantas revueltas que siempre preguntaban antes de ir de visita a la casa de su tía o de su abuela, "Si empieza la guerra, ¿nos quedamos en casa de Mon o tratamos de regresar aquí?".

"¡Pibín!", llamé para avisar a los demás. "Ven aquí. Mamá tiene buenas noticias. Vas a tener una hermanita".

"O un hermanito", Pancho me corrigió.

Como dije, yo sabía que iba a tener una niña. "¿Cómo le pondremos, Pibín?", le pregunté alegremente para distraerlo.

Él no vaciló ni un momento, "Salomé".

"Veremos", dije para no defraudarlo. Pero no quería que mi hija llevara mi nombre. Quería que ella tuviera su propio nombre, que naciera y creciera lejos de la vida que se iba cerrando a mi alrededor.

TIVISITA ESQUIVABA MIS OJOS después de haber contado mi secreto a Pancho. Me preguntaba por qué no me lo dijo a mí directamente, pero supongo que temía confrontar a su querida maestra. Ella sentía gran dedicación hacia mí, pues le había provisto de un par de alas a través del alfabeto. Algunas veces se sentaba en mi cama y repasábamos las lecciones, y yo tenía una visión de mi propia hija, a su edad, sentada a mi lado contándome sus pequeños secretos. No era una fantasía tan disparatada. A los dieciséis, Tivisita era sólo cinco años mayor que mi Fran.

Muchas veces hablamos como madre e hija de una cosa o la otra. Un día tuvimos una discusión acerca de nuestro país. En unos meses estaríamos celebrando el quincuagésimo aniversario de nuestra independencia.

"Quizás no estamos listos para ser una patria después de todo", admití. Tendida en la cama con demasiado tiempo para pensar, fui forzada a darme cuenta de que la patria que soñábamos todavía estaba por nacer. Durante cincuenta años habíamos batallado por hacerla nacer, sólo para tener un aborto tras otro.

"No diga eso, maestra", dijo Tivisita, tratando de animarme. Ella me recordó la manera en la que yo le hablaba a mi querido amigo, el maestro Hostos. Desde Chile me había escrito contándome cómo estaba organizando escuelas bajo los auspicios de un nuevo y progresivo gobierno; la familia estaba ubicada, pero él extrañaba a sus queridos amigos.

"Date cuenta de que, en estos cincuenta años, hemos tenido más de treinta gobiernos. Nuestros sueños destruidos una y otra vez".

Los ojos de Tivisita se llenaron de tristeza con nuestra trágica historia. Cuadró sus hermosos hombros y anunció que desde ese día en adelante se dedicaría a luchar por su patria.

Tuve que aguantar la risa para evitar un ataque de tos. No quería desalentar su noble sentimiento. Pero la muchacha se parecía tanto a la vieja muñeca de porcelana de Mon de Santo Tomás, sentada allí con su camisa de cuello alto con mangas de pierna de cordero, que era difícil tomarla en serio como revolucionaria.

"¿Qué podemos hacer?", Tivisita quería saber como si de pronto se diera cuenta de que no tenía la menor idea de por qué clase de patria luchar.

¿Nosotros?, pensé. No, a mí se me acabó el tiempo. Lo único que tenía que darle al futuro eran mis hijos. "Tendrás que empezar de nuevo", le dije a Tivisita. "En nombre de Martí y Hostos y Bolívar y todos los que se han sacrificado tanto".

"¿Tiene miedo, maestra?", me preguntó. Había visto mi

mano acariciar mi vientre, pues también le estaba hablando a mi hija. "Quiero decir que muchas mujeres temen al momento", añadió para asegurarme de que hasta las mujeres saludables temían dar a luz.

"No, no tengo miedo de dar a luz", dije. No añadí que *temía* morir y no ver a mis hijos crecer y ser felices.

PANCHO DECIDIÓ QUE debíamos cerrar el instituto antes de fin de mes. El día que decidimos anunciarlo a las estudiantes, él estaba preparado con una botella de Spiritu Vitae y un frasco de sales en caso de que alguna de las muchachas se desmayara. Me pareció que estaba exagerando —¡Pancho y sus entusiasmos!— pero esta vez tenía razón. Las hermanas Pou se pusieron histéricas y hubo que abanicar a varias estudiantes que se desvanecieron porque, según ellas, la mejor parte de sus vidas había terminado.

"Señoritas, ¿acaso no les he enseñado a razonar mejor que eso?", las regañé conteniendo mis propias lágrimas.

"¿No pudiera la señorita Ramona dirigir el instituto?". Algunas miraron a Ramona llenas de esperanza.

"A mi hermana la necesitamos en casa", les expliqué. Era verdad, tía Ana estaba enferma en cama, y el corazón de Mamá estaba en un aleteo constante, aunque ella decía que su corazón no tenía nada que ver con su salud, que todo se debía a su preocupación sobre mi salud. "También está el asunto de los fondos. El Ayuntamiento no nos paga lo debido por cada estudiante. Tendremos que dejar de alquilar esta casa a principio de año". Seguí acumulando razones para no tener que decirles la verdad: Tenía que conservar toda mi fuerza para dar a luz a mi hija. Y sin mi protección, la escuela se iría a pique. El Arzobispo Meriño recientemente había emitido una pastoral urgiendo el cierre de las escuelas sin Dios, especialmente aquellas que ofrecían instrucción a las niñas.

Dos de mis primeras graduadas, que ahora eran maestras,

saltaron, "Eva y yo vamos a pedirle más fondos al Ayuntamiento", dijo Luisa. "Nos ocuparemos de que la escuela vuelva a abrir dentro de unos meses. No abandonaremos nuestro instituto. ¡Que viva la maestra!".

Las estudiantes corearon, "¡Viva Salomé!".

Miré sus caras frescas y alertas y sentí renacer la esperanza. También estas eran mis hijas que entregaba al futuro para empezar de nuevo.

DESPUÉS QUE CERRAMOS la escuela, Pancho y yo tomamos una decisión aún más difícil: abandonar el país.

Nuestros problemas políticos se agravaron de nuevo cuando Pancho y su hermano Federico usaron su periódico, *Artes y Ciencias,* para evaluar el progreso de la patria al cumplir sus cincuenta años. La paciencia de Pancho desapareció, como un río que se seca. Una noche, un grupo de los sicarios de Lilís rodeó la casa gritando insultos. Al otro día encontramos al mono ahorcado en el patio. Los niños estaban anegados en llanto. Yo también me sentí compungida de ver aquella silueta infantil colgada de la mata de guayaba.

"No se preocupen, no se preocupen", Pancho nos consolaba lloroso también. "Conseguiremos otro, se lo prometo".

Estaba furiosa con Pancho por poner nuestras vidas en peligro. Pero admito que también me sentía orgullosa de su terca valentía. Cómo podía echársela en cara, cuando nuestros hombres más nobles habían muerto o se habían ido del país, y los que quedaban guardaban silencio.

"Escúchame", decía acariciando mi vientre. Presintiendo que no tendría mucho tiempo de estar con mi hija, empecé a criarla desde antes de que naciera. "¡Dondequiera que vayamos a parar, *ésta* es tu patria!".

Habíamos decidido establecernos en El Cabo en el vecino Haití, que aceleradamente se estaba convirtiendo en el punto de reunión de nuestros rebeldes. Los Lauranzón ya estaban allí y según las cartas que don Rodolfo le enviaba a Tivisita, la ciudad era un próspero puerto, con muchas oportunidades para negocios y un ambiente cosmopolita muy afrancesado. (Esto era definitivamente un aspecto persuasivo para Pancho, que aunque ya había perdido el acento, aunque no así sus preferencias por todo lo francés.) Además, en las afueras de la ciudad se encontraba un hospital grande, Hospice Justinien, donde un médico educado en París podría fácilmente encontrar trabajo.

Pero sólo había una condición bajo la cual soportaría abandonar mi país: El Cabo sería solamente una parada temporal. Regresaríamos tan pronto nos liberáramos del tirano.

Pancho se iría primero con Max, quien me estaba causando la mayoría de los problemas en estos días. Aunque ya tenía ocho años, Max seguía siendo un bebé, exigente e inquieto, especialmente ahora que mi enfermedad me hacía menos accesible. El pobre niño se paraba frente a mi puerta y me llamaba, sin prestar oído a las explicaciones de Tivisita de que dejara descansar a su mamá para que se pusiera bien.

Los demás —los dos niños, Regina, Tivisita y yo— iríamos con Pancho hasta Puerto Plata en la costa norte a ver a nuestros amigos Dubeau y Zenona. Otro amigo, Zafra, un médico que ahora vivía en Puerto Plata, me atendería. ("De todas maneras ninguno de ustedes me hace caso", dijo Alfonseca cuando le contamos nuestros planes.) Dos meses antes de mi cuarentena, Ramona vendría a estar conmigo. Mientras tanto, Pancho estaría en El Cabo, sólo a un día en vapor si acaso lo necesitaba. Esto era una tranquilidad para mí, pues me aterrorizaba la sola idea de otra separación.

"Estaremos bien en Puerto Plata", le dije a mi hija acariciando mi vientre en el sitio donde sentí su último codazo. Quizás el aire que me había sanado una vez, realizaría el milagro de nuevo. "¡Fe!", repetía para mí y para ella.

"¿Con quién hablas, Mamá?", Pibín me preguntó entrando

en el cuarto. A mediodía, cuando mi fiebre usualmente bajaba, les decía a los niños que vinieran a visitarme.

"Tu hermana".

"¿También me hablabas a mí antes de yo nacer?".

"Claro que sí". Estaba torciendo la verdad un poco, pero hay que hacerlo para que los niños sepan que nuestro amor siempre les incluye.

"¿Qué me decías?".

Pensé un poco y entonces decidí sorprenderlo. "Lo voy a escribir para que tú lo guardes". Esa noche, en la cama sin poder dormir, empecé a componer un poema para él, "Mi Pedro". Era un poema sobre lo que yo había discutido con Tivisita: mi Pibín como mi regalo para el futuro del país. Pero tal parecía que nunca lo terminaría. Aun así, unos días más tarde, le recité los primeros cuatro versos que había escrito.

"¡Me hablaste en rimas! ¡Ay, Mamá!". Corrió a abrazarme, pero levanté mi mano para detenerlo. Pancho había escrito a Dieulafoy en Francia, quien le contestó que estaba seguro de que la tisis no se transmitía por un simple contacto. Aun así, yo me había vuelto precavida con mis urraquitas. No quería tomarme ningún riesgo.

"No te me acerques, mi amor", dije firmemente.

"¿Por qué Mama? ¿El bebé?".

No quería que él pensara que su hermana era la causante de la distancia entre él y yo. Así es que le dije la verdad. "Es la tisis. Y no quiero que se contagien".

"¿Es por eso que cerraste el instituto?", quiso saber.

Me avergonzaba tener que confesar que esa razón no haya sido la principal al tomar la decisión. Fue Pibín quien con su refinada sensibilidad me recordó que otros estaban en peligro también.

Busca la luz, le aconsejaba en mi poema. *Busca la luz.* Pero yo no había seguido mi propio consejo, hundida como estaba en mis sombríos pensamientos de partida. Con razón no había podido terminar el poema.

No era esta la primera vez que era más sabia en papel que en persona.

ESE VIAJE EN barco a Puerto Plata resultó ser la marcha de una reina a través de su dominio enlutado.

La noticia se habían regado de que Salomé estaba enferma y se iba al norte a una cura de descanso. En cada puerto, una delegación de poetas jóvenes pedía permiso para subir a bordo. Yo los recibía en mi silla de extensión en la cubierta, con sombrero y una cobija sobre el regazo y las piernas. Tivisita me la había echado encima para protegerme de las corrientes de aire que ella temía me provocaran la tos. Los poetas se acercaron y uno a uno me fueron recitando sus poemas.

Especialmente recuerdo a un joven que subió a bordo en San Pedro Macorís. Era de piel oscura y ojos negros y líquidos como a punto de llorar. No pude evitar recordar el aforismo de Papá: *Las lágrimas son la tinta del poeta.* Su nombre era Gastón Deligne y, cuando empezó a recitar, un silencio se apoderó de la cubierta de aquel vapor. "Sus palabras han henchido las velas de nuestras almas..." Su joven voz me hizo recordar la de Pancho en aquellos tiempos en que recitaba mis poemas como si fueran suyos.

Cuando Gastón terminó quedé tan conmovida que ni siquiera le di las gracias. Él se adelantó y me mostró un paquete que traía en sus manos. Al principio pensé que me estaba dando un manuscrito de sus poemas para que los leyese. Con placer los hubiese leído, ya que juzgando por lo que recitó, era sin duda un poeta muy talentoso. Pero resultó que eran mis propios poemas que él había coleccionado, incluyendo el delgado libro que los Amigos del País habían publicado, y otros poemas más recientes, poemas de ocasión, recortados de los periódicos. "Los tengo todos", se jactó como un niño luciendo su colección de canicas relucientes.

Antes de irse, tomó mi mano y la apretó sin querer soltarla.

Otros guardaban distancia, no sabía si por respeto a la poetisa o por miedo al contagio. Después me enteré de que el hermano menor de Gastón, Rafael, también un poeta, se estaba muriendo de lepra. Quizás era yo quien debía haber retirado la mano. Pero sus ojos me lo impidieron.

"Nosotros construiremos la patria que usted quiere, poetisa, se lo prometo".

Suspiré y guardé silencio. Había oído esto antes.

"Lo haré en su nombre". Era demasiado intenso. Tivisita miró preocupadamente a Pancho, quien se acercó. "Bueno, bueno, joven Dante", dijo en su efusiva manera. "Salomé ha tenido demasiada excitación por un día". Pero al zarpar del muelle al joven oí gritar, "¡En tu nombre, Salomé, en tu nombre!". Me sentí morir, dejando atrás la costa de los vivos, no más presa fácil de las promesas humanas o la pobreza de espíritu.

LA TRAVESÍA MARÍTIMA en sí fue un tiempo sacado de otros tiempos, bendito y soleado, sin espías merodeando la casa, sin escuela por que preocuparse, sin estudiantes que examinar, sólo el aire salobre del mar que respirar y el bamboleo de las olas para arrullarme, igual que la criatura dentro de mí, flotando en sus aguas. En mi regazo descansaba el libro *Numa Pompilius* de Florián, un antiguo favorito. Había empacado un pequeño baúl lleno de libros para ayudarme a llenar las horas muertas en Puerto Plata antes de que mi hija naciera, entre ellos libros de la biblioteca de mi padre que tanto habíamos disfrutado leyendo juntos. Otra vez, leía sobre la amiga de Numa, la andariega Camila con pies tan ligeros que podía correr por un campo de trigo sin doblar ni una espiga y caminar sobre el mar sin mojarse los pies.

¡Camila! Casi había olvidado que cuando niña me había prometido que si alguna vez tenía una hija la nombraría como esta valiente y joven mujer. Sería Camila. Para no desilusionar a

Pibín, también le daría mi nombre. De repente, me pareció bueno que nuestros nombres siempre estarían juntos.

"Salomé Camila", le dije cuando descansaba en mi camarote esa noche.

Sentí gran felicidad al pronunciarlos.

LA DESPEDIDA DE Pancho en Puerto Plata fue más difícil de lo que pensé. ¡Y si *esta* vez no regresara en cuatro años! Me aferré a él con la mirada pues ya no podía abrazar a nadie.

Antes de salir de la capital, Pancho había recibido una segunda carta de Dieulafoy desde Francia. Nuevos estudios indicaban que el bacilo de la tuberculosis sí se podía propagar por contacto. Era mejor tomar precauciones, especialmente con los niños.

Por supuesto, me preocupaba mi Camila. Dieulafoy había asegurado a Pancho que el bacilo no se propagaba en el útero. Pero una vez que la criatura naciera, tendría que evitar todo contacto. "Vayan buscando una ama de cría", Pancho le pidió a Tivisita, quien se sonrojó cuando le expliqué el significado de esa palabra.

Pancho mandó a instalar lavamanos en cada cuarto de la cabaña de palmas que Dubeau había alquilado para nosotros. Enseñó a Tivisita a lavarles las manos a los niños y las suyas propias después de cada visita a mi habitación. Guardaba un juego de cubiertos amarrado con cintas rojas en un armario, junto con mis juegos de sábanas, en mi cuarto.

"Mamá tiene las cintas rojas", así llamaba Max a mi enfermedad. Sólo a Pibín, quien, a pesar de su tierna edad, podía ser discreto, le mencioné la palabra *tisis*.

La mañana de su partida, Pancho revisó los reglamentos de la casa: los niños podían visitarme, pero nada de abrazos, ni besos, ni dormir con Mamá. Al decir esto miró hacia Pibín, quien a su vez desvió la mirada, mordiéndose los labios para no llorar. A veces Pancho no tenía tacto.

Él insistió en que Tivisita estuviese en el cuarto cuando me dio sus instrucciones, para que después yo no me recetara a mí misma. "Escribiré cada semana para seguir tu progreso", Pancho prometió.

"¡Y yo te escribiré todos los días, Mamá!", dijo Max. Estaba vestido con su traje de marinero, orondo con la experiencia de haber estado a bordo de un barco antes.

Sonreí cariñosamente a mi niño, sabiendo qué dolor de cabeza Pancho se llevaba con él. "Eso me encantaría", le dije. Era casi un dolor físico no poder abrazarlo y despedirme antes que se fuera.

"Quizás mejore su letra, para que puedas leer sus cartas", Pancho tiró una indirecta. Max se sonrojó, abochornado en medio de sus promesas.

"Revisa los gabinetes, Tivisita. Debe haber suficiente quinina, pero recuerda que es sólo para fiebres muy altas. Salomé se la bebe como agua". Pancho siempre me acusaba de ser una paciente difícil, de que yo pensaba que había ido a la escuela de medicina junto con él. "Quiero que reciba veinticinco centigramos de yodo al día para los tos y las cápsulas de creosote con dos dedos de aceite de hígado de bacalao. Con cada comida, ¿me oyes? Salomé tiende a olvidarse de que el desayuno también es una comida y no el momento de levantarse a leer sus libros".

Mientras Tivisita pasaba inventario en el armario, Max me enseñaba el trompo que ella le había regalado para el viaje. También enviaba regalos a sus tres hermanas mayores, a quienes, admitía, echaba mucho de menos. Había estado tratando de convencerla de que fuera al Cabo con Pancho y Max para verlas. Regina podía cuidarme hasta que Ramona llegara, pero Tivisita no me dejaría. "No hasta que te cures y el bebé haya nacido", prometió.

Fue cuando me viré de escuchar a Max jactarse de su nuevo trompo, que vi en un pestañeo, algo que hubiese deseado no haber visto. Tivisita estaba de espaldas y Pancho la miraba con deseo mezclado con renuncia. Era esta renuncia lo que más me dolía, pues quería decir que Tivisita había entrado al reino de su imaginación donde la lujuria se torna en amor y las almas se unen.

De nuevo sentí el escorpión de los celos revolcarse en mi corazón, pero inmediatamente lo saqué de allí. Había oído decir a Mamá, y a otras personas mayores, que las embarazadas podían envenenar a sus bebés con malos pensamientos. No quería que Camila fuese de mente estrecha y mezquina, ni que su mundo se redujese al tamaño de lo que no temía.

Y así, de nuevo, hice lo que siempre había hecho con el dolor: tragarme mi desilusión. Por un lado me alegraba que Tivisita se quedara conmigo. Para verla, Pancho tendría que venir a verme a mí.

PANCHO CUMPLIÓ CON su promesa y escribió seguido. Cada semana teníamos una carta o dos de él; y de Max tuvimos algunas las primeras semanas, después una gotera, una o dos, y al final, ninguna. Mi Max, ¡igual que su padre, con un entusiasmo más grande que su carácter!

Zafra usualmente traía los paquetes de cartas, ya que nosotros apenas salíamos. Diariamente pasaba por la casa para saber de mi condición. Estaba preocupado por mi respiración fatigada. Según pasaban las semanas y me crecía la barriga, la presión al diafragma me imposibilitaba más y más recobrar el aliento. Las fiebres continuaron, las expectoraciones sangrientas y la tos incesante me robaban la última gota de fuerza. No era una prognosis muy alentadora. Finalmente, Zafra sugirió que pidiera a Pancho que viniese. Pero yo me resistía. Ahora le estaban llegando pacientes a su pequeño consultorio en el hospicio, y nosotros necesitábamos desesperadamente el nido que Pancho había empezado a construir.

Ramona apareció, antes de lo que habíamos planeado, diciendo que nuestra prima Valentina de Baní se había mudado con Mamá y tía Ana temporalmente. Mon parecía una visión con su sombrero tejido y sus guantes y una capa sobre los hombros y una sombrilla sobre la cabeza, toda la superficie de su cuerpo protegida de alguna manera. Y había una cantidad considerable de superficie, porque mi hermana había engordado con la edad. No era un secreto en nuestra familia que Ramona odiaba viajar, creyendo que cada barco se hundiría, que cada tren sería atacado por bandidos, que cada tramo de terreno despoblado se encontraba lleno de alimañas y animales salvajes. Creo que había leído demasiado a Plutarco y a Marco Polo. Pero ella haría cualquier cosa por mí, y aquí estaba, una dama en armadura lista a librar batalla contra la naturaleza feroz por su hermanita.

Pero la verdadera batalla comenzó adentro desde el primer día. Ramona no seguía las instrucciones de nadie, "especialmente de ninguna muchachita que se parece a mi muñeca". No es que Tivisita fuese de las de llevarle la contraria a nadie, pero Pancho le había dado instrucciones estrictas, a las que Ramona se oponía a menudo sólo para estar en desacuerdo con su cuñado mujeriego. Yo le había contado lo de París.

Un día, Tivisita entró a ayudarme con mi carta a Pancho. Le había pedido unos espejuelos pero aún no los había recibido. Me costaba un gran esfuerzo leer, así que ahora Tivisita escribía mi correspondencia. ¡Qué semilla afortunada había yo plantado para el futuro al enseñarle a leer y escribir!

Ya la conocía bastante bien para darme cuenta de que estaba fingiendo su acostumbrada vivacidad. "¿Qué te pasa, Tivisita?", le pregunté mirándola directamente.

Una cierta expresión se le asomó a los ojos: algo que quería decir pero no podía. Yo, por supuesto, sabía lo que era. "Deja que haga lo que quiera, Tivisita, ella tiene buenas intenciones". No me atreví a mencionar nombres en caso de que Ramona estuviera escuchando.

"Pero Pancho dice que no debo dejarla que interrumpa el régimen que le dejó. Él dice que puede ser la diferencia entre..." Titubeó, no queriendo nombrar lo que todos temíamos.

¡Así es que Pancho se estaba escribiendo con Tivisita! Por

supuesto, también me escribía a mí. Su tono era alegre pero las cartas eran breves. Obviamente tenía muchas cosas en la cabeza. Ahora me preguntaba si lo que le ocupaba la mente era quien vivía bajo mi propio techo.

La próxima vez que Zafra trajo el paquete, envié a Tivisita fuera del cuarto a buscar un trago de agua fresca de la cisterna, pues tenía una sed enorme. Titubeó y su mirada cayó sobre el paquete al lado de mi cama. Usualmente era ella quien separaba las cartas y los recibos que Pancho enviaba todas las semanas, y luego mandaba algunas para la capital y distribuía lo demás.

Tan pronto como Tivisita salió del cuarto, alcancé el paquete de cartas y alcé cada sobre hacia la luz. Además de la mía había otra con la letra de Pancho a un nombre que no podía leer, con un remitente del comerciante que nos vendió los lavabos, una carta con un artículo para Federico en la capital, una nota a *Mis queridos hijos,* y una en esa letra tan familiar dirigida a la *Señorita Natividad Lauranzón, E. S. M.* Una misiva privada para ser entregada sólo en sus manos.

Sostuve la carta en mis manos preguntándome qué hacer con ella. La última vez que leí una carta que Pancho había escrito a otra persona me causó mucho dolor. Mi salud estaba en juego y mi corazón destrozado por la desilusión, ¿qué más quedaba por destruir, excepto mi paz mental? Podía vivir y morir sin saber.

Barajé la carta con las demás y puse el paquete al lado de la mesita de noche. Cuando Tivisita regresó apresuradamente con mi taza encintada desbordándose de agua fresca, me miró ansiosamente. Ya veía su inocencia perderse, su secreto como la perla que la ostra fabrica de circunstancias irritantes, un hecho que Pancho me había enseñado años atrás, cuando con galantería ofreció su ayuda para ponerme al día con las ciencias.

CUANDO CONTRAJE PULMONÍA, mi condición empeoró. La fiebre me subió tanto que mi pobre Camila pateaba constantemente los costados de mi vientre. "¿Me voy a morir?", preguntaba a Zafra quien me dio una mirada lastimosa. Él llevaba sólo unos pocos años ejerciendo y no había aprendido a borrar de su cara tales expresiones poco profesionales.

"Creo que Pancho debería venir", fue todo lo que dijo.

Yo había perdido peso, tenía la piel del vientre tensa como un tambor y podía palpar la forma del bebé con mis manos. "Aguanta, mi Camila", le pedía. Ella pateaba como si dijera, Estoy haciendo lo mejor que puedo, Mamá.

EL PARTO COMENZÓ poco después de la llegada de Pancho. A medianoche una oleada de dolor me subió desde la baja espalda y me provocó un ataque de tos. Por supuesto, en ese momento no pensé que fuese el parto, pues faltaban ocho semanas. Las contracciones apretaban mis pulmones y no podía respirar. Seguramente me estaba muriendo, pues no recordaba que la asfixia fuese parte de dar a luz.

Ramona fue la primera en entrar al cuarto, lámpara en mano, su larga trenza como una soga colgando sobre un hombro y el frente de su bata de noche. Traté de contestar sus preguntas, pero ya no podía dar aire a las palabras, sólo mover los labios. Esto debe ser el principio de la muerte, pensé, los tentáculos del lenguaje imposibilitados de alcanzar más allá del yo y captar la atención de los demás.

Pancho llegó pisándole los talones, Tivisita detrás de él cargando el negro maletín de médico. Pancho puso el estetoscopio sobre mi vientre, aquí y allá, y luego le oí lavarse las manos antes de levantar las sábanas y examinarme. Fue entonces cuando me llegó el olor penetrante de la humedad en la que me encontraba tendida.

Ramona había vuelto con Zafra, quien entró enrollándose las mangas de la camisa y dando órdenes a todo el mundo. Al otro lado de la puerta, Pibín trataba de calmar a sus dos hermanos. "¡Mamá!", Max gritaba. Yo quería llamarlo y confortarlo, pero tenía que ahorrar la poca fuerza que me quedaba.

Zafra y Pancho me habían subido con las almohadas para aliviar la respiración y ayudarme a empujar. La sangre se me escapaba, y podía sentir a la criatura luchando por nacer. Por fin, con un dolor tan fuerte que me parecía que me estaba rajando en dos, Zafra metió el fórceps dentro de mí y la sacó, primero la cabeza, seguida por un hombro y luego el otro y finalmente allí estaba, colgando de cabeza, lívida y azul, cubierta con una fina membrana como si hubiese nacido envuelta en su propia mortaja, lista para el entierro.

Pude observar el resultado sombrío en la mirada que intercambiaron Zafra y Pancho. Después que cortaron el cordón umbilical y sacaron la criaturita de la habitación, llamé, "Tivisita", pero mi voz era demasiado tenue. "Ya la bauticé", susurró Ramona, como si lo que me preocupara en ese momento era si la niña moría cristiana.

"Quiero que mi hija viva", sollocé, tratando de levantarme. Pero varias manos me sujetaron; voces que trataban de tranquilizarme, la punzada de una aguja en mi brazo.

Todo se calmó. Los veía trabajar sobre mí como si trabajasen en un cuerpo que era y no era el mío. Desde lejos oía las voces de mis hijos, Pibín leyéndole a Max, sin duda su querido Julio Verne, Max haciendo interminables preguntas, Fran rebotando una pelota una y otra vez contra la pared de la sala, sus vidas continuando sin mí. La luz se oscureció, la mente se detuvo, los pulmones lucharon por aire y sentí que se me iba la vida lentamente. En la luz que empezaba a entrar por la ventana de atrás, vi a Pancho inclinado sobre mí, sus ojos anegados en llanto. Había olvidado sus propias precauciones.

Cualquier cosa que estaba diciendo, no podía quedarme a escucharlo. Estaba cayendo, cayendo en una larga caída por las escaleras hacia el interior oscuro del centro de mi ser.

Entonces escuché un llanto, un berrido vigoroso que reconocí.

"Salomé Camila", susurré.

Como invocada por la fuerza de mi deseo, Tivisita había regresado a mi lado, cargando el bulto que había rescatado de la condena de los demás. La acostó sobre mi vientre para que yo la admirara.

Lúché y salí del fondo de las tinieblas para conocerla.

Bird and Nest

Saliendo de Santo Domingo, 1897

ELLA VA EN EL barco y la brisa hace flotar su vestido y las cintas de su sombrero camino a El Cabo a ver a su padre. Las olas dan nalgadas al costado del barco igual que cuando Mon pretende pegarle a Max por portarse mal, pero en realidad no le está pegando y Max llora de verdad porque Mamá se fue al cielo y ella es lo que Max realmente quiere.

Se para sobre el baúl que Pibín ha arrastrado cerca de la baranda para que ella pueda saludar a todos en el muelle. Mon, Minina, Luisa, Eva —¡basta! Le duele la mano. Además todos están llorando tanto que nadie le devuelve el saludo.

Le gusta el barco. Quisiera nunca tener que bajar del barco y seguir navegando hacia El Cabo por el resto de su vida con la falda de su vestido ondeando como cuando Max se pone malcriado y quiere mirar debajo de su enagua (y allí es cuando le dan las nalgadas), y las cintas del sombrero restallan contra el costado de su cabeza y cada vez que trata de verlas, el viento las sopla fuera de vista.

¡Rápido! Vuelve la cabeza y logra verlas de refilón: ¡las cintas rojas!

"¿YA ESTAMOS LLEGANDO?", le pregunta a Pibín. Él es el único hermano que responde con cortesía cuando ella pregunta algo.

"No hemos salido todavía", él le explica. Se nota muy triste, casi tan triste como el día que Mamá murió, pero no tanto.

Quizás esté triste por lo que pasó en casa de Mon antes de salir para el muelle, todos alzando la voz con enojo. Mon estaba parada en la puerta, con Camila de la mano. "Tu mamá dijo que te quedarías con tía Mon, ¿recuerdas?". Mon le apretó la mano a Camila para ayudarle a recordar.

Pero Camila no pudo recordar qué es lo que su mamá había dicho la última vez. Se acordaba de Puerto Plata y los caracoles y el doctor Zafra, quien hacía muecas para hacerle reír, y su madre tosiendo y los espejuelos tan raros que su padre le envió a Mamá desde El Cabo y muchos, muchos frascos de medicinas alineados sobre el escritorio y la luz reflejándose a través de ellos como los vitrales de la catedral.

"Su padre dice que *todos* deben ir a El Cabo", dijo Pimpa, la hermana de Tivisita, gruñona y gorda como Mon, que es la hermana de Mamá, como si todo el mundo necesitase una hermana gruñona y gorda para defenderse de la gente mala. Pero Camila no tiene hermana. Si se va a El Cabo a vivir con su papá, quizás tendrá otra hermana, como dice Regina. "Ramona, ¿no te das cuenta de que empeoras la situación para los niños?". Pimpa sacudió la cabeza tristemente y se agachó a cargar a Camila.

Pero Mon la tenía fuertemente sujeta de la mano y no la soltaba, y Pibín y Fran no sabían que hacer. Max lloraba por Mamá, demasiado lejos allá en el cielo para contestarle, y entonces su abuela Minina dijo, "Esto es una vergüenza que da ganas de llorar, una vergüenza", y todo el mundo paró de pelear porque abuela tenía un soplo en el corazón como cuando una avispa se mete bajo tu mosquitero y tienes que salir porque te puede picar y se te hincha el corazón.

Y entonces llegaron las mulas para llevarlos al muelle pero nadie la podía encontrar, ¡SALOMÉ CAMILA! ¡SALOMÉ CAMILA! Porque se había escapado y escondido en un hueco debajo de la casa donde a veces se escondía de Max pero ella ahora se escondía de todos los que estaban peleando, y de repente todo quedó tranquilo y en paz como cuando la avispa se escapa y puedes meterte bajo el mosquitero y seguir durmiendo.

Y SE QUEDÓ dormida, una simple siestecita sobre las alfombras de paja enrolladas en una rincón, y cuando vino a ver allí estaba Mon en el hueco de entrada y Tivisita detrás de ella y, al principio, todo el mundo tan contento de verla y después todo el mundo regañándola que ella tenía que dejar esa mala costumbre de esconderse o de lo contrario les causaría la muerte a todos.

"Yo no hice que Mamá se muriera", protestaba. Ella es una niña grande que puede limpiar su plato y no se hace pipí en las pantaletas.

Una expresión fue apareciendo de cara en cara y quedó alojada en los ojos de Tivisita al decir: "Por supuesto que no, mi corazón. Nadie dice eso. Tú eres una niña muy buena. Y tu mamá está en el cielo, orgullosa de ti".

Mon se agachó al lado de Camila para que sus ojos —igualitos a los de Mamá, ¡Camila nunca se había dado cuenta de ello!— estuviesen a la misma altura. "¿Te gustaría quedarte aquí con Mon? ¿Es por eso que te escondiste? Dile a tu tía Mon". Su cara tenía tristes líneas a ambos lados de la boca y pelitos debajo de la nariz como el bigote de un hombre. "Dile a tu tía Mon que quieres quedarte con ella y con abuela Minina". Esta vez no era una pregunta sino una afirmación.

"Mon, por Dios, su padre dice que tiene que ir". Tivisita también había bajado hasta el nivel de los ojos de Camila. Le sacudió el polvo del lindo vestido y le enderezó el sombrero.

"¡Se van las mulas!", Pimpa gritó desde la puerta del fondo.

Tivisita se levantó y tomó a Camila de la mano. "Tu papá nos está esperando en El Cabo".

"¡Quédate!", dijo Mon, todavía arrodillada en la tierra, con el vestido manchado, mirando al cielo y sollozando.

A mitad de los escalones, Camila se detuvo y miró la deprimente imagen de su tía tirada al piso. ¿Qué debía hacer?, se preguntó, y en ese momento parada allí, mirando a través de los barrotes de la reja, sin saber qué hacer porque su mamá no estaba allí para decirle, ese momento fue la primera vez que sintió una extraña presión en el pecho que la dejó sin respiración y le hizo revolotear el corazón igual que a Minina cuando se le mete una avispa en el pecho que nadie puede sacar, y allí empezó a toser, parada en los escalones y de repente se tranquilizó y entonces Tivisita dijo, "Ven, como dice Pancho, la niña tiene un toque del contagio. Necesita un clima más seco. Ramona, hágalo por esa razón".

Y entonces, Mon paró de llorar y subió los escalones lentamente como si alguien la halara por el borde de su falda, y tomó la otra mano de Camila conduciéndola afuera donde las mulas y los muleros esperaban para llevarlos a El Cabo a ver a su padre.

TODOS VAN A El Cabo a ver a su padre, que vive allá. El Cabo queda en Haití, como Santo Domingo queda en la República Dominicana y las estrellas en el cielo y Mamá en la gloria.

Su padre se fue para El Cabo después del desfile cuando llevaron a Mamá a la iglesia en un caja cubierta de flores camino al cielo, y él se había ido la misma cantidad de tiempo que Mamá, los dedos de una mano. Él le escribió a Mon diciéndole que cambió de parecer y ahora quiere que le envíen a todos los niños con Tivisita, quien ayudará a cuidarlos.

Tivisita había estado viviendo con Camila y Pibín, Fran y Max y Regina y Mamá. Entonces cuando Mamá se fue al cielo, Camila, Pibín, Fran, Regina y Max se mudaron con Mon y Minina, y su padre se fue para El Cabo, y Tivisita no tenía dónde ir porque Mon no tenía espacio en su casa para una muchacha que se parecía a la muñeca de Santo Tomás.

Así es que Tivisita se quedó en la casa vieja y cuidó del pony Patriota y del perrito Tom y del nuevo mono, Mono Dos, con su hermana Pimpa.

Todos los días Camila iba con Pibín a visitar a Mamá a la iglesia de las Mercedes, y Mamá nunca estaba allí, pero estaba Tivisita, con un ramo de flores blancas ("¿Te acuerdas como le gustaban estas flores a tu mamá?". No se acordaba...), llorando y diciendo que si no hubiese sido por Mamá no podría leer el nombre grabado en la piedra que Camila no podía leer.

MON SIEMPRE LE preguntaba qué recuerdos tenía de su madre. "Me acuerdo de la tos". Tosió en su mano para demostrarlo.

Mon estaba enseñándole cómo declamar otros poemas de su madre. Ya se sabía "El ave y el nido" y un pedacito de "Mi Pedro", pero el poema que su madre había escrito sobre como casi se muere al dar a luz a Camila era demasiado adulto para ella ahora. ("Pensábamos que no vivirías. Te pusimos en una caja de tabacos con algodón, pero viviste y la usamos como tu primera cuna". ¡Mon sabía que le encantaba ese cuento!) Mon estaba copiando todos los poemas en un libro que le daría a Camila algún día cuando fuese lo suficientemente mayor para cuidarlos.

"Te olvidarás de tu madre a no ser que te la recordemos", explicó Mon.

Y entonces Mon le enseñó a hacer la señal de la cruz y a recitar, "En el nombre del Padre, del Hijo y del santo espíritu de mi madre Salomé".

Al día siguiente en la iglesia, Camila corrigió a Tivisita en cómo decir la oración al persignarse, y cuando Tivisita supo que fue Mon quien le había enseñado esa oración, dijo que tenía que reportárselo a Pancho, y entonces su padre pidió que le mandaran a todos sus hijos a El Cabo por barco para empezar una nueva vida.

ELLA VA EN el barco, de la mano de Tivisita, para no caerse en el Océano Atlántico y arruinar el vestido nuevo que Tivisita le hizo.

Negro, con un cuello y banda blanca, exactamente igual al que Tivisita se ha puesto para ir a El Cabo. Un sombrero adornado con cintas rojas y un parasol negro que combina con el que Tivisita lleva.

"Tírale un beso a Minina", dice Tivisita.

Y le tira un beso a su abuela allá lejos en el muelle, con el deseo de que le calme el revoloteo en el corazón.

"¿Por qué lloran?", pregunta pero nadie la oye. En ese mismo instante el vapor suelta un pitazo y echa una nube de humo por la chimenea y comienzan a alejarse de la costa. Todo se va volviendo más y más pequeño; las casas y la catedral con sus dos campanas y la casa grande con cinco balcones donde solían vivir (dice Pibín), y la fortaleza donde Lilís pone a sus enemigos, y el parque donde los caballos de madera, casi del tamaño de Patriota, dan vueltas y vueltas al son de una tonada, y Mon se pone chiquita aunque es muy gorda, y Minina y Luisa y Eva, hasta que Camila ya no sabe si les está diciendo adiós a ellas o a otra gente que no conoce, pero que ahora le devuelven el saludo.

"¡No quiero dejar a Mamá!", Max empieza a lloriquear, y Tivisita tiene que soltar la mano de Camila e ir donde Max y agacharse a su lado y tener una pequeña conversación.

"¿Dónde está Mamá, Pibín?", pregunta, mirando a su hermano y viendo ese semblante triste que tiene el mismo sabor del aire oscuro en su cuarto por la noche. Él no dice lo mismo que los demás, con voces vívidas como luces prendidas, "Tu mamá está en el cielo".

Él le agarra la mano y la aprieta contra su corazón. "Ahí", dice.

"¿No está en el cielo?".

Niega con la cabeza y mira a lo lejos.

"¿Por qué no en el cielo?".

"El cielo es para los muertos", dice. "Tú y yo vamos a mantener a Mamá viva".

Ella no entiende una palabra de lo que él ha dicho, pero mantiene su mano en el corazón para que Mamá no tenga que morir.

———

REGINA TAMBIÉN LES acompaña, pero va debajo de cubierta porque le daría un ataque si mira el mar.

La piel de Regina es tan negra que hay que creer cualquier cosa que ella diga.

Su familia vino hace mucho tiempo en un barco de esclavos, en cadenas, y cuando ve las grandes distancias del mar, ella dice que siente a sus ancestros quejarse en su sangre y que es capaz de cualquier cosa, incluso vomitar.

Así es que es mejor que Regina se quede abajo, agarrándose el estómago y oliendo la botella apestosa que trajo consigo. Cuando Camila pone su nariz contra el cuello de la botella, huele el cuarto de su madre, un olor raro que hace aletear su nariz como la de Patriota antes de relinchar cuando la ve venir con un terrón de azúcar en la mano.

Max ha dejado de llorar y Tivisita vuelve a su lado. "Vamos a sentarnos en la cubierta", dice. "Te voy a contar una historia".

"¿La historia de la caja de tabacos y el algodón?".

Tivisita luce dudosa. "Bueno... la verdadera historia del día en que naciste".

"Mamá casi se muere".

Tivisita titubea, con una expresión de parpadeo en los ojos como si no supiera qué decir. "Pero vivió tres años completos...".

"Y entonces se murió".

"Tu mamá está en el cielo ahora, que Dios la tenga en la gloria".

Camila sacude la cabeza echando a volar las cintas rojas, pero ve a Pibín de reojo. Él le hace la señal secreta de "No digas nada".

Ella aprieta su mano contra el corazón. Su madre está así de cerquita, pero se supone que Tivisita no lo sepa porque Pibín dice que Tivisita ha demostrado no ser una verdadera amiga de Mamá. Pero, ¿por qué no? Tivisita es su amiga y la amiga de su padre, y van a encontrarse con él en El Cabo donde quizás habrá una gran sorpresa, quizás sea Mamá que regresa del cielo a donde fue a curarse la tos y a buscar una hermanita para que Camila la cuide.

SE SIENTAN EN LAS sillas de cubierta, Tivisita y Max y Camila y Pibín. Fran es mayor y por eso está en la cabina con el capitán aprendiendo cómo navega un vapor sobre el mar.

Ella es mayor también, ¡tiene casi cuatro años! Pero, esta mañana, en casa de Mon cuando no podía recordar qué había dicho Mamá, Mon le dijo a Tivisita y a Pimpa, "La niña es demasiado chiquita para recordar".

"Voy a cumplir los cuatro", replicó. Pero nadie la escuchaba, porque todos estaban discutiendo y Minina se sentía débil y por eso fue que Camila se escurrió a esconderse en el hueco oscuro para escaparse de todo el mundo. Había estado haciendo esto mucho últimamente, escondiéndose bajo la mesa o en el armario de caoba o en el hueco oscuro, porque así es igual a Mamá que ha ido al cielo a liberarse de su tos.

"El día que nació Camila", empezó Tivisita, y Camila siente un torrente de felicidad al escuchar esas palabras, que son como el sol que sale en la mañana y le ilumina la cara. Cuando Tivisita hace el cuento del día que nació Camila, la historia es diferente de la que cuenta Mon. Tivisita dice que ella nunca puso a Camila en una caja de tabaco con algodón. Dice que la arropó en una linda colchita y puso su boca sobre la de Camila y le sopló aire a los pulmones y entonces Camila lloró y su mamá se despertó por tres años más antes de morir.

Pero en esa alborada de cálidos sentimientos, fluta una oscura nube de preocupación. "¿Por qué se enojó Mon?", le pregunta a Tivisita.

Pero Tivisita no quiere decir por qué Mon estaba enojada. "El día que nació Camila", Tivisita repite, mirando a Max y a Pibín para que la ayuden a contar esta importante historia.

"¿Qué es lo que no recuerdo?", Camila quiere saber. Mon dijo que "la niña es demasiado chiquita para acordarse".

"No te acuerdas", Tivisita explica, "porque nadie se acuerda del día en que nació".

"Yo sí", dice Max.

"Yo también", dice Pibín, levantando la barbilla.

Últimamente sus hermanos hacen esto todo el tiempo. Todo lo que Tivisita dice que no puede ser, ellos dicen que sí puede ser. Tan pronto lo hacen, se acaban los cuentos y se quedan tranquilos, como ahora, escuchando las olas salpicar sobre la cubierta mientras cruzan el océano hacia El Cabo, donde su padre los espera con Mamá y una hermanita para empezar una nueva vida juntos.

"¿QUÉ ES LO que no recuerdo?", le pregunta a Regina esa noche.

"Niña, duérmete o el mar nos va a tragar a las dos. ¿Tienes que hacer pipí o algo?".

"Yo me acuerdo del día en que nací", le susurra a su nana. No quisiera que Tivisita o Pimpa la oyeran pues dirían, "Camila, no digas mentiras. Tu mamá está mirando desde el cielo".

"Y yo me acuerdo del día que hicieron el mundo". Regina dice. Camila no sabe si su nana está bromeando pues hay tanta oscuridad que no puede verle la cara a Regina.

Cuando cierra los ojos oye el chasquido de las olas como solía escucharlo en la desvencijada casa de Puerto Plata, antes de que el sonido de la tos de su madre estallara como ráfagas de ametralladora o el principio de una guerra, y Camila se despertaba llorando.

MÁS QUE NADA, recuerda la tos de su madre —en la mañana con el canto de los gallos y todo el día y especialmente en la noche cuando no había otro ruido que el chasquido de las olas y el murmullo de la brisa entre las palmas.

"¿Mamá, estás bien?", le pregunta a través de la puerta.

Le han prohibido entrar al cuarto a no ser que Tivisita o uno de sus hermanos la acompañe y, además, no puede tocar a su madre para que no la contagien los microbios de la tos.

Pero ella entra de todas maneras. Es un secreto. Hay un banco donde están los libros amontonados, y Camila se sube por un lado del banco y camina hasta el otro lado cerca de su madre y se sienta sobre los libros. Su madre se cubre la boca con un pañuelo y le hace cuentos acerca de dónde viene el nombre de Camila.

Una dama muy bella que camina sobre el mar y nunca se moja los pies.

Un día su madre está escribiendo cuando Camila entra. Un poema para Pibín.

"¿Vas a escribir uno para mí?".

Su madre es una cara triste y afilada con unos espejuelos extraños que le hacen lucir los ojos como ojos de pescado y manos largas y huesudas que se mueven rápidamente sobre la hoja de papel en blanco. "Sí, cuando pare la tos".

Pero la tos nunca para. Su madre se pone más y más flaca y ya parece otra persona. Nadie viene a la casa excepto el doctor Zafra con sus cómicas muecas y su dedo gordo que hace desaparecer. Están viviendo en Puerto Plata porque es bueno para la tos de Mamá pero la tos no se mejora, y Mamá dice que quiere irse a morir con su mamá en la capital.

Su padre sigue en El Cabo y dice que Mamá debe quedarse en Puerto Plata pues el viaje seguramente la mataría. "Estas son las órdenes de Pancho", dice Tivisita, pero Mamá dice que ella se va a la capital y Tivisita puede quedarse y delatarla si quiere, lo cual hace llorar a Tivisita. Entonces Tivisita empaqueta la casa entera y escribe rápidas cartas a Pancho (que le da a Regina para llevar al vapor correos con una moneda de plata para que no se lo diga a nadie) y todos se suben al barco de pasajeros, Fran y Max y Pibín y Regina y Tivisita —y para cuando llegan a la capital Mamá está tan enferma que la tienen que poner en una camilla para llevarla a la casa desde el muelle.

Mon está furiosa y dice que Mamá se va a morir porque Tivisita la dejó salirse con la suya y viajar estando en tan malas condiciones.

Tivisita llora y dice que no es su culpa y le enseña a Mon la carta de Pancho donde dice que Salomé no debe viajar. Pero eso enfurece más a Mon y quiere saber qué diablos hace Pancho escribiéndole a una jovencita acerca de Beatriz y Dante cuando su propia esposa yace en su lecho de muerte muriéndose de tuberculosis.

Y allí es que Tivisita empieza a llorar de verdad y Max también llora y Minina tiene metida en el corazón una de esas avispas que no quieren salir.

Esa es la primera vez que Camila recuerda haberse escondido en el hueco oscuro debajo de la casa.

Y ENTONCES COMIENZA la muerte, en aquel cuarto oscuro, con montones y montones de visitantes que mantienen a Regina ocupada trayendo sillas y sirviendo cafecitos que nadie quiere tocar porque temen que la tos haya contaminado los bordes de las tazas de porcelana.

Su padre llega de El Cabo, aunque al principio no sabe que es su padre. Todos están en el salón de atrás o entran al dormitorio en pequeños grupos, y es esa tarde cuando Camila escucha un toque a la puerta del frente, la cual han cerrado pues Mon dice que esto no es una fiesta y que dónde diablos van a meter más visitas con su hermana muriéndose. Así es que Camila abre la puerta y es un hombre vestido de levita y sombrero de copa y cuando ella pregunta ¿quién eres?, él se inclina y la carga y le dice, "Soy tu padre, Salomé Camila".

¡Cuánto sabe de ella!

"¿Cómo está Mamá?", él quiere saber.

"Se está muriendo de la tos," reporta Camila.

Se queda atónito al escucharla y esconde la cara en su vestido, llorando igual que Max. "La pobre", dice, "mi pobre esposa, mi pobre familia".

Tivisita entra a la habitación y él pone a Camila en el piso y se seca las lágrimas y toma la mano de Tivisita y dice cuánto él y su familia le debemos a su bondad.

"No hay de qué", dice Tivisita y se echa a llorar por lo que dijo Mon y como es todo su culpa por haber permitido a Salomé viajar en esas condiciones.

"Eso es injusto", dice su padre. "Ya era demasiado tarde cuando..." Sus ojos caen sobre Camila y continúa en un susurro. "Nunca se recuperó desde entonces".

Desde el cuarto trasero se escuchan espasmos de tos como un llamado. "Mamá nos está llamando", Camila les recuerda en caso de que lo hayan olvidado.

EL SOL SE levanta a través de la ventana redonda y le da en la cara, y hace relucir el agua con estrellas caídas. Camila se prepara a oír a su madre toser.

Pero no hay tos. Regina se ha ido del lado de su cama, y Pimpa todavía está roncando en la otra cama, y Tivisita está acostada boca arriba mirando el techo.

En la cubierta alguien grita y Camila escucha los pasos apresurados de los adultos ocupados con algo importante. Desde el fondo del barco sale el resoplido del vapor subiendo por la chimenea como explicó Fran a Pibín anoche durante la cena.

Tivisita se sienta y la ve despierta, y le sonríe. "Mejor nos vestimos. Pronto estaremos en El Cabo".

"Y veremos a mi padre", añade para que la historia avance más rápidamente.

"Sí", dijo Tivisita sonriendo de nuevo.

"¿Y Mamá y mi hermanita?".

La sonrisa se desvanece. "¿Qué hermanita? Camila, tu madre está en el cielo."

"Ella fue al cielo a buscarme una hermanita".

Tivisita se vuelve hacia Pimpa quien se incorpora a escuchar la conversación. "Déjala", dice Pimpa, haciendo un gesto de silencio con la mano. "Toma tiempo".

Regina regresa con un té de limón para las señoras y una botella de leche para Camila. "Puedo ver tierra", Regina dice aliviada, haciendo la señal de la cruz.

En el nombre del Padre, del Hijo, y de Salomé, mi madre, Camila dice en su cabeza, pero no lo dice en voz alta pues eso fue lo que empezó el problema.

ESTÁN EN LA cubierta y en frente se divisan montañas verdinegras con un pueblito a sus pies y unas casitas muy bonitas que llegan hasta la misma orilla del mar con techos de zinc que centellean bajo el sol y barcos pesqueros columpiándose sobre las olas, igual que cuando vivían en Puerto Plata, que ella asocia con el sonido de la tos de su madre.

"La bahía está muy baja para entrar hoy". Canta una canción sobre su llegada.

DE PRONTO, EL grito; "¡Allí está Pancho!"

Camila ladea la cabeza de un lado y del otro y trata de encajar la figura que la saluda desde un botecito con el hombre alto en traje de levita que vino a despedirse de su madre varios meses atrás.

"¡Papancho!", grita porque le han dicho que ese es su nombre.

"¡Papancho! ¡Papancho!", gritan sus hermanos y Tivisita saluda con un pañuelo y sonríe.

Él también grita en respuesta, pero el barco de remos está todavía muy lejos para que nadie lo pueda escuchar. Además, el vapor está dando unos chillidos horribles que, según Fran explica a Pibín, quieren decir que están parando la maquinaria.

Según se va acercando el barco, puede ver a su padre de pie

saludando. Otro hombre está remando. Pero, ¿dónde está Mamá? ¿Dónde está la hermanita del cielo?

"Pibín", le pregunta, "¿dónde está Mamá y la hermanita del cielo?".

Pibín baja la vista hacia ella con el ceño fruncido. Como si pensara que ella era mayor, que sabía más. "No vamos a tener una hermanita, Camila".

"Tú eres la hermanita", Max le dice en son de broma. "¡Bebita! ¡Bebita!".

Camila lo ignora. "¿Por qué no podemos tener una hermanita, Pibín?".

A Max se le pone la cara como un tomate y se echa a llorar. "¡Porque Mamá está MUERTA, estúpida!", dice de un golpetazo, como si le tirara una puerta en la cara.

Nota la maldad en la cara de su hermano, y eso, más que nada, le da ganas de llorar. Quizás alguien regañe a Max por llamarla bebita, ¡niño malo! Pero todos están demasiado alborotados con el bote que se acerca y Tivisita y Pibín y Fran corren a saludar a Papá que sube por la escalera de cuerda y los rodea con sus brazos.

Camila no va a llorar delante de todos para que le digan bebita de nuevo. Corre por la cubierta, baja las primeras escaleras, pasando la cabina donde Regina está recogiendo la ropa, y hacia el estrecho pasillo del barco que se columpia, y baja las inclinadas escaleras hacia el oscuro agujero donde la caldera hace gárgaras estrepitosas y hombres sin camisa abren las válvulas y sale un gran silbido como el del chorro de vapor de una tetera.

"¡Apágala!", grita uno de los hombres.

Se agacha detrás de una pila de carbón junto al calor de un horno, y escucha a los hombres apagar las calderas y detener el barco que ella creyó que la llevaría a los brazos de su madre.

HAY TANTO CALOR y humedad que no puede respirar, pero no debe toser porque la encontrarán y la llevarán a El Cabo donde ella sabe que no verá a su madre.

Pero, ¿dónde está Mamá?

¿En el cielo? Pero, ¿dónde está el cielo?

¿En su corazón? Pero, entonces, ¿por qué no sale su madre para poder verla?

El último día, su madre trató de decirle dónde estaría. Pero tenía el pañuelo sobre su boca y Camila no pudo entender las palabras que susurraba.

Tivisita la había puesto su vestido blanco con hojas bordadas alrededor del cuello como si su cabeza fuese una flor. "Mi corazón", dijo Tivisita, besándole la frente, "tienes que ser muy valiente".

"¿Qué tengo que hacer?".

"Tu mamá quiere oírte recitar 'El ave y el nido'. Y quiere despedirse de ti".

"¿Adónde va?", Camila preguntó, súbitamente temerosa.

Durante varios días, tanta gente había venido de visita que habían tenido que echar paja sobre la calle frente a su casa para que el ruido de los coches no molestara a su madre. La gente entra y sale de la oscura habitación, llorando y moviendo la cabeza tristemente al ver a Camila. Pero Mon no deja a Camila entrar allí porque dice que no le haría ningún bien a Camila ver a su madre en tal condición.

Ese último día, cuando Tivisita termina de vestirla, Mon viene y la lleva a la oscura habitación. Los ojos toman un tiempo en acostumbrarse a la penumbra, pero lentamente reconoce las figuras alrededor de la cama, secándose los ojos con pañuelos: el gordo arzobispo Meriño con su gran cinturón rojo, y el doctor Alfonseca con sus mechones amarillos en el bigote canoso por donde le sale el humo que sopla por la nariz, y las estudiantes de su madre, Luisa y Eva, su abuela Minina, sus tres hermanos mayores, su tío Federico, su linda tía Trini y tía Valentina con sus primas de Baní —tal parece que todos los conocidos están presentes.

Mira de uno al otro, buscando a su madre, hasta que finalmente sus ojos recaen sobre el pálido rostro perdido en la enorme cama, rodeada de olorosas flores blancas y ramas verdes del árbol de laurel.

"¡Mamá!", la llama y los ojos se abren y los labios se extienden en una débil sonrisa.

Mon pone un pañuelo sobre la boca de su madre. El centro del pañuelo se hunde cuando Salomé toma aliento para hablar. Enseguida, rompe en un espasmo de tos.

"¡Recítale a tu madre!", le ordena su padre.

¿Cómo puede ella recordar las palabras de "El ave y el nido", cuando su madre se ve tan mal? "Dale", Mon la anima. "Tu mamá quiere que lo recites".

Mira a la frágil figura tendida en la cama. Está dispuesta a hacer cualquier cosa por complacerla y retenerla. Y comienza a recitar el poema que su madre escribió años atrás acerca de un pájaro que voló lejos porque le tocaron su nido.

Cuando termina, varias de las mujeres se echan a llorar.

Su madre le hace señas para que se acerque, pero su padre la retiene. Mon le susurra algo a su padre y él la deja ir a pararse cerca de la cama.

Mira directamente a los ojos de su madre, y la ve alejarse, pero al mismo tiempo la ve luchar por soltarse de lo que la arrastra para poder decirle algo a Camila.

El pañuelo aletea atrapando las palabras. Se inclina más cerca, ladea la cabeza hacia el sonido, igual que hace Minina con el oído bueno para escuchar mejor. Pero su padre se inclina al lado de ella, y le empuja la cabeza.

"Está diciendo algo". Él levanta la mano para que todos se callen. "Veo más luz", él repite. Entonces, le levanta la mano como si fuera a besarla, pero enseguida la deposita sobre su vientre al lado de la otra. "Salomé se ha ido", solloza, bajando la cabeza.

Todos se persignan. El arzobispo Meriño empieza una oración. Algunas de las mujeres rompen a llorar.

Pero su madre no se ha ido. Camila ve los ojos parpadear, el pañuelo moverse, la mano que se extiende para tocar la suya.

¿Es que esto ocurrió de verdad? ¿Cómo puede estar segura de que lo que escuchó fue lo que realmente dijo si la boca de su madre estaba cubierta y su voz tan débil?

Y repite la escena en su cabeza. Sale del cuarto, Tivisita la viste, vuelve a hacer el último viaje en barco a Puerto Plata y la arena y las palmas ondulantes, hasta la habitación bañada por la luz del sol, donde su mamá está sentada escribiendo un poema, y tosiendo, y empieza de nuevo.

Va hacia atrás y hacia adelante, según el rostro de su madre empieza a desvanecerse y el sonido de la tos se va apagando hasta convertirse en el lejano silbido de los vapores cuando la marea está alta y pueden entrar en la bahía, y ella puede verlos, columpiándose sobre las olas, desde su casita rosada de dos pisos en el centro de El Cabo, mientras que abajo la bebé Salomé está llorando, y su madrastra Tivisita llama a Camila para que salga de donde sea que esté escondida y venga a saludar a su padre que ha llegado del hospital y ella bajará, pues tiene que bajar, pero esta vez se queda en el balcón con el sol tan caliente que le bronceará la piel más aún, lo cual se supone que deba evitar, y trata de recordar ese primer viaje en vapor hacia la capital con una mujer enferma tosiendo en el camarote y la gente llorando sobre una cama de flores y el desfile silencioso de estudiantes con cintas negras en las mangas deteniéndose en cada una de las siete casas donde vivió su maestra, antes de llegar a la iglesia de Las Mercedes y las campanas empiezan a repicar y ahuyentan las palomas del campanario.

Así es cómo las personas pueden realmente morirse, pensó, recordando a su madre.

PERO TODO ESTO es el futuro que ella aún tiene que vivir. Ahora mismo, está agachada detrás de un montón de carbón en el oscuro vientre de un barco de vapor que se llena de humo. No logra recobrar el aliento. Se siente débil por la falta de aire, la cabeza comienza a darle vueltas.

Oye pasos corriendo por los pasillos, tronando por las escaleras de hierro, y el vapor silbando en el aire, y alguien grita algo a los hombres en la caldera y ellos contestan, "¡NO!".

Hay más pasos, más gritos y justo cuando siente que va a hundirse en el negro centro de sí misma donde su madre la espera para tomarla de la mano y conducirla al cielo donde empezarán una nueva vida juntas, toma una enorme bocanada de aire y sus pulmones estallan en un ataque de tos.

"¡SALOMÉ CAMILA!". Es la voz de su padre gritando con tal desesperación que ella siente que su necesidad la saca de su escondite. "¡SALOMÉ CAMILA!".

Salomé Camila, el nombre de su madre y su nombre, ¡siempre juntos! Igual que aquel último día en la penumbra del dormitorio donde recuerda a todos llorando y la tos dolorosa y su madre levantando la cabeza de la almohada para pronunciar su nombre especial.

"Aquí estamos", grita.

Llegada a Santo Domingo

Septiembre, 1973

"ELLA NO NOTARÁ la diferencia", dijo una de sus sobrinas, como si además de la vista, estuviera también perdiendo el oído.

"Las estoy oyendo, niñas", les dije. Ya tienen más de veinte años, pero todavía pienso en ellas como las niñas lindas de Rodolfo. En Cuba, cuando aún vivían allá, eran una sensación, hasta después de la revolución, cuando se suponía que no se le prestara atención a tales cosas.

Hay un momento de silencio, seguido por risitas y carcajadas con hipo, en el corredor donde habían estado planificando cómo postergar nuestra excursión al cementerio. Su padre, Rodolfo, compró una parcela "para aquellos de nosotros en la familia que no somos famosos", y con mucho cariño me invitó a mí, su media hermana, la tía Camila, a acompañarlos. Hacía unas cuantas semanas que yo había escogido un lugar y hecho los arreglos para mi lápida.

Y allí empezó el problema.

"Vamos, tía Camila", dice Elsa, la mayor de las niñas, "¿cómo sabes que estamos hablando de ti?".

"Porque yo soy la que está siendo difícil, por eso". Respondo al contacto de su mano, apretándosela. La suavidad de su piel y la forma de sus dedos me recuerdan otra mano del pasado. Esto no es inusual. A mi edad, todo lo ronda un antecedente. Más y más, mis seres queridos emergen en los jóvenes que los reemplazan, sin duda anunciando mi partida.

Por esta razón, ahora estoy haciendo toda esta majadería.

CUANDO HACE ALGUNAS semanas las muchachas me llevaron por primera vez a la parcela, yo escogí la bóveda en el más bajo de los tres niveles, en la parte inferior izquierda, cerca de la tierra.

"Pero es probable que la yerba cubra la lápida", arguyó el conserje del cementerio. Era una buena observación. Aquí la yerba crece más rápido de lo que podemos eliminarla. "¿No le gustaría más el de arriba, así todos podrán verla?".

"Cielos, no", le dije, sacudiendo la cabeza. ¿Quién era este joven tan atrevido, discutiendo tumbas como si fueran palcos en la ópera? "Quiero estar cerca de la tierra. Mire, yo me he mudado muchas veces en mi vida. Cada década una nueva dirección. Este será mi primer hogar permanente".

"¡Qué morbosa eres, tía!", se quejaron mis sobrinas. Rodolfo estaba con nosotras ese día, y por vez primera me apoyó en mi opinión. "Tu tía Camila tiene razón. Nosotros estamos en una edad en la que debemos pensar en estas cosas". Diariamente, él y yo teníamos una competencia de malestares: su artritis contra mi ataque de asma; su dolor en la cadera izquierda ("¡Casi no puedo caminar!") contra el soplo de mi corazón y mis cataratas. Era como si jugáramos a uno de esos viejos juegos de mesa que solía traer de Estados Unidos para mis sobrinas: *Risk* y *Scrabble*, y —ay, Dios, que no se enteren mis amigos revolucionarios— *Monopolio*.

"Vamos, vamos, Rodolfo, tú eres el bebé", le recordé. A sus sesenta y siete, él es el más joven de los hijos de Papancho, doce años menor que yo.

Y en cuanto a la lápida, les dije, nada de ángeles, nada de Cristos barbudos —como un Fidel flacucho— con el pecho al

descubierto mostrando el corazón. Yo les había dado a ellas instrucciones precisas, por lo que cuando regresamos la semana
pasada y Elsa me leyó lo que estaba escrito sobre la lápida, por
supuesto que empecé con mis majaderías.

"El nombre está mal", le dije.

"Siempre te gustó que te llamaran Camila", me recordó
Rodolfo. "De hecho, Papancho dijo que solías molestarte con él
cuando te llamaba Salomé Camila. Y te escondías."

Por supuesto, Rodolfo tenía razón, al menos parcialmente.
Después de darme cuenta de que ella no iba a regresar, detestaba
que me recordaran a mi madre. Pero todavía la añoraba —una
añoranza que me salía a borbotones en mitad de la noche y me
empujaba a caminar por las casas, apartamentos, dondequiera
que yo viviese en ese momento. Usé toda clase de estrategias.
Aprendí su historia. La puse lado a lado con la mía. Entretejí
nuestras dos vidas tan fuerte como una soga, con la cual salí del
foso de la depresión y la inseguridad. Pero no importa lo que
haya intentado, ella seguía ausente. Hasta que al fin la encontré
en el único lugar donde encontramos a los muertos: entre los
vivos. Mamá estaba sana y salva en Cuba, donde luché para construir un país como el que ella había soñado. Pero, ¿cómo explicarle esto a mi autocrático hermano menor, quien cada día
parecía más y más a una reencarnación de nuestro padre viejo y
alocado? Con sólo mencionarle Cuba se molestaba tanto que me
preocupaba que fuera a precederme a la tumba.

"Quiero que manden a rehacer la lápida", les dije, ahí mismo.

"Pero, tía Camila, ¿cuál es la diferencia?", razonó Lupe. Tenía
en la punta de la lengua decirme que aquí estaba yo, recién llegada de Cuba, donde había pasado un sinnúmero de priva-
ciones. ¿Qué importancia tenía la omisión de un nombre sobre
una lápida si ni siquiera iba a estar viva para disfrutarla?

Y entonces, "escuché" los codazos y los cállate con los ojos.
Complázcanla, decían sus miradas. Le diremos que se cambió el
nombre, y ella no notará la diferencia.

YO HABÍA VOLADO desde Cuba para ver a Rodolfo y a mis sobrinas. Habían pasado quinceañeras, graduaciones, cumpleaños,
y su tía Camila había estado muy ocupada para venir. Al menos
esa fue mi excusa. Pero la verdad es que una vez que me conge-
laron mi pensión en Estados Unidos, mi mísero salario en el
Ministerio de Educación cubano no daba para un pasaje de
avión. Finalmente, Rodolfo me envió el dinero junto con una
nota, "No tienes excusas", seguido por el sentimental, "Camila,
tengo que verte antes de morir".

En el aeropuerto, Rodolfo se había preocupado por mi mala
vista, mis ropas ajadas. "¿Esto es todo lo que trajiste?", me preguntó, clavando su mirada en mi pequeña maleta. Yo me había
debatido en si traer el baúl de papeles de Mamá, el cual había
mantenido conmigo por años. Pero poco antes del viaje, decidí
que había llegado la hora y llamé a los archivos de La Habana
para que fueran a recogerlo. El pobre Max (¡ya hacía cinco años
de su muerte!) debe estar revolviéndose en su tumba.

La primera tarde cuando Rodolfo y yo nos sentamos en las
mecedoras en su galería, trajo a colación mi futuro.

"¿Mi futuro? ¿A mi edad?", traté de no reírme.

"Allá las cosas se van a poner peor, tú lo sabes", empezó
Rodolfo, meciéndose más lentamente para dar énfasis. Mi hermano, siempre tan diligente con el solfeo cuando era niño, había
aprendido a su avanzada edad a tocar su mecedora como si fuera
un instrumento musical. "Dime algo, Camila", añadió, como
para probar su argumento, "¿Cuándo fue la última vez que
comiste un helado de pistacho?".

"No me gusta el helado de pistacho, Rodolfo. No lo extraño
para nada".

"Te quiero aquí conmigo, así puedo cuidarte". Su voz se
había tornado displicente, con residuos de flema de su último
resfriado atrapados en su garganta. (Bronquitis *residual* contra mi

persistente asma; cálculo en el riñón contra la hernia que debió haber sido operada hace muchos años.) Era una voz no muy diferente a la del niño reclamándole a su Mamila que saliera del dormitorio para ir a hacerle cosquillas al cochinito, Teddy Roosevelt, con gajos de guayaba.

"Pero ¿cómo vas a poder cuidarme, Rodolfo?", dije en son de broma. "Estás en peores condiciones que yo, ¿recuerdas?".

"Camila, Camila", se mecía rapidísimo —yo tenía que mecerme para atrás y para adelante para mantenerme a la par. "Solo el pensar en ti sola en Riomar..."

"Sierra Maestra", lo corregí. Quizás esa era la razón por la que muchas cartas que él decía haberme escrito nunca llegaron a mí. Junto con la mayoría de las cosas, mi edificio de apartamentos había sido rebautizado después de la revolución. Pero Rodolfo insistía en poner la dirección con el nombre antiguo.

"Sólo pensar en ti sola allá... me matará, Camila, de veras". Se puso la mano sobre el pecho, ese gesto habitual de Papancho, amenazando con castigar la desobediencia familiar con un ataque al corazón paterfamilias.

"Rodolfo, mi amor", le dije, alcanzando su mano, "hablemos del futuro de verdad. Pienso que deberíamos hacer arreglos".

Fue en ese momento que mi hermano me ofreció un lugar en la parcela del cementerio que él y Max habían comprado antes que Max muriera. "Y otra cosa", añadió, "quiero que te atiendas esos ojos".

"¿Para qué botar el dinero?", dije. En los tres meses, después de la operación, que tomaría conseguir los espejuelos que necesitaría, ya estaría muerta. Estaba segura. Por eso decidí regresar a Santo Domingo, no sólo para visitar a mi medio hermano y a mis sobrinas.

"Está bien, Rodolfo", dije, "Haz lo que quieras conmigo". No quería preocuparlo con mis premoniciones. Pero sentía el cansancio del perro viejo dando vueltas alrededor del lugar que ha escogido para acostarse.

"TE PUDIERAN ENTERRAR con Salomé", dijo Rodolfo camino al panteón a ver el monumento a mi madre. Yo ya había aceptado su ofrecimiento del cementerio, tal vez Rodolfo sintió que me estaba defraudando a mí misma al escoger un lugar que podía exigir por mis conexiones. "Podemos hacer una petición de que tú deseas estar con tus padres en su lugar de descanso final".

"Por favor, Rodolfo". Sacudí la cabeza. "¡Una eternidad de visitantes! ¿Qué puede ser peor que eso? Y en cuanto a estar con Mamá, aprendí cómo estar con su ausencia toda mi vida. ¿Por qué cambiar las cosas ahora?".

Entramos al corredor acústico, y Rodolfo anunció los nombres sobre las tumbas al pasar por ellas. Nos detuvimos en la tumba de María Trinidad Sánchez. Fue quien confeccionó nuestra bandera y luego pidió que le amarraran la falda a los tobillos antes de enfrentarse al pelotón de fusilamiento ordenado por el general Santana (lamentablemente enterrado frente a ella). Dependiendo del presidente de turno, el panteón de los héroes cambia, el villano para un régimen es el héroe para el otro, hasta que la palabra *héroe,* al igual que la palabra *patria,* empieza a perder su significado. Esa es otra razón por la que no quiero ser enterrada junto a los muertos importantes. Todo lo que tengo que hacer es colocar mi vida junto a la vida de mi madre, y veo la diferencia.

En la última tumba de la esquina, Rodolfo lee los nombres. Mamá y Pedro descansan en la bóveda central —¡eternamente juntos!— el deseo de Pibín en su lecho de muerte. A la derecha descansa Papá, recientemente trasladado del cementerio de Santiago de Cuba.

"¿Tuviste la oportunidad de visitar la tumba de Tivisita cuando fuiste a buscar los restos de Papancho?", me preguntó Rodolfo.

No tuve el valor de decirle a mi medio hermano lo que había pasado con la tumba de su madre. Cuando el gobierno dominicano pidió el retorno del cuerpo de uno de sus ex presidentes, yo viajé a Santiago de Cuba desde La Habana para firmar los papeles y supervisar el traslado. Para poder exhumar el cadáver y así el ex presidente pudiera yacer en el panteón dominicano con su primera esposa, la poetisa Salomé Ureña, la tumba compartida con su segunda esposa, Tivisita, tenía que ser abierta. Al hacer esto, la lápida se resquebrajó y la desecharon, por lo que Tivista se quedó en una tumba sin nombre.

Mi silencio obviamente intrigó a mi medio hermano. "Siempre me he preguntado, Camila. ¿Te llevabas bien con mi mamá?".

"Tivisita siempre fue amable conmigo", le dije. "Éramos amigas". Algo bueno acerca de mi nueva desventaja de ser casi ciega: mis ojos ya no me traicionaban.

Quizás debí haberle dicho la verdad, que había luchado por amarla tal como luché por amar incontables otros. Pensé, por supuesto, en Domingo y en el apuesto Scott Andrews, y en mi vieja amiga Marion, que todavía vive en Sarasota, con sus dos ojos en perfectas condiciones, reparados por un doctor cubano exiliado que usa la última tecnología. "Ven a visitarme", me había escrito. "Pagaré para que puedas ver".

La lucha por ver y la lucha por amar la imperfección que vemos —¿qué otra lucha existe? Hasta la lucha por crear un país brota de la misma semilla.

En el nombre de Hostos, Salomé, José Martí...

"Estoy en verdad sorprendido", dijo Rodolfo juguetonamente. Había pescado a su hermana agnóstica persignándose. Por supuesto, él no había escuchado mi oración sacrílega.

ESA TARDE, RODOLFO me prestó su carro y el joven chofer que contrata desde que dejó de manejar. (Su degeneración macular contra mis cataratas; su presión alta contra mi presión alta.) Quiero dar un largo paseo por la parte vieja de la ciudad, la cuidad de Mamá. Rodolfo estaba cansado por nuestra salida en la mañana, Elsa estaba trabajando, lo mismo Lupe, por lo tanto la bebé Belkys —que ahora tiene más de veinte años— me acompañó. Querida Belkys... es pura Lauranzón. A ella no le interesa la eterna y cansona historia del clan de los Henríquez — todos esos aprofesorados medios tíos con sus aburridos libros de crítica literaria y poesía patriótica.

"¡Dónde está mi esmalte de uñas mandarina!", grita a todo pulmón. Ella no salía a la calle con las uñas sin pintar. Gracias a Dios yo no tenía que *ver* esas uñas. Oír hablar de ellas era suficiente.

Nos acomodamos en el carro y le pedí al chofer que nos llevara a la casa de Salomé Ureña. "¿Dónde queda?", preguntó.

"¿Dónde queda, tía Camila?", preguntó Belkys, como si yo no pudiera oír al hombre sólo porque no podía verlo. "¿No estará en la calle Salomé Ureña?".

"Por supuesto, querida".

Pero una vez allí, nadie en la calle podía decirnos cuál era la casa exactamente. Con mi vista mala, no podía distinguirla de las otras, pero sabía que podía encontrarla por el tacto. Habían colocado una placa empotrada en la pared poco antes de la muerte de Salomé. Qué espectáculo habremos sido en esa calurosa tarde soleada: una vieja ciega palpando las fachadas de los edificios del lado sur de la calle y una joven de uñas anaranjadas y tacones altos siguiéndola con un parasol para que la piel morena de su tía no se ponga aún más morena. "¡Esta es!", les dije.

"Aquí vivió y floreció Salomé Ureña". Belkys me leyó la placa. El chofer nos acompañaba, unos pasos atrás, sin duda disfrutando la placentera visión de Belkys en su minifalda. Elsa me dice que los ruedos de Belkys causan alboroto dondequiera que va. "¿Quién es la tal Salomé Ureña?", quiso saber él. "Veo su nombre por todos lados".

Tuve que morderme la lengua, y en verdad lo hice.

"Fue una de los poetas más importantes del mundo de habla hispana", se jactó Belkys —¡Como si ella supiera! "Fundó la primera escuela de educación superior para mujeres en el país. ¿Qué más, tía Camila?", me preguntó volteándose hacia mí.

No se me ocurrió nada más que decir. Sentí brotar dentro de mí la antigua tristeza. Y por eso dije simplemente, "Era mi madre".

"Que en paz descanse", dijo el joven, su mano pasando velozmente frente a mí para hacer la señal de la cruz y así sellar su deseo.

ENTRAMOS A VISITAR la escuela. Mamá había inaugurado el Instituto de Señoritas en 1881 en la sala de su casa, y excepto por un lapso de algunos años en los que había estado muy enferma, la escuela había sobrevivido decenas de revoluciones y guerras civiles y cambios de gobierno. En este aspecto, no habíamos cambiado como pueblo desde los tiempos de Mamá. Ahora el edificio ocupaba casi toda la cuadra. "Descríbanmelo", les pedí a mis jóvenes escoltas.

"Es de color verde olivo con franjas verde olivo más oscuros".

Sonaba bastante marcial —como un edificio en Cuba después que el estilo soviético se impuso. "¿Qué más?".

"Hay barrotes en las ventanas", dijo Belkys. "Qué tenebroso".

"Por supuesto, con tanto crimen y vandalismo que hay hoy en día", se lamentó el joven chofer. Sonaba como si él hubiera presenciado por años la terrible dirección que la raza humana estaba tomando.

Una vez dentro, encontramos el bullicio de profesores regañones y niñas recitando sus lecciones.

¿Qué había pasado con el método positivista?, me pregunté. ¿Con las mentes jóvenes cuestionándolo todo?

"¿Tienen pase?", dijo una de las profesoras, supongo, patrullando los corredores.

Mi querida Belkys, princesa de la jactancia, respondió bastante rudamente, "No necesitamos uno. Ella es la hija de Salomé Ureña".

"¡Ya lo creo! Y yo soy el Papa", contestó la enojada profesora.

Un reto a su autoridad era algo que no podía tolerar, especialmente en los corredores a oídos de sus estudiantes. Sin duda no ayudaba a nuestra causa que un hombre joven nos acompañara dentro de un recinto de mujeres.

"Pero es la verdad", arguyó Belkys, con voz temblorosa. "Ven, tía Camila, vamos".

"Dime exactamente cómo era por dentro", le pregunté camino a casa.

Y fue ahí cuando ella empezó a describir el patio interior lleno de yerba y basura; los pisos de madera desgastada; el grupo de las mujeres de limpieza con rostros hinchados y cansados, sentadas en sillas con espaldares de mimbre; las muchas reglas y mandamientos fijadas en la tabla de boletines; las jovencitas caminando por los corredores con vasitos de cartón llenos de algo que habían aprendido a cocinar ese día.

"Ya", le dije, presionando su mano.

"Ay, tía Camila", Belkys sollozaba. Todo el esmalte de uñas color mandarina desapareció de su voz. "¿Qué diría Salomé si pudiera ver su instituto ahora?".

¿Qué podría decir, excepto lo que se había dicho a sí misma, una y otra vez, cuando sus sueños se desmoronaban? Hay que empezar de nuevo, empezar de nuevo, empezar de nuevo.

AVANZADA LA TARDE, Rodolfo y yo estamos sentados en la galería, meciéndonos al compás. El dúo de las mecedoras, es como lo llama Elsa. El olor a lluvia y jengibre flota en el aire —hay una mata, me dicen las chicas, que rodea la casa, ¡un foso de jengibre!

Algunas veces *el tema* afloraba, no el de la muerte como se pensaría de estas dos cabezas blancas con cuerpos enfermos —eso es tema de conversación fácil— sino el de Cuba. "El experimento fallido", como lo llama Rodolfo amargamente. Desde que él logró salir de Cuba con sus hijas cinco años atrás,

Rodolfo, como la mayoría de los exiliados, se sentía obligado a ensuciar el nido de aquellos que nos quedamos. Este es un nido que ya está bastante sucio, le digo.

"Pero no se trata de eso", añadí. "Tenemos que seguir tratando de crear una patria en la tierra donde nacimos. Incluso cuando el experimento falla, especialmente cuando el experimento falla".

"¡Tú ni siquiera naciste allá!", contesta Rodolfo.

"Es el lugar donde me crié. Y como dijo Martí..."

"Camila, Camila", suspira, "tu impedimento asoma". Así llama Rodolfo a una cierta tendencia sabelotodo en su hermana mayor, la profesora, de repartir sus bomboncitos de sabiduría dondequiera que encuentra ignorancia —una actitud que, por supuesto, no existe en la mente de mi hermano.

"La pura verdad es que", empieza, su frase favorita de apertura en estos días, como si a su avanzada edad se hubiera tornado en un Moisés bajando de la montaña con su tabla de verdades numeradas, "la pura verdad es que somos una familia nómada".

Esta es una verdad con la que los dos estamos de acuerdo. La semilla de los Henríquez está esparcida por las Américas: las dos hijas de Pedro en Argentina; Fran, quien no tuvo hijos, donde sea que la familia de su esposa llevara sus cenizas cuando huyeron de la revolución; los hijos de Max volando de aquí para allá en América del Sur, y cuando algunas veces he llamado a sus casas, sus esposas suspiran profundamente y dicen, "Déjame ver. Hoy es jueves... está en Panamá". También están los nietos franceses de Papancho, esparciendo su semilla en Francia y Noruega y Nueva Jersey, según me enteré. Y cada uno de esos hijos impulsados por el pequeño motor de vida y necesidad en un mundo que se parece cada vez más a nuestro vecino del norte, un mundo sin suficiente alma o espíritu, como dijera Martí, como si el gran sacrificio y visión de los viejos se hubiera ido borrando con el pasar del tiempo.

"Hoy te estás meciendo muy extraño", dice Rodolfo, deteniendo su balanceo como para escuchar más claramente el mío. Por supuesto, yo había estado marcando el ritmo con mis manos sobre el brazo de la mecedora incluso cuando castañeteo para atrás y para adelante. "Estás tocando jazz, no cantando armonía".

"A veces hago eso", le digo.

"DEBES DESCANSAR, TÍA Camila", sugiere Belkys. Estamos de vuelta sobre el tema de la lápida. Mis sobrinas quieren cancelar el viaje al cementerio.

"¿No confías en nosotros si te decimos que la hemos cambiado?" me pregunta Lupe, con un ligero toque de impaciencia en la voz.

"Me gustaría ir y verla por mí misma".

"¡Si vas a ir a *verla* por ti misma, será mejor que esperes hasta después de tu operación para supervisarnos!", expresa Belkys, tan fresca como siempre.

Ellas no quieren que yo salga hoy bajo ningún concepto. Hay una huelga de basureros. En algunos lugares, los huelguistas han colocado barreras de basura en las calles.

"Además, parece que va a llover. No sería nada bueno que cogieras un resfriado antes de tu operación". Lupe, siempre tan lógica. Ella no cree en las disputas, sino en el razonamiento, le gusta decir. Cuando solía traerles libros de ejercicios de Estados Unidos, los ejercicios favoritos de ella eran siempre las analogías: casa es a hogar lo que país es a raya.

Pero desconfiaba de sus excusas. Mi operación estaba programada para el martes siguiente, si Dios quiere, como dicen los dominicanos, si Dios lo quiere y los basureros lo permiten. En caso de que algo pasara, quiero estar segura de que mi último deseo ha sido cumplido. "La lluvia no durará mucho. Luego podemos ir".

"Tía Camila, si estuviéramos tratando de engañarte, todo lo que tenemos que hacer es llevarte al cementerio y leerte lo que quieras escuchar", continúa Lupe con su razonamiento.

Tengo forma de comprobarlo, pienso, mis manos quietamente plegadas sobre mi regazo. Cuanto más borrosa se ha hecho mi visión más sensibles se han vuelto las yemas de mis dedos. Palparía la lápida y sabría la diferencia.

"Pues entonces, ¿por qué no confías en nuestra palabra, querida tía?", concluye Lupe, enderezando el lazo de mi escote como si yo fuera una niña petulante.

A Elsa, la más espiritual de las tres, le inquieta que mi preocupación por este pequeño detalle sea una señal de mi gran ansiedad por la cercanía de mi operación de la vista.

"Eso no me preocupa", le aseguro. "Lo único que voy a dejar atrás es esa lápida. Lo menos que puedo hacer es asegurarme de que cada detalle esté correcto". De hecho, mi vieja amiga Marion solía bromear que yo escribía sólo con lápices porque no me gustaba que se notaran mis errores.

"Si hay algo que odio de la revolución", añadí y, por supuesto, ellas se interesaron al escuchar esto, ya que deseaban tanto que su tía anciana estuviera de acuerdo con el punto de vista de ellas, "es la chapucería del lenguaje". Tengo un gran número de ejemplos, pero no los voy a mencionar.

"¿Eso es todo?", pregunta Lupe, como si me quejara de un juanete cuando el problema es el pie con gangrena.

Pienso un minuto sobre esto antes de responder —Elsa lo llama el rezago temporal del pensamiento de tía Camila. "Sí", dije. "Eso es todo". Aunque bien hubiera podido decir, Eso es el todo. Las palabras crean quienes somos.

RECUERDO MI PRIMER trabajo en Cuba después de mi retorno en 1960.

El jefe del departamento de personal del Ministerio de Educación se había enterado de que una dominicana había renunciado a su trabajo como profesora en Vassar para regresar y unirse a la revolución. (Las imprecisiones ya se iban introduciendo.) ¿Le agradaría a la compañera Camila servir como asesora técnica en la campaña nacional de alfabetización? La carta estaba llena de errores y sucios borrones. Sin duda su secretaria había sido liberada para la zafra, y lo habían dejado solo para mecanografiar su correspondencia.

No era la carta en lo que me hizo sentir incómoda. Era el cierre al final. *Revolucionariamente suyo, ¡Patria o Muerte! ¡Venceremos!* Seguramente una sola de las frases hubiera bastado.

Ocurría por toda Cuba, este horrible lenguaje sobreexaltado. Cada vez que salgo a la calle tengo que contener mi urgencia de coger mi lápiz rojo. Un tendero puso un cartel, "El cliente siempre tiene la razón, excepto cuando ataca la revolución". Ambas declaraciones falsas: una del capitalismo, la segunda del marxismo. Ay Dios, pensé, ¿a qué he regresado?

Los primeros años, antes de aprenderme los nombres nuevos, era imposible para mí ir a algún sitio en taxi a no ser que encontrara un chofer viejo. Uno joven no conocería la Calle de la Reina porque había sido liberada y rebautizada Simón Bolívar antes de él aprender a leer. La Calzada Carlos III no existía, pero la Calzada Salvador Allende te llevaba a donde querías ir. Estábamos al pie de nuestra propia Torre de Babel, tanto ideológica como lingüística, y el éxodo empezó, principalmente de los ricos, quienes tenían los medios para empezar otra vez en Estados Unidos de América.

"Lo que ellos no quieren admitir es que los hijos de sus sirvientes estén recibiendo educación, y todos puedan comer y todos puedan recibir atención ella irónicamente.

Un lugar que yo quería visitar antes de que cambiaran todos los nombres era la tumba de Domingo. Pero cuando logré llegar al cementerio, el lugar era un desorden: tumbas saqueadas, estatuas derribadas, los bustos y huesos de los ancestros de los ricos transportados a Miami en Pan Am.

La joven compañera a cargo de los archivos mascullaba para sí misma mientras revisaba un montón de carpetas a las que había estado cambiando los números. "Tendría que saber la fecha de su muerte y la fecha de su entierro".

"No estoy segura", le dije. "Mire, yo no he estado aquí por muchos años, él murió y nunca lo supe".

La mujer de facciones afiladas con boina y botas de combate me miró con curiosidad. "¿Era un familiar suyo?". Necesitaba esta afirmación antes de que pudiera continuar con su tarea.

"No, no un familiar exactamente", le expliqué —siempre tan meticulosa. La pedantería académica en mi voz era como un trazo de lápiz rojo sobre el permiso que podía haberme concedido.

"Compañera, necesitaré un permiso firmado por el comandante de cementerios para poder darle la información".

¡Comandante de cementerios!, pensé. Ahora todos estaban a cargo de algo. Estas eran las malas noticias. Pero las buenas noticias eran muy buenas: todos estábamos a cargo de velar el uno por el otro. Yo también puedo vivir, y morir, por lo mismo.

"Si pudiera ser tan amable, compañera, de anotarme la dirección del comandante". Me conformé, aun cuando las reglas me parecían absurdas, aun cuando las intenciones estaban defectuosas. Nunca nos habían permitido gobernarnos a nosotros mismos. Estábamos destinados a cometer errores las primeras veces que lo intentáramos.

Una tarde, con Domingo en mente, seguí el olor del mar y me encontré en los muelles, donde una vez habíamos protestado juntos, la causa ya no la podía recordar. Caminé entre los pescadores y los estibadores, descargando mercancías de naves soviéticas, cargando con grúas sacos de azúcar y barriles de ron y canastas de fragante tabaco a las bodegas de carga de estos barcos. Sentí un deseo súbito de esconderme en uno de esos barcos y despertar en una tierra completamente nueva donde la revolución había sido un éxito y el pueblo era libre y mi labor estaba terminada.

MI VIDA EN Cuba —fue una vida entera, ¿no es cierto? Trece años pasaron volando. Estaba atareada en todo momento. Por un lado, debido a la escasez de combustible, tenía que ir a pie a todas partes, lo que duplicaba el tiempo y el esfuerzo de toda tarea.

El éxodo que comenzó como una gotera se había convertido en un diluvio. Con tantos que se habían ido, aquellos que nos quedamos éramos más necesarios que nunca. Yo enseñaba en la universidad en la noche y en las fábricas durante el día. Los fines de semana, me unía a mis compañeros jóvenes para escribir manuales y preparar materiales para los maestros que venían desde las escuelas rurales. Algunas veces me enviaban al campo.

Al poco tiempo de mi llegada, Rodolfo solicitó la visa de salida, llevándose a mis sobrinas con él. "¿Cómo puedes aguantar esto, Camila?", me susurraba Rodolfo camino a la audiencia final con el Comité para la Defensa de la Revolución. "¿Qué clase de revolución es esta?". Le echó una mirada indignada a un afiche más de Fidel que estaban colocando en el Paseo Lenin.

"Con calma, Rodolfo", le recordé.

Me sentía desilusionada con su reacción. Nunca había pensado que la revolución que Fidel lideraba era la revolución verdadera. La verdadera revolución sólo se puede lograr con la imaginación. Cuando uno de los estudiantes recientemente alfabetizado cogió un libro y leyó hambriento de placer, supe que estábamos un paso más cerca de la patria que todos queríamos.

Un verano, me asignaron a la brigada de alfabetización en un cafetal en la Sierra Maestra. Día tras día, le leía a un grupo de mujeres que clasificaban granos de café en un salón grande y caluroso. Una mañana, puse de lado la lista sugerida (*Granma*, Carlos Marx, José Martí) y les leí un poema de Mamá que nunca había sido publicado. Debió de haberlo escrito después del nacimiento de Fran.

> ¡Ahí duerme mi pequeñito, completamente mío!
> ¡Ahí duerme el ángel que encanta mi mundo!
> Levanto la vista de mi libro una docena de veces,
> absorta en él, ni una palabra he leído.

Cuando terminé de leer alcé la mirada; las mujeres habían dejado de clasificar y me miraban con interés. "¿Qué pasa?", les pregunté, mirando sobre sus espaldas a la compañera encargada al fondo del salón. Ella podía ser bastante brusca cuando las clasificadoras se retrasaban en sus cuotas.

"¿Fue escrito por una madre?", preguntó una de las mujeres.

Yo asentí. "De hecho, lo escribió mi madre". Y luego, les conté la historia de ella, y cuando terminé, una por una, las mujeres empezaron a golpear el costado de las mesas con sus cucharones de madera, hasta que el ruido ensordecedor en el salón ahogó la voz de la compañera pidiendo orden en el nombre de Fidel, en el nombre de la revolución.

LA LLUVIA CAE fuertemente. Elsa se sienta a mi lado, nuestras sillas alejadas del borde de la galería. Rodolfo tenía resfriado y estaba durmiendo la siesta. Nos sentamos en silencio, escuchando el aguacero, los rostros salpicados de gotas de lluvia.

"Ves, tía Camila, Lupe tenía razón. Sí llovió".

"No me importa un poco de lluvia", le dije.

"¿Estás molesta con nosotras porque no te llevamos al cementerio?".

"Ustedes son las que mandan", les dije, con un filo en mi voz.

"Quizás el domingo", dice ella. "La operación no es hasta el martes, recuerdas".

"Quizás", dije. Pero el domingo el sol estará demasiado fuerte. Las calles estarán impasables por la huelga de los basureros. La tos de Rodolfo será tan horrible que todos tendremos que estar alertas en caso de que decida morirse.

"Tía Camila, a veces me pregunto, ¿te alegra haber vuelto a Cuba?".

Doy un suspiro porque esta pregunta me la ha hecho mucha gente cuando se entera que yo tuve otra vida en Estados Unidos. Me hubiera podido retirar con una buena pensión y vivir mis días en una casita al lado de un lago en Nueva Hampshire o Vermont o quizá hasta en Sarasota, cerca de Marion y su esposo cuyo nombre nunca he sido capaz de recordar correctamente. ¿Cómo pude abandonar esta vida a los sesenta y cinco?

"¿Por qué no?", siempre contesto.

"Renunciaste a muchas cosas", dice Elsa.

"Menos de lo que piensas, mi amor", le digo. La pensión que luego descubrí que había perdido por mudarme a Cuba era nada comparada con lo que había encontrado. Enseñando literatura en todos los lugares, en los campos, salones, barracas, fábricas — literatura para todos. (*Liberatura,* como le gusta decir a Nora.) ¡El instituto de mi madre había crecido del tamaño de todo un país!

"*Eran* muchas, tía. Siempre te haces menos importante de lo que eres".

Tengo que reír. "Todos somos del mismo tamaño, ¿no sabes? Sólo algunos nos estiramos un poquito más".

Mi sobrina aprieta mi mano. Súbitamente recordé a Domingo, que siempre tenía que hacer contacto físco cuando me hablaba. Sentí otra vez el viejo remordimiento por haberlo engañado. Pero en ese entonces, yo misma me había engañado, pensando que me había enamorado del hombre, cuando en verdad, me había enamorado del artista, de su intensidad, de África en su piel —las cosas que me conectaban con mi madre, no con él.

"Era hora de regresar a casa", le dije a mi dulce Elsa. "O tan cerca de casa como pudiera llegar. Quería eso más que nada". ¿Quién lo puede explicar? Ese amor oscuro y esa vergüenza que nos atan al lugar arbitrario donde nos tocó nacer.

Escuchamos las gotas caer desde el techo de la galería a la mata de abajo. El olor a jengibre es sumamente fuerte.

"Extraño Cuba", confiesa Elsa al fin. Ella era la mayor de sus hermanas cuando se marcharon, por lo tanto siente el llamado más fuertemente. "Pero no creo que Castro sea la respuesta".

"En primer lugar, es un error pensar que hay una respuesta, querida. No hay respuestas". Titubeo. Ni siquiera sé cómo ex-plicárselo. Si pudiera ver su rostro claramente, quizás las palabras se elevarían del callado conocimiento de mi corazón. "Es la lucha continua de crear el país que soñamos lo que hace una patria de la tierra bajo nuestros pies. Esto lo aprendí de mi madre".

"Entonces, ¿piensas que yo debería volver?". Elsa es dentista, ha estudiado duro y por largo tiempo para instalar un pequeño consultorio en la sala de la casa de su padre.

¡Qué gran error querer claridad ante todo!, siento ganas de decirle. Un error que yo misma he cometido una y otra vez en mi vida.

"De nuevo quieres una respuesta, mi amor", sonrío porque entiendo bien cómo se siente.

TEMPRANO EN LA mañana, me visto silenciosamente y logro llegar al frente de la casa. Usualmente hago mis recorridos a medianoche, entro y salgo de los cuartos, como si durante el día hubiese perdido algo que necesito recobrar al caer la noche.

"Ignacio", llamo cuando llego a la puerta principal.

El día anterior yo había visto al joven chofer en los escalones de la entrada e hice los arreglos para un viaje al cementerio. Le ofrecí los pesos que tenía en mi cartera, pero los rechazó. "Será un honor para mí", insistió.

¡Un honor! ¡Un joven que trabaja por honor! Quedé impresionada. A pesar de nuestra historia decepcionante, mi pueblo me sorprende continuamente con su espíritu generoso. ¿Qué es lo que Martí solía decir? Cada época tiene sus males, ¿pero un ser humano siempre puede ser bueno? ¿O fue Hostos quien lo dijo, o fue Mamá? Los hermosos, los valientes, los buenos, todos corren juntos en mi cabeza hacia ese gran río del tiempo que ahora me insta a apresurarme.

La mañana está fría, la lluvia llega con los vientos alisios que vienen del mar. Pronto estaremos al borde de nuestro invierno tropical, las olas desenfrenadas, la oscuridad que llega más temprano cada día. Tiemblo de sólo pensar en aquellos largos y fríos inviernos en Poughkeepsie y Minnesota y de la larga eternidad que se extiende frente a mí. ¡Tanto que falta por hacer! Y yo sin un hijo que dar al futuro para hacerlo.

¡No es verdad! Mi Nancy en Poughkeepsie, mis clasificadoras de café en la Sierra Maestra, mi Belkys, mi Lupe, mi Elsa en Santo Domingo —mías y ajenas— como es para todas las madres sin hijos que ayudan a criar niños.

Las verjas están ya abiertas cuando llegamos. Puedo oler los claveles, traídos de las afueras, colocados en sus latas, una esencia bienvenida después del hedor de la basura sin recoger en las calles de la ciudad.

"¿Quisiera la señora algunas flores?", nos ofrece una marchanta siguiéndonos, sin mucho entusiasmo en su voz —una compulsión de la venta, ofrecerle mercancía a cualquiera que pase. Los verdaderos compradores vienen más tarde en sus Mercedes negros con ventanas oscuras, que no exponen sus pesares privilegiados a los curiosos peatones.

Ignacio conoce el camino, porque él trae a don Rodolfo aquí a menudo a visitar a don Max y a doña Guarina. "Tengo que vigilar el carro", me recuerda después de instalarme en el banco de piedra frente a la parcela familiar. El sereno nos dejó estacionar el carro en el arco de entrada para que Ignacio pudiera ayudar a la anciana a encontrar a sus muertos y regresar a buscar estacionamiento.

Justo antes de que el chofer se marchara, escuchamos algo caer y explotar como un triquitraque. "¿Qué fue eso?", dije asustada.

"La anacahuita", explica Ignacio. "Hay una grandísima junto a la tumba".

Las vainas de este árbol explotan cuando caen sobre la tierra. Que vaina, pienso, ¡se fastidió la tranquilidad de mi eternidad!

Cuando se marcha, el silencio es tan profundo que me pregunto si quizás ya estoy muerta. Pero pronto empieza el ruido del tráfico según la ciudad despierta para ir a trabajar. Suenan las bocinas, carros molestos que evaden las pilas de basura en la calle. Una sirena ocasional gime. Una mujer llama a Juan para recordarle que compre mangos camino a casa. Es un viernes temprano en la mañana en la tierra donde nací.

Me inclino hacia delante con las manos extendidas, en busca de mi lápida para comprobar si mi nombre está bien. Pero la banca está muy lejos de las tumbas, y casi me caigo de cara. Cuando recupero el equilibrio, me siento, me tenso y escucho. Hay un movimiento cercano. Alguien se acerca furtivamente, y súbitamente me pregunto si después de todo fue una tontería permitir que Ignacio me dejase sola en un cementerio desierto en una ciudad que es conocida cada vez más por su criminalidad.

"¿Quién está ahí, por favor?".

"Soy yo, doña", dice una voz de niño. Se presenta a sí mismo: José Duarte Gómez Romero.

"Me dicen Duarte". Duarte vive en Los Millones, un barrio cercano, nombrado así no por los millonarios que no viven ahí sino por el millón de pobres que sí. Viene aquí cada mañana, caminando, a arrancar la yerba mala de las tumbas a cambio de unas monedas. "¿Quiere que le limpie su parcela?".

"¿Hay yerba mala aquí?".

El niño se queda silencioso. Sin duda piensa que lo estoy engañando con mi pregunta tonta. No se ha dado cuenta de que no veo bien. Se acerca más. "¿Usted puede ver, doña?".

"No tan bien como antes", le explico. En algunos aspectos, podría añadir, mucho mejor que antes. "Me gustaría que me ayudaras, Duarte. La tarja a la izquierda, abajo. ¿Qué dice?".

Otra vez su silencio. "La última de este lado", digo, agitando mi mano izquierda. No dice ni pío. Finalmente, caigo en la cuenta. En Cuba, un niño como él sabría leer. No estaría arrancando yerba mala en un día de clases. "Pon mi mano sobre esa lápida", le digo, levantándome y yendo a su lado a arrodillarme. Quién sabe cómo voy a levantarme. "La que está aquí abajo".

Su mano más pequeña se cierra sobre la mía y conduce mis dedos sobre las letras cinceladas. Siento las satisfactorias curvaturas de mi nombre completo. ¡Mis sobrinas habían cumplido su promesa!

El niño ha guiado mi mano, y ahora la pongo sobre la suya. "Ahora tú", le dije. Juntos seguimos las ranuras sobre la piedra, él repitiendo el nombre de cada letra después de mí. "Muy bien", le dije después de hacerlo varias veces. "Ahora tú solo".

Trata una y otra vez, hasta que logra leerlas correctamente.

Salomé Camila Henríquez Ureña
9 de abril de 1894–12 de septiembre de 1973
E.P.D.

AGRADECIMIENTOS

ES IMPOSIBLE AGRADECER a las tantas personas que han hecho posible este libro. Ayudantes y colegas de Middlebury College, Vassar College, Nueva York, Cuba y la República Dominicana ofrecieron sus libros, conocimientos, comentarios, observaciones y memorias. A todos ustedes, gracias de todo corazón. Sin su ayuda no hubiese podido escribir este libro. Nunca han sido más verdaderas estas palabras.

Pero cada libro tiene padrinos, y a estos los mencionaré por sus nombres:

Gracias a los padrinos: José Israel Cuello, quien un día me invitó a su casa para darme una sorpresa y me puso en las manos el original del diario que Pedro Henríquez Ureña llevaba después de la muerte de su madre, con la historia completa de la familia, y con esa incomparable generosidad dominicana, me dijo que podía tomar prestado este tesoro hasta que ya no lo necesitara. Y gracias también a Arístides Incháustegui, cantante de ópera convertido en historiador, quien generosamente cedió su tiempo, su investigación, su saber y sus observaciones sobre las figuras del pasado. Y a Ricardo Repilado, que ya tiene más de noventa años y vive en Santiago de Cuba, quien trajo a la joven tutora, Miss Camila, a mi imaginación, incluyendo su voz ligeramente "nasal" que siempre temblaba de tensión, y quien antes de mi partida me dio otro tesoro, la edición de 1920 de los poemas de Salomé, porque, según dijo "soy un hombre viejo, soltero, sin hijos, y cuando yo muera nadie disfrutará tanto este libro como tú". Finalmente a Roberto Véguez, colega de Middlebury College, cuya ayuda se extiende desde detalles de los acentos en español hasta los nombres de las calles en su pueblo natal de Santiago de Cuba. Mil gracias.

Y a las madrinas: Chiqui Vicioso, quien cinco años atrás, justo después de yo haber terminado *En el tiempo de las mariposas* (¡la tinta aún no se había secado!), me sentó en su apartamento de Santo Domingo y me prestó su copia del recién publicado *Epistolario* de la familia Henríquez Ureña, y una copia de los poemas de Salomé, y como una musa mandona me dijo, "¡Tu próximo libro, Julia!" (Chiqui escribió una galardonada obra teatral sobre Salomé, *Cartas a una ausencia.*) Chiqui también revisó esta traducción de Dolores Prida. Y a la otra madrina, Shannon Ravenel, quien me animó a cada paso del camino. Gracias por la fe y por la constante y excelente ayuda "invisible".

Como siempre, gracias a mi agente, Susan Bergholz, infatigable luchadora y ángel guardián de la puerta que protege el tiempo y el espacio para poder trabajar.

Finalmente, mi más profundo agradecimiento está reservado para mi compañero Bill, quien me ha acompañado a través de los años y de miles de páginas y más páginas que no hubiese podido escribir sin su ayuda, sus fotografías, su sentido de aventura, su fe y sus maravillosas comidas caseras.

Para escribir este libro, leí y releí los poemas de Salomé Ureña, recogidos de varias ediciones: empezando por esa primera publicación de sus poemas juveniles, *Poesías de Salomé Ureña* (Santo Domingo: Amigos del País, 1880); seguido por *Poesías* recopiladas por su hijo Pedro (Madrid: 1920); y también la primera edición del centenario, *Poesías completas* (Ciudad Trujillo: Impresora Dominicana, 1950); una edición posterior, *Poesías completas,* recopiladas, y con una presentación y excelentes notas, por Diógenes Céspedes (Santo Domingo: Editora Corripio, 1989); y, más recientemente, la propia edición de Chiqui Vicioso, *La biografía: Salomé Ureña de Henríquez (1850–1897): A cien años de un magisterio* (Santo Domingo: Comisión Permanente de la Feria Nacional del Libro, 1997). Además de estas ediciones, los dos volúmenes del *Epistolario,* compilado por la Academia de Cuba que, conteniendo gran parte de la correspondencia de la familia Henríquez Ureña, aportaron un mayor entendimiento de la relación de Salomé y Pancho y la dinámica de su talentosa y complicada familia (Santo Domingo: Editora Corripio, 1996). Para la versión en inglés hice mis propias traducciones de la poesía de Salomé que en realidad son aproximaciones de sus propias palabras en español.

Cada uno de estos textos y cada uno de estos colaboradores, así como los muchos que se quedan sin nombrar, me ayudaron a recuperar la historia y poesía y las presencias del pasado. Pero al darles las gracias a ellos hago hincapié en que todas las invenciones, opiniones, representaciones y errores en este libro son mi responsabilidad y de nadie más. Este trabajo no es una biografía ni un retrato histórico, ni siquiera un récord de todo lo que he aprendido, sino una obra de la imaginación.

La Salomé y la Camila que encontrará en estas páginas son personajes ficticios basados en figuras históricas, pero han sido recreadas a la luz de preguntas que sólo nosotros podemos contestar, como ellos hicieron con sus propias vidas: *¿Quiénes somos como pueblo? ¿Qué es la patria? ¿Cómo la servimos? ¿Es el amor más fuerte que nada en el mundo?* Debido a las luchas constantes en Nuestra América para entender y crearnos a nosotros mismos como naciones y como individuos, este libro es un intento de entender el gran silencio del cual surgieron estas dos mujeres y en el cual desaparecieron, dejándonos atrás para soñar sus historias y seguir el estribillo de sus canciones.

Virgencita de la Altagracia, gracias por acompañarme, paso por paso, palabra por palabra.